ANETTE HINRICHS

NORDLICHT
Tod in den Fluten

W0211884

ANETTE HINRICHS

NORDLICHT

TOD IN DEN FLUTEN

Kriminalroman

blanvalet

Sollte diese Publikation Links auf Webseiten Dritter enthalten, so übernehmen wir für deren Inhalte keine Haftung, da wir uns diese nicht zu eigen machen, sondern lediglich auf deren Stand zum Zeitpunkt der Erstveröffentlichung verweisen.

Dieses Buch ist ein Roman, das Beschriebene hat sich so nicht ereignet. Die Handlung und alle handelnden Personen sind frei erfunden. Jegliche Ähnlichkeit mit lebenden oder realen Personen ist nicht beabsichtigt und wäre rein zufällig.

MIX
Papier | Fördert gute Waldnutzung
FSC® C014496
FSC www.fsc.org

Klimaneutral*
Druckprodukt
ClimatePartner.com/14044-1912-1001

Penguin Random House Verlagsgruppe FSC® N001967

1. Auflage
Copyright © 2023 by Blanvalet in der
Penguin Random House Verlagsgruppe GmbH,
Neumarkter Straße 28, 81673 München
Redaktion: Angela Kuepper
Umschlaggestaltung: www.buerosued.de
Umschlagmotiv: Getty Images (Suphat Bhandharangsri
Photography / Moment; Nick Brundle Photography / Moment);
Evelina Kremsdorf / Arcangel Images
Karte/Illustrationen: www.buerosued.de
nach einer Vorlage von Daniela Eber
WR · Herstellung: sam
Satz: Buch-Werkstatt GmbH, Bad Aibling
Druck und Bindung: GGP Media GmbH, Pößneck
Printed in Germany
ISBN 978-3-7341-1207-2
www.blanvalet.de

Für Finn

Prolog

Glücksburg, Deutschland – April 2002

Die Scheinwerfer durchschnitten die Dunkelheit, als Fridjof Paulsen seinen alten Kombi den Hügel hinunterlenkte. Rechts und links säumten Bäume, Büsche und Sträucher den Asphalt, dazwischen schimmerten die Silhouetten vereinzelter Häuser, tief versunken in nächtlicher Stille.

Am Fuß der Anhöhe, kaum mehr als zu erahnen, lag die Flensburger Förde. Der Mond versteckte sich hinter einem Vorhang aus dichten Wolken. Land und Wasser verschmolzen in der Finsternis.

Fridjof erreichte den Strandparkplatz und stieg aus dem Wagen. Augenblicklich pfiff ihm kalter Wind um die Ohren. Die Temperaturen in der Nacht waren in den einstelligen Bereich gerutscht, und von der Wärme, die im Frühling tagsüber Einzug hielt, war noch lange nichts spürbar.

Er setzte seine Strickmütze auf und ließ den Blick durch die Dunkelheit schweifen. Außer ihm war keine Menschenseele zu sehen. Er öffnete den Kofferraum.

Beim Anblick seiner Angelausrüstung streifte ein Lächeln seine Lippen. Er war guter Dinge, dass er dieses Mal endlich eine Meeresforelle an den Haken bekäme. Schon seit Tagen hatte er die Wind- und Brandungsbedingungen im Internet verfolgt und die Entfernungen abgemessen. Die Voraussetzungen waren nahezu perfekt. Der Wind fegte über die Ostsee, die Brandung rauschte, und mit ihr kamen die Dorsche und die Meeresforellen, die auf freigespülte Nahrung in Ufernähe hofften. Er musste nur mit Beginn der Morgendämmerung am Spot stehen.

Ein paar Minuten später marschierte er, warm eingepackt in seine fünf Millimeter dicke Neopren-Watthose und Wattjacke, mit dem Angelrucksack auf dem Rücken zum Strand. Dort angekommen, trank er noch einen Schluck Kaffee aus seiner Thermoskanne, band dann seine Montage und befestigte zwei Sprengringe und einen Einzelhaken an dem Meeresforellenblinker, ehe er schließlich mit der Spinnrute in der Hand ins Wasser watete.

Die Möwen kreischten am Himmel und die Brandung krachte ihm gegen die Brust, als am Horizont ein erster Lichtstreifen erschien und die Konturen der angrenzenden Häuser am Ufer aus der Nacht hervortreten ließ. Die Morgendämmerung brach an, und mit ihr kamen die Fische in Schwung.

Fridjof servierte ihnen seinen Köder. Schon der dritte Wurf brachte ihm eine Meeresforelle, doch sie lag unter dem geforderten Mindestmaß von vierzig Zentimetern, und er setzte sie zurück ins Wasser. Er warf die Rute erneut aus, holte den Schnurbogen schnell ein, einmal, zweimal, dreimal. Die Meeresforelle galt nicht umsonst als Fisch der tausend Würfe.

Er wiederholte die Prozedur unzählige Male, variierte das Einholtempo, legte zwischendrin einen Spinstopp ein, indem er die Kurbel für ein paar Sekunden anhielt, so dass der Köder an der gestrafften Schnur Richtung

Grund taumelte und zum Anbiss verführte. Doch auch dieser Trick verhalf ihm nicht zum Fang.

Die Dämmerung schritt voran, der Himmel verfärbte sich leuchtend orange, und der obere Rand der Sonne erschien am Horizont. Der Wind flachte ab. Nicht mehr lange, und die Fische würden wieder verschwunden sein.

Er warf seine Rute erneut aus, an die siebzig, achtzig Meter weit. Doch dieses Mal gelang es ihm nicht, die Schnur einzuholen. Der Köder hatte sich in irgendetwas verfangen. Kein Fisch, der hin und her zappelte, sondern irgendetwas Schweres, das sich kaum bewegen ließ. Vielleicht ein Ast, dachte Fridjof. Oder eine mit schlamm befüllte Plastiktüte, so wie im letzten Jahr. Er setzte erneut die Kurbel an, holte Zentimeter für Zentimeter ein. Was immer dort an seinem Haken hing, ein Ast war es jedenfalls nicht.

Zuerst erkannte er die Kleidung, doch es dauerte noch zwei weitere Umdrehungen, ehe er begriff, was seine Augen längst erfasst hatten.

Ein menschlicher Körper hing an seiner Angelrute, trieb mit dem Rücken nach oben auf der Wasseroberfläche. Entsetzt blickte er auf die weiße Hand, die sich ihm leblos entgegenstreckte. Die Fingerkuppen fehlten.

1. Kapitel

Flensburger Förde, Deutschland

Das Wetter hatte umgeschlagen, und schiefergraue Wolken hatten das Blau vom Himmel gewischt. Die Ostsee war rau und aufgewühlt, die Sicht schlecht, dazu kamen Starkwind und Dauerregen.

Trotzdem hatten die Firmenbosse der Sønderjylland Bank entschieden, dass ihr alljährliches Kundenevent, ein Segeltörn auf dem Traditionssegler *Valeria* im Vorfeld der Flensburger Fördewoche, stattfinden sollte. So wie in den vergangenen zweiunddreißig Jahren auch.

Jetzt hing die *Valeria* schief im Wind, kräftige Böen trieben die Geschwindigkeit auf über zehn Knoten, und die Crew hatte alle Hände voll zu tun, die Segel zu reffen und alles Bewegliche an Deck gegen das Verrutschen zu sichern.

Marie Jansens Magen rebellierte, und sie verfluchte die Entscheidung ihrer Vorgesetzten. In ihren Augen hätte man den Segeltörn absagen müssen. Doch natürlich hörte niemand in der Chefetage auf eine kleine Angestellte.

»Lieber ein büschen Wind als Flaute«, hatte Bankdirektor Henrik Bo Christensen mit dänischem Akzent und gut gelaunt zu Beginn des Törns gesagt.

Darüber hinaus war auch die Stimmung an Bord der *Valeria* ausgesprochen heiter, und die rund vierzig Personen, von denen sich die meisten mittlerweile unter Deck aufhielten, waren im Gegensatz zu ihr offensichtlich seefest. Neben der sechsköpfigen Crew, den Mitarbeitern der Bank und dem Servicepersonal war unter den Gästen vom erfolgreichen Jungunternehmer über Top-Manager und Wirtschaftsgrößen bis hin zur Generation Erben so ziemlich alles vertreten, was Rang und Namen hatte. Sogar ein Fregattenkapitän und eine dänische Segler-Legende befanden sich mit an Bord. Das brachte der Bank jede Menge positiver Publicity, auf die niemand verzichten wollte. Lediglich vier Kunden hatten im Vorfeld ihre Teilnahme aufgrund der schlechten Wetterprognose abgesagt, zwei weitere fehlten aus anderen Gründen.

Maries Magen beruhigte sich. Gischt spülte über die Reling an Deck und benetzte ihr Gesicht. Sie sah, wie eine Frau die Treppe vom unteren Deck hochkam. Blonde Haare lugten seitlich unter der Kapuze ihrer weißen Segeljacke hervor. Katrine Madsen von der Hauptniederlassung in Aabenraa. Die Anführerin, wie Marie sie im Stillen immer nannte. Sie hielt mit der Hand ihre Kapuze fest, die der Wind herunterzuwehen drohte, und ging zum Bug des Schiffes, wo sich noch ein paar Kunden aufhielten. Einige filmten das Wellenspektakel mit ihren Handykameras, ein Seegang, den man in der Flensburger Außenförde nur selten sah.

Die *Valeria* bekam erneut leichte Schlagseite. Der Boden unter Maries Füßen schwankte, und sie hielt sich an der Reling fest. Eine neue Welle der Übelkeit erfasste sie, und sie verfluchte sich innerlich, dieses Schiff je betreten zu haben. Sie atmete mehrmals tief durch. Als sie sich halbwegs besser fühlte, beschloss sie, unter Deck zu gehen.

Die Kajüte, die von allen nur der Salon genannt wurde, war holzvertäfelt und mit urigen Sitznischen und Messinglampen ausgestattet. Es herrschte lautes Stimmengewirr. Die Luft war feucht und stickig, es roch nach Schweiß und Alkohol. Fast alle Plätze waren belegt.

Thomas Pedersen, der aalglatte Leiter der Private-Banking-Abteilung, stieß gerade mit dem jungen, schmucken Yachtmakler Peer Landgraf mit einem Glas Prosecco an, während Andre Hoppstädter vom Investmentcenter den Kopf mit dem Bauunternehmer Bertram Kaminski zusammensteckte. Ihren ernsten Mienen nach zu urteilen, sprachen sie übers Geschäft. Daneben saß Frau Kaminski mit bleichem Gesicht und starrte auf einen imaginären Punkt auf der Tischplatte. Offenbar war Marie doch nicht die Einzige, die mit Übelkeit kämpfte.

Eine junge Frau vom Catering kam aus der Kombüse und balancierte eine Platte mit Fischbrötchen von Tisch zu Tisch, während ihr Kollege hinter einem schmalen Tresen Bier an die Gäste ausschenkte.

Ein weiteres Schwanken brachte die Gläser auf den Tischen zum Rutschen. Jemand lachte nervös, und auch Marie verspürte eine leichte Unruhe. Kaminskis Frau erhob sich von ihrem Platz und lief hastig in Richtung der Toilettenräume. Ihr Mann schien es nicht einmal zu bemerken.

Marie lächelte Svenja van Ulmen zu, der Gründerin von Grønt, einer deutschen Bio-Supermarktkette mit Filialen in Dänemark. Bei ihrem Termin in der nächsten Woche würde Marie ihrer Kundin sagen müssen, dass ein weiterer Firmenkredit von der Bank nicht bewilligt wurde. Denn auch wenn das Geschäft von Grønt in

Deutschland mittlerweile boomte, nahm das Nachbarland das Warenangebot nur zögerlich an. Dänemark war bereits das elfte Jahr in Folge Bio-Weltmeister und stand mit einem Bio-Marktanteil von dreizehn Prozent weltweit an der Spitze. Weshalb also auf ein deutsches Angebot zurückgreifen, wenn es regional überall kontrolliert biologische Waren zu kaufen gab?

Marie graute vor der Reaktion der jungen Frau, die einen Großteil ihres Privatvermögens in den Ausbau des dänischen Filialnetzes gesteckt hatte, und wandte schnell den Blick ab.

»Alles in Ordnung, Marie?« Martin Möller, Leiter der Firmenkundenabteilung und ihr direkter Vorgesetzter, musterte sie hinter seiner Goldrandbrille. Er war ein korpulenter Mittfünfziger mit lichtem Haaransatz, dessen leicht hervorstehende Glotzaugen sie immer an die eines Fisches erinnerten. »Du bist ein wenig blass um die Nase.«

Es gehörte zur dänischen Firmenpolitik, dass sich alle Mitarbeiter duzten, doch in Martins Fall wäre Marie ein formeller Abstand lieber gewesen.

»Nein, alles in Ordnung.« Sie zwang sich zu einem Lächeln. Aus den Augenwinkeln nahm sie wahr, wie sich Bertram Kaminski von seinem Platz erhob. Offenbar hatte er nun doch vor, nach seiner Frau zu sehen.

»Gut«, sagte Martin. »Dann kümmere dich um die Kunden.«

Marie unterdrückte ein Seufzen und nickte. Small Talk lag ihr nicht. Finanzierungen. Wertanlagen. Kreditvergaben. Damit kannte sie sich aus. Doch sie riss sich zusammen, so wie sie es immer tat.

Sie entdeckte Gerhardt Baumann, den schmächtigen

Geschäftsführer von Baumann Clima, allein mit einer Flasche Bier und seinem Smartphone in der Hand in einer der Sitznischen. Er war ein äußerst angenehmer Kunde, höflich und ohne jeglichen Selbstdarstellungsdrang, und sie betreute seine Firmenkonten bereits seit vielen Jahren.

Marie wollte gerade auf ihn zusteuern, als sich die *Valeria* erneut zur Seite neigte. Ein Glas ging zu Bruch, und ein älterer Herr stürzte zu Boden. Hektik brach aus. Stimmen riefen durcheinander, die Leute hielten sich an den Sitzbänken und den Tischen fest. Marie klammerte sich an den Türrahmen. Hinter ihr lag der Gang zu den Waschräumen und den Kabinen. Zwei ihrer Kollegen halfen dem gestürzten Kunden auf die Beine. Die Passagiere, die sich bislang an Deck aufgehalten hatten, kamen schwankend die Treppe hinunter.

»Alle Passagiere unter Deck«, tönte ein älterer Teilnehmer, dessen leuchtend rote Segeljacke über seinem mächtigen Bauch spannte. »Anweisung vom Kapitän.«

Marie kämpfte gegen die Übelkeit, die jetzt in heftigen Wellen kam. Es fehlte nicht viel, und sie würde sich hier vor allen Leuten übergeben.

Ihr Blick streifte den einer blonden Frau, die von den Waschräumen kam und sich an ihr vorbei in den Salon schob. Katrine Madsen. Hatte sie die Dänin nicht gerade noch an Deck gesehen? Doch vielleicht war es auch Saskia Niekamp gewesen, ihre junge Kollegin aus der Private-Banking-Abteilung. Die beiden Frauen ähnelten sich optisch, zumal alle Mitarbeiter der Bank die gleichen weißen Segeljacken trugen, sodass man sie bei aufgesetzten Kapuzen kaum auseinanderhalten konnte.

Marie fiel auf, dass sie Saskia ohnehin schon eine

ganze Weile nicht mehr gesehen hatte, was ungewöhnlich war. Normalerweise war ihre Kollegin immer omnipräsent.

Die *Valeria* wurde erneut kräftig durchgeschüttelt.

»Kein Grund zur Beunruhigung«, beschwichtigte Henrik Bo Christensen die Anwesenden. »Wir haben eine sehr erfahrene Segelcrew, die uns sicher zurück in den Hafen bringen wird. Bleiben Sie einfach alle …«

Ein kräftiges Brüllen drang von draußen in den Salon. Marie konnte die halb vom Wind verschluckten Worte nicht verstehen, doch jemand öffnete die Kajütentür, und im nächsten Moment erklang der lautstarke Ausruf erneut: »Mann über Bord!«

Augustenborg, Dänemark

Jonas Sødergren trat einen Schritt von der Leinwand zurück, um seine letzten Pinselstriche zu betrachten. Der helle Puderton, den er oberhalb des Wangenknochens aufgetragen hatte, hob das Dunkel der Augenschatten hervor. Doch er war noch nicht gänzlich zufrieden, setzte den Pinsel erneut an und akzentuierte den Bereich mit wenigen schnellen Strichen, ehe er wieder Abstand nahm und sein Werk ein weiteres Mal begutachtete.

Seit einer Woche arbeitete er an dem Bild, doch ihm blieb noch etwas Zeit, es fertigzustellen. Übernächsten Donnerstag fand die Vernissage anlässlich seiner ersten eigenen Ausstellung statt, und die Stellprobe würde einige Tage vorher erfolgen.

Insgesamt wurden fünfundzwanzig seiner Werke gezeigt. Sie waren bereits im Vorfeld ausgewählt worden, und auch der Hängungsplan war unter Berücksichtigung der Lichtverhältnisse und Proportionen der Ausstellungsräume schon vor Wochen erarbeitet worden. Ein stimmig ausgewählter Rahmen hatte einen entscheidenden Einfluss auf die Wahrnehmung des Kunstobjekts beim Betrachter. Die Verantwortlichen überließen daher nichts dem Zufall und hatten die Stellprobe geplant, um alle ästhetischen Gesichtspunkte seiner Bilder im Einklang mit der Architektur der Ausstellungsräume zu überprüfen.

Jonas fuhr sich mit der Hand über das raspelkurze dunkle Haar, wo vor Kurzem noch ein unbändiger dichter Schopf gewesen war. Es fühlte sich ungewohnt nackt an. Doch es passte zu dem neuem Jonas. Dem fünfundzwanzigjährigen aufstrebenden Künstler, wie man ihn kürzlich in einem Artikel bezeichnet hatte. Er konnte noch immer nicht fassen, dass er Teil des beeindruckenden Augustenborg Projects geworden war, das Kunst, Gastronomie und kreatives Arbeiten vereinte. In dem hochherrschaftlichen Gebäude, das früher Teil der Augustenborger Psychiatrie und des Schlosses Augustenborg gewesen war, hingen jetzt Kunstwerke anstatt weißer Kittel an den Wänden, im ersten Stock waren Ateliers untergebracht und im Souterrain ein Café mit Restaurant sowie eine Weinbar. In einem der Nebengebäude, das wie das Haupthaus direkt an den Schlosspark grenzte, hatte man wunderschöne Ferienwohnungen eingerichtet, um kunstinteressierte Gäste aus ganz Dänemark und auch aus dem Ausland nach Augustenborg zu locken. Ein Ort, der Kunstschaffenden den Freiraum gab, um an ihren Ideen zu arbeiten und ihre Bilder einem breiten Publikum im Rahmen einer öffentlichen Ausstellung zu präsentieren.

Jonas war stolz darauf, dass man ausgerechnet ihn als »Artist in Residence« für das Augustenborg Project ausgewählt hatte. Hier konnte er all seine familiären Probleme ausblenden und sich ganz auf seine Arbeit fokussieren.

»Ein Ort zum Atmen, Leben, Zusammenarbeiten, Erkunden und Experimentieren« lautete die Leitlinie des Projekts, und er genoss all diese Privilegien in vollen Zügen, dankbar, dass endlich jemand etwas anderes in ihm und seiner Kunst sah als nur seinen Familiennamen.

Schnelle Pinselführung, kontrastreiche Farben und gerade so viele Details wie nötig zeichneten den Stil seiner Bilder aus. Er malte Menschen, doch nie in Gänze, sondern er fing vielmehr den flüchtigen Moment ein, die Energie und die Stimmung, die sie in ihm auslösten. Ihn inspirierte das Unvollkommene und Unausgesprochene, und er versuchte, mit wenigen Pinselstrichen das Element zu treffen, das seine Motive zum Leben erweckte. Jedes seiner Bilder erzählte eine Geschichte.

Jonas' Blick glitt für einen Moment durch das Künstleratelier, das man ihm neben einem kleinen Apartment zur Verfügung gestellt hatte. Ockerfarbene Ziegelwände, an den Längsseiten unverputzt, zum Fenster und zur Tür hin verspachtelt und weiß gestrichen, der Boden war aus rot gefärbtem Beton gegossen. Auf einem Tisch standen zahlreiche Lacke und Farbdosen, auf Pappunterlagen trocknete aus Tuben gequetschte und gemischte Acrylfarbe vor sich hin, in ausgedienten Konservendosen weichten Pinsel im trüben Wasser. Herumliegende Tücher verbreiteten einen leicht stechenden Geruch von Lösungsmitteln. Überall lehnten fertiggestellte Bilder an den Wänden, zudem ein paar frische Leinwände, die darauf warteten, dass ihnen Leben eingehaucht wurde.

Hinter den Fenstern war es bereits seit Stunden dunkel. Jonas trank einen Schluck seines Energydrinks und warf einen Blick auf sein Handy, das er während seiner Arbeit auf lautlos gestellt hatte.

Das Display zeigte einen verpassten Anruf und den Eingang einer Voicemail an. Beide stammten von Malthe.

Er runzelte die Stirn. Was wollte sein Bruder von ihm? Nach so langer Zeit? Es war eine halbe Ewigkeit her, seit sie zuletzt miteinander gesprochen oder sich vielmehr angebrüllt hatten. »Du kannst mir mal den Buckel runterrutschen« war eines der letzten Dinge, die er seinem Bruder an den Kopf geworfen hatte, gefolgt von einem »Verpiss dich endlich aus meinem Leben«.

Seitdem herrschte Funkstille zwischen ihnen.

Weshalb also rief sein Bruder ausgerechnet jetzt an? Vielleicht war etwas mit seinen Eltern, doch im Grunde wollte er es gar nicht wissen. Deren ganzes Heile-Welt-Getue kotzte ihn schon seit Langem an. Vielleicht hatte Malthe von seiner Ausstellung erfahren. Augustenborg und Stolbro, wo seine Familie lebte, lagen keine zehn Kilometer voneinander entfernt, und die hiesige Presse hatte die Veranstaltung bereits ankündigt.

Sein Finger schwebte über der Löschtaste der Voicemail, dann übermannte ihn doch die Neugier, und er hörte die Nachricht ab.

Sein Bruder klang betrunken, faselte irgendetwas von einem Segeltörn und einer *Valeria*, ehe er hysterisch zu schluchzen begann. Was zum Teufel, dachte Jonas. Malthe, der Hyperkorrekte, heulte er etwa ernsthaft wegen irgendeiner dämlichen Regatta?

»Sie ist über Bord gegangen«, lallte Malthe jetzt ins Telefon. »Saskia. Einfach weg.« Die nächsten Worte waren kaum zu verstehen. Irgendetwas mit Außenförde und Polizei. Dann ertönte erneut hysterisches Schluchzen, und das Gespräch brach abrupt ab.

Sekundenlang blieb Jonas regungslos mit dem Handy in der Hand stehen, schließlich rief er das Internet auf und gab ein paar Schlagwörter in die Suchmaschine ein. Eine Meldung von ESYS, dem Ticker für aktuelle Seenotfälle, über eine vermisste Seglerin ploppte auf. Es wurde nirgends Saskias Name genannt, doch der Bericht bestätigte, dass in der Geltinger Bucht am frühen Freitagnachmittag eine junge Frau aus noch ungeklärten Gründen über Bord einer Segelyacht gegangen war. Die umgehend eingeleitete Suchaktion war bis zum Abend ergebnislos verlaufen, würde aber am nächsten Tag fortgesetzt werden.

Jonas legte sein Handy beiseite. Er griff erneut nach dem Pinsel, tunkte ihn in ein dunkles Anthrazit und fuhr damit über das komplette Bild auf der Staffelei. Die mühsam herausgearbeiteten Konturen verschwanden.

2. Kapitel

Esbjerg, Dänemark – fünf Tage später

Rasmus Nyborg schlug die langen Beine übereinander. Neben ihm saßen Polizeidirektor Thure Christensen, Esbjergs neu gewählter Bürgermeister Morten Kaare Hækkerup und Mikkel Bødkov, verantwortlich für die Polizeistation im Rathaus Krydset am Stengårdsvej, und diskutierten seit einer guten halben Stunde, ob die Polizei zusätzliche Ressourcen für das gefährdete Wohngebiet freistellen konnte. In der Nacht von Sonntag auf Montag war es zu einer Schießerei mit zwei Toten gekommen, die unweit des Stengårdsvejs stattgefunden hatte.

»Das sind kriminelle Banden, die in der Bevölkerung für Unsicherheit sorgen, mehr als zuvor«, tönte der Bürgermeister und schlug damit in die Kerbe des Justizministers, der bei der Einweihung der Polizeistation im letzten Jahr ganz ähnliche Worte verwendet hatte.

Rasmus sah die Entwicklung der Bandenkriminalität ebenso besorgt. Vor vier Jahren war Esbjerg auf die Liste der dänischen Städte gerutscht, in denen ein Bandenkrieg herrschte. Auslöser war ein persönlicher Streit zwischen Mitgliedern der Kvaglundbande und der Stengårdsvejbande gewesen, zudem kämpften beide Gruppen um die kriminelle Vorherrschaft in der Hafenstadt.

Mit der neuen Polizeistation und härteren Strafen hatten sie die Situation jedoch weitestgehend in den Griff bekommen, und anders als im benachbarten Schweden gingen die Bandenmitglieder in Esbjerg bislang nur gezielt gegen ihre Rivalen vor. Doch natürlich mussten die Schießereien im öffentlichen Raum beendet werden.

»In Bezug auf Sicherheit sind wir am Stengårdsvej heute viel besser aufgestellt als vor zwei Jahren«, warf Thure Christensen gerade ein. Der Polizeidirektor, ein auffallend großer und kräftiger Endfünfziger mit silbergrauem Haar, bezog sich damit auf das Bandenpaket III, wodurch eine Verurteilung wegen Gewalt und Bandenkriminalität unter anderem dazu führte, dass die Schuldigen und die Haushaltsmitglieder an einen anderen Ort umziehen mussten. Ein klares Zeichen der Polizei und der Gemeinde Esbjerg, um größtmöglichen Druck auf das Bandenumfeld auszuüben, gegen die Kriminalität vorzugehen und mehr Sicherheit zu schaffen. »Es ist die erste Schießerei seit Langem, bei der ein Bandenmitglied beteiligt ist. Ich denke, wir sollten abwarten, wie sich die Lage entwickelt, ehe wir die Polizeistation mit weiteren Beamten aufrüsten, die an anderer Stelle womöglich dringender benötigt werden.«

Obwohl Rasmus mit dem Polizeichef seit dem Mord an seiner früheren Chefin, Vizepolizeiinspektorin Eva-Karin Holm, nicht auf bestem Fuß stand, nickte er beifällig. Seiner Meinung nach kam die Bedrohung für ihre Stadt ohnehin aus ganz anderer Richtung. Die niederländische Satudarah-Gruppe, die sich selbst als multikultureller Motorradklub bezeichnete und deren Name Satu »ein Blut« bedeutete, war in Dänemark auf dem

Vormarsch und hatte Anfang des Jahres, nachdem sie zuletzt Standorte in Randses, Aalborg und Odense eröffnet hatte, bekannt gegeben, sich auch in Esbjerg niederzulassen. Dafür hatten sich siebenunddreißig Mitglieder der Rockergruppe vor den weißen Statuen *Der Mensch am Meer* ablichten lassen, maskiert und mit der Botschaft »Welcome West End«.

»Was sagst eigentlich du dazu, Rasmus?«, fragte der Bürgermeister, als könnte er seine Gedanken lesen. »Du bist doch an den Ermittlungen in dem Fall beteiligt, und wenn ich richtig informiert bin, hast du in Kopenhagen unter anderem der Abteilung Organisierte Kriminalität angehört. Wie ist deine Einschätzung?«

Sämtliche Blicke richteten sich auf Rasmus.

Er räusperte sich. »Ich sehe das ganz ähnlich wie Thure. Der Täter sitzt hinter Schloss und Riegel und ist geständig. In dem Fall ging es um eine Familienfehde, die eskaliert ist, und nicht um einen Bandenkonflikt.« Er beugte sich vor. »Meiner Meinung nach sollte es bei dieser Diskussion nicht nur um die Situation am Stengårdsvej gehen, sondern generell um die Ressourcen der Polizei. In den sozialen Netzwerken sind Videos aufgetaucht, dass die Satudarah-Gruppe eine alte Autowerkstatt in Sædding renoviert. Möglicherweise wollen sie das Gebäude als Klubhaus nutzen. Darauf sollten wir unser Augenmerk richten.«

»Dafür ist das NSK zuständig«, erwiderte der Bürgermeister. Das »National enhed for Særlig Kriminalitet« war eine neu gegründete Sondereinheit der dänischen Polizei, die sich landesweit mit der Ermittlung und Verfolgung von komplexer Wirtschaftskriminalität, organisierter Kriminalität und Cyberkriminalität befasste.

Rasmus nickte. »Trotzdem sind wir die Polizei vor Ort. Wir benötigen nicht nur mehr Präsenz, sondern auch Lösungen, um das Eindringen der Satudarah zu verhindern. Wir können diese Herausforderung nur gemeinsam stemmen. Und es ist Aufgabe der Politik, für genügend Ressourcen bei der Polizei zu sorgen.«

»Rasmus hat recht«, pflichtete ihm der Polizeidirektor bei. »Wir haben nicht genügend Personal für dieses Ausmaß an Bandenkriminalität. Meine Leute schieben schon jetzt permanent Überstunden.«

Morten Kaare Hækkerup verzog das Gesicht. »Das liegt an den Grenzkontrollen.«

Die dänische Polizei hielt fast dreihundert Vollzeitstellen für die Grenzkontrollen vor, von denen allein knapp zweihundert von den Ressourcen der Syd- og Sønderjyllands Politi stammten. Das führte nicht nur zu Personalknappheit in ihren Dienststellen, sondern mitunter auch zu langen Wartezeiten an den Grenzübergängen.

»Und auch das ist die Verantwortung der Politik«, schob Thure Christensen hinterher.

Rasmus wollte seinem Vorgesetzten gerade zustimmen, um Morten Kaare Hækkerup damit zum Umdenken zu bewegen, als das Handy an seinem Oberschenkel vibrierte. Er zog es unter den hochgezogenen Brauen des Bürgermeisters aus der Hosentasche. Das Display zeigte die Nummer der Leitstelle.

Rasmus erhob sich. »Tut mir leid, aber da muss ich rangehen.« Er deutete auf das Telefon in seiner Hand und verließ ohne ein weiteres Wort das Büro.

»Hej, Rasmus.« Der diensthabende Beamte kam ohne Umschweife zur Sache. »In Sønderby Strand auf Kegnæs wurde eine Leiche angespült. Laut den Kollegen vor Ort könnte es sich um ein Tötungsdelikt handeln.«

»Ich fahre hin«, erwiderte Rasmus. »Schick mir die Adressdaten aufs Handy. Und verständige Søren Molin bei den Kollegen in Sønderborg. Er soll mich vor Ort treffen. Hej hej.« Er legte auf und ging zurück ins Büro des Bürgermeisters, um seine Jacke zu holen.

»Einsatz«, informierte er den Polizeidirektor. »In Sønderby wurde eine Leiche gefunden.«

»Wenigstens nicht am Stengårdsvej«, murmelte der Bürgermeister.

»Jeder Tote ist einer zu viel«, entfuhr es Rasmus scharf.

Die Augen des Bürgermeisters wurden schmal.

Rasmus presste die Lippen zusammen. Eigentlich hätte er mehr zu sagen gehabt, doch er hatte in der Vergangenheit bereits genügend Probleme mit Vorgesetzten und Entscheidungsträgern gehabt und hielt sich lieber zurück. Der Bürgermeister sorgte sich augenscheinlich ohnehin mehr um das Ansehen seiner Stadt als um ein Menschenleben. Zudem musste seine Personalakte nicht unnötig dicker werden, als sie es bereits war. Erst im letzten Jahr hatte ihn Interimschef Kasper Saltum wegen Missachtung einer Dienstanweisung, in deren Folge es zu einem Schusswechsel mit einem Tatverdächtigen gekommen war, vom Polizeidienst freigestellt. Es hatte eine interne Untersuchung gegeben, an deren Ende man übereingekommen war, dass Rasmus nicht anders hatte handeln können, als zu schießen. Was die Sache mit der Dienstanweisung anbelangte, hatte man es bei einer Verwarnung belassen. Seine Beförderung zum Chef der Mordkommission, die ihm von Eva-Karin Holm vor ihrem Tod in Aussicht gestellt worden war, hatte er sich damit natürlich endgültig abschminken können.

»Heute kommt die neue Abteilungsleiterin«, erinnerte ihn Thure Christensen prompt.

»Ich werde sie dann später begrüßen.« Rasmus schnappte sich seine Jacke, nickte kurz in die Runde und verschwand aus der Tür.

Der Regen der letzten Nacht hatte sich verzogen, und strahlender Sonnenschein tauchte die Stadt in helles Licht, als Rasmus aus dem Rathaus trat. Auf dem Weg zum Parkplatz rief er seinen Kollegen Mads Østergård an und bat ihn, im Büro die Stellung zu halten, bis die neue Chefin der Mordkommission eintraf. Wie erwartet hatte Mads keine Einwände. Sie arbeiteten jetzt seit knapp anderthalb Jahren Seite an Seite und kamen gut miteinander aus. Gemeinsam hatten sie Kasper Saltum überstanden, das schweißte zusammen. Der unsäglich arrogante Interimschef, der vorübergehend die Abteilung übernommen hatte, war erst vor Kurzem zurück nach Kopenhagen beordert worden, und sie hatten das ausgiebig mit ein paar Bier begossen.

An seinem alten hellblauen VW-Bus angekommen, zündete Rasmus sich noch schnell eine Zigarette an und lehnte sich gegen den Kotflügel.

Er war gespannt auf die neue Chefin. Maja Eriksen aus Aalborg. Wie sie wohl so war? Hoffentlich keine dieser ganz Korrekten, die ihn an die kurze Leine legte.

Vor Jahren hatte er mal eine Maja gekannt. Maja Malling. Eine Klassefrau. Brünett, mit einer Hammerfigur, schlagfertig und temperamentvoll. Während ihrer Ausbildungszeit in Kopenhagen hatten sie eine kurze, heftige Affäre gehabt. Damals hatte er Camilla noch nicht gekannt. Er blies einen Rauchkringel in die Luft, verlor sich für einen kurzen Moment in seinen Erinnerungen, dann klemmte er sich die Zigarette zwischen die Lippen und schwang sich auf den Fahrersitz seines Bullis.

Sønderby Strand, Dänemark

Es war bereits kurz nach elf, als Rasmus rund einhundertachtzig Kilometer von Esbjerg entfernt in seinem VW-Bus den schmalen Damm passierte, der das südliche Als von der Halbinsel Kegnæs trennte. Links und rechts der Fahrbahn glitzerte das Meer.

Die Landschaft war sehr flach und dünn besiedelt, kleine Siedlungen und Gehöfte, zahlreiche Wälder und schöne Strände. Ideal für Menschen, die Abgeschiedenheit und Erholung suchten. Nur in den Sommermonaten erwachte die Halbinsel zum Leben, und ganze Hundertschaften von Touristen bevölkerten die am Wasser gelegenen Campingplätze, während sich die Städter in den ehemaligen Fischerhäuschen ihr Feriendomizil einrichteten.

Hinter dem Ortsschild Sønderby fuhr Rasmus an ein paar rot verklinkerten Häusern vorbei, ehe sich zu seiner Linken die weiß gekalkte Kegnæs Kirke vor dem leuchtend blauen Himmel erhob. Ein paar tief hängende Zweige schabten über das Dach des Bullis, als er in die enge Straße bog, die zum Strand führte. Dichte Gebüsche zur einen Seite, zur anderen grüne Wiesen und ein paar mit Stroh bedeckte Fachwerkhäuser. Hin und wieder blitzte zwischen den Bäumen ein Dannebrog hervor, ehe das Gelände schließlich in einen Campingplatz überging.

Hinter der nächsten Biegung entdeckte er die Einsatzfahrzeuge der Polizei, die auf einem Parkplatz vor einer dicht bewachsenen Hecke abgestellt worden waren.

Rot-weißes Flatterband versperrte den Durchgang zu einer Metalltreppe, die zum Strand hinunterführte. Ein paar Schaulustige drängelten sich um die beste Sicht.

Rasmus parkte seinen Bulli hinter dem Transporter der Spurensicherung und zog sich Schutzkleidung über, ehe er dem Uniformierten am Durchgang seinen Dienstausweis zeigte. Wind kam auf und ließ das Polizeiband flattern.

Er ging die Metalltreppe zum Strand hinunter. Wenige Meter vor ihm führte ein etwa zwanzig Meter langer Badesteg in die Flensburger Förde hinein. Das Wasser schimmerte türkis im Sonnenlicht, ein paar Seevögel zogen am Himmel ihre Kreise. In der Ferne war schemenhaft die deutsche Küste zu erkennen.

Was für eine Idylle, dachte Rasmus und stapfte mit seinen blauen Überschuhen durch den Sand. Der Geruch von Salz und Seetang stieg ihm in die Nase.

Der Strand war an die fünfzehn bis zwanzig Meter breit, hell und feinsandig, mit Steinen und Tang. Unter seinen Sohlen zerbarsten Muschelschalen wie dünnes Glas.

Auf etwa halber Höhe der Bucht hatten Kriminaltechniker ein weißes Zelt aufgestellt, um die Leiche vor neugierigen Blicken und Wettereinflüssen zu schützen. Auch hier scharten sich Schaulustige hinter dem Absperrband und richteten ihre Handykameras auf das Geschehen.

Søren Molin von der Polizei Sønderborg stand etwas

abseits und telefonierte, ein vollbärtiger Hüne mit kurz geschorenen blonden Haaren, die jetzt unter der Kapuze seines Overalls versteckt waren. Er gehörte genau wie Rasmus zu der deutsch-dänischen Sondereinheit, die bei Tötungsdelikten in der Grenzregion zusammengerufen wurde. Ihr letzter gemeinsamer Fall lag rund zehn Monate zurück, ein Serienverbrechen, das für das Ermittlerteam einiges an Nachwehen bedeutet hatte. Der grauenhafte Tod von Eva-Karin Holm verfolgte Rasmus bis heute in seinen Träumen, und auch die Narbe an seinem linken Oberarm erinnerte ihn nahezu täglich daran. Manche Spuren würden für immer bleiben.

Søren beendete sein Telefonat und kam ihm entgegen. »Hej, Rasmus.« Er schlug ihm zur Begrüßung mit seiner schaufelgroßen Hand freundschaftlich auf die Schulter. Bei einem Einsatz vor zwei Jahren war Søren lebensgefährlich verletzt worden, seitdem beharrte er darauf, dass Rasmus sein Lebensretter war, und hatte ihn letzten Herbst sogar zum Trauzeugen ernannt. Das gesamte Team hatte Sørens und Brigittes Hochzeit gefeiert. Feucht, fröhlich und unbeschwert. Auch Vibeke Boisen. Es schien Lichtjahre her zu sein. Er schob den Gedanken an die Flensburger Ermittlerin beiseite.

»Schön, dich zu sehen.« Rasmus lächelte angespannt. »Andere Umstände wären mir allerdings lieber gewesen.«

Søren nickte. »Eine Anwohnerin war heute Morgen mit ihrem Hund am Strand spazieren und hat die Leiche im Wasser entdeckt.« Seine Augen blickten ernst. »Die Kollegen haben die Tote bereits geborgen. Es könnte sich um die vermisste Seglerin handeln, die letzten Freitag bei einem Segeltörn über Bord gegangen ist. Saskia Niekamp. Eine Bankerin aus Flensburg. Sie trägt noch die Jacke mit dem Logo der Sønderjylland Bank. Die hatten ein Kundenevent auf einem Schiff.«

»Das erleichtert uns zumindest die Identifizierung.« Rasmus sah zum Zelteingang, hinter dem ein Kriminaltechniker gerade Fotos der Toten machte. Nicht selten kam es vor, dass die Bekleidung von Wasserleichen aufgrund der Strömung zerrissen wurde oder sogar vollständig verloren ging. Zudem wirkten sich neben dem eintretenden Verwesungsprozess zahlreiche weitere Einflüsse auf den Zustand der Leiche aus und erschwerten die Identifizierung. Treibverletzungen, Algenbewuchs, Verunreinigungen durch das Wasser, insbesondere durch den Bakteriengehalt, oder Tierfraß. Hin und wieder kam es zu Verletzungen durch Schiffsschrauben, dabei wurden zum Teil ganze Gliedmaßen abgetrennt.

Eine Bankerin aus Flensburg, dachte Rasmus. Der Gedanke an Vibeke kehrte zurück. Er hatte sie seit der Trauerfeier für Eva-Karin weder gesehen noch gesprochen. Jeder seiner Anrufe war auf ihrer Mailbox gelandet und unbeantwortet geblieben.

»Hast du in letzter Zeit etwas von Vibeke gehört?«, erkundigte er sich.

Søren schüttelte den Kopf. »Sie hat wohl vor einer Weile mit Pernille telefoniert. Aber dabei ging es nur um eine Sache bei der Nachbereitung unseres letzten Falls.« Sein Blick wanderte in Richtung Parkplatz. »Ich denke aber, dass sie hier bald aufschlägt. Jedenfalls kümmert sich das GZ darum, dass die Deutschen jemanden herschicken.«

Rasmus sah einem Wiedersehen mit Vibeke mit gemischten Gefühlen entgegen. Wie würde sie auf ihn zugehen, nachdem sie ihn ganze zehn Monate ignoriert hatte? Und wie sollte er sich verhalten? Er unterdrückte ein Seufzen. Dieser ganze zwischenmenschliche Kram lag ihm nicht. Vor allem Frauen waren manchmal so verdammt kompliziert. Immer wenn man dachte, man wüsste, wie sie tickten, bewiesen sie einem das Gegenteil, und Vibeke Boisen war in dieser Hinsicht ein ganz besonderes Exemplar.

»Schauen wir uns die Leiche an, ehe sie sich weiter auflöst.«

Nach der Bergung aus dem Wasser schritt die Verwesung rasch voran. Bereits nach wenigen Stunden konnte eine bis dahin gut erhaltene Leiche hochgradige Fäulniserscheinungen mit monströser Auftreibung des Körpers zeigen, insbesondere in der Kopf- und Halsregion.

Schweigend gingen die beiden Ermittler die wenigen Schritte zum Zelt, aus dem gerade einer der Kriminaltechniker herauskam. Es war Henrik Knudsen, der Chef der Spurensicherung, ein korpulenter Endfünfziger mit buschigen Brauen und dunklen Knopfaugen.

»Hej, Henrik!«

»Hej, Rasmus.« Knudsen deutete mit dem Kopf hinter sich. »Kein besonders schöner Anblick.«

»Das hatte ich befürchtet.« Rasmus folgte Søren ins Zelt. Trotz Mundschutz stieg ihm starker Verwesungsgeruch in die Nase. Sein Magen rebellierte augenblicklich.

Ein Spurentechniker kniete am Boden vor dem Opfer und sicherte unter Mithilfe von Klebeband Mikrospuren an der Kleidung. Jetzt erhob er sich und gab die Sicht auf die Leiche frei.

»Heilige Scheiße«, flüsterte Søren.

Die Tote trug eine tropfnasse Segeljacke, der Rumpf war aufgebläht, das Haar schlammverkrustet, die Farbe schwer definierbar, sie bewegte sich irgendwo zwischen blond und dunkelbraun. Die Gesichtskonturen hatten begonnen, sich aufzulösen, die Haut schimmerte leicht marmoriert. Fäulnisgase.

Rasmus schluckte. Die Jeans des Opfers war am linken Knie und am rechten Bein bis zum Oberschenkel aufgerissen, die darunterliegenden Hautschichten bis hin zum Knochen aufgeschürft, die Schuhe fehlten. An Händen und Füßen hatte sich die Oberhaut handschuhartig abgelöst.

Rasmus' Blick heftete sich auf Mund und Nase, suchte nach dem feinblasigen Schaumpilz, der sich bei Ertrunkenen um die Atemöffnung herum bildete, doch er fehlte. Natürlich konnte er eingetrocknet oder während der Bergung abgestreift worden sein, doch genauso gut konnte es sich um ein Indiz dafür handeln, dass die Frau bereits tot gewesen war, als sie ins Wasser gelangte. Der Grund, weshalb die Mordkommission verständigt worden war.

Sein Blick wanderte weiter zum Hals der Toten. Auch hier waren die Fäulniserscheinungen schon fortgeschritten, doch in Höhe des Kehlkopfes zeichnete sich eine horizontale, gleichförmige dunkle Hautverfärbung ab.

»Wer hat die Leiche geborgen?«, fragte Rasmus, an Søren gewandt. Unerfahrene legten beim Bergen häufig ein Seil um den Hals der Leiche, um sie daran aus dem Wasser zu ziehen. Mitunter wurden dadurch postmortale Strangulationsverletzungen erzeugt.

»Die Kollegen aus Sønderborg zusammen mit Falck.« Falck war ein Rettungsunternehmen, mit dem die Polizei in der Region Süddänemark zusammenarbeitete.

Rasmus deutete auf die Hautverfärbung am Hals. »Es könnte eine Drosselmarke sein.«

Søren nickte. »Das ist wohl auch der Grund, weshalb die Mordkommission verständigt wurde.«

»Guten Tag, die Herrschaften!«, ertönte eine Stimme hinter ihnen.

Rasmus drehte sich um und entdeckte Dr. Adam Larsen vom Rechtsmedizinischen Institut in Odense mit seiner Arzttasche in der Hand und seinem Assistenten im Schlepptau. Beide Männer standen am Zelteingang und trugen die obligatorische Schutzkleidung.

»Hej, Adam«, begrüßte er den Rechtsmediziner. Sie hatten in der Vergangenheit bereits mehrfach miteinander zu tun gehabt.

»Ich sehe mir die Leiche direkt an, ehe die Fäulnis weiter voranschreitet«, sagte Adam Larsen. »Und dann müssen wir sie schleunigst ins Institut schaffen.« Er wandte sich an Henrik Knudsen, der sich gerade neben ihm ins Zelt schob. »Wurde etwas verändert? Irgendwelche Bergungsverletzungen?«

Zwischen den Augen des Kriminaltechnikers bildete sich eine steile Falte. »Hier arbeiten Profis.«

»Gut. Gut.« Der Rechtsmediziner und sein Assistent kamen ins Zelt.

»Ich mache hier mal Platz.« Rasmus begab sich zurück ins Freie. Er lüpfte seinen Mundschutz und atmete mehrfach tief durch.

»Wasserleichen sind am schlimmsten«, sagte Søren, der ihm nach draußen gefolgt war. »Ich frage mich, was auf dem Segelschiff passiert ist. Vielleicht Leichendumping.«

Rasmus zog die Kapuze von seinem Kopf. »Sagtest du

nicht irgendetwas von einem Kundenevent? Da müsste doch jemand etwas mitbekommen haben, wenn da einer einfach so eine Leiche verschwinden lässt.« Die Sonne stand jetzt hoch am Himmel, und er begann unter seinem Spurensicherungsoverall zu schwitzen. »Wir sollten abwarten, was Adam sagt.«

Die beiden Ermittler blickten zum Zelteingang und beobachteten den Rechtsmediziner und seinen Assistenten dabei, wie sie die erste Leichenschau vornahmen.

»Ah, da kommt Vibeke.« Sørens Blick war auf einen Punkt hinter Rasmus gerichtet.

Er wandte sich um.

Eine schmale Gestalt mit spitzen Schultern unter dem Spurensicherungsoverall kam ihnen mit entschlossenen Schritten entgegen. Rasmus verspürte einen Anflug von Freude, doch er blieb abwartend stehen.

»Hej, ihr!« Vibeke klang freundlich, aber distanziert. Dabei schien sie noch schmaler und blasser, als er sie in Erinnerung hatte. Ihre Wangen wirkten eingefallen, und unter ihren hellen Augen, die ihn in ihrer Farbe stets an einen Gletscher erinnerten, schimmerte die Haut bläulich, verriet den fehlenden Schlaf. Ihr hellbraunes Haar war unter der Kapuze versteckt.

Er bemühte sich um einen lockeren Tonfall. »Hej, Vibeke. Wie geht es dir?«

»Gut.« Sie wandte den Blick ab.

»Begrüßt man so seine Lieblingskollegen?« Søren zog Vibeke in eine bärenhafte Umarmung.

Für den Bruchteil einer Sekunde flog ein Lächeln über ihre Lippen, doch bereits mit dem nächsten Wimpernschlag war es wieder verschwunden, und sie löste sich aus der Umarmung. »Man hat mich informiert, dass Saskia Niekamp gefunden wurde.«

Søren nickte. »Wir gehen davon aus, zumindest trägt die Tote eine Segeljacke mit dem Logo der Sønderjylland Bank.«

»Ich habe mir das Foto von der Vermisstenanzeige schicken lassen.« Vibeke zog ihr Smartphone unter dem Overall hervor, scrollte durch eine Bilderdatei und hielt ihnen schließlich das Foto einer jungen Frau entgegen. Blond. Blauäugig. Feine Gesichtszüge. Entschlossener Blick.

Rasmus runzelte die Stirn. »Schwer zu sagen.« Er hatte das Bild der aufgeschwemmten Leiche vor Augen.

»Ich sehe mir die Tote an.« Vibeke setzte einen Mundschutz auf und trat mit dem Smartphone in der Hand durch den Zelteingang.

»Betriebsam wie immer«, stellte Rasmus fest.

»Gut so«, sagte Søren. »Sie hat viel durchgemacht.«

Søren hat recht, dachte Rasmus. Doch Vibeke Boisen zählte zu den zähesten Personen, die er kannte. Sie war nicht nur eine hervorragende Polizistin, sondern besaß dazu Stärke und Charakter. Eigenschaften, die er nicht nur schätzte, sondern vielmehr bewunderte, auch wenn sie ihn mit ihrer Korrektheit hin und wieder zur Verzweiflung brachte.

Er beobachtete, wie sie jetzt mit etwas Abstand die am Boden liegende Tote betrachtete, während Dr. Larsen die Mundhöhle inspizierte. Irgendwann erhob sich der Rechtsmediziner, und die beiden sprachen miteinander. Schließlich kamen sie gemeinsam aus dem Zelt.

»Die Leiche wird gleich abgeholt.« Adam Larsen lüpfte seinen Mundschutz.

»Kannst du schon etwas sagen?«, erkundigte sich Rasmus.

»Ich möchte die Tote lieber erst obduzieren, ehe ich mich festlege.«

»Aber eine erste Einschätzung kannst du uns doch sicherlich vorab geben, oder?«, hakte Rasmus nach. »War die Frau bereits tot, ehe sie ins Wasser gelangte? Ich konnte keinen Schaumpilz erkennen.«

Adam Larsen schmunzelte. »Du stellst die gleichen Fragen wie deine Kollegin.« Er wurde wieder ernst. »Ich weiß nicht, inwieweit ihr mit der Entstehung eines Schaumpilzes vertraut seid.«

»Es hat mit Aspiration zu tun, oder?«, fragte Vibeke.

Der Rechtsmediziner nickte. »Bei einem Ertrinkungstod sprechen wir von einem Vorgang des Erstickens mit einem flüssigen Medium. Wasser übt eine starke Reizwirkung auf das Atemzentrum aus. Gelangt es durch die Inspiration, also die Einatmung, in die Atemwege, versucht der Körper, es durch reflektorisch heftiges Husten wieder nach außen zu befördern. Dadurch erfolgt zwangsläufig eine Aspiration, also ein Einatmungssog, bei dem erneut Wasser in die Atemwege eindringt.« Er legte sich zur Unterstreichung seiner Worte die Hand auf die Brust. »Die Atmung gerät dabei völlig außer Kontrolle. Wasser, Schleim aus den Bronchien und die noch in den Atemwegen vorhandene Luft vermischen sich durch die krampfhaften Bewegungen zu einem feinblasigen Schaum, den man im Allgemeinen als Schaumpilz kennt und der in der Regel als Beweis dafür gesehen wird, dass die Person beim Untergehen im Wasser gelebt hat.«

Die Ermittler nickten unisono.

»Allerdings sind bei Personen, die bewusstlos ins Wasser gelangen, die Aspiration und damit die Ertrinkungszeichen nicht ganz so stark ausgeprägt.« Der Rechtsmediziner machte eine bedeutungsvolle Pause.

»Sie könnte also noch gelebt haben«, stellte Rasmus fest.

»Durchaus. Doch das lässt sich nur durch eine Obduktion endgültig klären.«

»Und die Strangulationsspuren am Hals?«

»Dazu sage ich dir mehr, sobald ich die Leiche auf dem Tisch habe.« Der Blick des Rechtsmediziners glitt zu Vibeke. »Gibt es Unterlagen über den Zahnstatus der Vermissten? Oder Angehörige, mit denen wir die DNA abgleichen können?«

»Ich kümmere mich darum.«

Adam Larsen warf einen Blick auf seine Armbanduhr. »Ich nehme den Abgleich vor, sobald ich das Material habe.« Er setzte seinen Mundschutz auf und ging zurück ins Zelt.

Rasmus wandte sich an Vibeke. »Nimmst du an der Obduktion teil?«

Sie schüttelte den Kopf. »Ich fahre zurück nach Flensburg und kümmere mich um das Abgleichsmaterial.« Ihre Miene war vollkommen ausdruckslos. »Ruf mich an, sobald die Identität bestätigt ist. Sollte die Frau tatsächlich stranguliert worden sein, spreche ich mit Petersen. Bis später.« Ein flüchtiges Lächeln streifte ihre Lippen, dann drehte sie sich um und stapfte über den Strand davon.

Søren trat neben Rasmus. »Sie hätte auch jemanden beauftragen können, den Zahnstatus zu besorgen.«

Rasmus nickte. »Sie weiß, dass es ein Fall für die Sondereinheit werden wird, wenn sich der Verdacht auf ein Tötungsdelikt bestätigt. Vielleicht macht ihr das zu schaffen.«

»Sie wird das schon wuppen«, sagte Søren. »So wie wir alle.« Gemeinsam blickten sie der schmalen Gestalt hinterher.

Odense, Dänemark

Rund fünf Stunden später trat Rasmus aus dem Obduktionssaal und schloss die Tür hinter sich. Ihm war kotzübel. All die Sekrete, Eingeweide und Gefäße und dazu dieser entsetzliche Gestank. Es hatte nicht viel gefehlt, und er hätte seinen Mageninhalt zum Zeitpunkt der Organentnahme direkt vor die Füße des Rechtsmediziners geleert.

Er lüpfte seinen Mundschutz, doch auch das Gemisch aus klimatisierter Luft und Desinfektionsmitteln konnte den stechenden Verwesungsgeruch, der ihm noch immer in der Nase hing, nicht gänzlich überdecken. Die Zersetzung des Leichnams war während des Transports in die Rechtsmedizin weiter vorangeschritten, trotzdem hatte Dr. Larsen die Tote mithilfe ihrer Zahnschemakarte eindeutig als Saskia Niekamp identifizieren können. Bei der Obduktion war darüber hinaus eine ausgedehnte ballonartige Überblähung an der Lunge erkennbar gewesen, was dafür sprach, dass das Opfer bewusstlos ins Wasser gelangt war. Zudem hatte sich durch die feingewebliche Untersuchung unter dem Mikroskop der Verdacht bestätigt, dass Saskia Niekamp zuvor stranguliert worden war.

Wer tat so etwas? Wer strangulierte eine Frau bis zur

Bewusstlosigkeit und entsorgte sie anschließend wie ein achtlos weggeworfenes Stück Müll in der Förde? Noch dazu während eines Kundenevents. Eine Person ohne jeglichen Skrupel. Dies war zumindest die naheliegendste Erklärung, doch aus Erfahrung wusste Rasmus, dass es sich nicht immer ganz so einfach verhielt. Oftmals war die Motivation, einen Menschen zu töten, wesentlich vielschichtiger, und er beschloss, keine voreiligen Schlüsse zu ziehen. Alles, was er zu diesem Zeitpunkt mit Sicherheit sagen konnte, war, dass sie es mit einem Tötungsdelikt und einem Fall für die Sonderheit zu tun hatten. Und dass die Obduktion noch nicht vollständig abgeschlossen war. Er hatte vorgeschützt, Vibeke Boisen dringend über die Identität des Opfers informieren zu müssen, doch Tatsache war, dass er es keine Sekunde länger mit der aufgeschnittenen Leiche im selben Raum ausgehalten hätte. Noch immer war sein Magen in Aufruhr.

Rasmus haderte mit sich, ob er in den Obduktionssaal zurückkehren sollte, doch am Ende hielt man ihn für unprofessionell, wenn er es nicht tat. Ehe er eine Entscheidung traf, würde er allerdings Vibeke anrufen, so wie er es Adam angekündigt hatte. Er zog das Handy unter seiner Schutzkleidung hervor und wählte ihre Nummer.

Flensburg, Deutschland

Vibeke legte den Hörer auf. Die Tote war wie erwartet als Saskia Niekamp identifiziert worden. Man hatte sie stranguliert und im bewusstlosen Zustand in die Förde geworfen, wo sie dann ertrunken war. Grausam, dachte sie. Blieb nur zu hoffen, dass die Frau von alldem möglichst wenig mitbekommen hatte.

Sie saß am Schreibtisch ihres Büros im dritten Stock der Polizeidirektion und war gerade die Vernehmungsprotokolle im Fall Manuel Sievers durchgegangen, einem zweiunddreißigjährigen Automechaniker, der im Alkoholrausch seinem achtundsiebzigjährigen Vater mit einer Axt den Schädel eingeschlagen hatte, als Rasmus angerufen hatte.

Der Mord an Saskia Niekamp war ein Fall für die Sondereinheit, und auch wenn der Einsatz formell noch von ihren Vorgesetzten abgesegnet werden musste, hatten sie die ersten Aufgaben verteilt. Während Rasmus die Teammitglieder zusammentrommelte und im GZ, dem Gemeinsamen Zentrum der deutsch-dänischen Polizei- und Zollzusammenarbeit in Padborg, alles für ihre Ankunft am nächsten Tag vorbereiten ließ, würde Vibeke die Angehörigen von Saskia Niekamp informieren, damit sie von ihrem Tod nicht aus der Presse oder durch die sozialen Medien erfuhren.

Vibeke starrte auf das Telefon. Jetzt war es also so weit. Die Sondereinheit kam ein weiteres Mal zum Einsatz. Sie hoffte, dass die Zusammenarbeit mit dem Team, insbesondere mit Rasmus, nicht alles wieder an die Oberfläche spülte, was sie seit Monaten zu vergessen versuchte.

Vielleicht hätte sie doch aus Flensburg weggehen sollen. Dann wäre ihr vieles erspart geblieben. Die Blicke ihrer Kollegen, die Zweifel, die ihr ehemaliger Stellvertreter Klaus Holtkötter mit seinen Boshaftigkeiten über sie in deren Köpfen gesät hatte und die ihr tagtäglich das eigene Versagen vor Augen hielten.

Sie hatte gegen zwei der wichtigsten Ermittler-Regeln verstoßen: objektiv bleiben und Distanz wahren.

Irgendwo da draußen hatte sie ihre Prinzipien verloren, Privates und Berufliches niemals zu vermischen. Dabei hatte sie nur versucht, alles richtig zu machen. Die zu sein, die alle in ihr gesehen hatten. Die perfekte Polizistin. Sie hatte elendig versagt, und das Gefühl, sich lächerlich gemacht zu haben, begleitete sie auf Schritt und Tritt. Trotzdem war Weglaufen keine Option. Sie würde sich den Dingen stellen und ihre Integrität beweisen, dann würden irgendwann die Tuscheleien verstummen. Und vielleicht konnte sie dann auch wieder in den Spiegel sehen.

Vibeke griff nach ihrem Kaffeebecher, dessen Inhalt längst kalt geworden war, und leerte ihn in einem Zug. Anschließend langte sie nach ihrer Jacke und ihrer Umhängetasche und verließ den Raum.

Am Büro ihrer Mitarbeiter blieb sie stehen. Der Platz von Michael Wagner war bereits verwaist, doch an Holtkötters früherem Schreibtisch saß seit Anfang des Jahres Kriminalhauptkommissarin Cornelia Nowak, ihre neue Stellvertreterin. Sie war eine robust gebaute Frau, Mitte fünfzig und Mutter von zwei erwachsenen Söhnen, mit roten Wangen und blonder Kurzhaarfrisur, die sie sich nach eigener Aussage selbst vor dem Spiegel schnitt. Sie hatte eine burschikose und direkte Art, die Vibeke anfangs leicht irritiert hatte, doch mittlerweile war Connie, wie sie von allen genannt wurde, aus ihrem Team nicht mehr wegzudenken. Sie war nicht nur eine erfahrene Polizistin und besaß Herz und Verstand, sondern war auch eine Person, die Probleme ohne Zögern anpackte und nach Lösungen suchte. Unaufgefordert.

Etwas, das man von ihrem Vorgänger nicht gerade behaupten konnte.

»Und?« Connie hob den Blick von ein paar Unterlagen. »Hat sich die Rechtsmedizin gemeldet?«

Vibeke nickte. »Der Verdacht hat sich bestätigt. Die Tote ist Saskia Niekamp. Sie wurde stranguliert und anschließend bewusstlos in die Förde geworfen.«

Ein Schatten flog über Connies Gesicht. »Die arme Frau.« Sie schüttelte betrübt den Kopf. »Noch dazu so jung.«

»Ich muss die Angehörigen benachrichtigen.« Vibeke sah auf ihre Armbanduhr. Es war bereits nach achtzehn Uhr. Feierabendzeit. »Kannst du mich begleiten?« Es gehörte zu den Vorschriften, dass Todesnachrichten immer persönlich und dazu von zwei Beamten überbracht wurden.

»Natürlich.« Connie war bereits aufgestanden und griff nach ihrer Jacke.

Kurz darauf verließen sie die Polizeidirektion durch die grüne Rundbogentür und stiegen in Vibekes Dienstwagen, den sie auf einem der Stellplätze für Einsatzfahrzeuge geparkt hatte. Während der zehnminütigen Fahrt nach Mürwik telefonierte Vibeke mit Kriminalrat Petersen, der ihr grünes Licht für den Einsatz der Sondereinheit gab, ehe sie schließlich vor einem Mehrfamilien-Wohnhaus mit roter Klinkerfassade zum Stehen kam.

»Die Angehörige heißt Ellen Niekamp«, sagte Vibeke, sobald sie das Auto verlassen hatten. Sie steuerte auf den Hauseingang zu. »Laut Vermisstenanzeige ist sie die Großmutter der Toten.«

Neben ihr hob Connie die blonden Brauen. »Die Großmutter? Was ist mit den Eltern?«

»Das werden wir sicher gleich erfahren.« Vibeke holte tief Luft, als sie den Namen der Frau zwischen den zahlreichen anderen gefunden hatte, und drückte auf die Klingel. Sie fragte sich, was sie hinter der Tür erwartete. Die Reaktionen der Angehörigen waren vielfältig. Manche schrien oder weinten, andere fingen an, das Haus zu putzen oder Wäsche zu waschen, einige verstummten. Wie würde Ellen Niekamp reagieren?

Der Summer ertönte. Im Erdgeschoss ging eine Wohnungstür auf, und eine grauhaarige Frau um die siebzig sah ihnen fragend entgegen, das Gesicht blass, die Augen gerötet. Sie wirkte, als hätte sie seit Tagen nicht mehr geschlafen.

Als Vibeke ihren Ausweis zückte, flackerte ihr Blick. Angst und Hoffnung vermischten sich darin.

»Vibeke Boisen. Polizei Flensburg.« Sie deutete auf Connie. »Meine Kollegin Cornelia Nowak. Sind Sie Ellen Niekamp?«

Die ältere Frau nickte. »Wurde Saskia gefunden?« Ihre Stimme zitterte.

»Dürfen wir vielleicht reinkommen?«

Ellen Niekamp nickte und öffnete die Tür ein Stück weiter. Vibeke und Connie traten ein und folgten der Frau ins Wohnzimmer. Landschaftsbilder auf Raufasertapete, eine geblümte Sofagarnitur, dazu ein klobiger Eichenschrank und Orientteppiche mit Fransen. Überall stand Nippes herum. Kristallfiguren, Blumen aus Porzellan, Häkeldeckchen. Vor dem Fenster hingen weiße Spitzengardinen.

»Wir müssen Ihnen leider mitteilen, dass Ihre Enkelin tot aufgefunden wurde«, sagte Vibeke, nachdem sie die Personalien der Frau überprüft und sich gesetzt hatten.

Ellen Niekamp schlug die Hand vor den Mund, in ihren Augen schwammen Tränen. Mit zittrigen Fingern zog sie ein Stofftaschentuch aus der Hosentasche hervor und schnäuzte sich.

»Wie konnte das passieren?« Die alte Frau klang fassungslos. »Saskia ist …«, sie stockte, »sie war eine erfahrene Seglerin. Da geht man doch nicht so einfach über Bord.«

Vibeke wechselte einen raschen Blick mit Connie, ehe sie antwortete. »Saskia starb durch Fremdverschulden. Sie wurde stranguliert und anschließend bewusstlos ins Wasser geworfen. Dort ist sie ertrunken. Ihre Leiche wurde heute früh an der dänischen Küste gefunden.«

In Ellen Niekamps Gesicht spiegelte sich Entsetzen.

»Wer tut so etwas?«, fragte sie schließlich. »Saskia hat nie jemandem etwas zuleide getan.« Sie knetete das Stofftaschentuch in ihrer Hand.

»Das müssen wir herausfinden«, erwiderte Vibeke. »Fühlen Sie sich dazu in der Lage, uns ein paar Fragen zu beantworten?«

Ellen Niekamp nickte.

»Wer könnte einen Grund gehabt haben, Ihre Enkelin umzubringen?« Sie zog Stift und Notizbuch aus der Tasche.

»Ich weiß es nicht.«

»Hatte Saskia vielleicht mit jemandem Streit? Mit Kollegen oder Vorgesetzten? Oder gab es Probleme mit einem Kunden?«

Ellen Niekamp schüttelte vehement den Kopf. »Saskia kam mit allen gut aus. Sie war vielleicht sehr zielstrebig, dabei aber immer freundlich und hilfsbereit anderen Menschen gegenüber.« Das Kneten verstärkte sich.

»Ich kann nicht fassen, dass ihr etwas zugestoßen ist. Ich denke noch immer, sie ruft gleich an.« Ihr Blick wanderte zu der Vitrine im Eichenschrank, wo ein Foto von ihr und ihrer Enkelin stand. Arm in Arm mit strahlenden Gesichtern. »Saskias Mutter hat sie verlassen, als sie klein war. Ich habe sie großgezogen.«

»Aber ihre Mutter lebt noch?«, erkundigte sich Connie.

»Ja. Auf einer kleinen Insel vor Thailand. Sie gibt dort Yoga- und Life-Coach-Kurse.« Ein missmutiger Zug grub sich in die Mundwinkel der alten Frau und ließ erahnen, was sie vom Lebensstil ihrer Tochter hielt.

»Und der Vater?«, hakte Connie nach.

»Der hat in unser aller Leben nie eine Rolle gespielt. Ich bin mir nicht einmal sicher, ob Nadine – so heißt meine Tochter – überhaupt seinen Namen kennt.«

Vibeke tippte nachdenklich mit dem Stift auf ihr Notizbuch. »Hatte Ihre Enkelin einen Freund?«

»Ja, aber das ist schon eine Weile vorbei. Frederick hat vor einem halben Jahr eine andere geheiratet. Saskia wollte sich nicht binden.« Ellen Niekamp neigte den Kopf leicht zur Seite. »Sie wollte unabhängig bleiben. Saskia sagte immer, sie könne sich nur auf sich selbst verlassen.«

»Wann haben Sie Ihre Enkelin zuletzt gesehen?«

»Am Montagabend. Sie hat ein paar Dinge für mich eingekauft, und wir haben dann zusammen Abendbrot gegessen. Sie wohnte ja ganz in der Nähe. In einem der Türme in Sonwik.«

Vibeke und Connie tauschten einen Blick. Das erst 2002 auf dem ehemaligen Marinegelände entstandene Yachthafenviertel Sonwik gehörte zu den exklusivsten Wohngegenden der Stadt.

»War Saskia an dem Tag irgendwie anders als sonst?«, erkundigte sich Vibeke.

»Nein. Alles war wie immer. Sie hat sich auf den Segeltörn gefreut. In letzter Zeit hat sie so viel gearbeitet, dass das Segeln viel zu kurz kam. Saskia war in ihrem Job sehr erfolgreich, müssen Sie wissen. Private Banking.« Stolz schwang in Ellen Niekamps Stimme mit. »Sie hatte nur mit den wichtigsten Kunden der Bank zu tun.« Im nächsten Moment schossen ihr Tränen in die Augen. »Aber jetzt ist meine Kleine tot. Dabei hatte sie doch ihr ganzes Leben noch vor sich.«

»Wir brauchen eine Liste mit Namen und Kontaktdaten von Saskias Angehörigen und Freunden.«

Ellen Niekamp nickte. Tränen liefen ihr über die Wangen.

Offenbar schien der Tod ihrer Enkelin erst jetzt richtig zu ihr durchzudringen.

»Können wir vielleicht jemanden für Sie anrufen?« Connies Stimme war voller Mitgefühl. »Sie sollten jetzt nicht alleine sein.«

»Ja, bitte.« Ellen Niekamp schnäuzte sich wieder die Nase. »Meine Schwester. Martina. Ihre Nummer steht da drinnen.« Sie deutete auf ein geblümtes Adressbuch, das auf der Anrichte neben dem Telefon lag.

Connie stand auf und verschwand mit dem Adressbuch im Flur, um zu telefonieren.

»Haben Sie vielleicht einen Schlüssel zu Saskias Wohnung?«, erkundigte sich Vibeke.

»Er liegt auf der Kommode neben dem Eingang. In der blauen Schale. An dem Anhänger ist ein Seemannsknoten.«

»Danke.« Vibeke verstaute Stift und Notizbuch wieder in ihrer Umhängetasche. Anschließend zog sie eine Visitenkarte heraus und legte sie auf den Couchtisch. »Rufen Sie mich an, falls Ihnen noch etwas einfällt. Ansonsten hören Sie von uns.« Sie stand auf und ging in den Flur, wo Connie gerade ihr Telefonat beendet hatte.

»Die Schwester braucht etwa eine halbe Stunde, bis sie hier ist. Ich bleibe so lange.«

»Danke, Connie.« Vibeke lächelte ihre Stellvertreterin an. »Und anschließend machst du Feierabend. Ich fahre noch kurz in die Wohnung des Opfers. Morgen früh bin ich dann in Padborg. Du kannst mich aber auf dem Handy erreichen, falls etwas sein sollte.«

»In Ordnung, Chefin.« Connie ging zurück ins Wohnzimmer und fragte Ellen Niekamp, ob sie ein Glas Wasser wolle, doch ehe die Antwort kam, war Vibeke bereits aus der Tür.

Flensburg, Deutschland

Die beiden L-förmig angelegten Turmhäuser Lee & Luv ragten am Hang der Fördepromenade rund fünfundvierzig Meter in die Höhe. Mit ihren roten Ziegeln und den großzügig verglasten Fensterfronten fügten sich die Neubauten in das Yachthafenviertel mit den zwanzig Wasserhäusern und den unter Denkmalschutz stehenden ehemaligen Marine- und Militärgebäuden im Stil der norddeutschen Backstein-Neogotik harmonisch ein.

Das Wasser glänzte im Hafenbecken spiegelglatt im Licht der Abendsonne. An den Stegen entlang der Promenade lagen zahlreiche Yachten vor Anker. Segler saßen an Deck, tranken ein Glas Wein oder ein Feierabendbier, lasen in einem Buch oder spielten Karten, einige schrubbten die Planken. Die Stimmung war friedlich und unbeschwert.

Saskia Niekamp muss eine Menge Geld gehabt haben, wenn sie sich hier eine Wohnung leisten konnte, dachte Vibeke. Sie zog den Schlüssel mit dem Seemannsknoten aus ihrer Jackentasche und steuerte auf den Hauseingang zu. Neben dem Klingelschild blickte ihr das Auge einer Kamera entgegen.

Sie öffnete die Eingangstür und nahm den Fahrstuhl in den neunten Stock. Ein Hausflur mit filigraner Holzverkleidung führte sie zu Saskia Niekamps Wohnungstür.

Die Räume waren großzügig geschnitten und lichtdurchflutet. Wohnzimmer und Küchenbereich gingen nahtlos ineinander über. Dunkler Dielenfußboden, eine Sitzlandschaft mit hellen Bezügen, ein Egg Chair mit einer daneben stehenden Bogenlampe lud am Fenster zum Verweilen ein. Die Aussicht war spektakulär, reichte weit über den Yachthafen und die Förde bis zur dänischen Küste.

Ein Strauß vertrockneter Rosen, der in einer Vase auf dem Wohnzimmertisch stand, fiel Vibeke ins Auge. Rot und langstielig. Der Klassiker. Wer hatte sie Saskia Niekamp geschenkt?

Ein Gang führte zum Schlafzimmer. Einrichtungsstil und Farbkonzept fanden sich auch in diesem Raum wieder. Die gleichen Dielen wie im Wohnzimmer, ein beiges Boxspringbett mit hellen Bezügen, ein dezenter Einbauschrank, der sich über eine komplette Wandlänge zog.

Sie streifte sich Einweghandschuhe über und öffnete eine der Schranktüren. Hosenanzüge, farblich sortiert von

Weiß über Grau bis hin zu Dunkelblau und Schwarz. Daneben hingen akkurat gebügelte Blusen, überwiegend in Weiß und Hellblau, doch auch kräftige Farben wie Pink und Grün waren vertreten. Sie durchsuchte stichprobenartig die Taschen, die allesamt leer waren, und inspizierte den restlichen Schrankinhalt. Blusen, T-Shirts und Jeans in allen möglichen Varianten, dazu flauschige Pullover und Hoodies, jede Menge Kleider und kurze Röcke und sogar Abendgarderobe. Dabei registrierte Vibeke die Namen zahlreicher teurer Label auf den Etiketten.

Hinter der letzten Schranktür fanden sich Schuhe und Taschen, darunter das eine oder andere Designerteil. Auch in Letztere warf sie einen Blick. Taschentücher, Tampons, ein paar Halsbonbons, Restaurantquittungen, ein tiefroter Lippenstift von Chanel, diverse Visitenkarten, die Broschüre einer Kunstausstellung, eine zerrissene Nylonstrumpfhose. Keinerlei Überraschungen.

Auf dem Nachtisch lagen unter einer Biografie von Michelle Obama ein paar Modezeitschriften und Segel-Magazine. Eine gläserne Schiebetür führte zu einer überdachten Loggia mit Grünpflanzen in Rattankörben und einer salbeifarbenen Sonnenliege. Am Horizont setzte gerade die Abenddämmerung ein.

Vibeke ging ins angrenzende Badezimmer, öffnete die große Schublade des schwebenden Waschtischunterschranks, die mit zahlreichen Cremes, Lotions und Make-up-Produkten teurer Marken sowie einem halben Dutzend Parfümflakons und einem Medizinkästchen mit handelsüblichen Arzneimitteln befüllt war. Auch sie barg keinerlei Überraschungen.

Vibeke kehrte ins Wohnzimmer zurück und nahm das Bücherregal in Augenschein. Eine bunte Mischung aus

Bildbänden, Biografien und Romanen, darunter zahlreiche Klassiker. Den Buchrücken nach waren viele Bücher ungelesen, oder es war achtsam mit ihnen umgegangen worden. Den gleichen Eindruck hatte Vibeke auch von der Kleidung der Toten gewonnen. Offenbar hatte Saskia Niekamp großen Wert darauf gelegt, ihre Besitztümer pfleglich zu behandeln. Ließ das auch auf ihren Umgang mit Menschen schließen?

Auf einem Sideboard von USM Haller entdeckte Vibeke einen silberfarbenen Laptop und ein gleichfarbiges Tablet. Beide Geräte waren passwortgeschützt. Hinter den Klapptüren stieß sie auf zwei prall gefüllte Ordner mit persönlichen Unterlagen. Versicherungspolicen. Gehaltsauszüge. Handyverträge. Krankenkassenunterlagen.

Sie klemmte sich die Ordner und die digitalen Geräte unter den Arm, ließ den Blick noch einmal durch die Wohnung schweifen, blieb erneut an den vertrockneten Rosen hängen. Vielleicht stammten sie von einem heimlichen Verehrer, oder es hatte einen Mann in Saskia Niekamps Leben gegeben, von dem ihre Großmutter nichts wusste. Jemand, mit dem sie Zeit und Nächte verbracht hatte?

Vibeke biss sich auf die Unterlippe. Der letzte Mann, mit dem sie zusammen gewesen war, war vor ihren Augen gestorben. Die Tage und Wochen danach waren schrecklich gewesen. Sie hatte viel gehadert. Mit ihrem Job. Ihrer Menschenkenntnis. Ihrem Leben. Nur geweint hatte sie bis heute nicht. Stattdessen hatte sich der Schmerz wie ein zu enges Korsett um ihre Brust gelegt.

Sie schmeckte den metallischen Geschmack von Blut in ihrem Mund und beschloss, zum Haus ihrer Eltern zu fahren.

Esbjerg, Dänemark

Es war bereits nach zwanzig Uhr, als Rasmus im Whitehouse seine Wohnungstür aufschloss. Er hängte seine Jacke an den Garderobenhaken im Flur und ging direkt ins Badezimmer. Nach dem Telefonat mit Vibeke war er tatsächlich noch einmal in den Obduktionssaal zurückgekehrt und hatte ihn erst wieder verlassen, nachdem auch die letzten Schnitte am Körper des Opfers zugenäht waren. Jetzt hatte er das Gefühl, dass der Verwesungsgeruch nicht nur in seiner Kleidung, sondern in jeder Zelle seines Körpers hing. Doch zumindest hatte er aus erster Hand erfahren, dass Saskia Niekamp zum Zeitpunkt ihres Todes schwanger gewesen war. Ungefähr in der achten Woche. Etwas, das ihren Tod noch tragischer machte.

Rasmus duschte sehr lang und sehr heiß, anschließend schlüpfte er in frische Klamotten und bereitete in der Küche wie üblich sein Smørrebrød zu. Er schlug zwei Eier in die Pfanne, belegte eine dicke Scheibe Roggenbrot mit Schinken und garnierte diesen mit Gurkenstreifen und Tubenkäse. Danach lud er die Spiegeleier darauf und toppte das Ganze mit einem großzügigen Klecks Remoulade. Er holte sich noch eine Flasche Bier aus dem Kühlschrank und setzte sich mit seinem Abendessen an den Tresen.

Es war ein langer Tag gewesen, und er fühlte sich müde und ausgelaugt. Kurz hatte er überlegt, in Odense auf dem Campingplatz zu übernachten, doch er hatte weder Kleidung zum Wechseln noch seine Zahnbürste dabeigehabt. Zudem lehnte die neue Matratze, die er vor Kurzem online bei Jysk bestellt hatte, noch immer in Folie verpackt in seinem Keller.

Während er genüsslich sein Smørrebrød verspeiste, ließ er den Blick durch den Raum schweifen. Sein Apartment lag in der siebten Etage eines schneeweißen Hochhauses in der Hafenanlage Esbjerg Brygge. Zweiundvierzig durchdesignte Quadratmeter verteilt auf zwei Zimmer mit hohen Decken und bodentiefen Fenstern, die tagsüber einen atemberaubenden Ausblick über die Nordsee bis zur Insel Fanø boten. Jetzt drückte die Dunkelheit schwer gegen die Scheiben.

Nach seinem Umzug von Aarhus nach Esbjerg hatte er zunächst eine Weile in seinem Bulli auf dem Campingplatz gehaust, ehe er hierhergezogen war. Er hatte immer davon geträumt, direkt am Meer zu leben, doch es fühlte sich irgendwie anders an, als er es sich vorgestellt hatte.

Zunächst hatte er gedacht, es läge an der Kargheit seines Apartments, doch mittlerweile war es durchaus wohnlich geworden. Das vormals kühle Weiß an den Wänden war einem warmen Grauton gewichen, auf den Sitzgelegenheiten waren Kissen und kuschelige Plaids verteilt, und er hatte gerahmte Plakate von Jazz-Festivals aufgehängt. In der Ecke neben der Couch lehnte sein Saxofon. Dazu verteilten sich in allen Räumen Idas Spielzeughinterlassenschaften. Ein Holzpuppenwagen, in dem sie ihre Lieblingspuppe Elsa über das Parkett schob, zahlreiche Bilderbücher und jede Menge Duplosteine. Über Idas Kinderbett im Schlafzimmer bildeten lustige Tierbilder bunte Farbakzente.

Seine Tochter war mittlerweile neunzehn Monate alt und lebte mit seiner Ex-Frau und ihrem Lebensgefährten in einem hübschen Haus in Kopenhagen. Noch immer versetzte es ihm einen Stich, wenn er an diese neue

Konstellation dachte. Eine Familie, zu der er nicht dazugehörte.

Rasmus vermisste sein altes Leben. Anton. Und Camilla. Doch diese Zeit war unwiederbringlich vorbei. Alles, was zählte, war Ida. Sie besuchte ihn seit einem halben Jahr an zwei Wochenenden im Monat. Anfangs hatte sie geweint, wenn sich Camilla verabschiedet hatte, doch das hatte sich mittlerweile gelegt. Tränen gab es nur noch, wenn Ida ihren Willen nicht bekam. Die Kleine konnte sehr bockig sein, und manche Tage mit ihr erschienen ihm anstrengender als eine Doppelschicht bei der Polizei, doch natürlich liebte er seine Tochter heiß und innig, und es fiel ihm schwer, nicht nachzugeben, wenn bei ihr Tränen kullerten.

Er schob sich ein weiteres Stück Smørrebrød in den Mund und spülte es mit einem kräftigen Schluck Bier hinunter.

Seine Gedanken wanderten zu den Ermittlungen. Augenblicklich hatte er wieder den Anblick der Wasserleiche vor Augen. Er schob seinen Teller beiseite. Eigentlich sollte man annehmen, dass es mit den Jahren besser wurde. Doch bei ihm war eher das Gegenteil der Fall. Vermutlich hatte er schon zu viele Tote in seinem Berufsleben gesehen. Menschen, die jahrelang unentdeckt in ihren Wohnungen gelegen hatten, Verweste und mumifizierte Leichen, weggeschossene Hinterköpfe und tote Kinder, Wasserleichen und Verbrennungsopfer, so wie Eva-Karin Holm.

Er konnte die Toten nicht vergessen. Sie wanderten durch seine Träume oder tauchten in den unpassendsten Momenten wieder auf. Einige waren hartnäckiger als andere, so als hätten sie ihm etwas Wichtiges zu erzählen, manche ließen sich nur selten blicken. Hin und wieder war Anton unter ihnen. Es waren seine schwärzesten Stunden.

Immer häufiger fragte er sich, ob er nicht endlich damit aufhören sollte, Polizist zu sein und Mörder zu jagen, doch es war das Einzige, was er konnte.

Er beschloss, ins Bett zu gehen.

3. Kapitel

Flensburg, Deutschland

Mit dem Klingeln des Weckers ging die Hektik los. Aufstehen, unter die Dusche springen, Kinder wecken, Frühstück und Pausenbrote vorbereiten, den Frühstückstisch decken.

Marie spürte, wie sich der Schweiß unter ihren Achselhöhlen ausbreitete. Natürlich trödelte der Rest der Familie wie gewohnt herum. Der zehnjährige Kilian lag noch immer unter der Bettdecke, während sein drei Jahre älterer Bruder Leon zwar bereits am Küchentisch saß, aber auf seinem Handy unentwegt irgendwelche Emojis in den Chat mit seinen Freunden schickte, die er in einer Dreiviertelstunde ohnehin auf dem Schulhof traf. Ihr Mann hockte unterdessen seit einer gefühlten Ewigkeit auf der Toilette. Für gewöhnlich tauchte er erst auf, wenn der Kaffee auf dem Tisch bereitstand. Frisch geduscht, in einen seiner Anzüge und ein von ihr gebügeltes Hemd gekleidet, während sie bereits wieder durchgeschwitzt war.

»Kilian!«, rief Marie die Treppe hinauf. »Steh endlich auf. Das Frühstück ist fertig. Und du, iss was«, forderte sie ihren Großen auf, der noch immer mit dem Kopf über dem Smartphone hing. »Sonst nehme ich dir das Handy weg.«

»Mensch, Mom«, maulte Leon. »Chill mal.« Doch

zumindest kam er ihrer Aufforderung nach, griff nach der Milchtüte und kippte sich einen Schwung der weißen Flüssigkeit über seine Vollkorn-Cornflakes. Das frisch geschnittene Obst ignorierte er.

»Ich kann meinen blauen Pulli nicht finden«, tönte Kilians Stimme von oben. Offenbar war er tatsächlich aufgestanden.

»Dann nimm einen anderen«, rief Marie zurück und holte zwei Brotboxen aus der Schublade, um sie mit den Pausenbroten und Apfelschnitzen zu befüllen.

»Ist der Kaffee fertig?« Elmar kam mit suchendem Blick die Treppe runter.

»Dir auch einen guten Morgen.« Marie langte nach der Kanne aus der Maschine und stellte sie auf den Tisch.

Elmar runzelte die Stirn, schenkte sich dann im Stehen einen Kaffee in die bereitstehende Tasse und nippte vorsichtig daran.

»Kannst du Kilian heute Nachmittag zum Fußballtraining bringen?«, fragte Marie, während sie das Apfelgehäuse in den Biomüll beförderte. »Ich schaffe es heute leider nicht.«

»Wie stellst du dir das vor?« Elmar klang augenblicklich gereizt. »Ich habe einen Job. Da kann ich nicht einfach um halb drei Feierabend machen.«

»Das Training beginnt um siebzehn Uhr«, erwiderte Marie. »Davon abgesehen arbeite ich auch. Und du weißt ganz genau, was bei uns in der Bank gerade los ist, seit …« Sie biss sich auf die Unterlippe.

»Und deshalb soll ich mich jetzt auch noch um deine Aufgaben kümmern?«

Kilian kam die Treppe heruntergeschlurft. Auf seinem blauen Pullover prangte ein Zahnpastafleck. Er setzte sich wortlos neben seinen Bruder an den Küchentisch, während sein betretener Blick von seiner Mutter zu seinem Vater ging.

»Als hätte ich nicht schon genug damit zu tun, die Familie zu ernähren«, schimpfte ihr Mann jetzt.

Marie lag auf der Zunge, dass sie ebenfalls zur Haushaltskasse beitrug, doch sie wollte keine Grundsatzdiskussion lostreten. Nicht heute. Nicht jetzt. Und schon gar nicht vor den Kindern. Elmar würde sie nur wieder kleinmachen. So wie jedes Mal. Schon so oft hatte sie den Entschluss gefasst, ihn zu verlassen, war ihren Söhnen zuliebe jedoch immer wieder zurückgerudert. Sie trank hastig einen Schluck Kaffee.

»Ich kann den Bus nehmen«, sagte ihr Jüngster leise, ohne den Blick von seinen Cornflakes zu heben.

»Schon gut, Schatz«, sagte Marie. »Ich fahre dich.« Sie warf ihrem Mann einen giftigen Blick zu, doch der hatte sich schon Richtung Tür gewandt.

»Es wird heute Abend später. Also wartet nicht mit dem Abendessen auf mich.« Elmar drehte sich noch einmal um, rang sich ein Lächeln in Richtung der Kinder ab. »Tschüss, Jungs!« Ohne seine Frau eines Blickes zu würdigen, trat er aus dem Haus.

Marie ließ die Verschlüsse der Brotdosen zuschnappen. Sie sah auf ihre Armbanduhr und bemerkte dabei den Kaffeefleck, der sich auf ihrer weißen Bluse ausgebreitet hatte. Ihr entfuhr ein Seufzen.

»So, ihr beiden.« Sie bemühte sich um eine fröhliche Stimme. »Jetzt beeilt euch, sonst kommt ihr noch zu spät zur Schule.«

Kurz darauf winkte sie ihren auf Fahrrädern davonfahrenden Söhnen hinterher, dann räumte sie in aller

Schnelle den Frühstückstisch ab, ehe sie die Treppe hinaufeilte, um sich im Schlafzimmer eine neue Bluse anzuziehen.

In der Eingangshalle der Sønderjylland Bank herrschte eine eigenartige Stille, als Marie rund fünfundzwanzig Minuten später durch die Tür trat. Serviceschalter und Kasse öffneten offiziell erst um halb zehn, doch Beratungstermine konnten bereits ab acht vereinbart werden, sodass in der Regel auch um diese Zeit schon die ersten Schreibtische belegt waren.

Maries Absätze klackerten laut auf den dunkelgrauen Granitfliesen, während sie auf die Räume im hinteren Teil des Gebäudes zusteuerte, wo auch die Büros der Firmenkundenabteilung untergebracht waren.

Die Tür des Konferenzzimmers stand offen. Stimmen drangen zu ihr in den Flur hinaus.

»Marie!« Theresa Koch, eine der Kundenberaterinnen vom Serviceschalter und zugleich Klatschbase vom Dienst, winkte sie heran. »Wir sollen uns alle hier versammeln.«

»Was ist denn los?«, erkundigte sich Marie. »Geht es um Saskia?«

Im Konferenzraum befand sich bereits die halbe Belegschaft. Die Mitarbeiter standen in Grüppchen zusammen und tuschelten. Marie nickte zwei Kollegen aus ihrer Abteilung zu.

»Vermutlich.« Theresa strich sich eine dunkle Haarsträhne aus dem Gesicht. »Vielleicht hat man sie endlich gefunden.«

Marie hob ihre Aktentasche an. »Ich bringe noch schnell meine Sachen ins Büro.« Sie wollte sich abwenden, doch da bog bereits Bankdirektor Henrik Bo Christensen mit seinem Gefolge um die Ecke.

»Bitte, Marie, nach dir.« Er lächelte höflich und wies mit der Hand in den Konferenzraum.

»Danke.« Marie gesellte sich zu den anderen. Niemand setzte sich.

»Guten Morgen«, begrüßte der Bankdirektor seine Mitarbeiter. Er wirkte angespannt, seine Miene war blass und bedrückt. »Danke, dass ihr alle gekommen seid. Leider habe ich keine guten Nachrichten. Vielleicht hat es der eine oder andere von euch schon mitbekommen. Unsere Kollegin Saskia Niekamp wurde gestern Morgen am Ufer von Sønderby an der Halbinsel Kegnæs tot aufgefunden.« Ein Raunen ging durch das Konferenzzimmer. »Gerade erhielt ich einen Anruf von Jesper Holmegaard aus der Pressestelle«, fuhr Henrik Bo Christensen fort. »Leider handelt es sich nicht um einen bedauerlichen Unfall, sondern um ein Tötungsdelikt.«

Marie fuhr sich mit der Hand an den Mund, während Theresa neben ihr ein »Um Himmels willen!« ausstieß. Stimmen gingen durcheinander.

»Was ist denn genau passiert?«, rief jemand in Richtung der Geschäftsleitung.

»Herrschaften, bitte!« Henrik Bo Christensen hob beschwichtigend die Hand. Um seine Mundwinkel hatte sich ein harter Zug eingegraben. »Ich möchte nichts beschönigen.« Er holte tief Luft. »Wie es aussieht, wurde Saskia stranguliert und anschließend bewusstlos ins Wasser geworfen. Sie ist ertrunken.«

Es wurde so still im Raum, dass man eine Stecknadel hätte fallen hören können. In den Gesichtern der Belegschaft spiegelte sich Entsetzen.

»Das ist alles unfassbar, und meine Gedanken sind in diesen schweren Stunden bei Saskia und ihrer Familie«, fuhr der Bankdirektor fort. Er machte eine kurze, bedächtige Pause, ehe er weitersprach. »Neben der Trauer um unsere geschätzte Kollegin steht uns allen eine turbulente Zeit bevor. Dafür müssen wir gewappnet sein. Es wird Schlagzeilen geben, und sie werden auch unsere Bank betreffen. Alle Welt wird darüber spekulieren, was an Bord der *Valeria* passiert ist. Und welchen Anteil unsere Bank daran hat.« Er sah in die Runde. »Unsere Kunden werden verunsichert sein, und wir alle werden unser Bestmögliches tun, um ihr Vertrauen in die SJB zu erhalten.« Er tauschte einen bedeutungsvollen Blick mit Thomas Pedersen, dem Leiter des Private Banking, der dem typischen Klischee eines geschniegelten Broker-Typen im perfekt sitzenden Anzug entsprach und zudem Saskia Niekamps direkter Vorgesetzter gewesen war. »Selbstverständlich werden wir alle unser Möglichstes tun, um die Polizei bei ihren Ermittlungen zu unterstützen, innerhalb des Rahmens, der uns als Bankhaus möglich ist.«

Marie nickte. Im Klartext bedeutete das, die Herausgabe von Kontodaten erfolgte nur gegen richterlichen Beschluss. Die SJB wahrte die sensiblen Informationen, die ihr im Rahmen der Geschäftsbeziehung von ihren Kunden bekannt waren, mit höchster Diskretion.

»Sollte euch ein Reporter oder überhaupt jemand seitens der Medien ansprechen, verweist die Person direkt an unsere Pressestelle.« Die Miene des Bankdirektors wurde streng.

»Kein Kommentar zum Sachverhalt. Wir leisten unsere Aufklärungsarbeit, aber wir müssen gleichzeitig alles tun, um den guten Ruf unserer Bank zu schützen. Es geht um unser aller Arbeitsplätze.« Er ließ den Blick über die Köpfe der Mitarbeiter gleiten. »Die Geschäftsführung wird in Kürze ein Statement zum Tod unserer geschätzten Kollegin herausgeben.« Ein letztes ernstes Nicken, dann verschwanden Henrik Bo Christensen und sein Gefolge aus dem Raum. Die Mitarbeiter blieben mit betroffenen Gesichtern zurück.

Marie verließ als eine der Ersten das Konferenzzimmer, ging wie betäubt den Flur zu den Büros der Firmenkundenabteilung entlang. Es schien ihr, als würden sich Dutzende Blicke in ihren Nacken bohren, doch vielleicht drückte sie auch nur ihr schlechtes Gewissen. Sie hatte Saskia Niekamp gehasst.

Padborg, Dänemark

Rasmus stellte seinen VW-Bus auf dem Parkplatz des Gemeinsamen Zentrums ab, das in einem zweistöckigen Backsteingebäude mitten im Padborger Industriegebiet untergebracht war, versteckt zwischen zahlreichen Speditionen, Lkw-Abstellplätzen und Industriehallen.

Er war bereits um sieben Uhr in Esbjerg losgefahren, damit er nicht in den Berufsverkehr geriet und gleich zur ersten Teambesprechung zu spät kam.

Er zog den Autoschlüssel mit dem Luke-Skywalker-Legoanhänger aus dem Zündschloss und schwang sich vom Fahrersitz. Ein dunkelblauer Kombi mit deutschem Kennzeichen bog von der Straße in die Einfahrt des Parkplatzes und kam direkt neben seinem Bulli zum Stehen.

»Hej!« Vibeke stieg aus ihrem Dienstwagen und öffnete die Tür zur Rückbank. Dort lagen zwei prall gefüllte Ordner, die sie sich unter den Arm klemmte.

»Ich kann dir was abnehmen«, bot Rasmus an und schlug die Fahrertür zu.

Ein kühler Blick aus ihren Gletscheraugen traf ihn. »Nicht nötig. Ich komm klar.«

Natürlich, was auch sonst. Rasmus verspürte einen kleinen Stich. Sie hatten so viel zusammen durchgemacht und ein unsichtbares Band geknüpft, doch jetzt erschien ihm Vibeke wie eine Fremde. Kalt und distanziert. Dabei hatte er geglaubt, sie wären Freunde. Doch offensichtlich hatte er sich geirrt. Enttäuschung machte sich in ihm breit. Schweigend folgte er seiner Kollegin, die bereits zielstrebig auf den Eingang des Gemeinsamen Zentrums zusteuerte. *Sie ist härter geworden. Noch härter.*

Das Büro der Sondereinheit lag im ersten Stock. Sechs Schreibtische, drei Aktenschränke, an der Wand eine durchlöcherte Karte vom deutsch-dänischen Grenzgebiet, wo Fähnchen die früheren Tatorte markiert hatten.

Zwei Augenpaare blickten ihnen erwartungsvoll entgegen. Jens Greve, der hellhäutige Brillen- und Anzugträger von der Landespolizei Schleswig-Holstein, erhob sich von seinem Platz, und auch Luís Silva schob sich im Rollstuhl hinter seinem Schreibtisch hervor. Der portugiesische Informatiker mit deutscher Polizeiausbildung hatte das typische Aussehen eines Südeuropäers. Dunkle Haare, dunkle Augen sowie ein dunkler Teint, der selbst im Winter nicht ganz verblasste. Er spielte Bassgitarre in einer Band, mit der er hin und wieder in Klubs und bei Veranstaltungen auftrat.

»Hej!« Rasmus begrüßte Luís mit einer freundschaftlichen Umarmung, während ihm Jens Greve gewohnt formell die Hand reichte.

Søren, der gerade dabei gewesen war, Fotos an der Glasmagnettafel zu befestigen, stellte mit seiner Baritonstimme zufrieden fest: »Jetzt fehlt nur noch Pernille.«

»Wann kommt sie?« Vibeke platzierte die Ordner unter ihrem Arm auf ihrer Schreibtischplatte.

»Im Laufe des Nachmittags. Ihre Dienststelle kann wohl nicht eher auf sie verzichten.« Søren lächelte breit. »Aber das können wir ja gut nachvollziehen.«

Rasmus nickte zustimmend. Pernille Larsen war das Herz ihres Teams. Sie führte nicht nur bei all ihren Fällen die Akten und hielt damit sämtliche Fäden in der Hand, sondern sie unterstützte und vermittelte, wo immer sie konnte. Er hegte die leise Hoffnung, dass Vibeke durch ihre Anwesenheit ein wenig auftauen würde.

Er schälte sich aus seiner Jacke und hängte sie über die Stuhllehne, eher er zum Sideboard ging, um sich einen Kaffee einzuschenken. Den Teller mit üppig belegten Broten ignorierte er, da er bereits während der Fahrt zwei Zimtschnecken vertilgt hatte.

Rasmus hatte sich gerade mit seinem Becher hinter den Schreibtisch gesetzt, als die Tür aufging und ein ihm unbekannter Mann eintrat, Anfang fünfzig mit schütterem aschblondem Haar und leichtem Wohlstandsbauch unter dem Cordsakko.

»Ach, Herr Heisemann«, begrüßte ihn Vibeke. »Danke, dass Sie es gleich einrichten konnten.« An das Team gewandt, sagte sie: »Darf ich vorstellen? Martin Heisemann von der Kripo Schleswig. Er hat die Vermisstensache Saskia Niekamp bearbeitet und zusammen mit seinen Kollegen die Erstbefragungen an Bord der *Valeria* durchgeführt.« Sie stellte die Teamkollegen der Sondereinheit vor. »Er wird uns ein kurzes Briefing geben.«

Der Kripomann zückte einen USB-Stick. »Ich habe eine Übersicht der Personen an Bord erstellt. Die elektronische Akte mit den Befragungsprotokollen habe ich schon vorab per Mail geschickt.«

Luís gab ein paar Befehle in seine Computertastatur ein und sah auf den Bildschirm. »Sie ist da.« Er nahm den USB-Stick entgegen und steckte ihn in den Anschluss seines Computers. Seine Hände flogen erneut über die Tastatur. Eine Tabelle mit zahlreichen Namen erschien auf dem digitalen Whiteboard, das Luís zusammen mit der Glasmagnettafel erst im letzten Jahr trotz knappem Budget für die Sondereinheit errungen hatte.

»Insgesamt waren dreiundvierzig Personen an Bord der *Valeria*«, begann der Kripomann. »Darunter die sechsköpfige Segelcrew, drei Servicekräfte und sieben Mitarbeiter der Sønderjylland Bank.« Seine Hand deutete auf die Namen, die samt ihrer Funktion fein säuberlich untereinander aufgeführt waren. »Die restlichen siebenundzwanzig Personen waren Kunden, zum Teil mit Begleitung, die für das Event eingeladen worden waren.«

Rasmus ging die Liste der überwiegend deutschen Privat- und Firmenkunden durch, die ihm allesamt nichts sagten, als er im unteren Drittel einen Namen entdeckte, den er kannte. Er stieß einen Pfiff aus. »Dan Sødergren war an Bord? DER Dan Sødergren?!«

Der Kripomann nickte.

»Wer ist das?« Jens schob sich die runde Brille auf der Nase zurecht.

Rasmus sah seinen Kollegen ungläubig an. »Sag bloß, du kennst Dan Sødergren nicht?«

»Hätte ich sonst gefragt?«

»Der Mann war siebenmal Segelweltmeister in drei verschiedenen Bootsklassen«, erklärte Rasmus. »Dazu hat er eine Goldmedaille und zweimal Silber bei den Olympischen Spielen geholt und war mehrfach Europameister. Er hat sogar am America's Cup teilgenommen.« Begeisterung schwang in seiner Stimme mit. »Der Mann ist einer der besten Segler, die Dänemark je hatte. Quasi eine Segellegende.« Er konnte nicht fassen, dass jemand Dan Sødergren nicht kannte.

Jens zuckte unbeeindruckt die Achseln. »Ich hab's nicht so mit Segeln.«

»Lasst uns weitermachen.« Vibeke wandte sich ihrem Kollegen von der Kripo Schleswig zu. »Und keiner der Anwesenden hat etwas von dem Vorfall mitbekommen? Irgendwie nur schwer vorstellbar.«

»Leider nein. Zur vermutlichen Tatzeit waren die meisten Leute unter Deck. Draußen herrschte Starkwind, noch dazu war es die reinste Waschküche. Die Crew hatte alle Hände voll zu tun, die *Valeria* sicher zurück in den Hafen zu bringen.«

Luís klopfte mit seinem Stift auf die Schreibtischunterlage. »Wie lange dauert es, jemanden zu erdrosseln?«

»Laut Rechtsmedizin kommt es nach drei bis fünf Minuten zu irreversiblen Hirnschädigungen«, berichtete Rasmus, was er von Adam Larsen diesbezüglich erfahren hatte. »Nach fünf bis zehn Minuten ist die Person tot. Aber die Bewusstlosigkeit tritt bereits nach fünf Sekunden ein.«

»Und die Tatwaffe?«

»Leider war die Leiche nicht mehr im besten Zustand, deshalb lässt sich nicht mehr feststellen, ob ein faserabgebendes Drosselwerkzeug verwendet wurde. Aber die Strangfurche war relativ tief, was eher auf ein schmales Strangwerkzeug und große Zugkraft hindeutet. Möglicherweise ein Seil oder ein Riemen, aber da wollte sich Dr. Larsen nicht festlegen.«

»Davon gibt's ja so einige auf dem Schiff«, stellte Jens fest.

»Ganz schön kaltblütig, die Frau einfach über Bord zu werfen«, meinte Luís.

Rasmus nickte. »Wahrscheinlich ist der Täter in Panik geraten. Schließlich musste er damit rechnen, jeden Augenblick entdeckt zu werden. Nur das schlechte Wetter hat ihn gerettet.«

»Bei Sonnenschein wäre es jedenfalls nicht passiert«, warf Vibeke ein. »Da wären die meisten Leute an Deck gewesen.«

»Man muss sich ja schon fragen, weshalb die bei der Wetterlage überhaupt losgesegelt sind«, kam es von Søren. Der Hüne langte nach einem dick mit Käse und Wurst belegten Brot auf seinem Teller neben der Computertastatur und biss genüsslich hinein. Dabei fielen ein paar Krümel herab und verfingen sich in seinem Bart.

»Regen und Starkwind waren im Vorfeld angekündigt«, Martin Heisemann strich sich durch das schüttere Haar, »doch für eine erfahrene Segelcrew war das kein Grund, den Törn abzublasen. Besser als Flaute, sagte man mir. Auch der Veranstalter wollte das Event ungern absagen. Da wurde schon im Vorfeld jede Menge organisiert, und wenn ich es richtig verstanden habe, findet der Trip bereits seit zweiunddreißig Jahren statt. Traditionell am Freitag vor Beginn der Flensburger Fördewoche. Niemand wollte damit brechen.«

»Und damit auf die Kohle der Kunden verzichten.« Søren wischte sich mit der Serviette den Mund ab. »Bei so einem Event werden doch sicherlich nebenbei ein paar Geschäfte abgewickelt, oder?«

»Davon ist auszugehen«, pflichtete ihm Jens bei.

Rasmus schlug die langen Beine übereinander und wippte nachdenklich mit dem Fuß. »Wer hat als Erstes mitbekommen, dass Saskia Niekamp über Bord gegangen ist?«

Martin Heisemann deutete auf einen Namen aus der Segelcrew.

»Das war Friedrich Neumann von der Deckcrew. Er hat eine Person im Wasser treiben sehen, vielmehr eine weiße Segeljacke. Zu dem Zeitpunkt wusste niemand, dass es sich dabei um Saskia Niekamp handelte. Offenbar trugen alle Mitarbeiter der Bank die gleichen Jacken.« Sein Gesicht nahm einen bekümmerten Ausdruck an. »Neumann hat unverzüglich Alarm geschlagen, auch das Mann-über-Bord-Manöver wurde sofort eingeleitet und der Notruf abgesetzt, aber zu dem Zeitpunkt war von der Person schon nichts mehr zu sehen, die Strömung war dort wohl sehr stark. Es war alles höchst dramatisch. Etliche Rettungskräfte waren im Einsatz, auch wir waren zusammen mit der Wasserschutzpolizei auf dem Wasser.«

Rasmus langte nach seinem Kaffeebecher. »Weshalb hat die Frau keine Schwimm- oder Rettungsweste getragen? Bei uns existiert eine Schwimmwestenpflicht.«

»In Deutschland ist es Ländersache«, antwortete der Kripomann. »Für Fahrgastschiffe gibt es eine Vorschrift, für die Anzahl von Fahrgästen geeignete Rettungsmittel griffbereit mitzuführen, aber keine Tragepflicht. Nur für Seglerinnen und Segler unter zwanzig Jahren gilt bei Regatten eine Schwimmwestenpflicht.«

Søren verschränkte die muskelbepackten Arme vor der Brust. »Das muss man alles nicht verstehen. So eine Rettungsweste ist doch wie eine persönliche Lebensversicherung. Weshalb trägt man die nicht freiwillig? Saskia Niekamp hätte noch leben können.«

Einen Moment sagte niemand etwas.

»Kommen wir zum Opfer«, durchbrach Vibeke schließlich die Stille. Sie zog ihr Notizbuch heran. »Saskia Niekamp. Geboren in Flensburg am 5. Mai 1995. Sie ist bei ihrer Großmutter Ellen Niekamp in Mürwik aufgewachsen. Ihre Mutter Nadine Niekamp lebt in Thailand, der Vater ist unbekannt.« Ein Foto der blonden Frau erschien auf dem digitalen Whiteboard. Feine Gesichtszüge, ein direkter Blick aus blauen Augen. Ein gewinnendes Lächeln. Saskia Niekamp war eine ausdrucksstarke Frau gewesen, strahlte zugleich Charme und Entschlossenheit aus. »Sie hat 2013 ihr Abitur gemacht und danach sechs Semester BWL studiert, inklusive eines dreimonatigen Berufspraktikums bei der Sønderjylland Bank. Im Frühjahr 2018 folgte dann ihr Masterabschluss in Businessmanagement Finance & Accounting an der HS Flensburg. Während des Studiums hat sie Bafög bekommen und zusätzlich in einem Café gejobbt, anschließend erfolgte dann der Einstieg bei der Sønderjylland Bank, zunächst im Bereich Firmenkunden.« Sie blickte hoch. »Ab diesem Zeitpunkt ging es für Saskia Niekamp rasant die Karriereleiter hinauf. Nur ein Jahr später, im Herbst 2019, war sie bereits als Wertpapierspezialistin im Investmentcenter des Bankhauses tätig, seit letztem Jahr als Private Bankerin.«

Luís schnalzte. »Die Berater meiner Sparkasse sind alle gut zwanzig Jahre älter. Nur Männer.«

»Saskia Niekamp war ledig«, fuhr Vibeke fort, »hatte keine Kinder und war laut Aussage ihrer Großmutter aktuell auch in keiner Beziehung. Aber in ihrer Wohnung stand ein Strauß vertrockneter roter Rosen, und ich denke nicht, dass sie ihn sich selbst geschenkt hat.«

»Saskia Niekamp war schwanger«, ließ Rasmus verlauten. »Laut Rechtsmedizin ungefähr in der achten Woche.«

Einen Moment blieb es still im Raum. In den Mienen der anderen spiegelte sich seine eigene Betroffenheit.

»Dann hat der Täter also zwei Menschenleben auf dem Gewissen.« Søren griff nach seinem Kaffeebecher.

»Die Schwangerschaft eröffnet zumindest neue Optionen, was den Täter betrifft«, sagte Jens. »Vielleicht hatte Saskia Niekamp eine heimliche Affäre oder einen One-Night-Stand. Ungewollte Schwangerschaft taugt durchaus als Mordmotiv. Der Vater des Kindes könnte bekannt sein, und es ist Erpressung im Spiel. Oder der Mann ist verheiratet. In dem Fall haben wir es unter Umständen mit einer eifersüchtigen Ehefrau zu tun. Es sind einige Konstellationen denkbar.«

Vibeke nickte. »Interessant ist auch Saskia Niekamps Wohnsituation. Sie lebte in einer Luxusimmobilie an der Fördepromenade in Sonwik. Ob Miete oder Eigentum ist derzeit noch unklar. Aber vielleicht findet sich die Antwort in den Unterlagen, die ich aus ihrem Apartment mitgebracht habe.« Sie deutete auf die Ordner auf ihrem

Schreibtisch, ehe sie in die Runde sah. »Was haben wir bislang über die Bank?«

»Ich habe mich ein wenig schlaugemacht.« Jens griff nach einem DIN-A4-Ausdruck neben seiner Computertastatur. Es kam Rasmus so vor, als hätte er bereits auf seinen Einsatz gewartet. »Die Sønderjylland Bank, auch SJB genannt, hat ihren Hauptsitz in Aabenraa und ist auf die Anlageberatung vermögender Privat- und Firmenkunden ausgerichtet. Neben einem umfangreichen Filialnetz in Südjütland gibt es die deutsche Zentrale in Flensburg und weitere Niederlassungen in Kiel und in Hamburg.« Er trank einen Schluck Wasser. »Bei der SJB in Flensburg arbeiten rund fünfzig Mitarbeiter und beraten sowohl dänische als auch deutsche Firmen- und Private-Banking-Kunden. Sie bieten ein sogenanntes Grenzkonto an, um die Bankgeschäfte beider Länder unkompliziert abzuwickeln. Firmencredo der SJB ist die persönliche Kundenbeziehung: zwanglos im Dialog und Begegnung auf Augenhöhe. Auf der Website gibt es einen ganzen Katalog über die Wertgrundlagen und die Nachhaltigkeitspolitik der Bank, aber die Einzelheiten erspare ich euch an dieser Stelle.«

»Danke, Jens.« Vibeke wandte sich an Rasmus. »Wann können wir mit dem Bericht aus der Rechtsmedizin rechnen?«

»Spätestens morgen.« Er rieb sich das stoppelige Kinn. »Aber ich denke nicht, dass es da noch Überraschungen geben wird.«

»Gut.« Vibeke warf einen Blick auf ihre Uhr. »Dann lasst uns jetzt die Aufgaben besprechen.«

Sie hat komplett das Ruder übernommen, dachte Rasmus. Doch er ließ sie gewähren. Zumindest vorerst.

Martin Heisemann langte nach seiner Jacke. »Dafür brauchen Sie mich sicher nicht, oder?«

»Nein. Vielen Dank für Ihre Hilfe, Herr Heisemann. Im Zweifelsfall melde ich mich noch einmal bei Ihnen.« Vibeke schenkte ihm ein flüchtiges Lächeln und wandte sich Luís zu, nachdem der Kripomann den Raum verlassen hatte. »Du kümmerst dich bitte um die Beschlüsse und Freigaben und fängst schon mal mit der Hintergrundrecherche über Saskia Niekamp an.«

Luís nickte. »Was ist mit ihren digitalen Geräten?«

»Das Handy wurde bislang nicht gefunden. Vermutlich ist es im Wasser verloren gegangen, aber in ihrer Wohnung lagen ein Laptop und ein Tablet. Ich habe beides heute früh in unsere IT gebracht.« Vibeke sah in die Runde. »Ich würde vorschlagen, wir anderen verschaffen uns als Erstes einen Eindruck von der *Valeria*, anschließend teilen wir uns auf. Rasmus und ich sprechen mit Friedrich Neumann und dem Kapitän, anschließend statten wir der SJB einen Besuch ab, und ihr beide«, ihr Blick wanderte zu Jens und weiter zu Søren, »befragt die restliche Crew und das Servicepersonal. Passt das für euch?«

Alle nickten.

Sie läuft wie ein Schweizer Uhrwerk, schoss es Rasmus in den Sinn. Als wäre nie etwas gewesen.

»Prima.« Vibeke sah auf die Uhr. »Ich muss noch kurz mit der Kriminaltechnik telefonieren. Sagen wir in einer Viertelstunde auf dem Parkplatz?«

Rasmus nickte. »Ich gehe so lange eine rauchen.« Er langte nach seiner Jacke.

Flensburg, Deutschland

Die Segelmasten der *Valeria* reckten sich in den leuchtend blauen Himmel. Sonnenstrahlen benetzten das Schiffsdeck, und das Holz glänzte im hellen Licht. Im Heck des Traditionsseglers flatterte die deutsche Flagge.

Neben Vibeke stieß Rasmus einen anerkennenden Pfiff aus. »Ein alter Zweimastschoner.«

Søren und Jens, die sich ebenfalls im Historischen Hafen eingefunden hatten, nickten einvernehmlich.

Vibeke verstand nicht viel von Segelschiffen. Sie wurde schnell seekrank und betrachtete sie daher am liebsten von Land aus. Doch auch sie musste zugeben, dass es sich bei der *Valeria* um ein ausgesprochen schönes Exemplar handelte, wenngleich man beim genaueren Hinsehen durchaus die Spuren der Zeit erkennen konnte. Die weiße Lackierung am Schiffsrumpf war mehrfach überstrichen und an zahlreichen Stellen ausgebessert worden, die an den Masten befestigten Segel durch Wind- und Wettereinflüsse verfärbt, vereinzelt schimmerten grünschwarze Punkte auf dem Tuch. Stockflecken.

»Dann wollen wir mal.« Vibeke steuerte, gefolgt von ihren Kollegen, auf die Gangway zu.

Ein Mann hantierte auf dem Schiffsdeck herum. Groß, blond, kräftig und mit Vollbart. Er trug einen dunkelblauen Troyer und hatte etwas Verwegenes an sich.

»Moin«, rief Vibeke und zückte ihren Dienstausweis. »Dürfen wir an Bord kommen?«

Der Vollbärtige nickte. Sie schätzte ihn auf Mitte vierzig.

»Vibeke Boisen, Polizei Flensburg.« Sie stellte ihre Kollegen vor, nachdem sie alle an Bord gelangt waren.

»Gunnar. Gunnar Harms.«

Der Steuermann, dachte Vibeke.

»Die Frau ist tot, oder?« Seine Stimme war dunkel und knorrig, sein Gesichtsausdruck ernst. Er fuhr sich mit der Hand über den Bart. »Es kam vorhin im Radio.«

»Ihr Leichnam wurde gestern auf der Halbinsel Kegnæs angespült«, bestätigte Vibeke. »Wir würden gerne noch einmal mit der gesamten Crew sprechen. Später kommen auch noch unsere Kriminaltechniker. Sind Sie alleine an Bord?«

»Mike, Fiete, JJ und Mogen sind unter Deck.« Gunnar Harms deutete mit dem Kopf zu der eingelassenen Holztreppe, die zur Kajüte hinunterführte.

»Fiete ist Friedrich Neumann, oder?«, hakte Vibeke nach und nahm aus dem Augenwinkel wahr, wie Rasmus ein paar Seile inspizierte. »In dem Fall würden wir gerne mit ihm als Erstes reden.«

Gunnar Harms nickte. »Ich gebe ihm Bescheid.« Er ging zur Treppe.

»Wir kommen dann mal mit«, sagte Søren und stapfte hinter dem Steuermann die Stufen hinunter.

Jens rückte seine runde Brille zurecht und folgte den vorausgehenden Männern. In seinem formellen grauen Anzug, dem frisch gestärkten weißen Hemd und den auf Hochglanz polierten Schuhen wirkte er einmal mehr wie ein Finanzbeamter denn wie ein Polizist und zudem an Bord des Segelschiffes merkwürdig fehl am Platz.

Vibeke bemerkte ein paar Touristen, die ihr Handy auf die *Valeria* gerichtet hatten. Auch vor der unweit liegenden *Alexandra*, einem 1908 vom Stapel gelaufenen Salondampfer und schwimmenden Wahrzeichen der Stadt, hatte sich eine Schar Bewunderer versammelt.

Auf dem Wasser glitten erste Segelboote in Richtung Außenförde und erinnerten Vibeke daran, dass heute in Glücksburg die Flensburger Fördewoche startete. Sie hatte sich in Vorbereitung auf den Fall durch das Wettfahrtprogramm gelesen und wusste daher, dass diese traditionell mit der Lyø-Rundt-Regatta um die gleichnamige dänische Insel begann. Am nächsten Tag folgten der NOSPA-Cup und Teil eins der German Open X-79, der deutsch-dänischen Meisterschaft. Anders als bei der Rumregatta, dem größten Gaffelseglertreffen Nordeuropas, das traditionell am Wochenende nach Christi Himmelfahrt stattfand und sowohl auf dem Wasser als auch an Land einem volksfestähnlichen Spektakel glich, stand bei der Fördewoche allein der sportliche Charakter im Vordergrund. Es ging um Pokale, Bänder und Titel.

»Moin.« Ein junger Typ mit widerspenstigen blonden Naturwellen und abgewetzter Jeans kam an Deck.

»Moin«, erwiderte Vibeke und sah sich nach Rasmus um, doch der hatte sich mittlerweile an den Bug des Segelschiffs begeben. Halb verdeckt durch den vorderen Mast, konnte sie nicht erkennen, was er gerade tat. Sie wandte ihre Aufmerksamkeit wieder dem Mann aus der Kajüte zu. »Vibeke Boisen. Polizei Flensburg. Sie sind derjenige, der entdeckt hat, dass letzten Freitag jemand über Bord gegangen ist?«

Er deutete ein Nicken an. »Ja. Das war ich. Aber ich habe leider nicht gesehen, wie es passiert ist. Das habe ich auch schon bei Ihren Kollegen letzte Woche zu Protokoll gegeben.« Er schob die Hände in die Hintertaschen seiner Jeans. »Anfangs dachte ich, es wäre nur ein Kleidungsstück. Eine weiße Segeljacke. Als ich begriff, dass dort ein Mensch im Wasser ist, habe ich sofort Alarm geschlagen.« Sein linkes Auge zuckte »Ich kann nicht einmal sagen, ob sich die Person bewegt hat, die Sicht war zu schlecht.« Er verstummte.

»Wo genau befanden Sie sich zu dem Zeitpunkt?«

»Am Fockmast. Ich sollte das Vorsegel reffen. Warten Sie, ich zeige es Ihnen.« Er steuerte mit Vibeke im Schlepptau auf den Bug der *Valeria* zu. Dort erhob sich Rasmus gerade aus der Hocke. Offenbar hatte er die unterschiedlichen Tauwerke inspiziert, die auf einem Brett an Holznägeln befestigt waren.

»Hej«, begrüßte er den Mann von der Crew. »Rasmus Nyborg. Politi Esbjerg.«

»Friedrich Neumann, aber alle nennen mich Fiete.« Der Blick des jungen Mannes huschte für einen kurzen Moment zu den Tauen, dann platzierte er sich an einer Stelle zwischen dem vorderen Mast und der Reling. Er sah Vibeke an. »Ich stand ungefähr hier. Die Person war steuerbord im Wasser.« Er deutete mit der Hand nach rechts.

»Befand sich zu dem Zeitpunkt noch jemand anders auf diesem Teil des Decks?«, fragte Vibeke.

»Ich habe zumindest niemanden bemerkt. Die meisten Passagiere waren bereits im Salon.« Ein Schatten legte sich auf sein Gesicht. »Möglicherweise war die Frau auch schon eine ganze Weile vorher über Bord gegangen, denn unmittelbar nachdem ich Alarm gegeben habe, war sie außer Sicht. Vermutlich hatte sich ihre Kleidung mit Wasser vollgesogen.«

Erneut machte sich Mitgefühl für das Opfer in Vibeke breit. Ertrinken war eine qualvolle Art zu sterben. Doch es tröstete sie, dass Saskia Niekamp in ihrem bewusstlosen Zustand höchstwahrscheinlich nicht viel davon mitbekommen hatte. Sie wandte sich wieder Fiete Neumann zu. »Waren Sie die ganze Zeit an dieser Position?«

»Nein. Ich hatte genug anderes zu tun. Die Plane vom Beiboot hatte sich gelöst und musste neu befestigt werden. Und vorher war ich noch kurz bei Mike. Er ist unser Kapitän.«

»Ist Ihnen sonst irgendetwas aufgefallen? Stand Frau Niekamp vorher zusammen mit jemandem an Deck?«

Fiete schüttelte den Kopf. »Ehrlich gesagt habe ich nicht darauf geachtet. Mein Job war es, mich um das Beiboot und die Segel zu kümmern, nicht um die Passagiere. Außerdem war es eine einzige Suppe da draußen.« Sein Blick glitt in Richtung Außenförde. »Man konnte kaum etwas erkennen. Ich war mir ja anfangs nicht einmal sicher, ob da tatsächlich ein Mensch im Wasser war.«

Rasmus trat neben Vibeke. »Kannten Sie Saskia Niekamp eigentlich schon vorher?« Ihr fiel auf, dass er den Mann förmlich siezte. Offenbar passte er sich hier den deutschen Gepflogenheiten an, anders als in Dänemark, wo bis auf die Königsfamilie jeder geduzt wurde. Etwas, das Vibeke noch immer gewöhnungsbedürftig fand.

»Nein.« Fiete pustete sich eine widerspenstige Haarsträhne aus dem Gesicht.

»Moin!«, ertönte eine männliche Stimme hinter ihnen.

Sie drehten sich um. Ein kräftiger Mann mit militärischem Kurzhaarschnitt kam auf sie zu. Er trug Jeans, ein schwarzes T-Shirt mit Metallica-Print und schwere Silberringe an den Fingern. Unter den Ärmeln blitzten tätowierte Oberarme hervor. »Mike Henschel. Ich habe gehört, Sie wollen mich sprechen?«

Vibeke nickte und stellte sich und Rasmus vor, ehe sie sich noch einmal Fiete Neumann zuwandte. »Danke, fürs Erste war es das.« Der junge Mann entfernte sich, und sie sah den Kapitän der *Valeria* an. »Erzählen Sie uns von letztem Freitag. Wo haben Sie sich aufgehalten, bevor der Mann-über-Bord-Ruf kam?«

»Ich war am Heck des Schiffes und habe Fiete und Mogen Anweisungen gegeben. Vorher habe ich die Leute, die noch an Deck waren, dazu aufgefordert, hinunter in den Salon zu gehen.« Er rieb sich die Schläfen. »Zwischendurch habe ich an Bord mit angepackt.« Sein Blick wanderte in Richtung Außenförde. »Mir will einfach nicht in den Kopf, was da letzten Freitag passiert ist.«

Vibeke musterte ihn. »Als Sie die Leute unter Deck geschickt haben, war Frau Niekamp dabei?«

»Ich habe nicht auf jeden Einzelnen geachtet.«

»Denken Sie nach«, forderte Vibeke ihn auf. Sie strich eine Haarsträhne zurück, die ihr der Wind vors Gesicht geweht hatte. »Wer war dabei?«

»Irgendwelche Kunden der SJB, sie haben sich mir nicht vorgestellt. Und auch ein oder zwei Leute von der Bank. Möglich, dass es Saskia gewesen ist.«

»Sind alle Ihrer Anweisung nachgekommen?«, hakte Vibeke nach.

»Ich denke schon.«

»Sie denken?«, mischte sich jetzt Rasmus ins Gespräch. »Als Kapitän tragen Sie doch die Verantwortung für Ihr Schiff und die Passagiere. Was ist mit Ihren eigenen Leuten? Ihrer Crew?«

Die Gesichtszüge des Kapitäns wurden hart. »Haben Sie eigentlich eine Ahnung davon, was an Bord los ist, wenn bei Starkwind ein Schiff krängt, alles Bewegliche an Deck ins Rutschen gerät und obendrein irgendwelche Menschen dazwischen herumstolpern und sich benehmen, als wären sie auf einer verdammten Foto-Safari?« Die Worte waren lautstark aus ihm herausgebrochen. »Die hatten nichts Besseres zu tun, als Selfies zu machen.« Er blähte die Nasenflügel. »Gunnar, unser Steuermann, und JJ, unser Navigator, waren, soweit ich weiß, an ihren Positionen und hatten alle Hände voll zu tun. So wie jeder von der Crew. Trotzdem hatten wir die Lage im Griff. Ich weiß nicht, wie das mit Frau Niekamp passieren konnte, aber es hat jedenfalls nichts mit der Schiffsführung zu tun.« Er hielt einen Moment inne, eher er hinterherschob: »Doch natürlich ist das alles sehr tragisch.« In seiner Stimme schwang nun Bedauern mit.

»Kannten Sie Frau Niekamp eigentlich?«, fragte Vibeke.

Michael Henschel nickte. »Sie war schon die letzten zwei Jahre bei dem Event mit an Bord. Dabei haben wir das eine oder andere Wort übers Segeln gewechselt. Ansonsten hatten wir aber nichts miteinander zu tun.«

»Ist Ihnen im Verlauf des Tages sonst irgendetwas Ungewöhnliches an Bord aufgefallen?«

Er schüttelte den Kopf.

Hier kommen wir nicht weiter, dachte Vibeke. Ihr Blick glitt das Schiff entlang. Die Segelmasten, das dazwischen befestigte Beiboot, ein Tisch und zwei Bänke, festgezurrte Dieselkanister, überall Tauwerk. War Saskia Niekamp womöglich mit einer dieser Leinen stranguliert worden?

Die Kriminaltechniker würden die *Valeria* genau

unter die Lupe nehmen, auch wenn der Regen die meisten Spuren vermutlich längst weggespült hatte.

»Wie lang ist das Schiff eigentlich?« Rasmus' Frage riss sie aus ihren Gedanken.

»Neununddreißig Meter«, erwiderte Michael Henschel. »Die Breite beträgt sechseinhalb Meter. Es gibt elf Kabinen mit jeweils zwei Kojen, Dusche und Toilette und eine Vierbettkabine. Für Tagesfahrten können wir sechzig Passagiere mit an Bord nehmen.«

Rasmus nickte anerkennend. »Beachtlich.«

»Sehr schön«, unterbrach Vibeke das Geplänkel. Sie hatten einen langen Tag mit etlichen Befragungen vor sich. »Wir würden dann jetzt gerne noch den Rest des Schiffes sehen.«

Flensburg, Deutschland

Die Sønderjylland Bank war in einem modernen dreistöckigen Flachdachbau mit schwarzgrauer Ziegelfassade im Zentrum von Flensburg untergebracht, der Eingangsbereich bestand vornehmlich aus Glas und Stahl.

Vibeke war schon häufig an dem Gebäude vorbeigefahren, doch bislang noch nie drinnen gewesen.

Die Empfangshalle war von beeindruckender Größe, und auch hier glänzte alles im modernen Design. Dunkelgrauer Granitboden, helles Eichenholz und Möbel von betont schlichter Eleganz.

»Sieht aus wie in einem Hotel«, murmelte Rasmus, während sie auf den mittleren der drei Servicetresen zusteuerten.

»Willkommen in der Sønderjylland Bank«, wurden sie von einer gepflegten Dunkelhaarigen begrüßt, deren schmal geschnittener Blazer genauso perfekt saß wie ihr Lächeln. »Wie kann ich Ihnen helfen?«

Vibeke legte ihren Dienstausweis auf den Tresen, und auch Rasmus zeigte seinen vor. »Wir möchten gerne mit Henrik Bo Christensen sprechen. Ist er im Haus?«

Die Serviceberaterin lächelte erneut. »Sie werden bereits erwartet.« Sie wies wie eine Stewardess auf den gläsernen Fahrstuhl. »Fahren Sie einfach in den zweiten Stock, und dann links den Gang entlang. Es ist das letzte Büro ganz am Ende. Ich gebe Bescheid, dass Sie kommen.« Sie griff nach dem Telefon.

»Danke.« Vibeke fiel auf, dass die Mitarbeiter an ihren Schreibtischen alle geschäftig telefonierten, neben ihnen wurde gerade einer älteren Frau das Selbstbedienungsterminal erklärt.

Business as usual, schoss es Vibeke durch den Kopf.

»Man erwartet uns bereits«, raunte Rasmus, als sie in den gläsernen Fahrstuhl stiegen. »Das hört man selten.«

Vibeke ging nicht auf seine Bemerkung ein. Sie war in seiner Gegenwart noch immer angespannt und versuchte, die Bilder aus ihrem Kopf zu vertreiben, die sein Anblick bei ihr auslösten. Erinnerungsfetzen, die blitzartig kamen und gingen. Claas. Das Hochhausdach.

Vibeke zwang sie beiseite, konzentrierte sich wieder auf ihren aktuellen Fall. Sie fragte sich, wie ihnen der Bankdirektor gleich entgegentreten würde. Die Chefetage der SJB war mit Sicherheit gerüstet. Vermutlich hatte man bereits direkt am Freitagabend die Rechtsabteilung kontaktiert, um sich auf den schlimmsten anzunehmenden Fall, den Tod von Saskia Niekamp, vorzubereiten. Das Kundenevent auf der *Valeria* war ein Marketingtool und hätte dem Bankhaus neben der Kundenbindung jede Menge positiver Publicity und das eine oder andere Neugeschäft bringen sollen, stattdessen erwies es sich als PR-Albtraum. Höchstwahrscheinlich saßen sie gleich nicht nur Henrik Bo Christensen, sondern auch einem Pulk von Anwälten gegenüber.

Die Schiebetüren des Fahrstuhls öffneten sich, und sie stiegen aus. Anstatt der dunklen Granitfliesen war hier edles Parkett verlegt. Glaswände trennten die angrenzenden Büros vom Flur. Sandstrahlfolie auf halber Höhe sorgte für die nötige Diskretion. Aus einem dezent eingebauten Bluetooth-Audiosystem rieselte leise Hintergrundmusik.

Kurz darauf standen sie in einem großzügig geschnittenen Eckbüro. Große Panoramafenster boten einen Blick über die Altstadt. Auch hier war das Mobiliar von betont schlichter Eleganz. Durch die Kombination mit natürlichen Hölzern und einigen Grünpflanzen wirkte die Atmosphäre warm und einladend. Vier Swan Chairs in der hellgrauen Stoffvariante gruppierten sich um einen runden Marmortisch. An der Wand hingen gerahmte Fotos einiger Gebäude, an deren Fassaden der blaue Schriftzug der Sønderjylland Bank prangte. Bei einem Bauwerk, das an einen gläsernen Würfel erinnerte, erkannte Vibeke die Hamburger HafenCity im Hintergrund. Offenbar handelte es sich bei den Gebäuden um die Niederlassungen der Sønderjylland Bank.

Ein großer, dunkelhaariger Mann mit sportlicher Statur erhob sich hinter seinem Schreibtisch aus hellem Eichenholz. Wie es sich für einen Banker gehörte, war er in einen dunkelblauen Anzug gekleidet, dazu trug er eine farblich abgestimmte Krawatte und ein weißes Hemd. Sein Gesicht wirkte freundlich und offen. Helle Augen. Intensiver Blick.

»Henrik Bo Christensen.« Er reichte Vibeke die Hand.

Ein kräftiger Händedruck, bei dem er ihr direkt in die Augen sah, ehe er sich ihrem Kollegen zuwandte. »Du er fra dansk politi?« Offenbar hatte die Serviceberaterin angekündigt, dass ein dänischer Polizist dabei war.

»Ja. Rasmus Nyborg fra Esbjerg.«

Die beiden Männer nickten sich zu.

»Setzen wir uns.« Der Bankdirektor wies auf die Sitzgruppe. Auf dem Tisch stand ein Tablett mit Gläsern, Tassen, Getränken und Thermoskanne bereit, daneben eine Schale mit Keksen. Sie nahmen Platz.

Henrik Bo Christensen griff nach der Thermoskanne. »Kaffee?«

Vibeke und Rasmus nickten zeitgleich.

»Dann dreimal Kaffee.« Der Bankdirektor lächelte. Er hat einen charmanten dänischen Akzent, stellte Vibeke fest. Zudem war er um einiges jünger, als sie ihn sich vorgestellt hatte. Höchstens Anfang vierzig. Der Leiter ihrer Sparkassen-Filiale war gut zwanzig Jahre älter.

»Unfassbar, was da passiert ist«, sagte er, nachdem er alle Tassen gefüllt hatte. Sein Gesicht war ernst. »Saskia war eine hervorragende Mitarbeiterin und Kollegin, und sie wurde von uns allen sehr geschätzt. Sie hatte dieses ansteckende Lachen und war äußerst selbstbewusst. Wissen Sie, was sie damals am Ende ihres Vorstellungsgesprächs zu mir gesagt hat? ›Stellen Sie mich ein, und Sie werden es nicht bereuen.‹« Er sah Vibeke an. »Bei manch anderem hätte das vielleicht eitel geklungen, aber nicht bei Saskia. Sie war einfach nur bereit, ihr Bestes zu geben. So wie sie es dann auch getan hat.« Ein trauriges Lächeln streifte seine Lippen. »Weiß die Polizei schon Genaueres?«

»Die Ermittlungen stehen noch am Anfang«, hielt sich Vibeke bedeckt. Sie zog Stift und Notizbuch aus ihrer Tasche, während sich ihr Kollege einen Keks aus der Schale angelte. »Was denken Sie, wer hätte einen Grund haben können, Ihrer Mitarbeiterin Derartiges anzutun?«

»Spontan würde ich sagen, niemand«, erwiderte Henrik Bo Christensen. »Aber das ist natürlich falsch.« Er rieb sich die Schläfen, und sie erkannte die Müdigkeit in seinen Augen. »Entschuldigung, aber ich fühle mich gerade ein wenig überfordert. Unsere Presseabteilung hat mich erst vor ein paar Stunden über Saskias Tod informiert. Dabei hatte ich bis zuletzt gehofft, dass man sie lebend finden würde. Ich weiß, das klingt naiv.« Er griff nach seiner Kaffeetasse und trank einen Schluck. »Aber damit, was ihr dann tatsächlich passiert ist, hätte wohl niemand gerechnet.« Er sah Vibeke an. »Ich meine, wer tut so etwas?«

»Wir werden es herausfinden.« Vibeke griff nach ihrem Stift. »Hat es in letzter Zeit irgendwelche Probleme mit Frau Niekamp gegeben? Auseinandersetzungen mit Kollegen oder Vorgesetzten? Oder vielleicht Beschwerden von Kunden?«

Der Bankdirektor schüttelte den Kopf. »Nein. Ganz im Gegenteil. Saskia machte einen hervorragenden Job. Sie war nicht nur unter den Kollegen beliebt, sie konnte auch ausgezeichnet mit den Kunden umgehen.« Er betrachtete einen Moment gedankenverloren den Miniatur-Dannebrog, der neben seinem Computerbildschirm stand, ehe er sich wieder Vibeke zuwandte. »Sie hatte das nötige Fingerspitzengefühl, das man für eine anspruchsvolle Klientel benötigt.«

Rasmus beugte sich vor, um nach einem weiteren Keks zu langen. »Gab es im Zusammenhang mit ihrer Arbeit jemals Unregelmäßigkeiten?«

Auf der Stirn des Bankdirektors bildete sich eine steile Furche. »Nein. Wir achten bei der SJB sehr genau darauf, dass die Compliance-Regeln von allen Mitarbeitern eingehalten werden. Und selbstverständlich wird in Kürze eine Überprüfung sämtlicher Vorgänge auf Saskias Schreibtisch durch unsere Innenrevision erfolgen.«

Vibeke fand Rasmus' Frage berechtigt. Immer wieder geschah es, dass Bankmitarbeiter ihren Arbeitgebern durch kriminelle Machenschaften schadeten. Veruntreuung von Kundengeldern. Geldwäsche. Insiderhandel. Die Liste war lang. Oftmals kamen die Betrügereien erst nach Jahren ans Licht.

Konnte es also sein, dass Saskia Niekamp in etwas Illegales verstrickt gewesen war? In dem Fall lag dort möglicherweise das Mordmotiv begraben. Doch natürlich konnte es genauso gut um etwas Persönliches gehen. Um ihre Schwangerschaft zum Beispiel. Der vertrocknete Strauß Rosen fiel ihr wieder ein.

»Gab es zwischen Frau Niekamp und ihren Kunden und Kollegen privaten Kontakt?«, erkundigte sie sich. »Ich meine diejenigen, die mit an Bord der *Valeria* waren.«

»Mit den Kollegen sicherlich«, bestätigte Henrik Bo Christensen. »Wir pflegen hier einen freundschaftlichen Umgang, verbringen hin und wieder auch unsere Freizeit miteinander. Wir haben sogar ein eigenes Segelteam.« Er deutete mit der Hand zu einem Foto an der Wand. Ein

Dutzend Frauen und Männer, gekleidet in weiße Poloshirts und dunkelblaue Shorts, stand vor einer weißen Segelyacht, die den Namen der SJB trug. »Aber das Verhältnis zu den Kunden sollte gewisse Grenzen selbstverständlich nicht überschreiten. Das gehört zu unserem Verhaltenskodex, und daran halten sich unsere Mitarbeiter.«

»Wie war eigentlich dein Verhältnis zu Saskia?«, fragte Rasmus, der jetzt lässig zurückgelehnt in seinem Stuhl saß und an seinem Kaffee nippte.

Henrik Bo Christensen versteifte sich kaum merklich. »Ausgezeichnet. Als Bankdirektor trage ich die Verantwortung für die SJB und habe hinsichtlich dessen eng mit Saskia zusammengearbeitet, aber wir hatten keinen privaten Kontakt.« Er klang jetzt deutlich reservierter als zuvor.

»Selbstverständlich.« Rasmus' Gesicht sprach Bände.

Vibeke übernahm wieder das Ruder. »Wo haben Sie sich aufgehalten, als bemerkt wurde, dass eine Person über Bord gegangen ist?«

»Ich war unter Deck. Schon eine ganze Weile vorher. Um die Kunden bei Laune zu halten.« Er fuhr sich mit der Hand über den Mund. »Ehrlich gesagt haben wir den Seegang alle ein wenig unterschätzt. Deshalb habe ich den Kapitän gebeten, uns zurück in den Hafen zu bringen.«

»Wann haben Sie Frau Niekamp zuletzt gesehen?«, hakte Vibeke nach.

Der Bankdirektor überlegte einen Moment. »Schwer zu sagen. Ich habe nicht auf die Uhr geschaut. Vielleicht eine Viertelstunde ehe ich unter Deck gegangen bin. Saskia hatte sich gerade mit Ove Möbius unterhalten. Einem Kunden.«

Vibeke machte sich eine entsprechende Notiz. »Ist Ihnen irgendetwas Ungewöhnliches aufgefallen?«

»Nein. Möglicherweise hab ich es auch nicht bemerkt.« Er lächelte verlegen. »Solche Kundenevents sind für mich immer ein wenig stressig. Viele Leute. Jede Menge Small Talk.« Henrik Bo Christensen griff nach seiner Kaffeetasse und trank einen Schluck, ehe er weitersprach. »Außerdem muss ich immer auf alles ein Auge haben, damit es rundläuft. Unsere Kunden sollen sich schließlich wohlfühlen.« Ein Schatten flog über sein Gesicht. »Die Veranstaltung auf der *Valeria* wird es künftig wohl nicht mehr geben. Wir haben auch unsere morgige Teilnahme am NOSPA-Cup abgesagt. Es schien uns in Anbetracht der Umstände unangemessen.« Er schwieg betreten.

Vibeke wechselte das Thema. »Was passiert jetzt mit den Kunden, die von Frau Niekamp betreut wurden?«

»Sie werden anderen Beratern zugeteilt«, erwiderte Henrik Bo Christensen. »Für den Übergang hat Thomas Pedersen einen Teil der Kunden übernommen, er leitet die Private-Banking-Abteilung. Diejenigen, die auch ein Geschäftskonto bei uns haben, werden von den jeweiligen Firmenkundenberatern betreut, Martin Möller und Marie Jansen. Zumindest so lange, bis wir Saskias Stelle neu besetzt haben.«

Vibeke erinnerte sich daran, die genannten Namen schon einmal gehört zu haben. »Die drei waren auch auf der *Valeria* dabei, oder?«

Der Bankdirektor nickte.

»Wir würden gerne mit Frau Niekamps direkten Kollegen sprechen und mit den Mitarbeitern, die bei dem Segeltörn dabei waren.« Vibeke legte den Stift beiseite.

»Außerdem benötigen wir eine Liste von Frau Niekamps Kunden und ihre privaten Kontodaten. Sie hatte doch ihr Konto bei der SJB, oder?«

»Es ist üblich, dass die Mitarbeiter ihr Gehaltskonto bei uns haben«, bestätigte Henrik Bo Christensen. »Und selbstverständlich bekommen Sie alles, was Sie benötigen. Allerdings benötige ich dafür einen Beschluss.«

»Der geht Ihnen heute noch zu.« Vibeke nahm die Liste mit den Namen der Kunden, die sich an Bord der *Valeria* befunden hatten, aus ihrem Notizbuch und schob sie über den Tisch. »Diese Informationen liegen uns bereits vor. Vielleicht können Sie uns freundlicherweise diejenigen Kunden markieren, die von Frau Niekamp betreut wurden.«

»Natürlich.« Henrik Bo Christensen ging zu seinem Schreibtisch und zog seine Computertastatur heran.

Vibeke griff nach ihrer Kaffeetasse. Sie tauschte einen Blick mit Rasmus, der genüsslich am Kauen war, und konnte nur mit Mühe ein Augenrollen unterdrücken. Wann immer es etwas zu verköstigen gab, war ihr Kollege dabei.

»Eine Sache würde mich interessieren«, sagte er zwischen zwei Bissen. »Ab welchem Vermögen wird man bei der SJB Private-Banking-Kunde?«

Der Bankdirektor hob den Blick vom Bildschirm. »Ab fünfhunderttausend Euro Anlagevolumen.« Er kam wieder hinter dem Schreibtisch hervor und reichte Vibeke die Kundenliste zurück. Ein halbes Dutzend Namen war mit einem Bleistiftkreuz markiert.

»Danke.« Sie steckte den Zettel zusammen mit dem Notizbuch in ihre Tasche und erhob sich.

Rasmus trank hastig einen letzten Schluck Kaffee,

wischte sich dann den Mund mit einer Serviette ab und stand ebenfalls auf. Die Gebäckschale auf dem Marmortisch war vollständig leer.

»Danke, dass Sie sich für uns Zeit genommen haben.« Vibeke reichte dem Bankdirektor ihre Visitenkarte. »Sie hören von uns. Sollte Ihnen in der Zwischenzeit doch noch etwas einfallen, melden Sie sich bitte.«

Beim Hinausgehen warf sie noch einen raschen Blick auf das Foto mit der Segelyacht. Direkt neben Henrik Bo Christensen lächelte Saskia Niekamp strahlend in die Kamera.

Rund zwei Stunden später verließen Rasmus und Vibeke das Bankhaus. Nach der Befragung des Bankdirektors hatten sie noch mit einigen Mitarbeitern gesprochen. Den Leiter der Private-Banking-Abteilung Thomas Pedersen hatte Vibeke direkt in die Kategorie aalglatter Banker einsortiert. Extrem gut aussehend. Extrem arrogant. Seine Betroffenheit, was den Mord an seiner Mitarbeiterin betraf, hatte sie ihm nicht eine Sekunde lang abgekauft.

Seinem Kollegen Martin Möller hingegen, einem korpulenten Endfünfziger und Chef der Firmenkundenabteilung, war der Schock regelrecht ins Gesicht geschrieben gewesen. Beide Männer hatten angegeben, zum Zeitpunkt des Mann-über-Bord-Rufs unter Deck gewesen zu sein und nichts Ungewöhnliches bemerkt zu haben. Ganz ähnlich hatte sich auch Firmenkundenberaterin Marie Jansen geäußert, eine unscheinbar aussendende Frau, die auf Vibeke einen ziemlich nervösen Eindruck gemacht hatte. Doch das konnte mit der polizeilichen Befragung in Zusammenhang stehen, schließlich war die Ermordung einer Kollegin kaum etwas Alltägliches. Auch Marie Jansen hatte angegeben, im Salon gewesen zu sein, als an Deck Alarm geschlagen worden war. Zudem hatte sie nur Positives über Saskia Niekamp zu berichten gehabt, trotzdem meinte Vibeke einen Hauch von Missgunst gespürt zu haben. Doch vielleicht irrte sie sich.

Im Anschluss hatten sie und Rasmus die Kollegen aus Saskia Niekamps Abteilung, Mitarbeiter aus dem Investmentcenter und dem Kundenservice befragt, die regelmäßig mit ihr zu tun gehabt hatten. Alle waren über den Tod ihrer Kollegin sichtlich betroffen gewesen und hatten bestätigt, was bereits Henrik Bo Christensen zuvor gesagt hatte. Dass sie eine ausgezeichnete Bankerin und dazu eine sehr nette Person gewesen sei.

»Was denkst du?«, fragte Vibeke, während sie auf den Parkplatz zusteuerten.

Rasmus blieb stehen, um sich eine Zigarette anzuzünden. »Dass man Bankern nicht trauen kann.« Sein Blick heftete sich auf das Gebäude der SJB. »Ich meine, die erzählen uns da drinnen alle, wie großartig Saskia Niekamp gewesen ist. Da fragt man sich doch, weshalb die Frau jetzt tot ist, oder?« Er nahm einen Zug von seiner Zigarette.

»Mir war es auch ein wenig zu viel des Guten.« Vibeke fuhr sich mit der Hand über ihren streng zurückgebundenen Pferdeschwanz. »Aber halten wir mal fest: Die Bankleute haben alle angegeben, unter Deck gewesen zu sein.«

»Abgesehen von Saskia Niekamp«, warf Rasmus ein.

»Und wir haben einige Namen von Kunden, die das bestätigen können«, fuhr Vibeke fort und klopfte dabei auf ihre Tasche, in der sich ihr Notizbuch befand.

»Und dann natürlich die Crew, die ebenfalls an Deck war.« Sie überlegte einen Moment. »Wir brauchen irgendein System, um die Aussagen und Alibis miteinander abzugleichen. Am besten, wir schreiben alles ans Whiteboard.«

Rasmus nickte. »Was ist mit diesem Ove Möbius?«

»Sein Name steht auf meiner Liste. Er war einer von Saskia Niekamps Kunden.«

Rasmus blies einen Rauchkringel in die Luft.

Vibeke deutete auf seinen Glimmstängel. »Ich dachte, du hättest damit aufgehört.«

»Nur vorübergehend.«

»Du musst selbst wissen, was du deiner Lunge antust.« Vibeke zog die Kundenliste heraus. »Dann lass uns jetzt die Kunden abklappern.«

»Vielleicht sollten wir uns aufteilen«, sagte Rasmus, nachdem er einen Blick darauf geworfen hatte. »Ansonsten laufen wir uns morgen noch die Hacken ab.«

Sie hob die Brauen. »Darf ich dich an deinen Beraterstatus erinnern.« Ihm war es nur im Beisein von deutschen Kollegen erlaubt, in Deutschland zu ermitteln. Dasselbe galt für Vibeke in Dänemark.

Rasmus winkte ab. »Ich versteh schon. Die Vorschriften.« Er lachte leise. »Eigentlich hatte ich gedacht, du wärst mittlerweile ein bisschen lockerer geworden.«

In Vibeke wallte Ärger hoch. »Damit man mich vom Fall abzieht, so wie dich beim letzten Mal?« Sie schüttelte den Kopf. »Vergiss es!«

Rasmus sah sie wortlos an, nahm einen weiteren Zug von seiner Zigarette und setzte sich wieder in Gang. Vibeke blieb noch einen Moment stehen, dann holte sie tief Luft und folgte der großen, hageren Gestalt zum

Parkplatz. Sie wusste, dass sie fies gewesen war. Doch sie konnte nicht aus ihrer Haut.

Augustenborg, Dänemark

Jonas schlug die Augen auf. Sonnenstrahlen blinzelten durch einen schmalen Spalt der Vorhänge direkt in sein Gesicht. Jemand bollerte gegen die Tür. Stöhnend zog er die Bettdecke ein Stück höher. Ein pelziger Geschmack lag auf seiner Zunge, und hinter seiner Stirn wütete ein Presslufthammer.

Er hatte die ganze Nacht wie ein Besessener gearbeitet und dabei das eine oder andere Bier getrunken. Offenbar war das letzte zu viel gewesen.

»Jonas!« Die Stimme gehörte Franka Cedergren, die ihn täglich im Café mit Kaffee versorgte. Er fragte sich, was sie vor seiner Zimmertür wollte. Zumindest hörte sie sich nicht so an, als wollte sie ihm ein Frühstück kredenzen.

Das Bollern ertönte erneut.

»Ja doch.« Jonas rappelte sich entnervt hoch. Augenblicklich schoss ihm der Schmerz wie ein glühendes Schwert direkt in den Hinterkopf. Kurz war er versucht, zurück ins Kissen zu sinken und einfach weiterzuschlafen, doch dann schob er die Decke beiseite und stieg aus dem Bett. Er hangelte nach seiner Jeans auf dem Fußboden und schlurfte barfuß zur Tür.

Franka riss bei seinem Anblick die Augen unter ihrem dunklen Lockenschopf auf. »Sag bloß, du hast noch geschlafen.« Sie deutete auf seinen nackten Oberkörper.

»Helle rennt überall herum und sucht dich.« Helle Rønholt war die Initiatorin des Augustenborg Projects. »Sie wollte mit dir die Interviewanfragen durchgehen.«

»Mist. Das hab ich ganz verpennt.« Jonas erinnerte sich vage, dass er früher am Morgen schon einmal ein Klopfen an seiner Tür gehört hatte. Das war dann wohl Helle gewesen. Er fuhr sich über sein raspelkurzes Haar. »Und da schickt sie dich?« Das Project und das Café waren komplett andere Bereiche.

Frankas schneeweiße Zähne blitzten auf. »Nein. Das war nur eine Information am Rande. Bei uns sitzt eine Lady, die nach dir gefragt hat. Sie sagt, sie wäre deine Mutter.«

»Oh, no.« Der Schmerz hinter seiner Stirn verstärkte sich. »Du hast ihr hoffentlich nicht gesagt, dass ich hier bin.«

Franka zuckte die Achseln. »Das wusste sie bereits. Ich soll dir jedenfalls ausrichten, sie geht nicht eher weg, bis du kommst. Das habe ich hiermit getan.«

»Kannst du sie nicht irgendwie abwimmeln?« Jonas sah Franka treuherzig an und schob dann noch ein »Bitte« hinterher.

»Sorry, Jonas, aber ich bin nicht euer Botenmädchen. Im Café sitzen jede Menge Leute und warten auf ihre Getränke.« Franka hatte bereits auf dem Absatz kehrtgemacht, als ihr etwas einfiel und sie sich noch einmal umdrehte. »Ach ja, sie sagte noch, falls du dich nicht bald blicken lässt, holt sie dich persönlich.« Beim Davonrauschen hob sie den rechten Arm. »Danke, Franka!«

Jonas schlug die Tür zu. Er ging ins Bad, um sich einer Katzenwäsche zu unterziehen. Während er sich die Zähne putzte, fragte er sich, weshalb seine Mutter hier war. Vermutlich wollte sie ihn überreden, wieder nach Hause zu kommen. Damit sie all ihre Schäfchen um sich herum versammelt hatte.

Er spuckte die Zahnpastareste ins Waschbecken, spülte mit Wasser nach und trocknete sich den Mund mit dem Handtuch ab.

Zu Hause, dachte er. Das sollte eigentlich der Ort sein, an dem man sich sicher und geborgen fühlte, wo Menschen waren, die sich liebten und die einander nicht bekämpften, so wie in seiner Familie.

Er ging zurück in sein Zimmer, fischte aus dem Kleiderhaufen auf dem Stuhl ein graues T-Shirt, roch kurz daran und zog es über. Anschließend schlüpfte er in seine ausgelatschten Sneakers und verließ schließlich sein kleines Apartment. Er überlegte, nach Helle zu sehen, doch erst musste seine Mutter von der Bildfläche verschwinden.

Keine zwei Minuten später ging er die Treppe hinunter, die vom Hauptgebäude direkt ins Café führte. Eichenholzdielen, schlicht designte Stühle und Tische, ein grüner Bartresen mit Metrofliesen und glänzender Siebträgermaschine. An einer der Wände prangte der Leuchtschriftzug *A Dream* in Neonpink.

Es herrschte lautes Stimmengewirr, und das Hämmern hinter seiner Stirn machte sich erneut bemerkbar. Sämtliche Tische waren belegt, doch er konnte seine Mutter nirgends entdecken. Vielleicht hat sie die Warterei aufgegeben, schoss es ihm hoffnungsvoll durch den Kopf.

Franka, die hinter dem Tresen gerade Kaffee zubereitete, hatte ihn bemerkt und deutete mit dem Kopf zur Tür, die zum Außenbereich führte.

Kristina Sødergren saß an einem der Tische unter den

Sonnenschirmen und blätterte im letzten Ausstellungskatalog. Sie war eine große, schmale Frau mit weißblonden Haaren, die sie zu einem lockeren Knoten am Hinterkopf geschlungen hatte. An diesem Tag trug sie eine lässige rosa Leinenbluse zur hellblauen Jeans, auf ihrer Nase thronte wie üblich ihre pinkfarbene Brille. Neben ihr auf dem Tisch stand eine halb leer getrunkene Tasse Kaffee.

»Jonas«, rief sie erfreut und erhob sich. »Du hast dir die Haare abgeschnitten«, stellte sie fest und machte Anstalten, ihn zu umarmen, doch da er stocksteif und mit einigem Abstand stehen geblieben war, beließ sie es bei einem Lächeln und nahm wieder Platz. »Setz dich doch«, forderte sie ihn auf. »Hast du Hunger? Soll ich dir irgendetwas bestellen? Möchtest du etwas zum Trinken?« Erwartungsvoll sah sie ihn an.

»Nein.« Jonas ließ den Blick für einen Moment durch die Parkanlage schweifen. Sämtliche Liegestühle auf der Wiese waren besetzt. Menschen lasen ein Buch, tranken Kaffee oder hielten einfach nur ihr Gesicht der Sonne entgegen. Er wandte sich wieder seiner Mutter zu. »Ich habe zu tun, also lass es uns kurz machen. Was willst du?«

Für den Bruchteil einer Sekunde entgleisten ihr die Gesichtszüge, doch bereits in der nächsten strahlte sie ihn wieder an. »Ich wollte dir zu deiner Ausstellung gratulieren. Wir alle sind wahnsinnig stolz auf dich, Jonas.« Es klang aufrichtig.

»Danke«, erwiderte er knapp. »War es das?«

Etwas im Gesicht seiner Mutter veränderte sich. »Du musst nach Hause kommen, Jonas.« Eindringlichkeit lag jetzt in ihrer Stimme, und auch ihr Blick war ernst geworden, jede Leichtigkeit verflogen. »Saskia Niekamp wurde tot aufgefunden. Ermordet, wie es aussieht.«

Jonas starrte seine Mutter mit offenem Mund an, unfähig, auch nur ein einziges Wort zu sagen.

»Die Polizei ermittelt bereits. Und sie wird auch zu uns kommen …« Sie stockte. »Alle sind besorgt.«

In Jonas wallten die widersprüchlichsten Gefühle hoch. Wut. Fassungslosigkeit. Mitgefühl. Hass. Er musste sich zusammenreißen, um sich nichts anmerken zu lassen.

»Offenbar wurde Saskia stranguliert und anschließend bewusstlos ins Wasser geworfen«, fuhr seine Mutter fort. »Dort ist sie dann ertrunken. Malthe hat …«

»Und deshalb soll ich nach Hause kommen?«, unterbrach Jonas sie brüsk. »Was haben wir mit dieser Frau zu tun?«

Seine Mutter zuckte zusammen, und ein verletzter Ausdruck erschien hinter ihren pinkfarbenen Brillengläsern.

»Deine Worte«, sagte Jonas. Er machte auf dem Absatz kehrt und ging davon.

Flensburg, Deutschland

Es war bereits früher Nachmittag, als sie den Citti-Park erreichten. In dem Areal rund um das Shoppingcenter war zahlreiches Gewerbe angesiedelt: Speditionen, Baumärkte, Autohändler und Kfz-Service, Möbelhäuser, eine Boulderhalle und eine Bowlingarena sowie diverse Bauunternehmen.

Die Kaminski Bau GmbH war in einem zweistöckigen Quadergebäude mit grauer Ziegelfassade untergebracht.

Während der kurzen Fahrt in Vibekes Dienstwagen hatten sie kaum ein Wort miteinander gesprochen. Ihre Anschuldigung wegen seines Abzugs vom Fall lag Rasmus schwer im Magen. Er hatte gedacht, die Sache wäre längst zwischen ihnen geklärt.

Schweigend folgte er seiner Kollegin, die mit gewohnter Betriebsamkeit auf das Gebäude zusteuerte und sich am Empfang nach Bertram Kaminski erkundigte.

Kurze Zeit später standen sie einem korpulenten Mittfünfziger mit Halbglatze gegenüber, dessen gerötetes Gesicht auf einen zu hohen Blutdruck schließen ließ. Er trug einen schlecht sitzenden Anzug, das Sakko war zu lang, die Hosen ausgebeult und mit Knitterfalten, das weiße Hemd darunter spannte über seinem kräftigen Bauch. Seine kleinen dunklen Augen erinnerten Rasmus an die eines Marders.

»Ich habe es heute Morgen im Radio gehört.« Kaminski deutete auf die beiden Besucherstühle vor seinem Schreibtisch und setzte sich selbst in den mächtigen Chefsessel aus schwarzem Leder. »Schrecklich. Einfach nur schrecklich.« Er strich sich über den verbliebenen Haarkranz. »Da nützt einem doch alles nichts mehr. Weder das viele Geld noch was man sonst im Leben so erreicht hat.« Er unterstützte seine Aussage mit einer ausschweifenden Handbewegung.

Rasmus' Blick fiel auf die zahlreichen Fotos an den Wänden, auf denen vornehmlich der Bauunternehmer zu sehen war. Bertram Kaminski mit weißem Schutzhelm auf einer Baustelle, formell gekleidet und mit weit geöffneten Armen vor dem Firmengebäude von Kaminski

Bau, mit einer Gruppe Anzugträger und einem großformatigen Scheck zwischen den Händen vor der Sønderjylland Bank sowie hinter dem Lenkrad eines stattlichen Oldtimers mit hoher, blank polierter schwarzer Haube. Insgesamt rund zwei Dutzend Bilder zu unterschiedlichen Anlässen. Unter den abgebildeten Menschen an der Seite des Bauunternehmers waren sicherlich auch bekannte Persönlichkeiten, doch bis auf den Ministerpräsidenten von Schleswig-Holstein erkannte Rasmus niemanden.

»Und in meinem Fall ist das nicht ganz unerheblich.« Bertram Kaminski lächelte jovial.

Was für ein Großkotz, dachte Rasmus und schlug die langen Beine übereinander.

»Wie war Ihr Verhältnis zu Frau Niekamp?«, fragte Vibeke.

»Sehr gut. Sie war eine ausgezeichnete Beraterin.« Bertram Kaminski strich sich über die Krawatte, und Rasmus fielen seine kräftigen Hände auf. Hände, die zupacken konnten. »Wir hatten eine sehr vertrauensvolle Zusammenarbeit. Rein geschäftlich, versteht sich.«

»Es gab also keinerlei privaten Kontakt?«, hakte seine Kollegin nach.

»Nein«, erklärte der Bauunternehmer brüsk. »Ich bin schließlich verheiratet.«

Das eine schließt das andere nicht aus, dachte Rasmus. Doch er behielt den Gedanken für sich.

»Wie hat Frau Niekamp während des Segeltörns auf Sie gewirkt?«

»Sie war gut gelaunt, hat viel rumgeflachst.«

Rasmus runzelte die Stirn. Der letzte Begriff sagte ihm nichts.

»Mit allen, oder gab es jemand Besonderen?«, fragte Vibeke.

Bertram Kaminski überlegte einen Moment. »Eigentlich mit allen. Aber sie stand eine ganze Weile mit dem jungen Sødergren zusammen. Es schien mir, als würden sich die beiden gut verstehen.«

Vibeke schrieb etwas in ihr Notizbuch. »Ist Ihnen sonst noch etwas aufgefallen?«

»Nein. Es war alles ein wenig unübersichtlich. Die vielen Leute und dann dieses Wetter.« Er hob theatralisch die Hände. »Die meiste Zeit war ich ohnehin unter Deck. Ich habe mich lange mit Andre Hoppstädter vom Investmentcenter unterhalten und mich außerdem um meine Frau gekümmert. Sie ist seekrank geworden. Wir waren quasi die ganze Zeit zusammen.« Sein Blick glitt von Vibeke zu Rasmus und wieder zurück. »Für den Fall, dass Sie ein Alibi von mir brauchen.«

Rasmus wippte mit dem Fuß. »Und Ihre Frau wird uns das sicherlich bestätigen.«

Kaminski nickte. Dabei zog ein selbstgefälliges Lächeln über seine Lippen. Im nächsten Moment schien ihm etwas einzufallen. »Ich frage mich, wer sich künftig bei der Bank um meine Belange kümmert.«

»Dafür wird sich sicherlich eine Lösung finden lassen«, sagte Vibeke. Ihr Gesicht war völlig ausdruckslos.

Sie kann den Mann nicht ausstehen, dachte Rasmus und hörte mit halben Ohr zu, wie sie dem Bauunternehmer Fragen zu seinem Betrieb stellte.

Ihn interessierte vielmehr, was Kaminski über Saskia Niekamp und Malthe Sødergren erzählt hatte. Ob zwischen den beiden etwas gelaufen war?

Er wäre der Sache am liebsten sofort nachgegangen,

doch es dauerte noch eine ganze Weile, ehe seine Kollegin endlich ihr Notizbuch zuklappte.

»Wir sollten mit Malthe Sødergren sprechen«, sagte Rasmus, sobald sie wieder im Freien standen.

Vibeke nickte. »Aber erst klappern wir die Leute auf der Liste ab. Es macht keinen Sinn, jetzt nach Dänemark und dann wieder zurück zu fahren.«

Rasmus seufzte. Es hatte keinen Zweck, mit ihr an dieser Stelle zu diskutieren. Dafür kannte er sie dann doch zu gut.

»Was hältst du von Kaminski?«, fragte er stattdessen.

»Nicht viel.«

Sie steuerten auf Vibekes Dienstwagen zu. Dort angekommen, zog sie die Kundenliste aus ihrer Tasche.

»Wer ist der Nächste auf der Liste?«, fragte Rasmus.

»Ove Möbius. Laut Henrik Bo Christensen hat er ungefähr eine Viertelstunde vor dem Mann-über-Bord-Alarm zusammen mit Saskia Niekamp an Deck gestanden. Damit könnte er eine der letzten Personen gewesen sein, die mit ihr gesprochen haben. Er ist Ausbilder in Mürwik.«

»Der Marineschule?«

Vibeke nickte.

»Dann sollten wir ihm dort einen Besuch abstatten. Ich würde mir das Rote Schloss ohnehin gerne mal von innen ansehen.« Rasmus hatte vor Jahren von seinem Vater einen Bildband über die deutsche Marineschule geschenkt bekommen und darin gelesen, dass das imposante Gebäude am Ostufer der Förde aufgrund seiner roten Backsteingotik so genannt wurde.

»Oh, da kennt sich jemand aus.« Ein sprödes Lächeln streifte Vibekes Lippen. »Also gut, dann los.« Sie hatte bereits die Tür geöffnet, als sie noch einmal innehielt und ihn über das Wagendach kritisch beäugte. »Aber du hältst dich zurück, okay? Ich habe keine Lust auf Ärger mit der Bundeswehr.«

»Natürlich«, erwiderte Rasmus. Was sie nur immer von ihm dachte. Er öffnete die Beifahrertür und ließ sich neben ihr auf den Sitz sinken.

Flensburg, Deutschland

Das neugotische Backsteingebäude der Marineschule Mürwik lag hoch über der Flensburger Förde. Mit der über zweihundert Meter langen Wasserfront und dem sechzig Meter hohen Turm beherrschte es als maritimes Wahrzeichen das Ostufer der Stadt und zählte zu den beeindruckendsten Bauwerken Norddeutschlands. Seit 1910 wurden in Mürwik deutsche Marineoffiziere und im Rahmen der internationalen Kooperation seit Jahrzehnten Kadetten ausländischer Streitkräfte aus über dreißig Nationen ausgebildet. Die unter Denkmalschutz stehende Marineschule hatte eine wechselvolle Geschichte. Eingeweiht durch den deutschen Kaiser Wilhelm II., diente sie zum Ende des Zweiten Weltkriegs unter anderem als Lazarett und im Mai 1945 als letzter Sitz der deutschen Reichsregierung. Nach der Besetzung durch die Alliierten wurde das Gebäude als Krankenhaus, Zollschule und pädagogische Hochschule genutzt, ehe dort ab 1956 wieder das künftige Führungspersonal der Deutschen Marine ausgebildet wurde.

Rasmus war überrascht, als Vibeke an der Marineschule vorbeifuhr, den Blinker setzte und in eine Seitenstraße mit altem Kopfsteinpflaster bog. »Sicher, dass wir hier richtig sind?«

»Der Haupteingang liegt am Ende der Straße«, sagte seine Kollegin.

Ein rund acht Meter hoher Wachturm auf der rechten Seite geriet in sein Sichtfeld. Er grenzte an eine Backsteinmauer, deren aufwendige Ziegelgestaltung ihn an die Befestigung einer Burg erinnerte. Zur Linken führte ein Tor mit Treppengiebel-Mauerwerk Fußgänger aufs Gelände. An der Fassade prangte ein gelbes Schild mit dem Bundesadler. Zwischen den beiden Bauwerken blockierte eine Schranke die Zufahrt zur Marineschule. Ein Schild wies darauf hin, dass es sich um einen militärischen Sicherheitsbereich handelte. Überall waren Kameras.

Rasmus war gespannt, was sie erwartete. Er hatte seine Wehrpflicht ebenfalls bei der Marine absolviert, damals noch in Auderød bei Frederiksværk. Mittlerweile befand sich das maritime Ausbildungszentrum in Frederikshavn. Im Gegensatz zu den Deutschen hatte Dänemark die Wehrpflicht nie ganz abgeschafft, sie wurde jedoch nur noch ausgeübt, wenn sich nicht genügend Freiwillige meldeten. Seit 2010 war dies allerdings nicht mehr der Fall gewesen.

Vibeke stoppte den Wagen vor der Schranke. »Ich brauche deinen Dienstausweis.« Sie ließ das Seitenfenster hinuntergleiten.

Rasmus fingerte seinen Ausweis aus der Innentasche seiner Jacke und gab ihn seiner Kollegin, die ihn zusammen mit ihrem eigenen vor die seitlich angebrachte

Kamera hielt. »Vibeke Boisen von der Polizei Flensburg und Rasmus Nyborg von der Polizei Esbjerg. Wir möchten mit Fregattenkapitän Ove Möbius sprechen.«

Es dauerte eine Weile, bis eine Stimme aus dem Lautsprecher ertönte. »Fahren Sie einfach geradeaus und folgen dann der Straße, so kommen Sie automatisch auf unseren Besucherparkplatz. Melden Sie sich am Haupteingang.«

Die Schranke öffnete sich.

Vibeke reichte Rasmus seinen Dienstausweis zurück und folgte der gepflasterten Straße.

Rechter Hand erhob sich der Südflügel der Marineschule, linker Hand war der Asphalt von Bäumen und Büschen gesäumt. Die Straße machte einen Knick, und kurz darauf wurde das beeindruckende Hauptportal der Marineschule sichtbar, das Rasmus von Fotos her kannte. Auf der anderen Seite lag die Flensburger Förde.

Eine lange Freitreppe führte hinunter zur Hafenanlage mit Bootsschuppen und Stegen, die zahlreiche Segelboote, Motorboote, Ruderkutter und Segelyachten beherbergten.

Rasmus pfiff durch die Zähne. »Beeindruckend.«

Vibeke warf einen schnellen Seitenblick zur Hafenanlage. »Noch imposanter ist es, wenn die *Gorch Fock* dort liegt, das Segelschulschiff der Marine.« Sie konzentrierte sich wieder auf die Fahrbahn.

Hinter der nächsten Biegung wechselte die Aussicht von der Förde zu Büschen und Bäumen, ehe die Straße einen weiteren Knick um den Nordflügel der Marineschule machte und in einen großen Parkplatz mündete.

Vibeke manövrierte ihren Dienstwagen in eine freie Parklücke. »Da wären wir.«

Sie stiegen aus und folgten einem gepflasterten Weg zum Haupteingang des Gebäudes, auf dem sich der Turm rund sechzig Meter in die Höhe schraubte. Ganz oben flatterte die deutsche Flagge an einem Fahnenmast.

Auf der Türschwelle stieß Rasmus einen weiteren Pfiff aus. Die Eingangshalle hatte etwas Kapellenartiges. Gewölbte Decken. Rundbögen aus rotem Backstein. Neben der imposanten Steintreppe flankierten Flaggen verschiedener Nationen die Stufen. Am oberen Absatz nahm sie eine junge blonde Soldatin in Uniform in Empfang und führte sie zum Haupttreppenhaus, über dessen Eingang sich ein buntes Rundbogenfenster mit dem Adler des Deutschen Kaiserreichs befand. Eine Etage höher gelangten sie in einen hallenartigen Säulengang. In Vitrinen ausgestellte Kriegsschiffe, mit Malereien verzierte Türen, an einer der Wände hing die ausgediente Schiffsglocke der *Gorch Fock* aus dem Jahr 1958 an einer Halterung. Durch die geöffneten Fenster drangen Stimmen aus den Hörsälen zu ihnen. Irgendwo übte jemand auf einer Klarinette.

Die Soldatin blieb vor einer der Türen stehen. Sie klopfte, ging hinein und nahm eine strenge Haltung ein.

»Gefreite Schulz meldet zwei Polizeibeamte, die den Fregattenkapitän zu sprechen wünschen.«

»Danke. Rühren, Kameradin«, drang eine männliche Stimme in den Flur.

Die Soldatin verließ den Raum, und kurz darauf wurden Rasmus und Vibeke in das Dienstzimmer des Fregattenkapitäns geführt, dessen Einrichtung auffallend modern und in den Farben Weiß und Grau gehalten war.

Ein großer kahlköpfiger Mann mit schmalem Gesicht sah ihnen hinter dem Schreibtisch entgegen. Rauchgraue

Augen. Ein scharfer, wacher Blick. Er trug ein weißes Diensthemd mit Schulterklappen und Rangabzeichen zur dunkelblauen Hose und einen schwarzen Langbinder. Die dazugehörige Uniformjacke war fein säuberlich an der Garderobe auf einen Bügel gehängt worden.

»Wir kommen wegen Saskia Niekamp«, eröffnete Vibeke das Gespräch.

Ove Möbius bekam einen strengen Zug um den Mund. »Es wäre mir lieber gewesen, Sie hätten mich vorab telefonisch kontaktiert, anstatt mich an meinem Arbeitsplatz aufzusuchen.« Er klang ungehalten.

Rasmus tippte darauf, dass er nicht nur als Vorgesetzter äußerst unangenehm werden konnte. Ein Kugelstoßpendel, das neben der Miniatur eines Segelschiffes auf dem Schreibtisch des Fregattenkapitäns stand, geriet in sein Sichtfeld, und er verspürte unwillkürlich den Drang, es anzustoßen.

»Wir möchten Ihnen selbstverständlich keine Umstände bereiten«, sagte Vibeke höflich. »Aber Saskia Niekamps Leichnam wurde gestern aufgefunden. Mit Strangulationsspuren. Es geht also um eine Mordermittlung. Und die hat höchste Dringlichkeit.«

Ein bekümmerter Ausdruck erschien in Ove Möbius' Augen. »Ich weiß bereits Bescheid.«

Rasmus registrierte, dass er anders als die vorherigen Gesprächspartner an dieser Stelle keine Frage stellte. Er bot ihnen auch keinen Sitzplatz an.

»Wo und wann haben Sie Frau Niekamp auf der *Valeria* zuletzt gesehen?«, eröffnete Vibeke die Befragung, während sich Rasmus gegen die Fensterbank lehnte und die Arme verschränkte.

»Das war an Deck. Vielleicht fünfzehn oder zwanzig

Minuten ehe bekannt wurde, dass jemand über Bord gegangen ist. Ich habe nicht auf die Uhr gesehen.« Ove Möbius strich seinen Langbinder glatt. »Wir haben uns über Anlagemöglichkeiten unterhalten. Frau Niekamp war seit rund anderthalb Jahren unsere Private-Banking-Beraterin.«

Rasmus musterte ihn unauffällig. Wie viel verdiente so ein Fregattenkapitän?

»Ist es dabei jemals zu Unstimmigkeiten zwischen Ihnen gekommen?«, fragte Vibeke.

»Nein. Meine Frau und ich haben uns bei Frau Niekamp immer bestens aufgehoben gefühlt.«

»Gab es auch privaten Kontakt?«

Ove Möbius runzelte die Stirn. »Nein.«

»Und das Event auf der Segelyacht?«, hakte seine Kollegin nach.

»Eine Ausnahme«, erwiderte der Fregattenkapitän knapp.

»Weshalb waren Sie ohne Ihre Frau auf der *Valeria*?«

»Sie wird schnell seekrank. Obwohl sie mit einem Marineoffizier verheiratet ist.« Ein Schmunzeln streifte seine Lippen, und sein Gesicht verlor für einen Moment die Strenge. »Wir wollten die Einladung nicht gänzlich ausschlagen, deshalb habe ich allein daran teilgenommen. Der Direktor der Sønderjylland Bank ist ein alter Freund meiner Frau.« Er warf einen flüchtigen Blick auf seine Armbanduhr.

»Hat Frau Niekamp bei Ihrem Gespräch irgendwie anders auf Sie gewirkt als gewöhnlich?«, fuhr Vibeke fort.

Ove Möbius überlegte einen Augenblick. »Eigentlich nicht. Aber durch die Umgebung und unsere legeren

Outfits war natürlich alles etwas unkonventioneller als bei unseren Terminen in der Bank.«

»Waren außer Ihnen noch andere Personen zu dem Zeitpunkt an Deck?«

»Die Crew natürlich.« Der Fregattenkapitän fuhr sich mit einer fahrigen Geste über den kahlen Schädel. »Und diese Firmenkundenberaterin … Mir fällt gerade ihr Name nicht ein.«

»Marie Jansen«, half ihm Vibeke auf die Sprünge.

»Genau. Frau Jansen und noch einer ihrer Kollegen. Wer genau, kann ich Ihnen nicht sagen, die trugen ja alle die gleichen Jacken. Ein paar Kunden waren ebenfalls an Deck.«

»Wissen Sie die Namen?«

Ove Möbius' Gesicht nahm wieder einen nachdenklichen Ausdruck an. »Dan Sødergren und sein Sohn«, sagte er schließlich.

Für einen kurzen Moment kreuzten sich Rasmus' und Vibekes Blicke.

»Und noch zwei, drei andere«, schob der Fregattenkapitän hinterher. »Mehr kann ich leider nicht sagen. Die Sicht war wirklich grauenhaft.«

»Und nach dem Gespräch mit Frau Niekamp?«, fragte Vibeke. »Was haben Sie da gemacht?«

»Michael Henschel, der Kapitän, hat uns aufgefordert, unter Deck zu gehen. Daran habe ich mich selbstverständlich gehalten.«

»Und Frau Niekamp?«

Ove Möbius zog die Stirn in Falten. »Ehrlich gesagt weiß ich es nicht. Ich vermute, sie ist an Deck geblieben. Zumindest ist sie nicht mit mir mitgekommen.« Er sah erneut auf seine Armbanduhr. »Hören Sie, ich habe gleich einen wichtigen Termin. Es wäre mir also lieb, wenn wir unser Gespräch zu einem anderen Zeitpunkt fortsetzen könnten, sofern Sie noch Fragen haben.«

»Fürs Erste war es das.«

»Gut.« Ove Möbius lächelte flüchtig. »Ansonsten rufen Sie mich an.« Er reichte Vibeke seine Visitenkarte.

»Ich hätte da noch eine Frage.« Rasmus löste sich von der Fensterbank. »Wie kommt es eigentlich, dass ein Marineoffizier Private-Banking-Kunde ist? Die Besoldung von Soldaten ist doch ganz ähnlich wie bei Beamten, oder irre ich mich da?«

Neben ihm hob Vibeke die Brauen, doch sie sagte nichts. Ihr Blick wanderte zu Ove Möbius.

»Meine Frau ist vermögend.« Der Fregattenkapitän klang gereizt. »Was bezwecken Sie mit Ihrer Frage?«

»Ich möchte mir nur einen Überblick verschaffen«, erwiderte Rasmus.

Ove Möbius betrachtete ihn aus leicht zusammengekniffenen Augen. Jegliche Freundlichkeit war aus seinem Gesicht verschwunden.

Sie taxierten einander.

»Sie hören von uns«, griff Vibeke ein und lächelte höflich. »Auf Wiedersehen.«

Rasmus beließ es bei einem Kopfnicken. Im Vorbeigehen hob er die äußerste Kugel des Kugelstoßpendels an und ließ sie zurückfallen, ehe er hinter seiner Kollegin aus dem Raum schlenderte. *Klick-klack*.

»Meine letzte Frage ist wohl nicht so gut angekommen«, stellte er fest, sobald sie im Freien auf den Parkplatz zusteuerten. Er zwinkerte Vibeke zu.

»Das liegt wohl eher an der Art, wie sie gestellt wurde«, entgegnete seine Kollegin.

Sie klang kühl und abweisend. Die frühere Vertrautheit zwischen ihnen schien endgültig verschwunden. Eine Erkenntnis, die Rasmus zu schaffen machte. Er wünschte, sie könnten ihre Freundschaft wieder aufnehmen, Freunde hatte er nicht mehr viele. Doch vielleicht hatte er in ihre Beziehung auch zu viel hineininterpretiert.

Er fasste sich ein Herz. »Wie lange willst du mir eigentlich noch ausweichen?«

Vibeke sah ihn nur mit ausdrucksloser Miene an und ging weiter.

»Bist du etwa noch immer sauer wegen der Sache in den Dünen?«, schob Rasmus ungläubig hinterher. »Weil man mich deshalb von dem Fall abgezogen hat?«

Sie waren mittlerweile an Vibekes Dienstwagen angekommen. Seine Kollegin antwortete noch immer nicht. Wut kroch in ihm hoch.

»Was willst du hören? Dass es mir leidtut?« Seine Stimme schraubte sich eine Oktave höher. »Oder geht es darum, dass ich da oben auf dem Hochhaus gesehen habe, dass auch die knallharte Vibeke Boisen nur ein Mensch ist?«

Sie reagierte nicht, drückte stattdessen zum Öffnen auf den Autoschlüssel.

»Verdammt noch mal, jetzt rede endlich mit mir!« Er schlug sich mit der Hand auf die Brust. »Ich bin es, Rasmus! Ich dachte, wir beide wären Freunde.«

Vibeke schwieg noch immer, das Gesicht starr wie eine Maske.

Es hat keinen Zweck, dachte Rasmus. Er machte sich hier nur völlig unnötig zum Affen. Ohne ein weiteres Wort öffnete er die Beifahrertür des Dienstwagens und stieg ein.

Vibeke rutschte hinter das Steuer. Sie streckte die Hand aus, um den Motor anzulassen, überlegte es sich dann anders und lehnte sich in ihrem Sitz zurück.

Eine Weile starrten beide schweigend aus der Windschutzscheibe. Ein paar Kadetten in Uniform marschierten auf den Eingang der Marineschule zu.

»Jedes Mal, wenn ich dich sehe«, sagte Vibeke leise, »muss ich daran denken, was auf dem Dach passiert ist. Und ich will das nicht mehr.« Sie presste die Lippen aufeinander.

Das war es also. Rasmus rieb sich den Nacken. Er war so ein Idiot. Dass ihm das nicht gleich klar gewesen war. Trotzdem, Vibeke war nicht die Einzige, die jemanden bei dem Fall verloren hatte. Das Bild seiner toten Chefin stieg vor seinem inneren Auge auf. Er zwang es beiseite. Man konnte die Dinge nicht miteinander vergleichen. Er atmete tief durch.

»Und jetzt? Wie soll das künftig laufen?« Er sah sie an. Ihr Blick war noch immer auf die Windschutzscheibe gerichtet. »Willst du, dass ich aussteige? Aus dem Team? Denn wenn du das möchtest, mache ich das.« Er hörte selbst, wie pathetisch es klang. Trotzdem war jedes Wort ernst gemeint.

Vibeke schaute ihn erstmals direkt an, schüttelte schließlich den Kopf. »Es ist mein Problem, nicht deins. Ich muss damit klarkommen.«

Er räusperte sich. »Persönliche Dinge sind nicht unbedingt meine Stärke, wie du sicher mitbekommen hast. Aber wenn du mich brauchst, bin ich für dich da. Ich hoffe, du weißt das.«

Sie startete den Motor. Dabei hätte er fast ihr leises »Danke« überhört.

Flensburg, Deutschland

Mike Henschel starrte den beiden Kriminalbeamten hinterher, die gerade die *Valeria* über die Gangway verließen. Der dänische Polizist hatte die Statur eines Wikingers, war leger in Jeans und Karohemd gekleidet und schien ein lockerer, sympathischer Typ zu sein, während sein Kollege, ein blasser Anzugträger, steif und zugeknöpft gewirkt hatte. Letzterer hatte die Fragen gestellt und Mike dabei mit einem Röntgenblick hinter runden Brillengläsern angesehen, als könnte er ihn durchschauen. Was natürlich kompletter Bullshit war.

Die beiden Polizisten hatten mit jedem Crewmitglied einzeln gesprochen und sich im Anschluss ausgiebig an Bord umgesehen, in jede Kabine, jeden Schrank und jedes Bett geschaut, so als lägen dort noch weitere tote Bankerinnen.

Mike wischte sich den Schweiß von der Stirn. Die Sonne hatte sich mittlerweile durch die Wolken gekämpft und stand nun hoch am Himmel. Er bemerkte ein paar Touristen, die mit ihren Handykameras Selfies vor der *Valeria* machten. In den letzten Tagen hatte ihr Segelschiff einen unrühmlichen Bekanntheitsgrad erreicht, der sich bereits auf die Buchungen niederschlug. Buchungen, auf die sie angewiesen waren. Denn auch wenn sich die laufenden Kosten für die *Valeria* auf drei Paar Schultern verteilten, verschlang die Instandhaltung des alten Schoners Unsummen. Zudem standen in absehbarer Zeit neue Segel an. Sie hatten sämtliche Löcher und Risse über Jahre selbst geflickt, doch jetzt ging es nicht mehr, und das Tuch musste ersetzt werden. Und auch ihre nächste Einnahmequelle drohte zu platzen. Sie hatten ursprünglich geplant, übermorgen abzulegen. Ein Segeltörn von Flensburg nach Kopenhagen. Fünf Tage. Über Svendborg oder Æro, je nach Wind und Wetterlage, auf jeden Fall entlang der Kreidefelsen von Møn. Am Donnerstag hätte die *Valeria* in Kopenhagens Nyhavn festmachen sollen.

Der Segeltörn war vollständig ausgebucht gewesen, doch mittlerweile kamen täglich Stornierungen herein. Alle hatten von dem Vorfall auf der *Valeria* gehört, und niemand wollte mit einem Segelschiff fahren, auf dem eine Frau ermordet worden war.

Mike fragte sich, wie sie die *Valeria* halten sollten. Für ihn und Gunnar allein war das eine Nummer zu groß, aber vielleicht würde Hermann sich breitschlagen lassen, für die anfallenden Kosten geradezustehen. Er war nicht nur ihr Hauptanteilseigner, sondern auch der Einzige, der immer gut bei Kasse war.

Bis auf JJ und Mogen, die erst vor ein paar Jahren dazugestoßen waren, kannte sich die Stammcrew schon eine halbe Ewigkeit. Sie waren wie eine Familie, die einzige, die Mike hatte. Seine Eltern waren vor langer Zeit gestorben, genau wie seine Onkel und Tanten. Geschwister hatte er keine, und zu seinen beiden Cousinen war der Kontakt schon vor Jahren eingeschlafen. Er war nie verheiratet gewesen und die meiste Zeit Single. Kaum eine Frau machte ein derartiges Leben wie seines mit. Immer auf dem Wasser. Oft Wochen oder Monate unterwegs.

Die achtzigjährige Ingeborg, die ihm das Souterrain ihres Hauses vermietete, war die einzige weibliche Konstante in seinem Leben. Sie und seine rote Vespa.

Mike fragte sich, was passieren würde, wenn sich

die *Valeria* nicht länger halten ließ. Als Berufsnautiker würde er vermutlich leicht bei irgendeinem reichen Yachtbesitzer eine Anstellung als Kapitän finden. Doch abgesehen davon, dass er dadurch in seiner Freiheit stark eingeschränkt würde, hing er an dem alten Kahn. Schließlich war er es gewesen, der den Kauf der *Valeria* damals angestoßen hatte. Mittlerweile übernachtete er häufiger auf dem Schoner als in seinem eigenen Bett, ähnlich wie Gunnar und JJ.

Mike langte nach der Bierflasche neben sich und trank einen Schluck. Vielleicht bekamen sie ja einen Kredit.

Sofort waren seine Gedanken bei der toten Bankerin. Saskia Niekamp war bereits die letzten zwei Jahre mit an Bord der *Valeria* gewesen. Eine auffallend attraktive Frau.

Hinter ihm waren Schritte auf der Treppe zu hören. Gunnar kam mit einer Flasche Bier an Deck. Wortlos stellte er sich neben Mike an die Reling, öffnete mit einem Ploppen die Flasche, und sie stießen an.

»Die haben ganz schön Druck gemacht«, sagte Gunnar, nachdem er den ersten Schluck genommen hatte. »Vor allem dieser Greve. Der hat mich tatsächlich gefragt, ob ich banktechnisch mit Saskia zu tun hatte. Als wenn bei mir auch nur irgendetwas zu holen wäre.«

»Die machen auch nur ihren Job«, sagte Mike. Er wusste um die prekäre finanzielle Situation, in der sein Freund seit der Scheidung steckte. Nicht zum Spaß hatten Gunnar und JJ die *Valeria* als Unterkunft auserkoren. »Vermutlich werden sie hier noch öfter herumschnüffeln.«

Eine senkrechte Furche erschien auf Gunnars Stirn. »Wir hätten nicht rausfahren sollen bei dem Wetter.

Dann wäre all das nicht passiert.« Er ließ die Bierflasche zwischen seinen Händen kreisen. »Weshalb haben wir den Scheiß-Törn nicht einfach abgesagt?« Seine Stimme klang gepresst.

»Weil er Geld eingebracht hat«, erwiderte Mike.

Gunnar nickte. »Letztendlich geht es immer um Kohle. Weißt du noch, als wir damals im Museumshafen den alten Haikutter restauriert haben? Was hatten wir damals für Träume ...« Er sah Mike an. »Du wolltest im Luxusliner über die Weltmeere schippern und ich die höchsten und modernsten Gebäude der Architekturgeschichte entwerfen.« Sein Blick war düster, trotz des Lächelns, das seine Lippen umspielte. »Und jetzt guck uns an.«

Mike antwortete nicht, betrachtete stattdessen die Silberringe an seinen schwieligen Händen. Was hätte er auch sagen sollen?

Sein Blick heftete sich auf den Bug des Schiffes, wo gerade zwei Kriminaltechniker in weißen Schutzanzügen die Takelage in Augenschein nahmen. Ob sie etwas finden würden?

Padborg, Dänemark

Es war bereits später Nachmittag, als Vibeke hinter Rasmus das Büro der Sondereinheit betrat. Die anderen Ermittler saßen an ihren angestammten Plätzen, und auch Pernille Larsen blätterte an ihrem Schreibtisch in einer Akte, als wäre sie nie weg gewesen. Sie war eine brünette Schönheit mit langen dunklen Haaren und einer charmanten Zahnlücke zwischen den Vorderzähnen, die sie beim Anblick der beiden Neuankömmlinge aufblitzen ließ.

»Hej, ihr!« Pernille kam hinter ihrem Schreibtisch hervor, umarmte zunächst Rasmus und dann Vibeke. »Wie schön, dich zu sehen.«

Vibeke, der Körperkontakt in der Regel eher unangenehm war, blieb zunächst ein wenig steif, doch dann verspürte sie ein unerwartetes Gefühl der Freude und erwiderte die Umarmung. Sie musste sich eingestehen, dass sie ihre Kollegin vermisst hatte.

Erst Rasmus, jetzt Pernille, dachte Vibeke. Sie war auf bestem Weg, die Menschen wieder an sich heranzulassen. Vielleicht ein Zeichen dafür, dass ihre Wunden langsam heilten. Sie löste sich aus der Umarmung. »Wie geht es dir?«

»Danke, gut.«

»Und Hanne?«, erkundigte Vibeke sich nach Pernilles Lebensgefährtin.

Der Blick ihrer Kollegin verdunkelte sich. »Wir haben uns getrennt.«

»Das tut mir leid«, sagte Vibeke, doch Pernille winkte bereits ab. »Es passte einfach nicht mehr.« Sie setzte sich wieder an ihren Schreibtisch.

»Du findest schon noch die Richtige«, tröstete sie Søren. »Ich habe meine Brigitte schließlich auch erst beim vierten Anlauf gefunden.«

»Warten wir mal ab, wie lange es diesmal hält«, verkündete Jens spitz und fing sich dafür einen finsteren Blick seines Kollegen ein.

Es ist alles wie immer, schoss es Vibeke durch den Kopf, obwohl so viel passiert ist. Ein tröstliches und zugleich verstörendes Gefühl. Sie schenkte sich am Sideboard einen Kaffee ein, ehe sie zu ihrem Platz ging. Den Teller mit Wienerbrød, einem dänischen Plundergebäck mit Puddingfüllung, ignorierte sie. Sie warf einen Blick auf ihr Handy, das sie auf lautlos gestellt hatte. Die Mitarbeiterin ihres Vaters hatte eine Sprachnachricht hinterlassen. Vermutlich ging es um Werners Abschiedsfeier in den Ruhestand, die für den nächsten Tag geplant war und von der er bislang nichts ahnte. Er und Elke würden erst im Laufe des Tages aus ihrem zweiwöchigen Italien-Urlaub zurückkehren. Vibeke nahm sich vor, die Frau direkt im Anschluss an die Besprechung zurückzurufen.

»Lasst uns anfangen«, sagte sie, sobald auch Rasmus mit seinem Kaffeebecher hinter dem Schreibtisch saß. Nach dem Besuch der Marineschule hatten sie noch weitere Kunden von Saskia Niekamp abgeklappert, die Ergebnisse der Befragungen waren jedoch ernüchternd gewesen. Niemand hatte etwas von dem Vorfall auf der *Valeria* mitbekommen oder sonst etwas Ungewöhnliches bemerkt. Abgesehen von dem abscheulichen Wetter, verstand sich. Sie wandte sich Pernille zu. »Soll ich dich kurz briefen?«

Pernille klopfte auf die vor ihr liegenden Unterlagen. »Ich habe mich bereits eingelesen. Zudem hat Luís mir netterweise eine Zusammenfassung gegeben.« Sie warf dem Portugiesen ein Lächeln zu.

»Gut, dann legen wir los.« Vibeke fing den Blick von Rasmus ein, der ihr aufmunternd zunickte. Seit ihrem Gespräch im Dienstwagen war eine Veränderung zwischen ihnen vorgegangen. Zwar fiel ihr seine Gegenwart nach wie vor schwer, dennoch hatte es sie seltsam angerührt, dass er bereit war, die Sondereinheit ihr zuliebe zu verlassen. Und egal, was man sonst von Rasmus Nyborg halten mochte, er war eine ehrliche Haut, und sie zweifelte keine Sekunde daran, dass sein Angebot ernst gemeint war. Auch wenn sie niemals in Betracht ziehen würde, es anzunehmen.

Sie drängte die Gedanken beiseite und richtete ihre Aufmerksamkeit dem digitalen Whiteboard zu, auf dem gerade ein Teilnehmerfoto des Kundenevents vor der *Valeria* zusammen mit der Segelcrew erschien.

Vibeke erkannte die Gesichter einiger Personen, mit denen sie bereits gesprochen hatten. Bertram Kaminski mit einer blassen Brünetten an seiner Seite. Die hoch aufgeschossene Gestalt von Henrik Bo Christensen, dem Chef der Sønderjylland Bank, neben Martin Möller von der Firmenkundenabteilung. Ganz rechts stand Saskia Niekamp in ihrer weißen Segeljacke. Das Bild der Leiche am Strand von Sønderby schob sich in Vibekes Gedanken, und sie hatte Mühe, das bleiche, aufgedunsene Antlitz mit der strahlenden Frau auf dem Foto in Einklang zu bringen. Das Gesicht des Todes war oftmals nur schwer auszuhalten, der Anblick selten friedlich, vor allem, wenn es sich dabei um Opfer von Gewalttaten oder Unfällen handelte. Nicht umsonst wurde Angehörigen gesagt, sie sollten die Person lieber in Erinnerung behalten, wie sie zu Lebzeiten gewesen war.

»Das Foto ist heute in der *SHN* erschienen«, riss Luís' Stimme sie aus ihren Gedanken.

Claas' Zeitung. Vibeke spürte die Blicke der anderen auf sich. Sie riss sich zusammen und berichtete dem Team von den vorausgegangenen Befragungen. Anschließend wandte sie sich an Jens. »Was haben die Befragungen der restlichen Crew und des Servicepersonals ergeben?«

»Niemand hat etwas von der Tat mitbekommen.« Jens tippte etwas in seine Computertastatur ein, und ein roter Markierungsring erschien über dem Gesicht eines kräftigen Mittdreißigers mit blondem Lockenschopf und Zauselbart.

»Mogen Bjornlund, Mitglied der Deckcrew, hat Saskia Niekamp zuletzt gesehen, als sie zum Bug des Schiffes gegangen ist. Wobei er zunächst nicht ganz sicher war, ob es nicht doch Katrine Madsen war. Die beiden ähneln sich wohl optisch.«

Vibekes Blick wanderte für einen Moment zu einer Blondine am linken Bildrand. Sie trug ein fast identisches Outfit wie Saskia Niekamp und hatte eine ganz ähnliche Statur. Schlank und sportlich. Auch die Frisur der beiden Frauen, ein blonder Zopf am Hinterkopf, stimmte überein. Man konnte sie tatsächlich leicht verwechseln. Vibekes Blick glitt zurück zu dem Gesicht im Markierungsring.

»Mogen Bjornlund ist Däne, oder?«

Jens nickte. »Er gehört nicht zur Stammbesatzung der *Valeria*, springt nur bei Bedarf ein. Sein eigentlicher Job ist Lkw-Fahrer bei einer Spedition.«

»Ich habe vorhin die Namen der Crew-Mitglieder durch den Computer gejagt«, warf Luís ein. »Mogen Bjornlund hat ein paar Vorstrafen. Urkundenfälschung, Betrug und diverse Diebstähle. Wegen Letzterem hat er bereits eingesessen.«

»Wann war das?«, fragte Vibeke interessiert.

Luís warf einen Blick in seine Unterlagen. »Vor rund

zehn Jahren. Seitdem hat er sich nichts mehr zuschulden kommen lassen.«

»Totschlag und Diebstahl sind zwei Paar Schuhe«, gab Rasmus zu bedenken und griff nach seinem Kaffeebecher.

Luís nickte. »Ich wollte es trotzdem erwähnen.«

»Wir behalten es im Hinterkopf«, sagte Vibeke. »Was ist mit den anderen aus der Crew?«

»Die sind alle sauber.«

Jens rückte seine runde Brille zurecht. »Dann kann ich jetzt weitermachen?« Sie nickte, und er blätterte eine Seite in seinem Notizbuch um. »Kommen wir zu Jakob Jensen.« Der rote Ring umkreiste nun den rothaarigen Navigator. »Er ist bei seiner Aussage geblieben, dass er zur ungefähren Tatzeit mit dem Kapitän zusammen gewesen ist, was dieser auch bestätigt hat. Sie haben wohl darüber gesprochen, den Törn abzubrechen. Ansonsten hatte Jakob Jensen laut eigener Aussage genug damit zu tun, Anweisungen an den Steuermann zu geben.«

»Was wir wohl oder übel glauben müssen.« Søren langte nach dem Plundergebäck auf seinem Teller.

»So sieht es aus«, erwiderte Jens. »Zumindest solange wir nichts Gegenteiliges beweisen können. Kommen wir zu Gunnar Harms.«

»Dem Steuermann.« Vibeke wandte ihre Aufmerksamkeit dem großen blonden Mann auf dem Foto zu, der sie am Morgen auf dem Segelschiff in Empfang genommen hatte.

Jens nickte. »Er hat sich hauptsächlich am Steuerrad der *Valeria* aufgehalten, ist aber wohl zwischendurch mal austreten gegangen und wurde in der Zeit von Michael Henschel abgelöst. Ihm ist an Bord nichts Ungewöhnliches aufgefallen. Allerdings hat er bei der Befragung ein wenig nervös gewirkt.«

»Den Eindruck hatte ich auch bei Mogen Bjornlund und Jakob Jensen«, warf Søren ein.

Jens nickte und blätterte eine Seite in seinem Notizbuch um. »Harms ist freiberuflicher Architekt und zudem seit einigen Jahren Berufssegler. Er ist Anteilseigner der *Valeria*, zusammen mit Michael Henschel und Hermann Wilhelmsen. Womit wir beim Letzten im Bunde wären.« Die rote Markierung wanderte weiter zu einem braun gebrannten blonden Mann. Er hatte eine sportliche Statur, trug eine dunkelblaue Segeljacke und wirkte ein paar Jahre älter als die restlichen Mitglieder der Segel-Crew.

»Hermann Wilhelmsen?« Vibeke kam der Name bekannt vor. »Hat er etwas mit dem gleichnamigen Baustoffhandel zu tun?«

»Baustoff- und Fliesenhandel AG«, ergänzte Jens. »Dort haben wir ihn auch aufgesucht. Er ist der Geschäftsführer und Vorstandsvorsitzende. Zudem ist er Hauptanteilseigner der *Valeria*.«

Søren blähte die Backen. »Der Typ ist ein furchtbarer Angeber. Nennt sich Skipper und hat kaum mehr Kompetenz als ein Schlauchboot-Kapitän. Also, wenn der es überhaupt schafft, ein Schiff zu führen, fress ich einen Besen.«

»Deshalb zahlt er ja auch seinem Kumpel das Kapitänsgehalt«, sagte Jens und lächelte spröde. »Aber Søren hat recht. Der Mann ist unangenehm, was natürlich nicht gleich heißt, dass er auch ein Mörder ist. Jedenfalls hat er behauptet, im Tatzeitraum unter Deck gewesen zu sein. Erst im Gespräch mit Martin Möller von der SJB, und anschließend war er auf der Toilette.«

Luís schnalzte. »Die haben wohl alle eine empfindliche Blase.«

»Oder zu viel Bier«, witzelte Søren und schob sich den letzten Bissen seines Wienerbrøds in den Mund.

Vibeke wechselte einen Blick mit Rasmus, der gerade an seinem Kaffee nippte. »Herr Möller hat uns gegenüber nichts von einem Gespräch mit Hermann Wilhelmsen erwähnt, oder?«

Der Ermittler ließ den Becher sinken. »Vielleicht hat er es vergessen.«

»Ich rede noch einmal mit ihm.« Vibeke machte sich eine Notiz auf einem Post-it. »Was ist mit dem Servicepersonal?«

»Das war die komplette Zeit unter Deck und wohl gut beschäftigt.« Jens trommelte mit den Fingerspitzen auf die Tischplatte. »Eine Servicekraft«, er warf einen raschen Blick in seine Unterlagen, »Tanja Röttgen, hat jedoch ausgesagt, sie hätte Saskia Niekamp und Malthe Sødergren kurz nach dem Ablegen zusammen im Gang zu den Kabinen stehen sehen, während alle anderen Gäste an Deck waren. Sie sagt, die beiden hätten miteinander diskutiert.«

Vibeke hob die Brauen. »Diskutiert oder gestritten?«

»Das habe ich natürlich auch gefragt. Aber Frau Röttgen ist bei ihrer Formulierung geblieben. Leider hat sie nicht mitbekommen, worum es dabei ging.«

»Wir werden dem nachgehen«, sagte Vibeke. »Wir müssen morgen ohnehin nach Aabenraa zu einem Kunden von Saskia Niekamp fahren. CoffeeRoom.«

»Ist das nicht eine dänische Kaffeekette?«, erkundigte sich Luís.

Vibeke nickte. »Sie haben auch einige Filialen in Norddeutschland, und die zugehörigen Firmenkonten werden von der SJB in Flensburg betreut. Allerdings frage ich mich, weshalb Saskia Niekamp als Private-Banking-Beraterin dafür zuständig war, aber das werden wir in Erfahrung bringen.«

Einen Moment trat Schweigen ein.

»Hat eigentlich einer der Befragten Schwierigkeiten in Zusammenhang mit Saskia Niekamp erwähnt?«, fragte Luís. »Ich meine, die Frau wurde erst stranguliert und dann bewusstlos ins Meer geworfen. Das ist doch ganz schön skrupellos. Vor allem, wenn man bedenkt, wie viele Leute an Bord waren. Für mich sieht es aus, als wären da bei jemandem die Sicherungen durchgebrannt.«

»Das war mit Sicherheit keine geplante Tat«, pflichtete ihm Vibeke bei. »Vielleicht hatte sie Ärger mit Kollegen. Wenn jemand in jungen Jahren so erfolgreich ist, schafft das Neider.«

»Es klingt, als hättest du damit Erfahrung.« Luís musterte sie interessiert.

Vibeke beließ es bei einem Nicken. Sie hatte in ihrem Berufsleben häufig mit Neid und Missgunst zu kämpfen gehabt, meistens von Kolleginnen, und sie konnte bis heute nicht verstehen, weshalb sich Frauen untereinander oftmals lieber anzickten, anstatt einander zu supporten. Es war einer der Gründe, weshalb sie lieber mit Männern zusammenarbeitete, wobei es auch hier Ausnahmen gab. Holtkötter zum Beispiel oder Jan Bachmann, ihr früherer Chef beim LKA.

»Wir sollten mit den Freunden von Saskia Niekamp sprechen«, schlug Pernille vor. »Wenn es irgendwelche Probleme gab, wissen die vermutlich am ehesten davon.«

»Das werden wir natürlich«, sagte Vibeke. »Ellen Niekamp wollte eine Liste mit den Namen von Angehörigen und Freunden schicken. Ist die gekommen?«

Luís' Finger flogen über die Computertastatur. »Bislang nicht. Ich rufe sie gleich noch einmal an. Während ihr weg wart, habe ich mir übrigens Saskia Niekamps Social-Media-Accounts angesehen.« Er wandte sich wieder seiner Computertastatur zu, und kurz darauf war das Facebook-Profil der Toten auf dem digitalen Whiteboard zu sehen.

Luís scrollte durch den Feed. Fotos beim Segeln, im Urlaub mit Freunden, bei Partys. Überall bildete Saskia Niekamp den strahlenden Mittelpunkt. Einige Male war sie zusammen mit einem gut aussehenden, dunkelhaarigen Mann abgebildet. »Laut Markierung heißt er Frederick Bender.«

»Das ist vermutlich der Ex-Freund, von dem mir die Großmutter erzählt hat«, sagte Vibeke. »Von wann stammt der letzte Beitrag im Feed?«

Luís scrollte zurück zum Anfang. »September 2020.«

»Zwei Jahre«, überlegte sie laut. »Da ist natürlich die Frage, wie aussagekräftig das Ganze für uns ist.«

Ihr Kollege nickte. »Die meisten jungen Leute sind von Facebook abgewandert. Sie benutzen jetzt TikTok, Tumblr oder Snapchat. Zum Teil auch Instagram. Saskia Niekamp hatte dort ebenfalls einen Account. Leider ist das Konto auf Privatsphäre gestellt, sodass man die Inhalte nicht sehen kann. Dafür brauche ich die Zugangsdaten. Ich habe schon ein Auskunftsersuchen gestellt. Aber das kann dauern.«

»Hat sich eigentlich die Mutter gemeldet?«, erkundigte sich Pernille.

Vibeke schüttelte den Kopf. »Bislang nicht. Sie macht wohl gerade irgendeinen Selbstfindungstrip durch Thailands Dschungel. Möglicherweise weiß sie noch gar nichts vom Tod ihrer Tochter.« Sie bemerkte, dass Luís vor seinem Computer die Brauen hob. »Stimmt etwas nicht, Luís?«

»Der vorläufige Bericht der Kriminaltechnik ist gekommen.« Der Portugiese seufzte. »Es wurden an Bord der *Valeria* weder brauchbare Spuren gefunden, die der Tat zugeordnet werden konnten, noch die mutmaßliche Tatwaffe. Auf dem Schiff wird sogenanntes geschlagenes Tauwerk in verschiedenen Stärken verwendet, und es ist zwar theoretisch denkbar, dass eine der dünneren Leinen als Drosselwerkzeug benutzt worden ist, aber das tatsächlich nachzuweisen ist nahezu unmöglich.« Er sah auf den Bildschirm. »An Bord sind insgesamt mehrere Hundert Meter Tauwerk vorhanden. Vieles davon war nicht nur während des Segeltörns im Einsatz, sondern auch tagelang dem Wetter ausgesetzt. Sollten also Spuren vorhanden gewesen sein, hat der Regen sie längst weggespült.«

»Möglicherweise ist die Tatwaffe ohnehin nicht mehr an Bord«, warf Jens ein.

Luís nickte.

Obwohl Vibeke mit keinem anderen Ergebnis gerechnet hatte, machte sich Enttäuschung in ihr breit.

Flensburg, Deutschland

Kurz nach zwanzig Uhr schloss Vibeke die Tür zu ihrer Dachgeschosswohnung auf. Stille empfing sie. Sie hängte ihre Jacke und Tasche an der Garderobe auf und schlüpfte aus den Schuhen. Die Wärme des Tages hatte die Räume aufgeheizt, und die Luft war warm und stickig. Sie öffnete einige Fenster, ging in die Küche und holte das vom Vortag übrig gebliebene Nudelgericht aus dem Kühlschrank, aß direkt im Stehen mit der Gabel aus der Schüssel. Gedankenverloren ließ sie den Blick durch den Raum schweifen.

Sie hatte die zentral gelegene und vormals heruntergekommene Altbauwohnung vor etwas über zwei Jahren bezogen und seitdem vollständig renoviert. Hell gestrichene Wände, neu versiegelte Holzdielen, Möbel im schlichten und reduzierten Design. Zwei unverputzte Backsteinwände in der Küche und im Schlafzimmer hatte sie als Relikt der Vergangenheit im Originalzustand belassen.

Sie stellte die Schüssel in den Geschirrspüler und holte sich eine Flasche Bier aus dem Kühlschrank. Nach einem ersten kräftigen Schluck nahm sie im Schlafzimmer die Treppe zur Dachterrasse.

Es war noch immer angenehm warm und der Himmel nahezu wolkenfrei. Der Wind rauschte leicht und verschluckte die abendlichen Straßengeräusche, vom Balkon der Nachbarwohnung drang leises Gemurmel.

Vibeke nippte an ihrem Bier, genoss die Ruhe und den Ausblick über die Dächer und die Förde. In der Ferne schimmerten Lichter an der dänischen Küste.

Ihre Gedanken wanderten zu Claas. Zum gefühlt tausendsten Mal an diesem Tag. Schuld daran war nicht nur das Gespräch mit Rasmus, sondern auch das Foto der Segelgesellschaft in der *SHN*. Claas hatte vor seinem Tod für die Zeitung gearbeitet. Zunächst fürs Politik- und Auslandsressort, ehe die Stadtredaktion alles umgekrempelt hatte und Claas die Stelle eines geschassten Redakteurs, der auf gesellschaftspolitischen Sprengstoff und Kriminalfälle spezialisiert gewesen war, übernommen hatte. Dabei hatte er ausgerechnet über ihren Fall berichtet.

Sie zwang die Gedanken beiseite, dachte stattdessen über die tote Saskia Niekamp und ihre Schwangerschaft nach. Im Geiste ging sie die Namen der Männer durch, die sich zur Tatzeit auf dem Segelschiff befunden hatten. War einer von ihnen der Vater von Saskias ungeborenem Kind? Malthe Sødergren zum Beispiel? Sein Name war bei den Befragungen mehrfach aufgetaucht. Morgen würden sie ihn unter die Lupe nehmen.

Vibeke nippte nachdenklich an ihrem Bier. Laut dem Bericht der Rechtsmedizin war die Schwangerschaft noch in einem frühen Stadium gewesen. Ungefähr achte Woche. Da hatten die meisten Frauen bereits mit Übelkeit und Schwindel zu kämpfen. Höchstwahrscheinlich hatte Saskia Niekamp also von ihrem Zustand gewusst. Trotzdem nahm sie sich vor, bei nächster Gelegenheit mit der Frauenärztin des Opfers zu sprechen.

Doch vielleicht hatten die Schwangerschaft und der Mord rein gar nichts miteinander zu tun. Bislang wusste schließlich niemand, wie es zur Tat gekommen war und was sich zuvor an Bord der *Valeria* abgespielt hatte. Nur eines war sicher. Unter den dreiundvierzig Personen befand sich ein Mörder. Oder eine Mörderin.

4. Kapitel

Südjütland, Dänemark

Rasmus hatte verschlafen. Ausgerechnet heute. Eigentlich hatte er vorgehabt, noch auf einen Sprung in die Polizeistation zu fahren, um seinen Antrittsbesuch bei der neuen Chefin abzuleisten, ehe es nach Aabenraa ging. Stattdessen war er im Eiltempo zu Hause aufgebrochen, hatte sich in seinen Bulli gesetzt und auf direktem Weg die Stadt verlassen. Jetzt befand er sich auf der Route 24, die von Esbjerg an die südliche Ostküste führte.

Neben ihm zogen Wälder, kleine Ortschaften und Sonnenblumenfelder vorbei, der Himmel war blau und nahezu wolkenlos, aus dem Radio ertönte ein Song von Coldplay.

Es ärgerte ihn, dass er seinen Plan vergeigt hatte, denn auch am Montag würde er es nicht in die Polizeistation schaffen. Thure Christensen hatte ihn zu einer Besprechung zum Thema Bandenkriminalität nach Kopenhagen beordert. Doch zumindest hatte er Mads eine Sprachnachricht auf der Mailbox hinterlassen mit der Bitte, ihn noch einmal bei Maja Eriksen zu entschuldigen. Außerdem hatte er am Vorabend einen ausführlichen Bericht über den Leichenfund in Sønderby und die bisherigen Befragungen an die neue Abteilungsleiterin geschickt. Etwas, womit er in der Vergangenheit stets geschludert hatte und das ihm nicht nur jede Menge Ärger mit Vorgesetzten eingebracht hatte, sondern auch einer der Gründe war, weshalb nicht er, sondern Maja Eriksen jetzt auf dem Chefsessel der Mordkommission saß.

Hinter Rødekro ging die ländliche Gegend in erste Vororte von Aabenraa über, die Baumreihen neben dem Asphalt lichteten sich und gaben die Sicht auf hübsche Einfamilienhäuser und gepflegte Gärten frei. Der Verkehr wurde dichter, je näher er Richtung Stadtzentrum kam. Autohändler, Möbelhäuser und Schnellrestaurants säumten nun den Straßenverlauf. In Höhe des Friedhofs setzte Rasmus den Blinker und verließ die Route. Kurz darauf bog er auf den Parkplatz von Føtex ein, fuhr seinen VW-Bus in eine freie Lücke und stieg aus. Von Vibeke oder ihrem Dienstwagen war weit und breit keine Spur. Er sah auf das Display seines Handys. Fünf Minuten nach der vereinbarten Zeit. Er wählte ihre Nummer.

Vibeke ging sofort ran. »Hej, Rasmus. Tut mir leid, ich stecke im Stau. Kurz hinter Klipleff hat's gescheppert. Und wie es aussieht, dauert es noch eine Weile.« Im Hintergrund waren die Fahrgeräusche der Gegenfahrbahn zu hören.

»Ich kann die Befragung auch alleine durchführen«, schlug Rasmus vor. »Dann treffen wir uns anschließend bei Nordic Sails.«

Einen Moment blieb es still in der Leitung.

»Nein«, sagte Vibeke bestimmt. »Ich komme mit. Vielleicht trinkst du einfach so lange einen Kaffee. Geht auch auf mich.«

Rasmus rieb sich das stoppelige Kinn. »In Ordnung. Melde dich, wenn du da bist. Hej hej.« Er legte auf.

Von Klipleff nach Aabenraa brauchte man ungefähr zwanzig Minuten. Ohne Stau. Er hätte sich also gar nicht so beeilen müssen. Gegen einen Kaffee war natürlich nichts einzuwenden, trotzdem hatte er nicht vor, sich die Beine länger als nötig in den Bauch zu stehen. Womöglich dauerte es eine Stunde oder länger, bis Vibeke hier aufschlug.

Er beschloss, den Kaffee im CoffeeRoom zu trinken. Bei der Gelegenheit konnte er sich in dem Laden gleich ein wenig umschauen, und wenn ihm dabei zufällig Jeppe Kaalund, der Geschäftsführer der Kaffeekette, über den Weg lief, würde er die Chance nutzen und ein paar Fragen stellen. Schließlich war hier sein Territorium. Zufrieden mit seinem Entschluss, schlenderte er in Richtung Fußgängerzone.

Rund fünfundzwanzig Minuten später hob Rasmus zum Abschied die Hand und verließ mit einem Pappbecher Kaffee den CoffeeRoom. Er hatte tatsächlich mit Jeppe Kaalund sprechen können. Er war im Großen und Ganzen bei seiner Aussage geblieben, die er bereits letzten Freitag bei Martin Heisemann von der Kripo Schleswig getätigt hatte. Demnach hatte er sich gleich zu Beginn des Segeltörns eine Weile mit Saskia Niekamp unterhalten. Dabei war ihm nichts Ungewöhnliches an der Bankerin aufgefallen. Sie sei wie immer charmant und zuvorkommend gewesen und habe zudem gut gelaunt gewirkt. Um den Tatzeitraum herum habe er zusammen mit Heiner Brockkamp, einem Flensburger Spirituosenhändler, an Deck gestanden, ehe man sie aufgefordert hatte, sich in den Salon zu begeben. Saskia Niekamp hatte er zu dem Zeitpunkt nicht mehr gesehen.

Auf Rasmus hatte der Geschäftsführer aufrichtig gewirkt, auch als er nachgehakt hatte, was den Inhalt des Gesprächs mit Saskia Niekamp anging. Demnach wollte Jeppe Kaalund seine Private-Banking-Geschäfte künftig komplett nach Aabenraa verlegen, da er seinen Zweitwohnsitz in Flensburg aufgeben wollte und es so für ihn logistisch einfacher zu handhaben war. Saskia Niekamp hatte sich verständnisvoll gezeigt und versprochen, alles Nötige dafür in die Wege zu leiten.

Jeppe Kaalunds Erklärung erschien Rasmus plausibel, trotzdem würde er gründlich abklopfen, ob möglicherweise noch andere Gründe für den Beraterwechsel vorlagen. Sicher war sicher.

Rasmus leerte den Rest seines Pappbechers und beförderte ihn anschließend in einen bereitstehenden Müllbehälter, ehe er den Weg zurück durch die Fußgängerzone nahm. Er hatte Aabenraa, das direkt am gleichnamigen Fjord lag, schon immer gemocht. Die historischen Bürger- und Handwerkerhäuser aus dem 18. Jahrhundert mit ihren zur Straße zeigenden Dreiecksgiebeln, die schmalen, lauschigen Gassen und hübschen Marktplätze vermittelten etwas Behagliches und standen im gelungenen Kontrast zum modernen Wirtschaftshafen und dem Yachthafen. Im Gegensatz zum quirligen Kopenhagen oder Aarhus wirkte die Stadt mit ihren rund sechzehntausend Einwohnern auf Rasmus jedoch stets ein wenig verschlafen und schien nur einmal im Jahr, am ersten Juliwochenende, aus ihrem Dornröschenschlaf zu erwachen. Dann wetteiferten beim Ringreiter-Festival mehrere hundert Ringreiter hoch zu Ross und mit der Lanze in der Hand um die meisten Ringe. Ein mehrtägiges Volksfest für Jung und Alt. Rasmus hatte es vor Jahren zusammen mit Camilla und Anton besucht.

Am Ende der Fußgängerzone nahm er eine der schmalen Treppen, die hinunter zum Madevej und zum Parkplatz am Føtex führten. Zurück an seinem Bulli lehnte er sich gegen den Kotflügel und zündete sich eine Zigarette an. Das mit dem Aufhören hatte er endgültig ad acta gelegt, nur in Gegenwart von Ida und in seinem Apartment verkniff er sich das Laster.

Genüsslich blies er einen Rauchkringel in die Luft. Als er wieder zur Straße blickte, erschien Vibekes Dienstwagen in der Parkplatzeinfahrt. Schnell nahm er einen letzten Zug von seiner Zigarette, schnippte anschließend die Kippe zu Boden und trat sie mit der Schuhsohle aus.

»Hej, Rasmus.« Vibeke stieg aus dem Wagen, den sie in der gegenüberliegenden Reihe geparkt hatte. »Entschuldige, es hat jetzt doch etwas länger gedauert.« Sie runzelte die Stirn. »Ist das bei euch nicht auch verboten?« Sie deutete mit der Hand auf den Zigarettenstummel auf dem Asphalt. »In Deutschland ist das eine Ordnungswidrigkeit. Wenn du erwischt wirst, kostet dich das ein fettes Bußgeld.«

Rasmus unterdrückte ein Augenrollen. Da war sie wieder. Miss Superkorrekt. Wie er es hasste, wenn sie die Paragrafenreiterin raushängen ließ, vor allem wenn sie dabei auch noch recht hatte. Doch mit Mitte vierzig ließ er sich nur noch ungern umerziehen. »Ich habe mit Jeppe Kaalund gesprochen.«

Vibekes Brauen schnellten in die Höhe. »Aber ich sagte doch …«

»Dass ich einen Kaffee trinken soll«, ergänzte Rasmus. »Und genau das habe ich im CoffeeRoom getan. Jeppe Kaalund war ebenfalls dort und sofort bereit, meine Fragen zu beantworten.« Er hob abwehrend die Hand, als sie Anstalten machte, Einwände zu erheben. »Ich bin lange genug Ermittler, um einen Tatverdächtigen zu erkennen, wenn ich mit ihm spreche.«

Vibeke schüttelte den Kopf. »Das ist unprofessionell, Rasmus. Und das weißt du.«

»Ich nenne es effektiv.« Er lächelte zufrieden. »Jetzt können wir direkt zu Nordic Sails fahren und mit den Sødergrens sprechen. Du bist doch immer diejenige, die mir etwas von Zeitmanagement predigt, sobald ich mir eine Pause genehmige.«

Seine Kollegin seufzte. »Gut. Dann lass uns los.« Sie setzte eine strenge Miene auf. »Aber ich fahre. Und unterwegs erzählst du mir von deinem Gespräch mit Jeppe Kaalund. Und zwar in allen Einzelheiten.« Sie machte auf dem Absatz kehrt.

Geht doch, dachte Rasmus. Der Zigarettenstummel auf dem Asphalt geriet in sein Sichtfeld. Darum würde er sich später kümmern.

Aabenraa, Dänemark

Die Segelmanufaktur Nordic Sails lag etwas außerhalb des Stadtzentrums in einem Industriegebiet. Zwei große Segel mit dem Firmenlogo, einem schlicht designten Kompass in Dunkelblau, säumten die Zufahrt zu den lang gezogenen Flachdachbauten. Zweigeschossig. Graue Gebäudeverschalung. Unauffällig und unspektakulär. Vor dem Eingangsportal wehten drei Flaggen mit dem blauen Kompass im Wind.

Rasmus hatte das Logo schon häufiger gesehen. Soweit er wusste, stellte Nordic Sails Segel in sämtlichen Farben, Formen und Größen her, sowohl für den Einsatz im Profi-Segelsport als auch für Boote von Hobbyseglern. Erst kürzlich hatte er gelesen, dass jährlich an die zehntausend Segel in Aabenraa produziert wurden, damit gehörte das Unternehmen zu den Global Playern der Branche.

Er hatte Dan Sødergrens Profiseglerkarriere über viele Jahre mitverfolgt, und schon als Achtjähriger, als Rasmus mit seiner kleinen Jolle übers Wasser geglitten war, hatte er davon geträumt, ebenfalls ein erfolgreicher Segler zu werden und bei den Olympischen Spielen ganz oben auf dem Podest zu stehen. Stattdessen war er Polizist geworden.

Er seufzte und betrat zusammen mit Vibeke das Gebäude. Der Empfangsbereich von Nordic Sails war ebenfalls schlicht und unauffällig gehalten. Helle Fliesen, ein Tresen aus Eichenholz. Die junge blonde Frau dahinter trug ein weißes Poloshirt mit Kompasslogo und informierte sie darüber, dass Dan vermutlich in der Produktionshalle sei, als Rasmus darum bat, den Firmenchef zu sprechen. Sie beschrieb ihnen den Weg, und kurz darauf fanden sich die beiden Kriminalbeamten in einer riesigen Halle wieder. In der Luft hing ein synthetischer Geruch. Computergesteuerte Maschinen schnitten auf etwa dreißig Meter langen Schneidebrettern Teile für Segel zurecht. Auf der weißen Bodenfläche lagen Zuschnitte aus einem dunklen, kunststoffähnlichen Material. Daneben kniete ein Mitarbeiter und legte soeben einen Messstab an.

Rasmus fiel auf, dass die Flucht des Segeltuchs nicht exakt gerade war, doch er wusste, dass dies beabsichtigt war. Erst mit der Wölbung im Segel entstand die typische Form, in der sich der Wind einfing, über das Tuch hinausglitt und schließlich das Boot antrieb.

Er entdeckte Dan Sødergren an einer der Maschinen im hinteren Bereich der Halle im Gespräch mit einem Mitarbeiter. Seine große athletische Figur steckte in Jeans und weißem Poloshirt, die Haut an den Armen und im markanten Gesicht war sonnengebräunt, die kurzen blonden Haare mit Grau durchzogen. Dem Unternehmer war nicht anzusehen, dass er schnurstracks auf die sechzig zuging. Zumindest wirkte er kaum älter als zu dem Zeitpunkt, an dem er sein Olympiagold entgegengenommen hatte, und das war etliche Jahre her. Rasmus hatte die Wettfahrt damals am Fernsehbildschirm mitverfolgt.

Mit Vibeke im Schlepptau steuerte er auf den Unternehmer zu. »Dan Sødergren?« Er zückte seinen Dienstausweis. »Rasmus Nyborg von der Politi Esbjerg und Vibeke Boisen von der deutschen Polizei.« Er deutete auf seine Kollegin.

»Hej«, erwiderte Dan Sødergren. »Ich habe bereits damit gerechnet, dass ihr kommt.« Es klang freundlich und entgegenkommend.

»Beeindruckend«, sagte Rasmus und ließ den Blick für einen Moment durch die Halle schweifen, ehe er auf das Segeltuch deutete, das gerade in der neben ihnen stehenden Maschine gefertigt wurde. Es hatte eine Molekularstruktur aus zahlreichen winzigen, kaum erkennbaren Brücken zwischen den Ketten. »Was ist das für ein Material?«

»Kevlar und Kohlenfaser. Hohe Formstabilität bei geringem Gewicht.«

»Hightech-Membrane«, stellte Rasmus fest. »Das ist schon etwas anderes als herkömmliches Segeltuch von der Rolle.« Aus den Augenwinkeln sah er, wie Vibeke überrascht die Brauen hochzog.

»Du interessierst dich fürs Segeln?«, fragte Dan Sødergren.

Rasmus nickte. »Mein Vater hat es mir beigebracht, als ich gerade sechs war. Als Jugendlicher habe ich häufig an Regatten teilgenommen, doch für eine Profiseglerkarriere hat es leider nicht gereicht.«

»Segeln ist mehr als eine sportliche Disziplin«, erwiderte Dan Sødergren mit einem Lächeln im Gesicht. »Für mich bedeutet es Freiheit. Die Natur, die Luft, den Wind zu spüren, ohne Raum und Zeit. Ein unbezahlbares Gefühl.« Sein Lächeln verstärkte sich, und ein Kranz aus feinen Fältchen bildete sich um seine Augen. »Der Erfolg ist lediglich das Sahnehäubchen.« Sein Blick wurde ernst. »Aber ihr seid sicher nicht hier, um mit mir übers Segeln zu sprechen.«

»Nein«, meldete sich erstmals Vibeke zu Wort. »Wir möchten mit Ihnen über den Tod von Saskia Niekamp reden. Genauer gesagt, mit Ihnen und Ihrem Sohn Malthe.«

»Malthe nimmt heute am NOSPA-Cup teil«, erwiderte Dan Sødergren. »Er ist also leider nicht da.« An einem der anderen Tische begann eine Nähmaschine zu rattern. »Aber lasst uns in mein Büro gehen. Da haben wir mehr Ruhe.«

Er führte die beiden Kriminalbeamten zurück durch die Empfangshalle zu einem schlicht und zweckmäßig eingerichteten Büro in einem anderen Gebäudetrakt.

Ein großer Schreibtisch aus hellem Holz, weiße Bücherregale und Aktenschränke, eine Sitzgruppe mit vier Schalenstühlen und einem runden Tisch. An den Wänden hing eine Reihe gerahmter Fotos von Segelregatten.

Rasmus registrierte, dass nichts in dem Büro die Segelerfolge des Ausnahmesportlers widerspiegelte. Keine Bilder von Siegerehrungen, Medaillen oder Pokalen. Offenbar legte Dan Sødergren keinen Wert darauf, seinen Ruhm zur Schau zu stellen, was in Rasmus' Augen von großer Bodenständigkeit zeugte und den Unternehmer nur noch sympathischer machte.

»Bitte.« Dan Sødergren deutete auf die Sitzgruppe und schenkte aus einer bereitstehenden Flasche Wasser in drei Gläser ein, ehe er sich setzte. »Es ist schrecklich, was Saskia passiert ist. Mein Sohn und ich sind immer noch erschüttert.«

»Wie gut kanntest du sie?«, fragte Rasmus und nahm sein Glas entgegen.

»Das ist eine gute Frage.« Der Unternehmer machte ein nachdenkliches Gesicht. »Ich bin Saskia zum ersten Mal vor zwei Jahren begegnet, bei dem jährlichen Event auf der *Valeria*. Wir haben uns damals lange übers Segeln unterhalten.« Ein trauriges Lächeln streifte sein Gesicht. »Saskia war eine begeisterte Seglerin und eine äußerst kluge Frau. Außerdem schien sie mir sehr zielstrebig zu sein, was ihren Beruf betraf. Jedenfalls dachte ich immer, dass sie es irgendwann einmal weit bringen würde.« Sein Blick richtete sich für einen Moment auf Vibeke, ehe er zurück zu Rasmus glitt. »Jedes Unternehmen kann sich glücklich schätzen, eine solch engagierte Mitarbeiterin zu haben. Ich hätte Saskia jedenfalls mit Kusshand eingestellt, aber leider ist das ja nun nicht mehr möglich.«

»Eine Bankerin?«, fragte Vibeke verwundert.

Dan Sødergren nickte. »In einer Segelmacherei geht es natürlich in erster Linie um das Handwerk und um moderne Technologie. Bei Nordic Sails gehört beides untrennbar zusammen. Maschinen und Roboter übernehmen zwar mittlerweile einen großen Bereich der Produktion, doch das Zusammensetzen der Segel, das Kleben und Nähen erledigen unsere Mitarbeiter. Die Hand und das Auge eines Menschen sind hierbei unverzichtbar.« Er griff nach seinem Wasserglas und trank einen Schluck. »Neben der Herstellung der Segel sind auch Vertrieb, Marketing und Finanzmanagement entscheidende Erfolgsfaktoren für ein Unternehmen. Dafür braucht es innovative Köpfe. Und als so jemanden habe ich Saskia gesehen.«

Vibeke deutete ein leichtes Nicken an. »Lassen Sie uns noch einmal zurück zur Ausgangsfrage kommen. Wie gut kannten Sie Frau Niekamp?« Sie taxierte den Unternehmer.

»Ich bin ihr in den letzten zwei Jahren einige Male begegnet, und sie hat dabei stets einen positiven Eindruck bei mir hinterlassen. Das bedeutet aber nicht, dass ich sie besonders gut kannte.«

»Und trotzdem wollten Sie sie einstellen?«, hakte sie nach.

Dan Sødergren ließ sich nicht aus der Ruhe bringen. »Ich verfüge über eine gute Menschenkenntnis.«

Rasmus beschloss einzugreifen, ehe Vibeke das Ruder vollständig übernahm. »Wir haben deine Aussage, die du letzten Freitag bei der Polizei gemacht hast, natürlich gelesen, aber bitte schildere uns trotzdem noch einmal den Ablauf des Events aus deiner Sicht.«

»Ich war die meiste Zeit auf Deck und habe mich unterhalten«, wiederholte der Unternehmer, was er bereits eine Woche zuvor zu Protokoll gegeben hatte. »Mit Katrine Madsen, meiner Kundenberaterin, Hermann Wilhelmsen und diesem jungen Yachtmakler, Peer Landgraf.« Er lehnte sich in seinem Stuhl zurück. Die Haut zwischen seinen Brauen kräuselte sich. »Und dann war da noch dieser unselige Heiner Brockkamp.«

Rasmus meinte sich zu erinnern, dass es sich dabei um einen Flensburger Spirituosenhändler handelte.

»Er wollte mich unbedingt als Werbegesicht gewinnen«, ergänzte Dan Sødergren. »Aber das habe ich natürlich sofort abgelehnt. Ich saß im Salon und habe mit Malthe ein Bier getrunken, als der Ruf ›Mann über Bord‹ ertönte.«

»Was ist mit Saskia Niekamp?«, fragte Rasmus nach, als Dan Sødergren sie in seiner Aufzählung nicht erwähnte.

Der Unternehmer zog die Stirn in Falten. »Wir haben uns tatsächlich nur begrüßt.«

»Hatte das einen besonderen Grund?«

»Nein.« Er deutete ein leichtes Kopfschütteln an. »Es hat sich einfach nicht ergeben.«

Rasmus' Blick fiel auf ein vierköpfiges Familienfoto, das in einem Silberrahmen auf dem Schreibtisch stand und schon älteren Datums zu sein schien. Dan Sødergren hatte die Arme um eine schlanke hellblonde Frau gelegt, die eine etwas zu große pinkfarbene Brille trug, und um einen Teenager mit widerspenstigen braunen Haaren, der breit in die Kamera lachte. Selbst aus der Entfernung konnte Rasmus erkennen, dass er ausdrucksstarke Augen hatte.

»Ist das Malthe neben dir?« Er deutete auf das Foto.

»Nein.« In Dan Sødergrens Blick ging eine Veränderung vor, und ein Ausdruck, den Rasmus nicht richtig deuten konnte, erschien. Wehmut? Traurigkeit? »Das ist Jonas, mein jüngerer Sohn. Malthe steht neben meiner Frau.«

Rasmus wandte seine Aufmerksamkeit dem jungen blonden Mann zu, der neben Kristina Sødergren auf dem Foto zu sehen war. Er hatte eine ganz ähnliche Statur und Gesichtsform wie sein Vater, wirkte jedoch ein wenig nichtssagend. Vielleicht hing es damit zusammen, dass seine Miene im Gegensatz zu den strahlenden Gesichtern der anderen Familienmitglieder ernst war. »Wie stand denn Malthe zu Saskia Niekamp?«

Dan Sødergren ließ sich Zeit mit der Antwort. »Am besten, ihr sprecht darüber direkt mit meinem Sohn.«

»Wissen Sie, was mir nicht aus dem Kopf will?« Vibeke hatte offenbar nicht vor lockerzulassen. »Weshalb nimmt ein Spitzensegler, wie Sie es sind, an einem solchen Event teil? Wäre es nicht naheliegender gewesen, bei einer der Regatten mitzusegeln? Nordic Sails hat doch ein Segelteam, oder?«

Dan Sødergren lachte. »Das überlasse ich lieber der jüngeren Generation.« Er langte nach seinem Glas und trank einen Schluck Wasser. »Es ist ein Gefallen unter Freunden. Torben Erik Lund, der CEO der SJB, und ich haben als Kinder eine Weile demselben Segelteam angehört. Das ist quasi wie Familie.«

»Es geht also um PR«, stellte Vibeke fest. »Frei nach dem Motto, wenn die Sønderjylland Bank prominente

Kunden wie Dan Sødergren hat, zieht das Interesse anderer nach?«

Das Lächeln aus dem Gesicht des Unternehmers verschwand. »Das ist Ihre Auslegung. Meine ist, wie bereits gesagt, eine andere.«

Rasmus räusperte sich. »Gut, ich denke, das war es dann fürs Erste. Sollten sich weitere Fragen ergeben, melden wir uns.« Sie erhoben sich. »Vielen Dank für deine Zeit.«

»Das ist doch selbstverständlich. Es tut mir aufrichtig leid, was mit Saskia passiert ist. Ich hoffe, ihr findet den Täter bald.« Dan Sødergren nickte Vibeke zu und wandte sich an Rasmus. »Und falls du irgendwann mal wieder segeln möchtest, dann melde dich gerne.«

»Danke«, sagte Rasmus, überrascht von dem Angebot.

Die beiden Kriminalbeamten verabschiedeten sich und verließen das Büro. Im Flur blieben sie noch einen Moment stehen. Dan Sødergrens gedämpfte Stimme drang durch die geschlossene Tür. Der Name Malthe fiel. Offenbar hatte der Unternehmer direkt zum Telefon gegriffen, um seinen Sohn über den Besuch der Polizei zu informieren.

Flensburg, Deutschland

Marie trommelte mit den Fingerspitzen auf die Tischplatte und starrte durch die gläserne Wand zum Flur.

Bereits den gesamten Vormittag herrschte in der Bank eine angespannte Stimmung. Fast die komplette

Führungsebene der SJB war zum Krisengespräch nach Flensburg angerückt. Vermutlich ging es darum, den Ruf der Bank nach dem riesigen Imageschaden, den sie durch den Mord an einer ihrer Mitarbeiterinnen erlitten hatte, wiederherzustellen und weiteren Schaden abzuwenden. Einige Kunden hatten ihre Konten gekündigt, das Neugeschäft stagnierte, und der Name ihres Kreditinstituts tauchte nahezu täglich in den Schlagzeilen auf. Erst heute hatte der *Flensburger Express* getitelt: »Wer ist schuld am Tod der schönen Bankerin?« Daneben war das Foto einer strahlenden Saskia Niekamp abgebildet und ein weiteres ihrer Niederlassung.

Maries Job glich mittlerweile dem einer Service-Hotline. Anstatt den Leuten bei ihren Krediten oder Anlagen weiterzuhelfen, hieß es, sie zu besänftigen und ihnen zu versichern, dass ihre Bankgeschäfte wie gewohnt abgewickelt wurden. Kompetent. Zielgerichtet. Vertrauensvoll.

Saskias Stelle war bislang nicht neu besetzt worden, und ihre Kunden, die man für die Übergangsphase auf andere Berater verteilt hatte, waren höchst verunsichert. Insgeheim hoffte Marie selbst auf den Job. Sie hatte sich in der Vergangenheit bereits auf Ausschreibungen für die Private-Banking-Abteilung beworben, doch jedes Mal das Nachsehen gehabt. Dabei war sie hochqualifiziert. Erst im letzten Jahr hatte sie eine Weiterbildung zum EFA, dem European Financial Advisor, gemacht, eine europaweite Zertifizierung für Finanzberater, die ihr eine fachlich hochwertige Beratung, zugeschnitten auf die Bedürfnisse von anspruchsvollen Privatkunden, bescheinigte. Mit dem Zertifikat waren ihre Chancen auf den Job gestiegen, und sie hatte der Personalabteilung ihre interne Bewerbung geschickt.

Elmar würde Augen machen, falls das klappte. Möglicherweise würde er dann endlich erkennen, dass sie mehr auf dem Kasten hatte, als seine Hemden zu bügeln, den Kindern die Schulbrote zu schmieren oder die Überweisungen für ihre Kunden auszufüllen, wie er ihren Job in der Regel deklarierte.

Das Telefon auf ihrem Schreibtisch klingelte und riss sie aus ihren Gedanken. Sie nahm das Gespräch an. Es war Nadine Höffner, Henrik Bo Christensens persönliche Assistentin, die sie darüber informierte, dass der Bankdirektor sie in seinem Büro zu sprechen wünsche. Offenbar waren die Krisengespräche beendet.

Marie verspürte augenblicklich ein Kribbeln im Bauch. Es ging bestimmt um ihre Bewerbung. Sie sagte Nadine, dass sie kommen würde, und legte den Hörer auf. Verstohlen blickte sie sich zu den anderen Schreibtischen um, doch keiner der Kollegen schenkte ihr Beachtung. Sie zog ihren Taschenspiegel aus der oberen Schreibtischschublade, überprüfte, ob ihr Lippenstift noch an Ort und Stelle saß, und ordnete mit ein paar geübten Handgriffen ihre kurzen Haare. Anschließend legte sie den Spiegel zurück an seinen Platz, strich ihre Bluse glatt und erhob sich. Das Herz klopfte ihr bis zum Hals.

»Ich bin kurz bei Henrik«, informierte sie ihre Kollegen und verließ das Großraumbüro. Die Absätze ihrer Pumps klackerten laut über die Fliesen.

Am Büro des Bankdirektors im zweiten Stock angekommen, blieb sie vor der geschlossenen Tür stehen, um sich zu sammeln. Schließlich atmete sie tief durch, klopfte an und trat ein. »Hallo, Henrik. Du wolltest mich sprechen?«

»Ja. Hej, Marie.« Henrik Bo Christensen erhob sich hinter seinem Schreibtisch. »Bitte, setz dich doch!« Er deutete mit seiner Hand auf den Besucherstuhl und wartete, bis sie Platz genommen hatte, ehe er sich ebenfalls setzte. »Schön, dass du sofort kommen konntest.«

»Natürlich.« Sie lächelte. »Wenn der Chef ruft.«

Der Bankdirektor erwiderte ihr Lächeln. »Wie geht es dir, Marie? Was machen die Kinder?«

»Danke, bei uns ist alles prima.«

»Zurzeit geht hier ja einiges drunter und drüber.« Er legte die Fingerspitzen aneinander. »Leider kommen deshalb auch die Mitarbeitergespräche zu kurz.«

Marie nickte verständnisvoll. Bei der SJB fanden die Unterredungen nicht nur mit dem jeweiligen Abteilungsleiter oder der Personalabteilung statt, auch der Bankdirektor höchstpersönlich hatte es sich zur Aufgabe gemacht, regelmäßig mit seinen Mitarbeitern ins Gespräch zu gehen. Etwas, das Marie nicht nur sehr schätzte, sondern auch die flachen Hierarchien der SJB unterstrich.

»Marie, ich möchte gleich voranstellen, wie wertvoll du für die Bank bist«, sagte Henrik Bo Christensen mit Nachdruck. »Du gehörst zu unseren wichtigsten Mitarbeitern.«

Marie spürte, wie sie bei den Worten ihres Vorgesetzten errötete.

»Deine Kompetenz und dein Einsatz für die Belange der Bank sind beispiellos«, fuhr er fort, »und ich möchte dir meine aufrichtige Anerkennung dafür aussprechen.«

»Ich mache nur meinen Job«, erwiderte Marie verlegen.

»Und den machst du ohne Zweifel hervorragend. Wirklich, Marie, deine Leistung verdienst höchsten

Respekt. Dein Abteilungsleiter ist übrigens der gleichen Meinung wie ich.« Er nickte wohlwollend und legte eine bedeutungsvolle Pause ein. »Die Personalabteilung hat mich informiert, dass du dich auf Saskias Stelle beworben hast.«

»Das ist richtig.« Maries spürte, wie sich ihr Puls beschleunigte.

»Es sind die zuverlässigen und fleißigen Mitarbeiter, die den Laden hier am Laufen halten, und dazu gehörst zweifelsfrei du, Marie.« Henrik Bo Christensen lächelte jovial. »Allerdings bedeutet das auch, dass deine Abteilung nicht auf dich verzichten kann.«

Marie sackte innerlich zusammen, als sie die Bedeutung seiner Worte begriff. »Ich bekomme die Stelle also nicht?« Ihre Gedanken überschlugen sich. »Hat es mit meiner Qualifikation zu tun?«

»Nein, Marie, daran liegt es nicht. Es geht vielmehr generell um dein Profil. Du weißt, welchen Stellenwert die Private-Banking-Abteilung für unsere Bank hat.« Der Bankdirektor sah ihr offen in die Augen. »Wir suchen einfach ›the perfect match‹, du verstehst?«

Marie nickte automatisch. »Natürlich. Ich hatte ja auch nur gedacht …« Der Rest ihres Satzes blieb in der Luft hängen. Sie fühlte sich wie vor den Kopf geschlagen. Was hatte sie eigentlich gedacht? Dass man ihr die Stelle geben würde, nachdem man sie ein Dutzend Mal zuvor übergangen hatte? Sie kam sich unendlich dumm vor.

»Es war nur so eine Idee«, presste sie hervor. »Dann gehe ich wohl mal. Danke, Henrik.« Sie biss sich auf die Unterlippe. Danke? Wofür im Himmel bedankte sie sich?

»Keine Ursache«, erwiderte Henrik Bo Christensen lächelnd. »Und denk dran, Marie. Du gehörst zu unseren wichtigsten Mitarbeitern.«

Marie nickte und verließ schnell das Büro des Bankdirektors, ehe sie sich ein weiteres Mal bedankte. Mit hoch erhobenem Kopf und zusammengepressten Lippen eilte sie zurück ins Erdgeschoss und dort in den Waschraum.

In einer der Kabinen setzte sie sich auf den WC-Deckel und presste den Handrücken vor den Mund. Tränen schossen ihr in die Augen, und ihr entfuhr ein Schluchzen. Was war sie bloß für ein dummes Schaf. All die Überstunden, die sie abgeleistet hatte, die vielen Male, die sie für ihre Kollegen eingesprungen war. Egal ob Urlaubszeit, Grippewelle oder andere personelle Engpässe, sie war immer da gewesen und hatte die Flagge für ihre Abteilung hochgehalten. Und das sollte jetzt der Dank sein? Dass man sie ein weiteres Mal überging?

Saskia hat recht gehabt, schoss es Marie durch den Kopf. Dass ich es niemals in die Private-Banking-Abteilung schaffen werde. Marie hatte ihrer Kollegin vor einiger Zeit anvertraut, dass sie gerne dorthin wechseln würde, doch anstatt des erwarteten Zuspruchs hatte Saskia ihr mitten ins Gesicht gelacht. *Wovon träumst du eigentlich nachts, Marie?*

Ihr Schluchzen verstärkte sich.

Die Tür zum Waschraum wurde aufgestoßen, und sie hörte, wie jemand neben ihr auf die Toilette ging. Du musst dich zusammenreißen, Marie. Sie presste die Hand noch stärker vor den Mund und wartete ab, bis die andere Person wieder gegangen war. Erst dann trat sie aus der Kabine, beugte sich über eines der Waschbecken und spritzte sich mit beiden Händen kaltes Wasser ins Gesicht. Als sie den Kopf hob, blickte sie in ihr Spiegelbild. Schlaffe Haut und Krähenfüße. Kein Wunder, dass man sie nicht in der Private-Banking-Abteilung haben wollte. Sie war wahrlich kein Aushängeschild.

Marie riss sich zusammen. So, wie sie es immer tat. Sie trocknete sich das Gesicht und die Hände mit einem der Papierhandtücher ab, richtete anschließend ihre Haare und strich ihre Bluse glatt.

Gleich kam Kaminski. Ein Kunde, den sie nicht besonders mochte. Er hatte etwas Unangenehmes an sich, ohne dass sie es benennen konnte. Ihr fiel ein, dass er ebenfalls an Bord der *Valeria* und zudem ein Kunde von Saskia gewesen war.

Sie verließ den Waschraum und ging zurück zu ihrem Platz. Dort saß Bertram Kaminski bereits auf dem Besucherstuhl. Rotgesichtig, in einem seiner schlecht sitzenden Anzüge, die verkniffenen Mundwinkel zeugten von Unzufriedenheit.

»Herr Kaminski«, begrüßte ihn Marie. »Wie schön, Sie zu sehen.«

Sie setzte ein Lächeln auf.

Glücksburg, Deutschland

Der *Flensburger Segel-Club* lag direkt am Yachthafen Quellental, einer kleinen Bucht an der Flensburger Innenförde nahe der Stadt Glücksburg. Besondere Tradition des 1890 gegründeten FSC war das Regattasegeln. Übers gesamte Jahr wurden hier sowohl nationale als auch internationale Bootswettbewerbe ausgetragen.

Zudem war der Verein seit über hundert Jahren offizieller Ausrichter der Flensburger Fördewoche. Auf dem fünfzehntausend Quadratmeter großen Vereinsareal waren neben dem Klubhaus ein Restaurant mit großzügiger Außenterrasse, Bootshallen und Parkplätze untergebracht.

Vibeke stellte ihren Dienstwagen auf dem kleinen Parkplatz an der gegenüberliegenden Straßenseite ab.

Am Klubhaus angekommen, blickte sie sich suchend nach Rasmus um, der in Aabenraa wieder in seinen VW-Bus umgestiegen war, und entdeckte seine schwarz gekleidete Gestalt schließlich in Höhe der Slipanlage neben dem blauen Travelift, wo er gerade mit einem Mann in einem hellblauen Hemd und mit Knieschiene sprach.

Es wunderte sie, dass im Yachthafen kaum Menschen zu sehen waren. Sie blickte zur Förde. Segelboote glitten übers Wasser und markierten weiße Farbtupfer auf dem blauen Hintergrund. Trotz der warmen Temperaturen wehte ein verhältnismäßig starker Wind. Perfektes Segelwetter.

»Hej, Vibeke!« Rasmus hatte sie ebenfalls entdeckt und winkte sie heran. Er wies auf den neben ihm stehenden Mann.

»Da ist Hans-Jürgen Gerdes aus dem Wettfahrtbüro.«

»Moin«, begrüßte sie ihn. »Vibeke Boisen. Polizei Flensburg.«

»Moin.« Der Wettfahrthelfer lächelte flüchtig. Er hatte ein gebräuntes, wettergegerbtes Gesicht und einen angespannten Zug um den Mund. Auf seinem hellblauen Hemd war neben dem Vereinsemblem des FSC der Schriftzug *Race Official* eingestickt.

»Hier ist ja gar nichts los«, stellte Vibeke fest.

»Die sind alle auf dem Wasser«, erwiderte Hans-Jürgen Gerdes. »Eigentlich wäre ich jetzt auch dort, aber mit diesem Teil hier«, er klopfte mit der Hand auf seine Knieschiene, »ist es ein wenig schwierig. Ich muss dann mal wieder los und die Protestformulare für die Segler organisieren.« Er deutete mit dem Kopf in Richtung Klubhaus.

»Natürlich. Danke, Hans-Jürgen.« Rasmus hob zum Abschied die Hand, ehe er sich Vibeke zuwandte. »Der NOSPA-Cup wird gerade ausgesegelt. Aber es sollte wohl nicht mehr allzu lange bis zum Zieldurchgang dauern.«

Vibeke nickte. Sie war noch immer ein wenig verstimmt. Abgesehen davon, dass Rasmus die Befragung von Jeppe Kaalund ohne sie durchgeführt hatte, war er bei Dan Sødergren in ihren Augen viel zu sehr auf Kuschelkurs gegangen, was sie ihm auch direkt im Anschluss unter die Nase gerieben hatte. Rasmus hatte nur den Kopf geschüttelt und war wortlos in ihren Dienstwagen gestiegen.

Sie fragte sich, ob die schlechte Stimmung zwischen ihnen von seinem Verhalten herrührte oder ob es nicht vielmehr an ihrer Anspruchshaltung und ihrer derzeitigen Dünnhäutigkeit lag. Schließlich waren seine unkonventionellen Ermittlungsmethoden für sie nichts Neues.

Sie beschloss, über ihren Schatten zu springen.

»Sollen wir in der Zwischenzeit eine Kleinigkeit essen gehen?« Vibeke deutete zur Restaurantterrasse, vor der eine Reihe bunter Flaggen hochgezogen war. Sie erkannte die Schleswig-Holstein- und die Glücksburg-Flagge, den FSC-Stander, den Dannebrog sowie ein paar weitere, bei denen es sich vermutlich um die Gastlandflaggen der Teilnehmer handelte.

Rasmus sah sie erstaunt an. »Gute Idee.«

»Wo parkst du eigentlich?«, erkundigte sich Vibeke, während sie auf das Klubgelände zusteuerten.

Er wies mit der Hand zur Bootshalle, wo der hellblaue Bulli direkt neben dem geöffneten Rolltor auf dem Vorplatz stand.

»Darf man dort stehen?«

Rasmus zuckte die Achseln. »Ich habe mein Polizeischild hinter die Windschutzscheibe gelegt.«

Vibeke war kurz versucht, ihn darauf hinzuweisen, dass die Verkehrsregeln auch für ihn galten, doch sie beherrschte sich. Es würde nur unnötig zu weiteren Spannungen führen.

Kurz darauf saßen sie unter einem der dunkelblauen Sonnenschirme auf der Restaurantterrasse und warteten auf ihre Essensbestellung. Vibeke nippte an ihrem Wasser, schloss für einen Moment die Augen und genoss die Sonne auf dem Gesicht. Der Wind trug das Kreischen der Möwen heran, mischte sich mit den Stimmen der Nebentische. Es fühlte sich fast wie Urlaub an.

Ihre Gedanken glitten zu Werners Abschiedsfeier, die für den frühen Abend in der Polizeistation geplant war. Sie fragte sich, was ihr Vater davon halten würde. Er selbst hatte sich einen Umtrunk im kleinen Kreis gewünscht.

»Ob Saskia Niekamp wusste, dass sie schwanger war?«, durchbrach Rasmus' Stimme ihre Gedanken.

Vibeke öffnete die Augen. »Davon gehe ich aus. Bei ihrer Frauenärztin war sie allerdings nicht.« Sie stellte ihr Wasserglas zurück auf den Tisch. »Ich habe heute

Morgen dort angerufen. Aber vielleicht hat sie auch zu Hause einen Schwangerschaftstest gemacht.«

Rasmus nickte. »Camilla war damals bei Anton schon in der fünften Wochen übel.« Ein wehmütiger Ausdruck legte sich auf sein Gesicht.

Eine Kellnerin brachte ihr Essen und wünschte ihnen einen guten Appetit, ehe sie an einen der Nachbartische eilte, um die Bestellung eines ungeduldigen Gasts aufzunehmen.

»Wie geht es eigentlich Ida?« Vibeke schob sich mit der Gabel ein paar Salatblätter in den Mund.

Ein Lächeln machte sich auf Rasmus' Gesicht breit. »Prima.« Er begutachtete die Currywurst auf seinem Teller. »Sie hält uns alle ganz schön auf Trab. Ida liebt es zu klettern und probiert es nahezu überall aus. Man muss wirklich höllisch auf sie aufpassen. Und sie redet wie ein kleiner Wasserfall.« Er griff nach seinem Besteck.

»Und Camilla? Du hast mir nie erzählt, wie die Sache zwischen euch ausgegangen ist.«

Rasmus winkte ab. »Der Zug ist abgefahren. Ich wünsche ihr, dass sie glücklich ist. Meinetwegen auch mit diesem Lackaffen.« Er spießte mit der Gabel ein paar Pommes auf.

Vibeke schmunzelte. Sie hatte seine Frotzeleien vermisst. Eine Weile aßen sie schweigend.

»Wie läuft es mit Kasper?«

»Bestens«, sagte ihr Kollege zwischen zwei Bissen. »Er ist wieder in Kopenhagen. Ich habe seit zwei Tagen eine neue Chefin. Maja Eriksen.«

»Und wie ist die so?«

»Das kann ich dir sagen, sobald ich sie kennengelernt habe.« Rasmus nahm einen Schluck seiner Cola, ehe er wieder zu seinem Besteck griff. »Bislang hatte nur Mads das Vergnügen. Ich soll dir übrigens schöne Grüße ausrichten.«

»Danke.« Vibeke blickte zur Förde. Die ersten Segelboote passierten gerade die Zieldurchfahrt. »Wir sollten los.«

»Aber ich bin noch nicht fertig mit dem Essen«, protestierte Rasmus.

Vibeke winkte die Kellnerin heran. »Wir möchten zahlen. Und packen Sie doch bitte meinem Kollegen das restliche Essen ein.«

Keine fünf Minuten später standen sie an der Slipanlage vor den Stegen, als die am NOSPA-Cup teilnehmenden Segelboote die Hafeneinfahrt hereinkamen.

Vibeke erkannte auf einem der Segel den dunkelblauen Kompass, noch ehe sie den Schriftzug *Nordic Sails* auf dem Bug des Bootes entdeckte. Die Segler waren einheitlich in leuchtend blaue Segeljacken und schwarzgraue Hosen gekleidet, zwei von ihnen holten gerade die Segel ein, während ein anderer dem Steuermann auf den Rücken klopfte. Es dauerte eine Weile, ehe sie ihre Position am Liegeplatz eingenommen und die Leinen festgemacht hatten, doch schließlich kamen die Segler lachend den Steg entlang. Einzig der Steuermann, der zuletzt von Bord ging, trug eine ernste Miene zur Schau. Es war Malthe Sødergren.

Aus der Ferne sah er seinem Vater verblüffend ähnlich, die gleiche Größe und Statur, doch beim Näherkommen wirkte er viel mehr wie ein blasses Abziehbild. Im nächsten Moment schämte sich Vibeke ihres Gedankens. Welches Recht hatte sie, so zu urteilen? Sie kannte den Mann überhaupt nicht.

Immer mehr Segler kamen an Land und steuerten auf das Klubgelände zu. Malthe Sødergren zog ein Handy aus der Hosentasche und blieb stehen. Offenbar hörte er eine Nachricht ab.

»Sein Vater hat ihn vorgewarnt, dass wir kommen«, raunte Rasmus ihr zu.

Der Blick des Seglers ging zur Slipanlage, kreuzte für einen kurzen Moment den von Vibeke.

»Lass uns zu ihm gehen, ehe er zurückruft«, sagte sie. »Das Reden übernehme ich.« Ohne eine Reaktion ihres Kollegen abzuwarten, steuerte sie auf den Unternehmersohn zu.

»Malthe Sødergren?« Vibeke zeigte ihren Dienstausweis und stellte sich und ihren Kollegen vor. »Wir haben ein paar Fragen an Sie.« Zwei Seglerinnen warfen ihnen im Vorbeigehen neugierige Blicke zu. »Wollen wir dafür vielleicht woanders hingehen?« Sie lächelte höflich.

»Von mir aus.« Malthe Sødergren wirkte blass unter seiner gebräunten Haut, die Augen lagen in dunklen Höhlen, als hätte er seit Längerem nicht mehr gut geschlafen.

Sie entfernten sich von der Anlegestelle. Vor der Einfahrt zum nahe gelegenen Planetarium blieben sie stehen.

»Ich nehme an, es geht um Saskia.« Der Unternehmersohn fuhr sich mit einer fahrigen Geste durch das aschblonde Haar. »Mein Vater hat mich schon informiert, dass ihr bei mir auftauchen werdet. Aber musste das ausgerechnet hier sein?«

Vibeke ging nicht darauf ein. »Wie standen Sie zu Frau Niekamp?«

Malthe Sødergren antwortete lange Zeit nicht, stattdessen schaute er zum Wasser. Sein Adamsapfel hüpfte. Gerade als sie ihre Frage wiederholen wollte, wandte er ihr den Blick zu. »Wir haben uns einige Male getroffen«, sagte er reserviert. »Nordic Sails hat mehrere Niederlassungen in Norddeutschland, und ich habe hin und wieder bei der SJB in Flensburg zu tun. Unser deutsches Firmenkonto wird dort geführt. Irgendwann habe ich Saskia gefragt, ob sie einen Kaffee mit mir trinken geht. Ich kannte sie ja von Kundenevents her.« Es klang ruhig und sachlich und irgendwie einstudiert.

»Hatten Sie eine sexuelle Beziehung zu ihr?«, fragte Vibeke geradeheraus.

»Nein.«

Die Antwort war schnell gekommen, ein wenig zu schnell für ihren Geschmack. Sie registrierte, dass Rasmus neben ihr ungeduldig mit dem Fuß wippte, und warf ihm einen warnenden Blick zu, ehe sie sich wieder dem Unternehmersohn zuwandte.

»Schildern Sie uns doch bitte den Tag auf der *Valeria*. Wo haben Sie sich zur Tatzeit aufgehalten?«

»Das habe ich doch alles schon Ihrem Kollegen erzählt.« Er klang jetzt ungehalten.

»Dann haben Sie also nur vergessen zu erwähnen, dass Sie mit Frau Niekamp an dem Tag eine Diskussion hatten? Unter Deck, bei den Gängen?«

Malthe Sødergren strich sich mit zwei Fingern über den Nasenrücken. »Das habe ich dann wohl tatsächlich. Allerdings war es keine Diskussion, sondern eine ganz normale Unterhaltung. Ich hatte Saskia nach einer kurzfristigen Anlagemöglichkeit gefragt.«

Vibeke glaubte ihm kein Wort. »Ist nicht Katrine Madsen Ihre Beraterin?«

»Doch, schon.« Sein Tonfall war nun völlig neutral. »Aber man kann sich trotzdem eine Empfehlung einholen, oder?«

Vibeke taxierte ihn. »Hatten Sie ein persönliches Interesse an Frau Niekamp? Sie haben offensichtlich ihre Nähe gesucht.«

»Ich mochte sie.«

Das Fußwippen ihres Kollegen verstärkte sich.

»Saskia war schwanger«, warf Rasmus im nächsten Moment ein.

Malthe Södergrens Augen weiteten sich. »Das wusste ich nicht.« Sein Blick huschte zum Wasser, ehe er sich kaum merklich versteifte. »Aber es geht mich im Grunde auch nichts an. Unsere Beziehung war wie gesagt rein freundschaftlicher Natur.«

Jemand rief seinen Namen.

»Ich muss zurück zu meinem Team.«

»Einen Moment noch«, hielt ihn Vibeke zurück. »Haben Sie Saskia Rosen geschenkt?«

»Nein. Ich muss jetzt wirklich los.« Malthe Södergren drehte sich um und eilte in Richtung Klubgelände, wo zwei seiner Teamkollegen vor der Einfahrt warteten.

»Er lügt«, stellte Rasmus fest.

»Das Gefühl habe ich auch.«

Sie traten ebenfalls den Rückweg an.

»Vielleicht gehe ich heute Abend dorthin.« Rasmus deutete auf ein Plakat an der Bootshalle. Darauf lud der FSC die Segler und Seglerinnen der Fördewoche für diesen und den nächsten Abend zum Hallenfest mit Siegerehrung und anschließender Livemusik ein. »Bist du dabei?«

»Ich kann leider nicht. Mein Vater hat heute seine Verabschiedung in den Ruhestand.« Vibeke setzte eine strenge Miene auf. »Und dich möchte ich an deinen Beraterstatus erinnern.«

Rasmus rollte theatralisch die Augen, ehe er einen spitzbübischen Blick aufsetzte. »Rate mal, wer heute dort einen Gig hat.« Er grinste schief.

»Etwa Luís' Band?«

»Jep. Wie nennt ihr Deutschen das so schön? Zwei Fliegen mit einer Klappe schlagen.«

Dem hatte Vibeke nichts mehr entgegenzuhalten.

Flensburg, Deutschland

»Auf dich, Werner!« Hartmut Wegener, Leiter der Polizeidirektion Flensburg, hob das Glas, um auf seinen scheidenden Stellvertreter einen Toast auszusprechen. »Danke für die zweiundvierzig Jahre, in denen du dich unserer Polizeibehörde und den Bürgern unserer Stadt in den Dienst gestellt hast. Du bist nicht nur ein hervorragender Polizist, sondern auch ein großartiger Freund und Kollege, auf den wir uns jederzeit verlassen konnten. Wir alle hier sind dir zu großem Dank verpflichtet. Auf dich, Werner! Prost!«

»Prost!«, schallte es mehrfach zurück.

Auch Vibeke hob erleichtert ihr Glas. Die Rede des Polizeichefs hatte sage und schreibe fünfundzwanzig Minuten gedauert. Angefangen von Werners Dienstantritt als Polizeiwachtmeister, seiner Zugehörigkeit zum 2. Revier und beim Streifendienst, sein nachträglich absolviertes Studium für den Aufstieg in den gehobenen Dienst. Seine Zeit beim Landespolizeiamt, verbunden mit den ersten Führungsaufgaben, im Anschluss die Jahre als stellvertretender Leiter der Einsatzstelle Harrislee, schließlich der Wechsel zum K1 der Polizeidirektion Flensburg, dem zuständigen Kommissariat für Tötungsdelikte, zunächst als einfacher Ermittler, später als Erster Kriminalhauptkommissar, sein Aufstieg zum Stabsbereichsleiter, ehe er schließlich zum Leiter des Führungsstabs, die offizielle Bezeichnung für Flensburgs stellvertretenden Polizeichef, ernannt worden war. Jede einzelne Station von Werners beruflichem Werdegang war von Hartmut Wegener ausgiebig gewürdigt worden.

Vibeke prostete ihrem Vater zu, der während der schmeichelnden Worte des Polizeichefs ein wenig verlegen dreingeschaut hatte. Er war noch immer ein großer Mann. Breite Schultern, warme Augen in einem freundlichen Gesicht, doch seit seinem Schlaganfall vor zweieinhalb Jahren waren seine Schultern ein wenig eingesunken, so als läge eine zentnerschwere Last auf ihnen. Sein ehemals dunkles Haar war mittlerweile vollständig grau und zudem ein wenig spärlicher geworden, doch Italiens Septembersonne hatte sein Gesicht gebräunt, und er wirkte frisch und erholt.

Der Polizeichef überreichte Werner seine gerahmte Ruhestandsurkunde und ein in blaues Glitzerpapier gewickeltes Geschenk und ihrer Mutter einen großen Blumenstrauß. Zwei Journalisten von der hiesigen Presse machten Fotos. Elke strahlte in die Kameras, während Werner den Eindruck erweckte, dass er sich am liebsten in Luft auflösen würde.

Vibeke ahnte, was in ihm vorging. Rummel um die eigene Person war ihm fremd. Er war sein Leben lang Polizist gewesen. Und auch wenn die Stressbelastung in diesem Beruf hoch und der dauerhafte Umgang mit Leid, Tod und Gewalt extrem kräftezehrend war, hatte er nie etwas anderes sein wollen. Einmal Polizist, immer Polizist. Was würde er jetzt mit all der freien Zeit anfangen?

»Rede! Rede! Rede!«, kamen erste Rufe aus der Belegschaft.

Für den Bruchteil einer Sekunde zuckte es um Werners Mund. Statt der gewünschten Feier im kleinen Rahmen hatte sich die halbe Flensburger Polizeibelegschaft an diesem Freitagnachmittag im Konferenzraum der Polizeidirektion eingefunden. Jemand hatte eine goldene Girlande mit dem Schriftzug *Endlich Ruhestand* aufgehängt, überall im Raum schwebten farblich passende Luftballons. Dazu gab es einen Geschenketisch und ein üppiges, vom Caterer geliefertes Büfett.

Werner reichte Geschenk und Urkunde an Elke weiter, trat dann einen Schritt vor und lächelte in die Runde. »Danke euch allen!« Er wies mit der Hand zum Tisch mit dem Essen. »Das Büfett ist eröffnet.«

Die Belegschaft klatschte. Einige Kollegen kamen im Anschluss zu Werner, um ihm die Hand zu reichen oder ihm anerkennend auf die Schulter zu klopfen.

Völlig unerwartet verspürte Vibeke einen Anflug tiefer Rührung. Werner und Elke waren nicht ihre leiblichen Eltern, sondern hatten sie als elfjähriges Pflegekind bei sich aufgenommen und später adoptiert. Bei dem Gedanken an die Zeit davor, an ihre Verlorenheit und an das Gefühl, nicht erwünscht zu sein, zog sich ihr Magen zusammen. Werner und Elke hatten ihr ein Zuhause und eine Zukunft gegeben und ihr erstmals das Gefühl von Geborgenheit und Sicherheit vermittelt.

Ihr Blick traf sich mit dem von Elke, in deren Gesicht sich Stolz und Freude widerspiegelten, und sie lächelten sich an. Schon seit Jahren fieberte ihre Mutter auf Werners Ruhestand hin und hatte bereits zahlreiche Listen mit Unternehmungen angelegt.

Vibeke überlegte, sich etwas zum Essen zu holen, doch am Büfett hatte sich eine lange Schlange gebildet, deshalb tauschte sie zunächst an dem Tisch mit den Getränken ihr Prosecco-Glas gegen ein Mineralwasser.

»Was für ein Tamtam«, raunte Werner ihr zu, der plötzlich neben ihr stand.

Vibeke drückte liebevoll seinen Arm. Auch sie mochte keine Aufmerksamkeit, wenn es um ihre eigene Person ging.

»Fehlt nur noch, dass die hier eine Band auffahren.«

Wie aufs Stichwort stellte ein Kollege aus der Pressestelle einen Bluetooth-Lautsprecher auf, und gleich darauf ertönte Musik aus den Boxen. Irgendein leicht rockig angehauchter Song, den Vibeke nicht kannte.

»Werner!« Elke, die jetzt mit Kriminalrat Petersen zusammenstand, einem hoch aufgeschossenen Grauhaarigen in Anzug und Krawatte, winkte ihren Mann heran. Petersen war nicht nur Werners langjähriger Freund, sondern auch Vibekes direkter Vorgesetzter.

»Das wird hier ja hoffentlich nicht ewig gehen«, brummte Werner und steuerte auf seine Frau und den Kriminalrat zu.

Die Schlange am Büfett hatte sich ein wenig gelichtet, und Vibeke stellte sich an. Die Polizeidirektion hatte nicht gegeizt. Schwarzbrotschnittchen mit Nordseekrabben, Heringshappen, gebeizter Lachs und geräucherte Makrele, dazu gemischte Platten mit Katenschinken, rosa gebratenem Roastbeef und Leberpastete, verschiedene vegane Aufstriche, eine großzügige Auswahl an Käse- und Brotsorten und als Nachtisch in Gläschen gefüllte Rote Grütze mit Vanillesoße. Während Vibeke sich den Teller befüllte, fielen ihr zwei Kolleginnen aus der Verwaltung auf, die zu ihr herüberschauten und tuschelten. Als sie ihren Blick bemerkten, sahen sie schnell weg.

Vibeke ignorierte die beiden und gesellte sich mit ihrem Essen zu den Kollegen vom KDD, dem Kriminaldauerdienst, die sich gerade über ihren nächtlichen Einsatz bei einem Jugendtreff unterhielten.

Der Lärmpegel stieg an, und das Büfett leerte sich ähnlich rasch wie die Bierflaschen vom Getränketisch. Der eine oder andere Beamte wippte als Zeichen seiner Ausgelassenheit mit dem Fuß zur Musik.

Vibeke ließ den Blick durch den Raum schweifen. Einige Kollegen waren bereits ins Wochenende entschwunden. Elke unterhielt sich gerade angeregt mit Hartmut Wegener. Ihr Gesicht unter dem blonden Pagenschnitt wirkte leicht erhitzt, doch sie strahlte noch immer. Sie hatte sich für den Anlass extra schick gemacht, trug ihren eleganten dunkelblauen Hosenanzug und ein dezentes Make-up. Gerade lachte sie laut auf. Werner war nirgends zu entdecken. Vibeke beschloss, nach ihm zu sehen.

Sie fand ihn schließlich in seinem Büro im ersten Stock, wo die Räume der Führungsetage untergebracht waren.

Werner saß auf seinem zum Fenster gedrehten Schreibtischstuhl und blickte in die Abenddämmerung. Auf der Tischplatte neben ihm stand eine Kiste mit persönlichen Dingen. Ein Bildband von Flensburg, den ihm ein paar Mitarbeiter anlässlich seines dreißigsten Dienstjubiläums geschenkt hatten, Fotos mit Kollegen von verschiedenen Dienststellen, ein Bild mit der dänischen Königin anlässlich ihres viertägigen Schleswig-Holstein-Besuchs im September 2019, die zusammengerollte Landkarte vom Zuständigkeitsbereich des K1, auf der Leichenfundorte markiert waren, die rote Kapselmaschine, die ihm Elke fürs Büro geschenkt hatte, und zahlreicher Papierkram.

»Hier bist du.« Vibeke schloss die Tür hinter sich.

»Hmh«, sagte Werner, was so viel wie alles bedeuten konnte. »So fühlt es sich also an, wenn man zum alten Eisen gehört.« Seine Stimme klang fast tonlos.

»Sag so etwas nicht.« Sie lehnte sich neben ihm an den Schreibtisch.

»Aber es stimmt doch. Zumindest besagen das die Vorschriften unserer Landesregierung.«

Die Altersgrenze im Polizeidienst in Schleswig-Holstein war schrittweise von sechzig auf zweiundsechzig Jahre angehoben worden, doch bei Werners Geburtsjahrgang lag sie nach wie vor bei sechzig.

»Dafür hast du endlich Zeit, all die Dinge zu machen, die du mit Elke immer vorhattest«, versuchte Vibeke ihn aufzubauen. »Reisen. Fahrradtouren. Lesen. Du wolltest doch schon immer mal den Gendarmenpfad entlangwandern.«

»Pah! Das war eine Schnapsidee.« Werner machte eine wegwerfende Handbewegung. Dann drehte er sich zu ihr um. »Oder kannst du dir vorstellen, wie ich mit

Funktionsjacke und Rucksack in der dänischen Walachei rumspaziere?«

Vibeke schüttelte den Kopf.

»Das waren immer alles Elkes Ideen«, brummte Werner. »Versteh mich nicht falsch. Ich liebe meine Frau, aber allein der Gedanke daran, dass sie in Zukunft ständig um mich herumwuselt, macht mich wahnsinnig.«

»Na ja, ein paar Jahre arbeitet sie ja noch«, warf Vibeke ein. »Da hast du tagsüber deine Ruhe.«

»Dann hat sie es dir also noch nicht erzählt?«

»Was denn?«

Werner lächelte schmal. »Elke arbeitet künftig nur noch an zwei Tagen die Woche. Teilzeit. Damit sie mehr Zeit für unsere Unternehmungen hat.« Er schnaubte.

»Sie freut sich halt«, nahm Vibeke ihre Mutter in Schutz.

Ihr Vater winkte ab. »Wenn du mich aufheitern willst, dann erzähl mir lieber von eurem neuen Fall.«

»Jetzt? Während deiner Abschiedsfeier?«

»Die kriegen das auch ganz gut ohne mich hin.« Werner sah sie erwartungsvoll an. »Also?«

Vibeke fasste für ihn die Geschehnisse der letzten Tage zusammen.

»Eine strangulierte Frau in der Förde«, resümierte Werner. In seinen Augen blitzte etwas auf. »Was wisst ihr über die Tatwaffe?«

»Laut rechtsmedizinischem Bericht soll es sich um ein Seil oder etwas in der Art handeln. Leider konnten es die Kriminaltechniker an Bord nicht ausmachen. Möglicherweise hat der Täter die Tatwaffe aber auch gleich im Anschluss in der Förde mit entsorgt.«

»Hmh.« Werner machte ein nachdenkliches Gesicht.

Vibeke musterte ihn. Sie kannte diesen Ausdruck. »Woran denkst du?«

»Es gab da schon einmal einen Fall …« Werner zögerte. »Er weist einige Parallelen auf zu dem, was du mir gerade erzählt hast. Aber das ist lange her. Über zwanzig Jahre.« Er machte eine kurze Pause, ehe er weitersprach. »Eine junge Frau. Ihre Leiche wurde damals etwas nördlich von Glücksburg angespült. Auch sie wurde stranguliert, ehe man sie in die Förde geworfen hat. Allerdings war sie zu dem Zeitpunkt bereits tot.« Seine Augen verdunkelten sich. »Der Täter wurde nie gefasst. Es war damals mein erster Fall als Leiter der Mordkommission. Und der einzige, den ich nie aufklären konnte. Es beschäftigt mich noch immer.«

»Davon hast du mir nie erzählt.«

Werner schwieg.

»Wer war die Frau?«, fragte Vibeke.

»Sie wurde bis heute nicht identifiziert.«

Glücksburg, Deutschland

Der letzte Ton der modernen Jazz-Coverversion von »Fly Me to the Moon« verstummte. Das Seglerpublikum jubelte und klatschte, und auch Rasmus stimmte mit ein. Die Bandmitglieder, darunter Luís mit seiner Bassgitarre, verbeugten sich auf der Bühne.

Die Stimmung in der Bootshalle war ausgelassen und feuchtfröhlich, die Plätze an den Biertischen größtenteils belegt. Auch auf der Freifläche vor dem Siegerpodest standen überall Menschen, aus dem mit einem Segeltuch abgetrennten Bereich schimmerten die Spitzen der dahinter befindlichen Segelboote im Licht der Partybeleuchtung.

Bei der vorherigen Preisverleihung hatte das Nordic-Sails-Team den Siegerpokal für den NOSPA-Cup in Empfang genommen, jedoch ohne seinen Steuermann Malthe Sødergren, und auch jetzt konnte Rasmus den Unternehmersohn zwischen den Feiernden nicht ausmachen. Dafür entdeckte er andere bekannte Gesichter. Neben Luís, der gerade über eine Rampe die Bühne verließ, tauchte plötzlich Vickie Brandt auf, seine Ex-Freundin und deutsche Polizistin. Die beiden wirkten vertraut miteinander, und es fühlte sich merkwürdig an, das zu sehen. Außerdem hatte Rasmus im Gedränge Mogen Bjornlund von der *Valeria*-Crew gesichtet. Was der wohl hier machte? Ob er bei einer der Regatten mitgesegelt war?

Rasmus überlegte, ihn danach zu fragen, doch sein Landsmann war bereits wieder in der Menge verschwunden. Ein DJ übernahm jetzt das seitlich auf der Bühne stehende Mischpult, und im nächsten Moment hämmerten schnelle Clubbeats aus den Boxen. Die Umherstehenden begannen zu tanzen.

Luís und Vickie hatten sich in eine Ecke verzogen, und Rasmus beschloss, sich etwas zu trinken zu holen.

Draußen war es bereits dunkel, der Himmel nahezu sternenklar. Noch immer war es angenehm warm und der kräftige Wind, der tagsüber über die Bucht gefegt war, nur mehr ein laues Lüftchen.

Vor dem Bierwagen, an dem Flens aus dem Fass ausgeschenkt wurde, herrschte dichtes Gedränge. Direkt am Tresen stand das Segelteam von Nordic Sails mit seinem Pokal.

»Hej«, begrüßte Rasmus die jungen Männer, die er vom Alter her auf Mitte bis Ende zwanzig schätzte, und deutete auf den Pokal. »Glückwunsch!« Er orderte ein Bier und prostete ihnen zu. »Skål.«

»Skål«, ertönte es zurück.

»Segelt ihr noch woanders mit?«, erkundigte sich Rasmus auf Dänisch, nachdem sie sich einander vorgestellt hatten.

»Ja, bei den German und Danish Open«, sagte Eldar, ein drahtiger Dunkelhaariger. »Letztes Jahr sind wir Vierter geworden, dieses Jahr haben wir uns mehr vorgenommen.« Zur Bekräftigung seiner Worte stieß er mit seinen Segelkollegen an.

»Was ist mit eurem Steuermann?«, erkundigte sich Rasmus beiläufig.

»Malthe musste dringend weg«, erwiderte Eldar. »Irgendeine Familienangelegenheit.«

»Quatsch«, kam es von dem kräftigen Rothaarigen, der sich als Aage vorgestellt hatte. »Malthe hatte bloß keinen Bock darauf, von allen angestarrt zu werden.«

»Wegen der Sache mit der Bankerin?« Rasmus nippte an seinem Bier.

»Alle Welt weiß, dass er und sein Vater mit an Bord des Segelschiffs waren«, erklärte Aage. »Es stand überall in den Zeitungen.«

Rasmus nickte. »Schlimme Geschichte. Sie war doch auch Seglerin, oder?«

»Saskia war letztes Jahr im Segelteam der SJB«, erwiderte Oliver, ein großer Blonder mit markanten Gesichtszügen, der sich mit seiner sportlichen Statur ganz hervorragend auf dem Cover der *Men's Health* machen würde. »Dieses Jahr haben sie ihre Teilnahme zurückgezogen.«

»Dann kanntet ihr Saskia?«

Alle vier nickten.

»Malthe war scharf auf sie, aber sie hat ihn abserviert«, erwiderte Aage bierselig und fing sich dafür von Oliver einen Stoß zwischen die Rippen ein. »Hey, lass das!«

»Dann hör auf, irgendwelchen Unsinn zu erzählen.« Sein Teamkollege wandte sich Rasmus zu. »Was ist mit dir? Gehörst du zu einem der Teams?«

»Nein. Mein Freund Luís spielt in der Band.« Rasmus deutete in Richtung Bühne, während Aages Worte in seinem Kopf rotierten.

Oliver musterte ihn. Zwischen seinen Brauen bildete sich eine steile Falte. »Ich habe dich doch schon heute Nachmittag gesehen«, stellte er fest. »Dich und so eine blasse Brünette. Ihr habt mit Malthe gesprochen. Du bist von der Polizei, oder?«

Rasmus nickte. »Ich dachte, ich hätte es anfangs erwähnt.«

»Das hast du dann wohl vergessen.« Der Blick des Seglers wurde finster. »Wir wissen nichts über Saskia oder Malthe. Keiner von uns war dabei, als das mit ihr passiert ist. Also stell deine Fragen woanders.« Damit drehte er sich um und ging in Richtung Bootshalle davon. Die anderen folgten ihm.

Rasmus zündete sich eine Zigarette an und blies einen Rauchkringel in die Luft. Saskia hatte Malthe also abserviert. Wenn es stimmte, was dieser Aage gerade erzählt hatte, ergab sich daraus möglicherweise ein Mordmotiv. Unerfüllte Liebe konnte Menschen zu den grausamsten Taten treiben.

Vielleicht war Malthe Sødergren sogar der Vater des Kindes.

Nur weil er behauptete, mit Saskia keine sexuelle Beziehung gehabt zu haben, musste das noch lange nicht stimmen. Auf jeden Fall würden sie ihn ein weiteres Mal gründlich unter die Lupe nehmen.

Rasmus trank langsam sein Bier und rauchte die Zigarette zu Ende. Kurz überlegte er, mit Luís ein weiteres Bier zu trinken, doch er wollte dessen Zweisamkeit mit Vickie nicht stören. Er beschloss, zurück zu seinem VW-Bus zu gehen, der jetzt auf einem Parkplatz an einem nahe gelegenen Waldgebiet abgestellt war.

Die Clubbeats aus den Lautsprecherboxen folgten ihm die Promenade entlang bis zu der kleinen Fußgängerbrücke, die am Rande der Bucht über die Förde führte.

Das Wasser schimmerte silbergrau im Mondlicht. Schwacher Wind kam auf, und der Geruch von Salz und Seetang stieg ihm in die Nase. Über seinem Kopf durchschnitt das Kreischen einer Möwe die leiser werdende Musik. Irgendwo vor ihm ertönten aufgebrachte Stimmen.

Rasmus kniff die Augen zusammen, um in der Dunkelheit besser sehen zu können, doch er erkannte kaum mehr als die Silhouette des Waldes.

Es waren Männerstimmen. Mindestens drei. Er hörte dumpfe Geräusche. Jemand schrie auf. Eine Prügelei?

Rasmus beschleunigte seine Schritte. Am Ende der Fußgängerbrücke folgte er dem Weg zum Parkplatz. Rechts und links bogen sich Gräser und Schilf im Wind. Von den Clubbeats aus der Bootshalle war hier nichts mehr zu hören, dafür wurden die Stimmen lauter.

»Der Typ hat genug. Lass uns abhauen.«

Rasmus hörte, wie schwere Motorräder angelassen wurden. Er lief jetzt, doch als er den Parkplatz erreichte, sah er nur noch die roten Heckleuchten. Etwa hundert Meter weiter in der anderen Richtung rappelte sich gerade eine Gestalt vom Boden hoch. Der Parkplatz lag an dieser Stelle völlig im Dunkeln, und er konnte kaum etwas erkennen.

»Hej, kann ich helfen?«, rief Rasmus. »Ich bin von der Polizei.« Automatisch fuhr seine rechte Hand zum Waffenholster, doch seine Heckler & Koch lag im Gemeinsamen Zentrum eingeschlossen im Waffenschrank.

Erneut wurde ein Motor angelassen, ein Scheinwerfer blendete auf, und er hielt sich schützend die Hand vor die Augen. Kurz danach rauschte eine rote Vespa so dicht an ihm vorbei, dass er zur Seite springen musste. Dabei prallte er mit voller Wucht gegen einen Baum. »Fuck!«

Er rieb sich den Arm, an dem sich die alte Verletzung bemerkbar machte, und blickte dem davonfahrenden Motorroller hinterher. Der Fahrer war dunkel gekleidet und trug einen Helm. Auf die Schnelle registrierte er unter dem Rücklicht ein Flensburger Kennzeichen und die beiden letzten Zahlen, ehe die Vespa auf die Straße bog. 89.

Rasmus drehte sich wieder um und lief zu der Stelle, an der zuvor die Gestalt gelegen hatte. Er zog sein Handy aus der Jackentasche und leuchtete mit der Taschenlampenfunktion den Boden ab. Kein Blut oder etwas anderes, das auf einen Kampf hindeutete.

Nachdenklich steckte er sein Handy wieder ein und ging zu seinem Bulli.

5. Kapitel

Flensburg, Deutschland

Es war sieben Uhr morgens, als Vibeke in ihrem Büro in der Polizeidirektion nach dem Kaffeebecher griff. Sie genoss die ruhigen Stunden an den Samstagvormittagen, wenn die Flure leer waren, die Telefone stillstanden und weit und breit niemand war, der etwas von ihr wollte.

Sie ging zunächst die Unterlagen auf ihrem Schreibtisch durch, die Connie ihr hingelegt hatte, zeichnete ein paar Formulare ab und beantwortete die E-Mails, die in ihrer Abwesenheit eingegangen waren. Anschließend las sie die aktuellen Polizeimeldungen durch. In der Nacht hatte erneut der Feuerteufel zugeschlagen. Schon seit Anfang Februar hielt eine Brandserie in Flensburg und Harrislee die Polizei, Feuerwehr und Einwohner in Atem. Mehrere Brände in Mehrfamilienhäusern, Autos, die in Flammen aufgingen, brennende Müll- und Altkleidercontainer. Dieses Mal war es ein Auto in einer Tiefgarage gewesen.

Vibeke hoffte inständig, dass es den Kollegen bald gelang, den oder die Täter dingfest zu machen, ehe noch mehr zu Schaden kam.

Zusammen mit einem zweiten Kaffee widmete sie sich den Berichten von Søren und Jens. Die beiden Ermittler hatten am Vortag weitere Klinken geputzt und rund ein Dutzend Befragungen unter den restlichen Kunden durchgeführt, die bei dem Event auf der *Valeria* dabei gewesen waren, doch auch hier hatten sich keine Auffälligkeiten ergeben. Keiner der Befragten hatte etwas von der Tat mitbekommen.

Frustrierend, dachte Vibeke. Sie rieb sich die Schläfen. Ihre Gedanken schweiften zu dem Gespräch mit Werner und dem ungelösten Fall der unbekannten Toten. Über zwanzig Jahre war das Ganze her. Unwahrscheinlich, dass es einen Zusammenhang mit dem Mord an Saskia Niekamp gab. Trotzdem war es eine Auffälligkeit, der sie nachgehen musste, und sie hatte die Fallunterlagen bei der CCU, der Cold Case Unit beim LKA Kiel, angefordert. Sie leerte den Rest des Kaffeebechers, stellte den Computer aus und wollte gerade nach ihrem Autoschlüssel greifen, als ihr Handy klingelte. Es war Pernille.

Vibeke nahm das Gespräch an. »Hej, Pernille. Was gibt's? Ich wollte gerade nach Padborg fahren.«

»Ich habe mir den Mietvertrag für Saskia Niekamps Wohnung angesehen«, sagte ihre Kollegin. »Dabei bin ich auf den Namen des Eigentümers gestoßen. Anhand der Kontounterlagen war bislang nur ersichtlich, dass die monatliche Überweisung an eine Mietverwaltung ging.« Sie machte eine bedeutungsvolle Pause. »Der Vermieter ist Hermann Wilhelmsen.«

»Der Skipper der *Valeria*?«, fragte Vibeke erstaunt.

»Und Hauptanteilseigner«, ergänzte Pernille. »Und es kommt noch besser. Hermann Wilhelmsen wohnt ebenfalls in Sonwik. Und zwar in unmittelbarer Nachbarschaft zu Saskia Niekamp.«

»Ach«, Vibekes Gedanken rotierten, »und bei der Befragung von Jens und Søren hat er keinen Ton davon gesagt. Ich denke, ich statte dem Herrn gleich mal einen Besuch ab.«

»Das dachte ich mir, deshalb rufe ich an. Ich schicke dir die Adresse aufs Handy.«

»Danke, Pernille.« Sie legten auf.

Vibeke griff nach ihrem Autoschlüssel.

Flensburg, Deutschland

Hermann Wilhelmsen wohnte in einem der Wasserhäuser, die mit ihrem Rundumblick zu den Highlights von Sonwik gehörten. Die zweistöckigen Holzgebäude mit Dachterrasse und Bootsliegeplatz waren in einem Abstand von etwa sechs Metern auf Stahlbetonplatten gesetzt worden, die wiederum von zweiundvierzig Meter tief im Hafengrund verankerten Pfählen aus Stahl getragen wurden. Fassadenplatten in Rot, Blau, Orange und Gelb hoben die hellgrauen Häuser voneinander ab.

Vibeke stellte ihren Dienstwagen im nahe gelegenen Parkhaus ab und ging die kurze Strecke zu Fuß zurück. Rechts neben ihr befand sich ein Sicherheitszaun, hinter dem sich das Gelände der Marineschule Mürwik erstreckte. In Höhe des Zufahrttors konnte sie durch das Metallgitter einen Blick auf die Hafenanlage erhaschen. Ein Schild wies darauf hin, dass es sich um einen militärischen Sicherheitsbereich handelte und Unbefugten das Betreten verboten war. Auch vor Schusswaffengebrauch wurde gewarnt. Überall waren Kameras.

Wenige Augenblicke später erreichte Vibeke die Wasserhäuser. Die Einfahrt zur Mole war mit einem Tor verschlossen. In einer seitlich angebrachten Stele entdeckte sie zwanzig Klingelknöpfe und drückte auf die Hausnummer von Hermann Wilhelmsen. Ihr Blick glitt zu den beiden Turmbauten am Ende der Fördepromenade, wo Saskia Niekamp gewohnt hatte. Sie schätzte die Entfernung auf rund fünfhundert Meter.

Vibeke rief sich in Erinnerung, was sie bislang über Hermann Wilhelmsen wusste. Er war zweiundfünfzig, unverheiratet und kinderlos, Geschäftsführer und Vorstand der gleichnamigen Baustoff- und Fliesenhandels AG und zudem Hauptanteilseigner der *Valeria*. Auf seinen Namen waren zwei Fahrzeuge angemeldet, ein SUV und ein Cabrio, beide von einer Luxusmarke. Keine Einträge im Polizeiregister. Auf Veranstaltungen zeigte sich der Baustoffhändler, wie den Fotos der hiesigen Klatschpresse zu entnehmen war, gerne an der Seite von jungen, hübschen Frauen.

Das Tor öffnete sich. Ein asphaltierter Weg führte an den Wasserhäusern vorbei. An der Nordmole wurde ein lang gezogenes Flachdachgebäude aus versetzt angeordneten Kuben sichtbar. Durch die großzügige Verglasung und lichtdurchlässigen Holzpaneele wirkte es nahezu transparent.

Vor dem Wasserhaus von Hermann Wilhelmsen stand ein silberfarbenes Cabrio auf einem der Stellplätze. Der Hauseigentümer selbst befand sich auf seiner Dachterrasse hinter der Glasbrüstung und blickte zu ihr herunter. Er war sommerlich gekleidet, trug eine weiße Hose und ein weißes Leinenhemd, seine Haut wirkte sonnengebräunt.

»Vibeke Boisen von der Polizei Flensburg«, rief Vibeke zu ihm hinauf. »Ich hätte ein paar Fragen an Sie.«

Hermann Wilhelmsen blickte demonstrativ auf seine Armbanduhr. »Ich habe eigentlich keine Zeit.«

»Es liegt ganz bei Ihnen, wie lange es dauert.«

Sie meinte ein Seufzen zu hören, im nächsten Moment verschwand der Baustoffhändler aus ihrem Sichtfeld und erschien kurz darauf in der Haustür.

»Von mir aus, kommen Sie rein.« Hermann Wilhelmsen trat einen Schritt beiseite, um Vibeke hineinzulassen.

Beim Vorbeigehen stieg ihr sein kräftiges Aftershave in die Nase, zudem registrierte sie die blond gefärbten Strähnchen. Helle Abdrücke um die Augen und schmale Striche auf Schläfenhöhe in der gebräunten Gesichtshaut verrieten den Solariumgänger.

Der Innenbereich des Wasserhauses war lichtdurchflutet und erstreckte sich über zwei Etagen. Auf dieser Ebene befanden sich Küche und Essbereich sowie drei geschlossene Türen zu weiteren Räumen. Die Einrichtung war minimalistisch und gradlinig mit Tapeten im grafischen Schwarz-Weiß-Muster an den Wänden, der Blick aus den Fenstern phänomenal. Das Haus schien förmlich über dem Wasser zu schweben.

Hermann Wilhelmsen zeigte auf die freischwingende Treppe. »Eine Etage höher.«

Vibeke ging die Stufen hinauf und fand sich in einem großzügigen Wohnbereich wieder. Auch hier klare Linien und Tapeten, ein Dreisitzer mit schwarzen Lederbezügen war zu den bodentiefen Fenstern zum Yachthafen hin ausgerichtet. Auf der gegenüberliegenden Raumseite reichte der Blick über die Flensburger Förde bis an die dänische Küste. Sonnenlicht brach sich in der Oberfläche der Ostsee und ließ das Wasser glitzern. Auf den Wellen wippten Segelboote, der Himmel war blau und wolkenfrei. Rasmus würde jetzt vermutlich einen Pfiff ausstoßen, schoss es ihr in den Sinn. *Wunderschön.*

»Sie müssten erst mal die Aussicht von der Dachterrasse sehen«, sagte Hermann Wilhelmsen, als könnte er ihre Gedanken lesen. Er lächelte selbstgefällig. »Möchten Sie sich vielleicht setzen?« Er scannte sie von oben bis unten, dabei verweilte sein Blick einen Moment zu lange an der Stelle, an der sich ihre Brüste unter der Kleidung abzeichneten.

Was für ein unangenehmer Typ, dachte Vibeke und erwiderte kühl: »Danke, nein.«

»Ganz wie Sie wollen.« Der Baustoffhändler verschränkte die braun gebrannten Arme vor dem Oberkörper. »Also, warum will die Polizei schon wieder mit mir sprechen? Noch dazu an einem Samstagvormittag?«

»Weshalb haben Sie während der Befragung meiner Kollegen nicht erwähnt, dass Sie Saskia Niekamps Vermieter waren?«, antwortete Vibeke mit einer Gegenfrage.

»Weil es mir nicht wichtig erschien.« Er löste die Arme aus der Verschränkung. »Ehrlich gesagt habe ich es komplett vergessen. Bis vor Kurzem wusste ich nicht einmal, dass Frau Niekamp überhaupt meine Mieterin war.«

Vibeke hob die Brauen, unterbrach ihn aber nicht.

»Ich habe mehrere Eigentumswohnungen, die vermietet sind«, erklärte Hermann Wilhelmsen großspurig. »Eine Verwaltung kümmert sich um die Auswahl der Mieter und den ganzen Papierkram. Mir ist nur wichtig, dass die Überweisung jeden Monat pünktlich auf meinem Konto ist. Ich kannte Frau Niekamp bis vor Kurzem noch nicht einmal.« Er lächelte schmal. »Erst als sie mich während einer Veranstaltung ansprach und sich dafür bedankte, dass sie die Wohnung in den Türmen bekommen hat, wusste ich, wer sie ist. Ich habe ihr das Gleiche erzählt wie eben Ihnen.«

»Dass die Mietverwaltung die Mieter auswählt.«

»Genau.« Er versenkte die Hände in den Taschen seiner weißen Hose. »Sie erzählte mir dann noch von ihrem Job bei der SJB und fragte, ob ich vielleicht Kunde dort wäre, was ich verneinte. Ende der Geschichte.«

Vibeke sah aus den bodentiefen Fenstern zu den beiden Wohntürmen. »Aber Sie werden ihr im Yachthafen doch sicher hin und wieder begegnet sein.«

»Das bleibt hier natürlich nicht aus«, bestätigte er. »Sonwik ist ein Dorf, man kennt sich. Ein Großteil der Leute wohnt von Anfang an hier.«

»Und Sie haben Frau Niekamp nur gegrüßt, oder gab es darüber hinaus Kontakt?«, hakte Vibeke nach.

»Nein, weshalb? Sie war nur eine Mieterin.«

Vibeke ließ den Blick durch den Raum schweifen. Nichts wies auf weibliche Anwesenheit hin.

»Sie leben hier alleine?«

Hermann Wilhelmsen nickte. »Ich bin überzeugter Single. Menschen sind von Natur aus nicht monogam.« Ein Lächeln streifte seine Lippen. »Weshalb einer Partnerin sexuelle Treue schwören, wenn man sie ohnehin nicht halten kann?« Er strich sich durch die blondierten Strähnen. »Noch dazu hat der liebe Gott jede Menge wunderbarer Frauen erschaffen, warum sollte man sich also nur auf eine konzentrieren.« Er zwinkerte ihr vertraulich zu.

Vibeke schauderte. Er hielt sich offenbar für einen Sexgott.

»Sie hören von uns, sofern wir weitere Fragen haben«, erklärte sie höflich. »Sollte Ihnen in der Zwischenzeit noch etwas einfallen, melden Sie sich bitte bei uns.« Sie verzichtete darauf, ihm die Hand zu reichen. »Ich finde alleine hinaus.«

Sobald Vibeke wieder im Freien war, atmete sie tief durch. Ein furchtbarer Kerl, dachte sie. Noch dazu aalglatt. Er hatte während des gesamten Gesprächs nicht das geringste Anzeichen von Nervosität gezeigt, dabei hatte sie ihm die Nummer, er habe angeblich nur vergessen zu erwähnen, dass Saskia Niekamp seine Mieterin war, nicht eine Sekunde lang abgekauft. Søren und Jens hatten mit ihrem Urteil über den Mann jedenfalls nicht übertrieben.

Hinter ihr glitt das Tor ins Schloss. Am Yachthafen herrschte reges Treiben. Segler machten an den Stegen ihre Boote und Yachten zum Auslaufen bereit, an der Fördepromenade flanierten zahlreiche Fußgänger. In dem neuen schicken Fünfsternehotel, das in einem der ehemaligen Marinegebäude untergebracht war, wurde den Gästen gerade Kaffee auf der Außenterrasse serviert.

Kurz war Vibeke versucht, sich in einen der Strandkörbe zu setzen, die an der Promenade aufgestellt worden waren, doch sie war ohnehin bereits spät dran.

Ihr Blick glitt zurück zu den Wasserhäusern. Hermann Wilhelmsen stand wieder auf seiner Dachterrasse und schaute in ihre Richtung. Obwohl die Temperaturen auf über zwanzig Grad geklettert waren, fröstelte sie.

Padborg, Dänemark

Rund anderthalb Stunden später lehnte sich Vibeke im Büro der Sondereinheit in ihrem Stuhl zurück. Bis auf Rasmus, der telefonisch angekündigt hatte, sich ein wenig zu verspäten, saßen alle Teammitglieder an ihren Plätzen.

Sie waren die Befragungen und den Bericht der Kriminaltechnik in allen Einzelheiten durchgegangen.

Drei Tage nach dem Auffinden der Leiche hatten sie noch immer keinen Durchbruch erzielt, und die Zähigkeit der Ermittlungen ermüdete sie.

Es schien, als wären sie noch keinen Schritt vorangekommen, doch aus Erfahrung wusste Vibeke, dass dieses Gefühl trügen konnte. Das Lösen eines Mordfalls glich oftmals einem Puzzle. Erst mussten die Einzelteile in mühsamer Kleinarbeit ermittelt werden, ehe man sie schließlich in richtiger Reihenfolge zusammensetzte, um das Gesamtbild zu erkennen. Der Schwierigkeitsgrad schwankte, je nach Anzahl der Beteiligten, Spuren und Besonderheiten. Jedes noch so kleine Detail konnte dabei wichtig sein. Doch bislang hatten sie kaum mehr als ein paar vage Verdachtsmomente. Ihr Blick ging zu dem neu aufgestellten Whiteboard, auf dem die Namen und die Alibis der bislang befragten Personen standen. Der Name von Bertram Kaminski war mit einem Fragezeichen versehen. Noch war unklar, ob er tatsächlich im Anschluss an das Gespräch mit Andre Hoppstädter vom Investmentcenter nach seiner Frau gesehen oder ob er die Waschräume lediglich angesteuert hatte. Hinter den Namen von Malthe Sødergren hatten sie ein Ausrufezeichen gesetzt. Zwar hatte er durch seinen Vater ein Alibi, doch sie waren der Ansicht, dass er etwas zurückhielt, was sein Verhältnis zum Opfer betraf.

»Søren und ich waren gestern Nachmittag noch bei der SJB«, sagte Jens in diesem Moment.

Der richterliche Beschluss für die Durchsuchung von Saskia Niekamps Büro lag seit dem Vortag vor. Leider beinhaltete er weder den Zugriff auf die Kundendaten noch auf die damit verbundenen Transaktionen. Dafür benötigten sie einen ausreichenden Tatverdacht.

»Ich habe mir ihre E-Mails und ihren digitalen Kalender angesehen«, fuhr Jens fort. »Auf den ersten Blick gibt es keine Auffälligkeiten. Aber ich habe sicherheitshalber Ausdrucke mitgebracht und werde alles noch einmal in Ruhe durchgehen.«

»Hat man euch gesagt, wann genau die Prüfung durch die Innenrevision erfolgt?«, erkundigte sich Vibeke.

»Wohl in Kürze«, erwiderte Søren. »Was immer das heißen mag. Ob die uns das Ergebnis mitteilen, ist ohnehin fraglich. Die Banken kehren doch eh alles unter den Teppich.« Er blähte die Backen. »Denkt nur an die Danske-Sache vor ein paar Jahren.«

Damit spielte er auf den Danske-Bank-Skandal an, der 2018 öffentlich geworden war und bei dem in einer estnischen Filiale des dänischen Geldinstituts umgerechnet etwa 200 Milliarden Euro gewaschen worden sein sollten. Auch gegen die Deutsche Bank als damalige Korrespondenzbank war in dem Zusammenhang ermittelt worden, doch das Verfahren war nach einem Bußgeldbescheid in zweistelliger Millionenhöhe wegen zu spät abgegebener Geldwächeverdachtsanzeige im Jahr 2020 eingestellt worden.

Es war der größte Geldwäscheskandal der europäischen Geschichte, und bis heute ermittelten dänische und US-Behörden gegen die Danske Bank.

Jens räusperte sich. »Jetzt lass mal die Kirche im Dorf. Wir reden hier immer noch über die Sønderjylland Bank.«

»Es fängt immer im Kleinen an«, beharrte Søren und zog aus der oberen Schublade seines Schreibtisches eine alufarbene Brotbox heraus. Er warf einen kurzen Blick hinein, ehe er den Deckel mit angewidertem Gesichtsausdruck wieder schloss.

»Ich habe mich schlaugemacht, was die Aufstellung der SJB betrifft und welche Schwerpunkte sie anlagetechnisch verfolgt.« Jens zog ein paar Unterlagen zu sich heran. »Sie bietet ihren Anlegern eine klassische, ausgewogene oder dynamische Vermögensverwaltung, je nach Risikobereitschaft. Festverzinsliche Wertpapiere, ETFs, also börsengehandelte Indexfonds in Form von Aktienfonds oder auch als Rentenfonds, Anleihen, Bankguthaben und Geldmarktinstrumente, Aktien und natürlich Mischfonds.« Er trank einen Schluck Wasser, ehe er weitersprach. »Dabei setzt die SJB auf internationale Zielfonds und eine weite Streuung der Anlagen. Das Risiko wurde in diesem Jahr aufgrund der hohen Inflation, des Krieges, der Energiekrise, der steigenden Zinsen und von Lieferengpässen deutlich heruntergefahren, vor allem im Aktienengagement. Alles in allem ist die SJB damit sehr konservativ und auf Sicherheitsaspekte fokussiert aufgestellt.«

»Was natürlich nicht unbedingt verkehrt ist, wenn man bedenkt, dass es dabei um Kundengelder geht«, sagte Vibeke.

»Wurden Saskia Niekamps Konten schon überprüft?«

»Darum habe ich mich gekümmert.« Pernille zog einen DIN-A4-Ausdruck zu sich heran. »Ihr Girokonto weist ein Guthaben von rund viereinhalbtausend Euro auf. Der derzeitige Wert ihres Depots beläuft sich auf dreiundzwanzigtausend Euro.« Sie hob den Blick. »Sie hat ein recht ausgewogenes Portfolio und ihr Geld über verschiedene Anlagen und unterschiedliche Risikoklassen gestreut. Immobilien-Investments, Aktien und Aktienfonds, davon vieles im Bereich erneuerbare Energien.«

»Irgendwelche Auffälligkeiten?«

»Nicht wirklich.« Pernille zwirbelte mit dem Bleistift ihren dunklen Pferdeschwanz. »Saskia Niekamp hatte einen recht exklusiven Lebenswandel, ist häufig essen gegangen und hat größtenteils in teuren Geschäften eingekauft, dazu die hohe Miete, aber natürlich verdiente sie auch sehr gut.«

»Wie viel genau?«, hakte Vibeke nach.

Pernille legte den Bleistift beiseite und sah in den Unterlagen nach. »Laut ihrem Arbeitsvertrag hatte sie ein Grundgehalt von achtundfünfzigtausend Euro. Plus variablen Boni in Höhe von dreißig Prozent.« Sie blätterte zu einer anderen Seite. »Die Miete liegt bei neunhundert Euro, und die Nebenkosten betragen noch einmal einhundertachtzig. Auf den ersten Blick sehe ich keine Diskrepanz, aber ich will mir das Ganze noch einmal genauer ansehen. Auch die Kreditkartenabrechnung, sie ist gestern gekommen.« Sie klopfte mit den Fingern auf einen DIN-A4-Ausdruck. »Ich habe außerdem ein Auskunftsersuchen bei der BaFin gestellt, ob eventuell externe Konten existieren. Laut Personalabteilung der SJB hat Saskia Niekamp sich zumindest keine genehmigen lassen.«

»Die müssen das genehmigen lassen?« Søren blähte die Backen.

Pernille nickte. »Üblicherweise haben Bankangestellte ihre Konten beim Arbeitgeber. Dafür bieten diese im Gegenzug gewisse Anreize. Kostenlose Kontoführung, Sonderzinssätze bei Einlagen und Krediten, bis hin zu Sonderkonditionen bei Tochtergesellschaften.«

»Und damit werden sie zum gläsernen Arbeitnehmer«, stellte Søren fest.

»Das ist mit Sicherheit so gewollt«, sagte Pernille, »aber auch dort gibt es Daten- und Zugriffsschutz. Jedenfalls darf die Bank die Mitarbeiterkonten nicht ohne Weiteres einsehen.«

»Danke, Pernille.« Vibeke sah Jens an. »Habt ihr noch Befragungen offen?«

»Etwa ein halbes Dutzend.«

»Wir sollten auch bald mit Katrine Madsen sprechen«, warf Søren ein. »Ihr Name taucht bei den Ermittlungen mehrfach auf.«

Vibeke nickte. »Das können Rasmus und ich übernehmen. Apropos. Was hat er dir gesagt, wann er hier aufschlägt?«

»Dazu hat er gar nichts gesagt, nur dass er noch etwas zu erledigen hat und wir schon mal ohne ihn anfangen sollen.«

Das ist mal wieder typisch, dachte Vibeke. Sie trat zum Sideboard, um sich einen weiteren Kaffee einzuschenken. »Möchte noch jemand?« Sie hielt die Kanne hoch.

Allgemeines Kopfschütteln.

Vibeke ging zurück zu ihrem Schreibtisch.

»Habt ihr euch schon einmal überlegt, dass es sich um eine Verwechslung handeln könnte?«, warf Søren in den Raum. »Saskia Niekamp und Katrine Madsen sehen sich doch auffallend ähnlich, und an dem Tag trugen sie nicht nur die gleiche Frisur, sondern auch identische Jacken. Was, wenn der Täter die falsche Frau stranguliert hat?«

Einen Moment blieb es vollkommen still.

»In dem Fall können wir noch einmal komplett von vorne anfangen«, ächzte Jens.

Søren zuckte die Achseln. »Sorry, ich meine ja nur. Möglich wäre es zumindest.«

»Ich halte das eher für unwahrscheinlich«, meldete sich erstmals Luís zu Wort. »Jemandem sind die Sicherungen durchgebrannt. Ansonsten geht doch niemand das Risiko ein, dabei gesehen zu werden, wie man jemanden stranguliert. Ich denke, zwischen Saskia und dem Täter ist im Vorfeld etwas passiert. Vielleicht hat sie ihn mit irgendetwas provoziert, und die Situation ist eskaliert.«

»Wir sollten trotzdem Katrine Madsen auf die Möglichkeit hin abklopfen«, erwiderte Vibeke, obwohl sie dazu neigte, Luís' These zuzustimmen. »Apropos Möglichkeit. Bislang haben wir nicht darüber gesprochen, ob vielleicht auch eine Frau als Täterin infrage käme.«

Søren blähte die Backen. »Niemals.«

»Warum denkst du das?« Vibeke sah ihn interessiert an.

»Weil man einiges an Kraft aufwenden muss, um jemanden zu strangulieren.«

»Also ich hab Kraft. Auch wenn man es mir vielleicht nicht ansieht.«

»Ja, du.« Søren zwinkerte ihr zu. »Du bist ja auch Superwoman.«

»Also ich denke, es wäre zumindest möglich«, ließ Pernille verlauten. »Saskia Niekamp war klein und zierlich, und laut rechtsmedizinischem Bericht ist sie von hinten erdrosselt worden, das hatte den Vorteil des Überraschungsmoments.«

»Mir ist kein einziger derartiger Fall bekannt«, sagte Luís. »Aber ganz auszuschließen ist es natürlich nicht.«

Vibeke nickte. »Das sehe ich genauso. Es gibt da übrigens noch etwas.« Sie berichtete dem Team von der unbekannten Toten, die zwanzig Jahre zuvor an der deutschen Küste der Flensburger Förde angespült worden war.

»Ein Cold Case?« Jens zog ein kleines Mikrofasertuch aus seiner Schublade heraus und begann damit, seine Brille zu putzen. »Ist das nicht ein wenig weit hergeholt?«

Im selben Moment wurde die Tür aufgestoßen, und Rasmus erschien mit einer großen Papiertüte in der Hand. »Was ist weit hergeholt?«

»Das wüsstest du, wärst du wie alle anderen pünktlich hier gewesen.« Jens hielt seine Brille in die Höhe und beäugte kritisch die frisch polierten Gläser, ehe er sie wieder aufsetzte.

Rasmus wedelte mit der Papiertüte. »Dafür habe ich Zimtschnecken mitgebracht.«

»Gott sei Dank«, sagte Søren. »Brigitte hat mir lauter Grünzeug eingepackt.« Mit einem breiten Lächeln nahm er die Papiertüte entgegen, während er seinem Kollegen davon berichtete, was Vibeke zuvor über den Cold Case erzählt hatte.

»Klingt interessant.« Rasmus schälte sich aus seiner

Jacke und sah sie an. »Meinst du, es gibt einen Zusammenhang?«

»Auf den ersten Blick wirkt es nicht sehr wahrscheinlich«, erwiderte Vibeke. »Der Mord liegt über zwanzig Jahre zurück. Andererseits finden sich Strangulierte, bei denen Fremdverschulden vorliegt, auch nicht häufig in der Förde. Wir sollten dem also nachgehen. Ich habe zumindest die Fallunterlagen beim LKA in Kiel angefordert.« Sie musterte ihn. »Aber erzähl du lieber mal, weshalb du hier erst jetzt aufschlägst. Wolltest du einfach nur mal ausschlafen?«

»Was denkst du von mir?«, fragte Rasmus entrüstet und ging zum Sideboard.

»Das möchtest du lieber nicht wissen«, erwiderte Vibeke trocken. »Aber ich erinnere mich dunkel daran, dass du gestern zur Party vom FSC wolltest.«

»Dort war ich auch.« Rasmus schenkte sich Kaffee ein und sah dabei zu Luís, der seinem Blick auswich, wie Vibeke irritiert bemerkte. War zwischen den beiden etwas vorgefallen?

»Und heute früh war ich bei Aage Nissen.« Rasmus setzte sich mit dem Kaffeebecher in der Hand hinter seinen Schreibtisch.

»Wer ist das?«

»Ein Mitglied aus dem Segelteam von Malthe Søndergren. Aage hat mir gestern während der Party erzählt, dass Saskia und Malthe gedatet haben und sie ihn abserviert hat.«

»Ach. Und das hat er dir einfach so verraten?«

»Na ja.« Rasmus kratzte sich mit zwei Fingern im Nacken. »Wir haben Bier getrunken und uns dabei ein wenig unterhalten.«

»Bier während einer Befragung?«, fragte Jens scharf.

»Es war eher inoffiziell«, wiegelte Rasmus ab. »Ein Small Talk. Kein Grund, sich aufzuregen. Jedenfalls habe ich vorhin noch einmal mit Aage gesprochen«, erzählte er weiter, »um zu sehen, ob er vielleicht mehr weiß. Leider hat er alles abgestritten, was er mir gestern Abend erzählt hat, und es dem Alkohol angelastet.«

Vibeke sah ihn aufmerksam an. »Aber du denkst, das ist nur vorgeschoben?«

Rasmus nickte.

»Dann sollten wir noch einmal mit Malthe Sødergren sprechen«, sagte sie. Ihr Kollege hatte für gewöhnlich ein untrügliches Gespür dafür, wenn etwas im Busch war.

»Der Meinung bin ich auch. Und am besten gleich. Die Sødergrens wohnen in Stolbro.«

Jens verstaute die Unterlagen auf seinem Schreibtisch in seinem Ablagefach. »Dann führen Søren und ich die noch offenen Befragungen durch.«

Søren, der die Backen voll mit Zimtschnecke hatte, nickte.

»Ich sehe mir in der Zwischenzeit noch einmal die Konten und die Kreditkartenabrechnung an«, sagte Pernille. Sie wandte sich an Luís. »Was ist mit dir? Leistest du mir Gesellschaft?«

»Ich wollte ohnehin dem Handyprovider noch einmal Druck machen, damit er endlich die Telefonlisten rausrückt.«

»Hast du die Zugangsdaten zu Saskia Niekamps Instagram-Account schon bekommen?«, erkundigte sich Vibeke.

»Bislang nicht«, erwiderte Luís. »Das kann auch noch dauern.«

»Dann bleibt uns wohl nichts übrig, als abzuwarten.« Vibeke erhob sich von ihrem Platz. »Ich würde vorschlagen, wir treffen uns Montagmorgen wieder. Vorausgesetzt, es passiert bis dahin nichts Unvorhergesehenes. Einverstanden?«

Alle nickten.

Sie schnappte sich ihre Jacke.

Stolbro, Dänemark

Die kleine Ortschaft Stolbro lag an der Westküste von Als, einer malerischen Landschaft, geprägt von weitläufigen Wiesen und Feldern, tiefen Fjorden und zahlreichen Buchten.

Hübsche Einfamilienhäuser, gepflegte Gärten und restaurierte Gehöfte säumten die Durchgangsstraße.

»Die Sødergrens wohnen außerhalb«, sagte Rasmus auf dem Beifahrersitz. »Bei Stolbro Næs am Augustenborg Fjord. Eines der besten Angelreviere von Als, habe ich mir sagen lassen. Allerdings nur schwer erreichbar. Sämtliche Wege führen über Grundstücke von Bauernhöfen oder Privatgelände. Kristina Sødergren hat dort vor Jahren eine frühere Molkerei zu einem Wohnhaus umgebaut.«

Vibeke warf ihm einen Seitenblick zu. »Woher weißt du das?«

»Ich habe ein wenig recherchiert.«

Sie passierten den Ortsausgang. Die Häuserdichte

nahm schlagartig ab, und die Straße schlängelte sich zwischen Äckern und Feldern entlang. Weit und breit war kein anderes Auto in Sicht.

Der Himmel war jetzt dicht mit Wolken verhangen, und es regnete leicht. Eine Weile wurde die Stille im Wagen nur durch das Geräusch der Scheibenwischer durchbrochen.

Rund zwei Kilometer hinter Stolbro tauchte am Ende der Straße eine Ansammlung von Gehöften auf.

»Hier musst du rechts abbiegen«, sagte Rasmus.

Vibeke kam seiner Anweisung nach.

Rund zweihundert Meter weiter erstreckte sich linker Hand eine Allee aus alten knorrigen Bäumen. An ihrem Ende lag ein großes rotes Ziegelgebäude, dahinter erhob sich die Bucht mit stahlgrauem Wasser.

»Das ist die alte Molkerei«, sagte Rasmus.

Vibeke setzte den Blinker und fuhr die Allee entlang. Kies knirschte unter den Reifen ihres Dienstwagens, als sie in die Einfahrt des Anwesens fuhr. Jetzt erkannte sie auch, dass es sich nicht nur um ein einzelnes Gebäude, sondern um ein Haupthaus mit mehreren Nebengebäuden handelte, darunter auch eine Scheune. In der Kieseinfahrt standen ein alter roter Kombi und ein dunkelblauer Sportwagen. Weiße Hortensien in Kübeln flankierten den Hauseingang.

»Das würde Camilla gefallen«, sagte Rasmus, als sie aus dem Auto stiegen. »Sie hat immer davon geträumt, eine alte Fabrik oder eine Scheune in ein Wohngebäude umzuwandeln.« Für einen kurzen Moment erschien ein wehmütiger Ausdruck in seinem Gesicht.

Vibeke fragte sich, ob er die Beziehung zu seiner Ex-Frau entgegen seinen Behauptungen vielleicht doch noch nicht ganz abgehakt hatte, aber vielleicht war es auch nur seine Sehnsucht nach einer Familie und einem Zuhause.

Die Backsteinziegel der früheren Molkerei hatten eine leichte Patina, Industriefenster aus schwarzem Stahl zogen sich mit rund drei Meter Höhe durch die Fassade. Die Nebengebäude links und rechts waren halb so groß und wirkten wie eine Miniaturausgabe des Haupthauses. Nur die Scheune, spitzgiebelig und holzverkleidet, stach neben dem Gebäudetrio hervor.

Es lag eine friedliche Stille über dem Anwesen. Die Hortensien in den Kübeln strahlten die Wärme der vergangenen Tage ab, in der regenfeuchten Luft hing der Duft von frisch gemähtem Gras. Noch ein paar Wochen würde der Spätsommer anhalten, dann würden Kälte, Nebel und Regen übernehmen und der Herbst Einzug halten.

Die Scheunentür öffnete sich, und eine Frau kam heraus. Sie trug einen blauen Arbeitsoverall, das hellblonde Haar war zu einem unordentlichen Dutt am Hinterkopf gebunden, auf ihrer schmalen Nase thronte eine pinkfarbene Brille. Ihr Alter war nur schwer zu schätzen. Vermutlich lag es irgendwo zwischen Mitte vierzig und Mitte fünfzig. Sie war vollkommen ungeschminkt.

»Hej!«, begrüßte sie ihre unerwarteten Besucher.

»Hej!« Rasmus stellte sie vor. »Rasmus Nyborg von der Politi Esbjerg und Vibeke Boisen von der deutschen Polizei.«

»Ich bin Kristina.« Die blonde Frau lächelte freundlich. »Dann seid ihr wegen Saskia hier?« Es klang mehr wie eine Feststellung als nach einer Frage.

Rasmus nickte. »Du kanntest sie?«

»Malthe hat sie mal mitgebracht. Aber bitte, kommt doch mit rein.« Sie wies auf die Flügeltür des Haupthauses, und Vibeke fielen die hellbraunen Verkrustungen an ihren Händen auf. Auch der Overall war mit ähnlichen Flecken überzogen.

Sie trat hinter Kristina Sødergren ins Gebäude.

Küche, Esszimmer und Wohnzimmer bildeten einen riesigen Raum. Polierter Betonboden, sichtbare Armaturen, halbhohe weiß geflieste Wände, eine dicke Betondecke mit den von Milchsilos hinterlassenen Löchern. Die Möbel waren ein Sammelsurium aus unterschiedlichen Sitzobjekten, vom Plüschsessel über ein Sofa aus grauem Samt bis hin zu zwei Butterfly Chairs mit cognacfarbenen Lederbezügen. Dazu kam ein etwa fünf Meter langer schwarzer Esstisch mit verschiedenen Stühlen, über dem chromfarbene Hängeleuchten schwebten. Hinter dem Kochbereich aus Edelstahl führte eine Metalltreppe in die obere Etage. Überall im Raum waren kugel- und spiralförmige Skulpturen auf Sockeln verteilt.

Es sah aus wie in einem New Yorker Loft. Rustikal und gleichzeitig hochmodern.

»Das ist großartig hier«, murmelte Rasmus.

Vibekes Blick glitt zu der offen stehenden Glasschiebetür am Ende des Raumes. Dahinter erstreckten sich grüne Wiesen bis zum Wasser, und sie konnte das Meer rauschen hören. »Von wann stammt das Gebäude?«

»Das Hauptgebäude von 1947«, erwiderte Kristina Sødergren, »die Scheune und die Nebengebäude sind ein Jahr später entstanden. Wir haben uns bemüht, so viel zu erhalten wie nur möglich.« Sie wies auf die Wände. »Das sind alles noch Originalfliesen, und natürlich haben wir auch die Löcher der Milchsilos in der Decke belassen. Wir haben sie mit Glas belegt. Allerdings war es ein riesiges Unterfangen, das Glas ins Haus zu bringen.« Sie lachte, und ihren blauen Augen hinter der pinkfarbenen Brille blitzten vergnügt. »Eins allein wiegt zweihundertfünfzig Kilo. Doch der Aufwand hat sich gelohnt. Vom Obergeschoss kann man direkt aufs Esszimmer schauen.«

»Und das haben Dan und du alles alleine gemacht?«, fragte Rasmus. Bewunderung schwang in seiner Stimme mit.

»Dan?« Kristina Sødergren lachte erneut. »Ganz sicher nicht. Er kümmert sich lieber um seine Segel. Das hier ist mein Baby. Aber natürlich hatte ich Hilfe. Meine Familie stammt aus der Gegend. Zwei meiner Brüder betreiben ganz in der Nähe eine Glaserei und eine Tischlerei. Sie haben mir bei einigen Dingen geholfen.« Sie ging in die Küche und wusch sich gründlich die Hände, ehe sie sich einer glänzenden Siebträgermaschine zuwandte. »Ich wollte mir gerade einen Kaffee machen, möchtet ihr auch einen?«

Die beiden Kriminalbeamten nickten.

Es ratterte, zischte und dampfte, und die Luft wurde mit Kaffeeduft erfüllt. Kurz darauf reichte ihnen Kristina Sødergren bis oben hin gefüllte Tassen.

Sie blieben an der Kochinsel stehen.

»Saskia Niekamp, sie war häufiger hier bei Ihnen?«, erkundigte sich Vibeke nach dem ersten Schluck. Der Kaffee war sehr heiß und sehr gut.

»Zwei-, dreimal, vielleicht auch öfter, und ich habe es einfach nur nicht mitgekriegt. Malthe wohnt in einem der Nebengebäude.« Ihr Gesicht nahm einen weichen Ausdruck an. »Es war immer mein Traum, irgendwann die ganze Familie unter einem Dach zu haben. Kinder, Enkelkinder, Großeltern.« Im nächsten Moment legte sich ein Schatten auf ihr Gesicht. »Leider hält mein Jüngster nicht allzu viel davon. Zumindest will er nicht hier wohnen.« Sie winkte ab. »Aber genug davon. Ihr seid schließlich nicht hier, um euch irgendwelche Familiengeschichten anzuhören.« Ihr Gesichtsausdruck wurde ernst. »Das, was mit Saskia passiert ist, hat uns alle erschüttert. Vor allem natürlich Malthe.«

»Die beiden waren ein Paar?«, fragte Rasmus.

»Ich weiß es ehrlich gesagt nicht so genau. Nur, dass Malthe sie sehr mochte. Schon allein, weil er Saskia mit zu uns nach Hause brachte. So etwas hat er bislang nicht häufig getan.«

»Wann war Saskia zuletzt hier?«

Kristina Sødergren krauste die Stirn. »Das ist schon eine Weile her. Irgendwann im letzten Monat.«

»Was hattest du für einen Eindruck von ihr?«

»Saskia war eine sehr kluge junge Frau. Außergewöhnlich hübsch. Ehrlich gesagt …« Sie zögerte.

»Ja?«

»Es ist schrecklich, dass ich so etwas sage«, Kristina Sødergren nippte an ihrer Kaffeetasse, »aber ich bin nur ehrlich. Meiner Meinung nach spielte Saskia in einer anderen Liga als Malthe. Damit spreche ich nicht von Herkunft oder Geld, sondern vielmehr vom Intellekt.«

Autsch, dachte Vibeke. Ihre Äußerung warf kein besonders schmeichelhaftes Licht auf ihren Sohn.

»Gab es zwischen den beiden Streit?«, fragte Rasmus.

»Tut mir leid, aber das kann ich wirklich nicht sagen«, erwiderte Kristina Sødergren leichthin. »Ich lausche nicht an Türen. Da müsst ihr schon Malthe fragen.«

»Ist er denn da?«, erkundigte sich Vibeke.

»Er müsste eigentlich zu Hause sein. Zumindest steht sein Auto im Hof. Wenn ihr rauskommt, ist es das linke Nebengebäude. Vielleicht ist Malthe aber auch mit dem Hund unterwegs. Hinter seinem Haus führt ein schmaler Weg direkt nach Stevning Nor. Dort gehen die beiden meistens hin.«

»Danke für den Kaffee«, bedankte sich Vibeke, während Rasmus sich noch schnell einen letzten Schluck genehmigte.

»Ja, danke. Hej hej.«

Sie gingen zurück ins Freie. Es hatte aufgehört zu regnen, doch am Himmel türmten sich bereits weitere dunkle Wolken und kündigten unheilvoll den nächsten Schauer an.

Rasmus drückte auf die Klingel des Nebengebäudes. Nichts geschah. Er spähte durch die Scheibe.

»Da drinnen rührt sich nichts.« Er sah Vibeke an. »Ich würde sagen, auf nach Stevning Nor.«

Wie von Kristina Sødergren angekündigt, führte auf der Rückseite des Gebäudes ein ausgetretener Pfad zwischen Wiesen und Büschen entlang. Nach etwa zweihundert Metern Fußmarsch tat sich hinter einer Wallhecke eine kleine Bucht vor ihnen auf. Die Wiesen wurden sandiger, gingen schließlich in einen schmalen Kies- und Sandstrand über. Auf der anderen Uferseite ragten vor einem reetgedeckten Pavillon und einem Klubhaus ein paar Stege ins Wasser. Drei vereinzelte Segelboote und ein kleines Motorboot waren daran vertäut. Davor wippte ein Schwanenpaar auf den Wellen. Die Bucht wirkte einsam und verträumt.

Im nächsten Moment schoss wie ein Blitz ein brauner

Labrador heran, stob das Wasser auf und bellte in Richtung der Schwäne. Ein hochgewachsener blonder Mann in Shorts und Kapuzenpullover tauchte hinter der Biegung auf. Malthe Sødergren. Über seinem Oberkörper baumelte eine Hundeleine.

»Viggo! Hier!«, rief er in energischem Ton.

Der Hund spitzte die Ohren, stieß einen letzten Kläffer in Richtung der Schwäne aus und rannte zurück zu seinem Herrchen, wo er sich zunächst kräftig schüttelte, ehe er sich setzte, um ein Leckerli in Empfang zu nehmen.

»Hej, Malthe!« Rasmus hob zur Begrüßung die Hand und ging auf den Unternehmersohn zu.

Vibeke folgte ihm. Über ihnen begann es zu tröpfeln.

»Ihr seid's«, stellte Malthe Sødergren mit wenig Begeisterung in der Stimme fest.

»Ja, wir sind es«, erwiderte Rasmus. Er kam ohne Umschweife zur Sache. »Du und Saskia Niekamp, ihr habt nicht nur mal einen Kaffee getrunken, wie du es uns verkaufen wolltest, ihr beiden habt gedatet. Du hast sie sogar zu dir nach Hause eingeladen.«

Malthe Sødergren leinte seinen Hund an. »Ja, und? Was sagt euch das? Dass ich gelogen habe?« Er lachte bitter. »Saskia und ich haben uns einige Male getroffen. Wo, spielt dabei keine Rolle.«

»Sie hat dich abserviert«, sagte ihm Rasmus auf den Kopf zu.

Die Miene des Unternehmersohns verfinsterte sich.

»Das hat dir zugesetzt«, fuhr Rasmus fort. »Dich verletzt, wütend gemacht.« Seine Stimme wurde eindringlicher. »Vielmehr hat es dich schier rasend gemacht, dass sie dich nicht wollte. Habt ihr an Bord der *Valeria* gestritten?« Er machte eine bedeutungsvolle Pause. »Ist das Ganze vielleicht eskaliert?«

»Verdammt! Ich habe Saskia nicht umgebracht!« Malthe Sødergren war während Rasmus' Worten kalkweiß unter seiner gebräunten Haut geworden. Neben ihm begann sein Vierbeiner zu knurren.

Vibeke griff ein. »Dann erklären Sie sich zu einer Speichelprobe bereit, um eine Vaterschaft von Saskias Kind auszuschließen.«

»Wie oft denn noch?«, schnauzte Malthe Sødergren. »Saskia und ich hatten keinen Sex.« An seiner Schläfe pochte eine Ader. »Für so etwas hatte sie einen anderen. Viggo, komm!« Er drehte sich um und ging mit seinem Hund davon.

Der Himmel öffnete seine Schleusen.

Stevning Nor, Dänemark

Jonas trat unter dem Vordach des Pavillons hervor und sah hinüber zur anderen Uferseite, wo die beiden Personen, die zuvor mit seinem Bruder gesprochen hatten, gerade den Strand verließen. Die Frau hatte sich die Kapuze ihrer Jacke über den Kopf gezogen, während der große Hagere an ihrer Seite mit hochgezogenen Schultern durch den Regen lief.

Es war das erste Mal seit über einem Jahr, dass Jonas nach Stevning Nor gekommen war, einem seiner Lieblingsplätze. Er und Malthe hatten als Kinder unzählige Male in der alten Fischerhütte gespielt, die sich am Nordzipfel der Bucht befand, obwohl ihnen das strengstens verboten war. Natürlich war es Jonas gewesen, der seinen älteren Bruder dazu angestiftet hatte. *Die ungleichen Brüder* hatte man sie im Dorf genannt. *Der Folgsame und der Rebell.*

Er musste bei der Erinnerung unwillkürlich lächeln. Seit dem Auftauchen seiner Mutter in Augustenborg verspürte Jonas wider Erwarten eine brennende Sehnsucht nach seinem Zuhause, dabei hatte er sich noch vor Kurzem geschworen, niemals dorthin zurückzukehren.

Am Morgen hatte er sich spontan dazu entschieden, nach Stevning Nor zu fahren, und da er kein Auto besaß, hatte er sich im Hafen ein Boot geliehen.

Damit, dass Malthe und Viggo auftauchen könnten, hatte er nicht gerechnet, und einen Moment lang hatte er befürchtet, der Hund könne seine Fährte aufnehmen. Jonas hatte den schokoladenbraunen Welpen damals aus dem Wurf beim Züchter ausgesucht, und es hatte ihm fast das Herz gebrochen, als er seinen treuen Vierbeiner, der ihn jahrelang auf Schritt und Tritt begleitet hatte, zurücklassen musste. Doch natürlich konnte auch der schlaueste Hund keine Fährte durchs Wasser aufnehmen, selbst wenn die Entfernung von Ufer zu Ufer keine zweihundert Meter betrug.

Er fragte sich, was das für Leute gewesen waren, mit denen sein Bruder gesprochen hatte. Möglicherweise Polizei. Zumindest würde das erklären, weshalb Malthe so aufgebracht gewesen war. Das hatte Jonas sogar über die Entfernung hinweg erkennen können. Glaubten die etwa, sein Bruder hätte Saskia getötet? *Ausgerechnet Malthe, dieser Langweiler.*

Sein Blick wanderte ein Stück weiter die gegenüberliegende Uferseite entlang. Dort hinter dem Kiesstrand befand sich der schmale Pfad, der zwischen hohen Gräsern und Büschen entlang bis zur alten Molkerei führte. Sein Zuhause. Etwas in Jonas zog sich zusammen, und er wandte den Blick ab. Es war ein Fehler gewesen herzukommen. Manche Dinge sollte man nicht aufwühlen.

Die Wolkendecke riss auf, und es hörte schlagartig auf zu regnen. Er verließ den Pavillon und ging hinüber zu dem Steg, an dem er das geliehene Boot festgemacht hatte. Ein Auto kam langsam die Uferstraße entlang.

Jonas sprang ins Boot und startete den Motor. Frischer Wind blies ihm ins Gesicht, und Gischt spritzte aufs Deck, während der Bug die Oberfläche des Wassers durchbrach.

Er hatte die kleine Bucht schon fast hinter sich gelassen, als er es sich anders überlegte und umkehrte. Kurz darauf zog er das Boot an den Kiesstrand und nahm den ausgetretenen Pfad hinter der Wallhecke über das Grundstück seiner Familie. Wenige Minuten später erreichte er die Kieseinfahrt vor dem Haupthaus. Sie war leer. Sowohl Malthe als auch seine Eltern waren offenbar nicht zu Hause.

Jonas ging zu der alten Scheune, die seine Mutter vor Jahren zu einem Atelier umgebaut hatte, und spähte durch die Scheiben. Die langen Werkbänke, die Töpferscheibe, die Regale voller Werkzeuge und Materialien, der große Ofen. Er konnte das Feuer darin regelrecht knistern hören. Überall dazwischen standen Skulpturen in den für Kristina so typischen Kugelformen.

Er bemerkte, dass sie den hinteren Teil der Scheune mit offenen Stahlregalen abgetrennt und die Fläche frei gelassen hatte, sodass ein zweiter, großzügig geschnittener Raum entstanden war. Durch die in den Dachfirst eingelassenen Fenster fiel großzügig Licht herein. Er fragte sich, was seine Mutter mit dem Bereich vorhatte.

Jonas ging weiter zu dem flachen Nebengebäude zwischen Scheune und Haupthaus, seinem früheren Domizil. Es war spiegelgleich mit dem gegenüberliegenden.

Er blieb stehen, war versucht hineinzugehen, doch das käme einer Niederlage gleich. Stattdessen steuerte er auf das Haupthaus zu, die alte Molkerei.

Obwohl es über dreißig Jahre her war, seit hier zuletzt Milchprodukte hergestellt worden waren, und das Gebäude mittlerweile ausschließlich zum Wohnen genutzt wurde, hatte es seinen Namen behalten.

Er hob einen der Hortensientöpfe an, holte den darunterliegenden Schlüssel hervor und sperrte die Haustür auf. Mit lautem Aufheulen schoss Viggo heran und hätte ihn vor lauter Begeisterung fast von den Beinen gerissen. Immer wieder fuhr der Labrador mit seiner feuchten Zunge über Jonas' Gesicht, während er zeitgleich vor Freude winselte und sein Schwanz wie eine Peitsche von links nach rechts schwang.

»Ist ja gut, Viggo.« Er umarmte den Hund, drückte für einen kurzen Moment seine Nase in das weiche Fell, ehe er das Tier ausgiebig streichelte. »Ich habe dich auch vermisst.«

Schließlich beruhigte sich der Labrador, und Jonas erhob sich.

In dem hallenartigen Raum hatte sich nichts verändert, seit er zum letzten Mal hier gewesen war. Er bemerkte drei Kaffeetassen auf der blank polierten Edelstahlplatte der Kochinsel. Zwei von ihnen waren noch bis zur Hälfte gefüllt. Ob die Frau und der Mann vom Strand daraus getrunken hatten?

Neben ihm schleckte Viggo hingebungsvoll seine Hand. Er strich dem Hund über den Kopf und ging die Treppe hinauf. Der Labrador folgte ihm auf dem Fuß.

Im ersten Obergeschoss war neben dem Schlaf- und Ankleidezimmer seiner Eltern und einem großen Bad auch das Büro seines Vaters untergebracht. Die Tür stand offen.

Zögernd trat Jonas ein. Auch in diesem Raum hatte sich nichts verändert. Der große Schreibtisch aus hellem Holz, die beiden Klubsessel, die sich gegenüberstanden, die hohen Regale, in denen sich all die Pokale, Medaillen und Auszeichnungen befanden, die sein Vater während seiner Seglerkarriere erhalten hatte. Neben seinen zahlreichen Erfolgen bei den skandinavischen, europäischen und Weltmeisterschaften sowie den Olympischen Spielen war er auch zweimal zu Dänemarks Sportler des Jahres gewählt worden.

Und du, mein Sohn, wirst der nächste Sødergren in der Familie sein, der ganz oben auf dem Treppchen steht. Jonas hatte die Worte und Stimme seines Vaters noch immer im Ohr.

Er schüttelte die Erinnerung ab, betrachtete stattdessen das Foto von sich und seinem Bruder, das in einem Silberrahmen auf dem Schreibtisch stand. Einträchtig hockten sie an Bord einer Segelyacht und ließen die Beine über die Reling baumeln. *Vielleicht sollte ich Malthe helfen.*

Doch wann hatte sein Bruder jemals etwas für ihn getan?

Neben ihm schleckte Viggo erneut seine Hand. Gedankenverloren streichelte Jonas dem Hund übers Fell, ehe er an eine der mit Glas überdachten Öffnungen trat, die ihm die Sicht auf das Esszimmer verschaffte. Genau hier hatte er das letzte Mal gestanden.

Bilder stiegen vor ihm auf. Schnell wandte Jonas den Blick ab. Die Scheinheiligkeit seiner Familie war durch nichts zu überbieten.

Er verließ das Büro seines Vaters auf demselben Weg, wie er gekommen war. Wenige Minuten später fiel hinter ihm die Haustür ins Schloss.

Aabenraa, Dänemark

Katrine Madsen wohnte im zweiten Stock eines der Mehrfamilienhäuser am Flensborgvej, mit einer großen Terrasse und Blick über den Fjord.

Sie hatte ein gewinnendes Lächeln, ausdrucksvolle Augen in einem ebenmäßigen Gesicht, und Rasmus fand die Ähnlichkeit mit Saskia Niekamp verblüffend, auch wenn sie alles in allem ein wenig herber als ihre deutsche Kollegin wirkte. Was möglicherweise daran lag, dass sie nicht nur ein paar Jahre älter war, sondern auch ein wenig muskulöser. Sie trug Laufklamotten, hatte ein Handtuch um den Hals gehängt und war vollkommen durchgeschwitzt. Ein paar feuchte Haarsträhnen kräuselten sich über dem Frottee in ihrem Nacken. Sie war offenbar gerade vom Joggen zurückgekommen, und das erinnerte Rasmus daran, dass es fast eine Woche her war, seit er seine letzte Laufrunde absolviert hatte.

Sie standen in der Küche, wo Katrine Madsen sich ein Glas Wasser einschenkte und es in einem Zug leertrank.

»Entschuldigt.« Sie befüllte ihr Glas erneut. »Möchtet ihr auch etwas?«

»Danke, nein«, sagte Vibeke, und auch Rasmus schüttelte den Kopf.

Sie nahmen am Küchentisch Platz.

»Wie gut kanntest du Saskia?«, eröffnete Rasmus das Gespräch. Neben ihm zog Vibeke Stift und Notizbuch aus ihrer Tasche.

»Wir hatten durch die Arbeit häufiger miteinander zu tun.« Katrine griff nach dem Handtuch und tupfte sich damit die Stirn ab. »Ich leite die Private-Banking-Abteilung in der Zentrale und bilde auch Mitarbeiter in dem Bereich aus. Zudem bin ich weisungsbefugt, was die Filialen betrifft.« Sie legte das Handtuch beiseite, langte nach ihrem Wasserglas und trank noch einen Schluck. »Saskia hat vor einigen Jahren eines meiner Seminare besucht, und seitdem sie selbst im Private Banking arbeitete, haben wir öfter an denselben Meetings teilgenommen und uns über Kunden ausgetauscht. Durch die deutsch-dänische Zusammenarbeit auch bei den Firmen kommt es immer mal wieder zu Überschneidungen.« Sie klang sachlich und kühl. Kein Wort des Mitgefühls über ihre tote Kollegin.

»Mochtest du sie?«

Katrine Madsens Gesichtszüge wurden hart. »Nein. Zumindest nicht besonders. Saskia war …« Sie hielt inne, als suchte sie nach dem passenden Ausdruck. »Sie war hungrig auf den Erfolg, hatte Visionen, was modernes Banking betraf. Meiner Meinung nach litt sie an einer nicht unbeträchtlichen Portion Selbstüberschätzung. *Janteloven* war sie zumindest nicht.« Damit sprach sie von dem ungeschriebenen Gesetz, dass niemand sich über den anderen erheben sollte, ein Verhaltenskodex, der dänischen Kindern bereits von klein auf beigebracht wurde. Doch Saskia Niekamp war Deutsche gewesen.

Rasmus sah Katrine Madsen interessiert an. »Wie kommst du zu dieser Einschätzung? Gab es irgendeinen Vorfall?«

»Keinen konkreten«, wiegelte die Bankerin ab. »Saskia arbeitete sehr viel, mehr als alle anderen. Sie war nahezu verbissen. Work-Life-Balance war ein Fremdwort für sie. Es schien, als wollte sie damit allen zeigen, was sie auf dem Kasten hatte.« Sie drehte das Wasserglas zwischen den Händen. »Sie wollte zu uns in die Zentrale kommen. Als das nicht klappte, begann sie, an Thomas' Stuhl zu sägen.«

»Thomas Pedersen, ihr Vorgesetzter?«, fragte Vibeke.

Katrine Madsen nickte.

»Und wie äußerte sich das?«

»Sie akquirierte und übernahm Kunden, ohne sich mit Thomas oder mir im Vorfeld abzusprechen.« Sie hob das Wasserglas erneut an ihren Mund.

»Das zeigt doch nur ihren Einsatz«, gab Vibeke zurück.

Katrine Madsen stellte ihr Glas wieder auf den Tisch, ohne daraus getrunken zu haben. »Ich nenne es ›Kompetenzen überschreiten‹.«

Die beiden Frauen taxierten einander.

Rasmus beugte sich vor. »Einer dieser Kunden, die Saskia ohne Absprache übernommen hat, war das zufällig Malthe Södergren von Nordic Sails?«

»So wie sie ihn umgarnt hat, war das wohl ihr Plan«, erwiderte die Bankerin mit leicht säuerlicher Miene. »Aber Malthe ist nach wie vor mein Kunde.«

»Was glaubst du, wer deine Kollegin getötet hat?« Rasmus ließ sie nicht aus den Augen.

Katrine Madsen hielt seinem Blick stand. »Dazu kann ich nichts sagen. Ich weiß nur, dass Saskia nicht immer so freundlich und zuvorkommend war, wie alle behaupten, und ich denke, dass die Polizei das wissen sollte.«

Vibeke klopfte mit ihrem Stift auf das Notizbuch. »Es mag Ihnen vielleicht abwegig vorkommen, aber könnte es sich eventuell um eine Verwechslung handeln? Dass der Täter eigentlich Sie umbringen wollte? Saskia und Sie haben eine gewisse Ähnlichkeit.«

In Katrine Madsens Augen blitzte es auf. »Das kann auch nur jemand sagen, der uns nicht kennt. Aber Sie haben recht. Es ist abwegig.« Sie nestelte an ihrer Pulsuhr. »Wer sollte mich schon umbringen wollen? Ich habe niemandem etwas getan.«

Rasmus nahm den Faden sofort auf. »Aber Saskia hat das?«

»So habe ich das nicht gemeint. Meine Äußerung war rein auf mich bezogen.«

»Möchten Sie zu Ihrer Aussage vom letzten Freitag noch etwas hinzufügen?«, fragte Vibeke. »Zum Beispiel, was Ihren Aufenthaltsort zur ungefähren Tatzeit betrifft?«

»Nein«, erklärte Katrine Madsen bestimmt. »Ich war unter Deck. Wie ich es Ihrem Kollegen bereits gesagt habe.« Sie lächelte Vibeke an.

»Gut. Dann war es das fürs Erste.« Rasmus stand auf, während seine Kollegin Notizbuch und Stift wieder in ihrer Tasche verstaute.

Saskia Niekamps strahlende Fassade hatte erste Risse bekommen.

Flensburg, Deutschland

Mike drückte den Bremshebel seiner roten Vespa, um dem entgegenkommenden SUV an der Straßenverengung der Fördepromenade auszuweichen. Eigentlich war er derjenige, der Vorfahrt hatte. Kurz vor den Wasserhäusern setzte er den Blinker und bog in die Einfahrt.

Rund anderthalb Stunden zuvor hatte Hermann ihm eine Sprachnachricht auf seiner Mailbox hinterlassen. Dass sie mal reden müssten. Am besten heute noch. Der Ton seiner Stimme hatte die Dringlichkeit seiner Worte verstärkt.

Mike hatte mehrfach versucht, seinen Freund zurückzurufen, doch es war immerzu besetzt gewesen. Also hatte er sich kurzerhand auf den Weg gemacht.

Er fuhr vor bis zur Stele mit den Klingelknöpfen und drückte auf das glänzende Stück Metall neben der Hausnummer seines Freundes. Kurz darauf öffnete sich das Zufahrtstor. Langsam tuckerte er über den asphaltierten Weg an den Wasserhäusern vorbei.

Mike hatte seine Vespa gerade hinter Hermanns Cabrio abgestellt, als eine verheult aussehende Blondine aus der Eingangstür herauskam und diese anschließend laut zuknallte. Ohne Mike auch nur des geringsten Blickes zu würdigen, rauschte sie an ihm vorbei.

Er sah ihr verwundert hinterher, wie sie auf ihren High Heels davonstöckelte, dann klingelte er. Nahezu zeitgleich wurde die Eingangstür aufgerissen.

»Was denn noch?«, schnauzte ihm ein aufgebrachter Hermann entgegen, doch sobald er Mike erkannte, entspannten sich seine Gesichtszüge. »Ach, du bist es.«

»Jep. Und wer war die Braut da eben?« Mike deutete zum Weg, auf dem die Blondine gerade entschwunden war.

»Rosalie.« Hermann verdrehte die Augen. »Was kapieren die Weiber eigentlich nicht daran, wenn man ihnen sagt, ›Ich ruf dich an‹?«

Mike zuckte die Achseln. »Die Frauen von heute sind halt emanzipiert. Sie nehmen die Sache selbst in die Hand.« Er ließ den Blick über das Wasserhaus schweifen. »Vielleicht solltest du sie nicht immer mit hierherschleppen. Kein Wunder, dass du sie nicht loswirst. Die denken doch, sie hätten einen reichen Fisch an der Angel.«

Hermann lächelte schmal. »Womit du natürlich recht hast. Komm rein!« Er machte eine einladende Handbewegung ins Innere des Hauses.

Mike trat über die Schwelle. »Ich habe übrigens die ganze Zeit versucht, dich anzurufen, war ständig besetzt.«

»Ich hatte etwas Geschäftliches zu regeln. Das hat Madame natürlich nicht gepasst.« Hermann nahm die Treppe in den oberen Wohnbereich. »Bin froh, dass ich die los bin. Irgendwie fehlte es ihr doch an Klasse.«

Mike, der hinter ihm die Stufen hochging, verdrehte die Augen. *Hermann und die Frauen.* Es war immer die gleiche Geschichte. Erst schleppte er sie reihenweise ab, indem er mit seinen Besitztümern protzte und ihnen abgedroschene Komplimente machte, und nachdem er sie gevögelt hatte, beschwerte er sich über ihre Einfältigkeit.

Doch eigentlich durfte Mike da überhaupt nicht mitreden. Er hatte weder Glück noch Erfolg bei den Frauen. Anders als Hermann, der aus Überzeugung Single war, hätte er gerne eine feste Partnerin. Leider hatten die wenigen Beziehungen, die er bislang geführt hatte, allesamt nicht lange gehalten. Doch vielleicht hatte er auch nur noch nicht die Richtige getroffen.

»Also, weshalb wolltest du mich sprechen?« Mike stellte sich ans Fenster und sah zum Yachthafen hinunter. Trotz des Wochenendes waren noch immer zahlreiche Segelboote an den Stegen vertäut, was vermutlich am wechselhaften Wetter lag. Sonne und Regen lösten sich in Regelmäßigkeit ab, so als würden die Wettergötter am Himmel mal wieder ein Tauziehen veranstalten. Gerade kämpften sich vereinzelte Sonnenstrahlen durch die dunkle Wolkendecke.

Hermann trat neben ihn. »Ich will aussteigen«, sagte er, und nachdem er Mikes fragenden Blick bemerkte, fügte er hinzu: »Aus der Eigner-Gemeinschaft. Mir fehlt einfach die Zeit, um mich weiter um die *Valeria* zu kümmern. Ich muss mich auf mein Unternehmen konzentrieren.« Er strich sich mit der Hand über das gebräunte Gesicht. »Davon abgesehen – die Sache mit dem Mord könnte sich auf meinen Ruf auswirken. Die Polizei war hier.« Er deutete hinunter zum Yachthafen. »Sonwik ist ein Dorf. Das spricht sich doch rum. Wer will dann noch mit mir Geschäfte machen, wenn die Polizei bei mir ein und aus geht.«

Mike antwortete nicht. Hermanns Worte bezüglich des Ausstiegs aus der Eigner-Gemeinschaft hatten ihn eiskalt erwischt. Er musste die Nachricht erst einmal sacken lassen.

»Die Polizei macht nur ihren Job«, sagte er tonlos, während Wut in ihm hochkroch.

»Trotzdem …«

»Und wie stellst du dir das vor?«, brach es aus Mike heraus.

Hermann sah ihn überrascht an. »Na ja. Entweder ihr zahlt mich aus, oder wir verkaufen.«

Mikes Gedanken überschlugen sich. Sein Job hing an dem Schiff, auch wenn er etwas anderes finden würde. Und all sein Geld steckte in der *Valeria*. Genau wie das von Gunnar. Er wird am Boden zerstört sein, schoss es ihm durch den Kopf. »Bei dir klingt es so einfach, als würdest du mal eben einen Handyvertrag kündigen.« Er gab sich nicht die geringste Mühe, die Bitterkeit in seiner Stimme zu verbergen. »Weder Gunnar noch ich können dich auszahlen. Das weißt du genau.«

»Ich wäre auch damit einverstanden, wenn ihr jemanden findet, der meinen Anteil übernimmt.« Hermann hatte seinen gönnerhaften Ton angeschlagen. »Nur sollte es schnell gehen.«

»Weißt du, wie schwierig das ist?«, brauste Mike auf. »Wie sollen wir das jemandem schmackhaft machen? Betriebskosten, Liegekosten, Versicherungsprämien, Reparaturen«, zählte er auf. »Und das ausgerechnet in der jetzigen Situation, wo uns die Aufträge wegbrechen.«

Hermann nickte wissend. »Jetzt verstehst du vielleicht, warum ich meinen Anteil abstoßen will. Das solltest du im Übrigen auch tun. Am besten, wir verscherbeln den alten Pott auf der Stelle.«

Alter Pott? Mike sah seinen Freund entgeistert an. Die *Valeria* war ein wunderschöner Traditionssegler, der in seiner Art gar nicht mehr gebaut wurde. Er hing an dem Schiff. Egal, was Hermann oder jemand anderes sagte. Doch natürlich war er auch kein Geschäftsmann.

Er riss sich zusammen. »Was meint denn Gunnar dazu?«

»Ich dachte, du sagst es ihm«, entgegnete Hermann trocken. »Als ich vor einiger Zeit eine Andeutung in diese Richtung gemacht habe, da ist er fast ausgeflippt.«

»Ganz ehrlich? Du hast sie doch nicht mehr alle.« Mike tippte sich mit dem Zeigefinger gegen die Stirn. »Erst bestellst du mich wie einen Lakaien hierher, dann verkündest du mir, dass ich meinen Job verliere, denn genau darauf läuft es hinaus, wenn du aussteigst«, er fuchtelte jetzt mit dem Finger vor dem Gesicht seines Freundes herum, während er sich weiter in Rage redete. »Und dann soll ich auch noch die Drecksarbeit für dich übernehmen und unserem gemeinsamen Freund erklären, dass er sich künftig nicht nur eine neue Arbeitsstelle, sondern auch gleich noch eine andere Unterkunft suchen kann.« Er ließ die Hand sinken. »Mensch, Hermann. Ich dachte, wir wären Freunde.«

Seine Worte perlten an Hermann ab wie an einer Teflonpfanne. »Das eine hat nichts mit dem anderen zu tun«, erklärte dieser ihm nüchtern. »Und da du gerade so treffend das Wort ›Arbeit‹ erwähnt hast. Du, mein Lieber«, seine Augen wurden schmal, »arbeitest für mich. Und deshalb gehst du jetzt zu Gunnar und redest mit ihm Tacheles darüber, was wir gerade besprochen haben. Einigt euch, was euch lieber ist. Auszahlen oder verkaufen. Ich steige jedenfalls aus.«

Mike starrte ihn an. »Du bist ein Arsch, weißt du das?« Ohne eine Antwort abzuwarten, stürzte er die Treppe hinunter. Er hätte es wissen müssen. Geld und Freundschaft sollte man stets auseinanderhalten.

Kurz darauf knallte die Eingangstür des Wasserhauses ein zweites Mal an diesem Tag ins Schloss.

Padborg, Dänemark

Es war bereits später Nachmittag, als Vibeke das Büro der Sondereinheit betrat. Pernille, die als Einzige an ihrem Schreibtisch saß, brütete über ein paar Unterlagen.

»Hej, Pernille. Hast du etwas von den anderen gehört?«

Ihre Kollegin hob den Kopf. »Luís hat in der Kfz-Fahndung zu tun. Und Jens und Søren führen noch die restlichen Befragungen durch. Samstags sind die Leute wohl nur schwer aufzutreiben. Die beiden wollten anschließend direkt nach Hause fahren. Wie lief es bei euch? Rasmus ist schon los?« Ihr Blick glitt suchend zur Tür.

»Er ist nach Esbjerg gefahren, um ein paar Sachen zu holen. Soweit ich weiß, wollte er morgen nach Kopenhagen, um Ida zu besuchen.« Vibeke ging zu ihrem Schreibtisch und ließ sich auf ihren Stuhl sinken. »Wir waren in Stolbro und haben mit Malthe Sødergren geredet.« Sie fasste für Pernille das Gespräch mit dem Unternehmersohn zusammen.

»Vielleicht sollten wir ihn zur Vernehmung vorladen«, sagte Pernille, nachdem sie ihren Bericht beendet hatte. »Ihn ein wenig unter Druck setzen.«

»Er hat ein Alibi«, erinnerte Vibeke ihre Kollegin. »Davon abgesehen bin ich mir nicht sicher, ob es etwas bringt.« Sie griff nach der Wasserflasche auf ihrem Schreibtisch und schenkte sich etwas davon ins daneben stehende Glas ein. »Ich glaube, er sagt die Wahrheit. Saskia hatte einen anderen. Mr. Unbekannt.«

»Oder er will von sich ablenken.« Pernille trommelte mit den Fingern auf der Tischplatte. »Eifersucht ist ein starkes Mordmotiv. Bislang ist Malthe Sødergren zumindest der wahrscheinlichste Kandidat.«

Vibeke nippte nachdenklich an ihrem Wasser. »Wir waren anschließend bei Katrine Madsen, und sie hat etwas sehr Interessantes gesagt. Sie meinte, Saskia wäre nicht halb so nett gewesen, wie die Leute von ihr behaupten, und hat sie als extrem ehrgeizig beschrieben. ›Hungrig auf den Erfolg‹ nannte sie es.«

»Klingt, als hätte sie Saskia nicht gemocht.«

»Sie hat es sogar direkt zugegeben.«

»Habt ihr sie darauf angesprochen, dass eine Verwechselung vorliegen könnte?«, fragte Pernille. »Dass man möglicherweise sie umbringen wollte?«

»Sie hielt es für abwegig. Trotzdem sollten wir die Möglichkeit nicht außer Acht lassen.«

»Ich könnte ein paar Informationen über Katrine Madsen einholen«, schlug ihre Kollegin vor.

Vibeke lächelte dankbar. »Aber erst, wenn du wieder mehr Luft hast.« Sie deutete auf Pernilles Unterlagen. »Woran arbeitest du gerade?«

»Ich habe mir Saskias Kreditkartenabrechnungen angesehen. Alles absolut unauffällig. Allerdings ist mir bei der genaueren Durchsicht des Girokontos eine Überweisung von zweitausend Euro an die Government Savings Bank ins Auge gefallen. Das ist eine thailändische Bank, wo Geld in bar abgeholt werden kann.«

»Sie hat ihrer Mutter Geld geschickt?«

»Offenbar ja. Übrigens hat uns die BaFin Auskunft erteilt. Saskia Niekamp hatte keine weiteren Konten.« Pernille legte ihre Hand auf einen dünnen Stapel Ausdrucke. »Außerdem sind die Telefonlisten mit den Einzelverbindungsnachweisen vom Handyprovider gekommen. Ich dachte, ich helfe Luís dabei, sie auszuwerten. Eigentlich hatte ich gehofft, Saskia hätte vielleicht kurz vor der Tat noch mit jemandem telefoniert. Irgendein Gespräch, das Licht auf die ganze Sache werfen könnte.« Sie strich sich eine dunkle Haarsträhne aus dem Gesicht, die sich aus ihrem Pferdeschwanz gelöst hatte. »Aber der letzte Anruf fand am Morgen mit Henrik Bo Christensen statt.«

Der Bankdirektor, dachte Vibeke. Sie langte nach ihrer Tasche und zog das Notizbuch heraus. »Wie lange dauerte die Verbindung?«

»Rund zwei Minuten«, erwiderte Pernille. »Ich habe ihn bereits kontaktiert, aber er ist nicht an sein Handy gegangen.« Sie sah in die Unterlagen. »Es gab an dem Tag acht weitere Anrufe: Sieben Nummern konnte ich Kunden der Bank zuordnen, allerdings war keiner von ihnen mit an Bord der *Valeria*. Bei der letzten landet man auf der Mailbox einer Hausverwaltung. Ich habe draufgesprochen.« Sie blätterte in den Unterlagen. »Alle weiteren Verbindungen müssen Luís und ich noch durchgehen.« Pernille richtete den Blick ihrer dunklen Augen prüfend auf Vibeke. »Wie geht es dir eigentlich?«

Vibeke antwortete nicht gleich, rieb sich stattdessen mit zwei Fingern den Nasenrücken und schloss kurz die Augen, als könnte sie dadurch die Frage auslöschen.

Doch sie hatte schon zu viele Menschen in letzter Zeit vor den Kopf gestoßen, und Pernille gehörte zu den wenigen, die sich nicht hatten abwimmeln lassen. Sie klang aufrichtig besorgt und hatte eine Antwort verdient.

»Ich komme klar. Mehr oder weniger zumindest«, gab Vibeke zu. »Ich habe ständig das Gefühl, beweisen zu müssen, dass ich keine lausige Ermittlerin bin.«

»Das ist Unsinn«, stellte Pernille entschieden fest. »Und das weißt du.«

Vibeke sah zum Fenster. Regen lief in dicken Schlieren außen die Scheiben hinab.

»Ich hätte es doch merken müssen«, sagte sie leise und wandte sich wieder ihrer Kollegin zu. »Weshalb habe ich es verdammt noch mal nicht gemerkt?«

»Du warst verliebt«, erwiderte Pernille, als erklärte diese Tatsache alles.

»Ich bin Polizistin.«

»Und ein Mensch. So wie wir alle. Wir können nicht nur für unsere Arbeit leben.« Pernille musterte sie. »Hast du eigentlich getrauert? Oder geweint?«

»Weshalb sollte ich?«, erwiderte Vibeke spröde. »Er hat es nicht verdient.« Sie presste die Lippen zusammen.

»Der Mann, mit dem du zusammen warst, ist gestorben«, sagte Pernille nachdrücklich. »Es ist nicht wichtig, wer er war oder was er getan hat. Es geht dabei nur um dich.«

Vibeke schwieg.

Pernille ließ ihren Computer herunterfahren. »Ich gehe jetzt nach Hause, ehe das Wochenende ganz vorbei ist.« Sie erhob sich von ihrem Platz. »Du musst loslassen, Vibeke, und dir selbst vergeben. Sonst wird Claas Behring für immer in deinem Leben bleiben.«

Vibeke spürte einen dicken Kloß im Hals. Schließlich nickte sie.

»Gut.« Pernille lächelte und entblößte dabei ihre Zahnlücke. »Dann sehen wir uns am Montag.« Sie griff nach ihrer Jacke.

»Bis Montag, Pernille.«

Ein letzter prüfender Blick, und ihre Kollegin verließ das Büro.

Vibeke blieb regungslos sitzen. Pernilles Worte wanderten durch ihren Kopf. Sich selbst vergeben. Als wenn das so einfach wäre.

Sie betrachtete die leeren Schreibtische um sich herum. Eigentlich müssten sie alle hier sitzen und das Wochenende durcharbeiten, schließlich waren sie mitten in einer Mordermittlung. Da sollten persönliche Dinge zurückstehen.

Doch sie konnte ihren Kollegen nicht vorwerfen, dass sie ihre Zeit lieber woanders verbrachten, und nicht zuletzt war es ihr eigener Vorschlag gewesen, erst am Montag mit den Ermittlungen weiterzumachen. Immerhin war Samstagabend, und alle hatten etwas vor. Alle außer ihr. Doch auch das war ihre eigene Schuld. Sie hatte sich von den Menschen, die es gut mit ihr meinten, zurückgezogen und Arbeit vorgeschützt. Damit bloß niemand Fragen stellte. Die Einzige, die sie hin und wieder zu Gesicht bekam, war Kim. Und die kannte sie gut genug, um nicht unnötig herumzustochern. Ihre Freundin wusste, dass Vibeke von alleine kam, wenn sie Hilfe brauchte. In der Hinsicht tickten sie ganz ähnlich.

Sie zog das Handy aus ihrer Jackentasche, scrollte durch ihre Kontakte. Für einen Moment schwebte ihr Finger über dem Namen ihrer zweiten besten Freundin

Nele, doch die war nach ihrer Scheidung frisch verliebt und hatte an einem Samstagabend ganz sicher keine Zeit. Und Kim hatte Dienst im Krankenhaus.

Sie legte ihr Handy wieder beiseite, griff nach der Computertastatur und schrieb den Bericht für Kriminalrat Petersen. Nachdenklich strich sich Vibeke über den Nacken. Konnte es sein, dass Malthe Sødergren mehr in die Sache verwickelt war, als er zugab? Die Servicekraft an Bord hatte ausgesagt, er und Saskia hätten miteinander diskutiert. Worüber eigentlich? Seine Behauptung, dass es um eine Anlagemöglichkeit gegangen sei, nahm sie ihm nicht ab. Und dass er ihnen gegenüber das Gespräch, ob nun Auseinandersetzung oder nicht, überhaupt nicht erwähnt hatte, obwohl Saskia Niekamp kurz darauf ermordet worden war, erweckte in ihr das Gefühl, dass er etwas zu verbergen hatte.

Vibeke nahm einen Schluck Wasser, zog anschließend die Computertastatur zu sich heran und gab Malthe Sødergrens Namen in die Suchmaschine ein. Sie klickte sich durch zahlreiche Bilder. Der Unternehmersohn im weißen Poloshirt mit Kompasslogo vor dem Firmengebäude von Nordic Sails. Auf einer schicken Yacht, mit Segelkappe und Sonnenbrille. Mehrere Gruppenfotos mit seinem Segelteam, Aufnahmen von Siegerehrungen, dazu Familienfotos, Seite an Seite mit seinem Vater Dan. Dazwischen ein paar Schnappschüsse, die ihn feiernd zeigten und offenbar von seiner Facebook-Seite stammten.

Kurzerhand öffnete sie das Portal, loggte sich in ihren Account ein und rief Malthe Sødergrens Profilseite auf. Einige Beiträge waren öffentlich gestellt.

Unter dem letzten, aus dem Juli stammenden Post,

einem Foto mit sommerlich bekleideten Menschen auf einer Segelyacht bei Sonnenuntergang, versehen mit den Hashtags #sunsetsarelife und #boatdaysarethebest, wimmelte es nur so von Kommentaren zu dem Mord. Von R.I.P.-Bekundungen bis hin zu Hasskommentaren, die sich auf reiche Schnösel im Allgemeinen als auch Malthe Sødergren im Besonderen bezogen, war so ziemlich alles an Widerwärtigem vorhanden, was derzeit in den sozialen Medien kursierte.

Sie fragte sich, weshalb Malthe Sødergren seinen Account nicht vorübergehend sperrte oder zumindest die Kommentare entfernte. Cybermobbing war seit Jahren allgegenwärtig und trat nahezu in sämtlichen Social-Media-Kanälen auf. Die Hemmschwelle war niedrig. Hasskommentare, Beleidigungen, kompromittierende Inhalte oder gezielte Kampagnen gegen spezielle Personen verbreiteten sich spielend leicht und noch dazu rasend schnell, oftmals ehe das Opfer überhaupt davon erfuhr. Vielleicht war das auch bei Malthe Sødergren der Fall, und er hatte die Kommentare unter seinem Post bislang nicht gesehen.

Vibeke studierte die Gesichter auf dem Sonnenuntergangsfoto in der Hoffnung, Saskia Niekamp unter den Feiernden zu entdecken. Stattdessen erkannte sie in der mit einem knappen weißen Bikini gekleideten Blondine neben Malthe Sødergren Katrine Madsen. Sie hatte die Arme um die Hüfte des Unternehmersohns geschlungen und blickte lachend zu ihm auf.

Ach, sieh mal einer an, dachte Vibeke und scrollte durch die übrigen Beiträge, die immer wieder Fotos vom Segeln, von kunstvoll arrangiertem Essen oder aus dem Urlaub zeigten. Katrine Madsen war kein weiteres Mal darauf zu sehen, ebenso wenig wie Saskia Niekamp. Auch irgendwelche Pärchenfotos von Malthe mit anderen Frauen waren nicht vorhanden, doch vielleicht waren die Beiträge auch nicht öffentlich einsehbar. Sie machte einen Screenshot von dem Foto mit Katrine Madsen und druckte es aus.

Während der Drucker ratterte, ging Vibeke noch einmal zurück zu den allgemeinen Suchergebnissen. Bei den Einträgen über Malthe Sødergren ging es hauptsächlich um Themen, die Nordic Sails oder Segelregatten betrafen, hin und wieder tauchte sein Name zusammen mit dem seines Vaters Dan in Artikeln über das Kundenevent der SJB und dem Mord an der Bankerin auf. Neue Informationen fanden sich in keinem der Beiträge.

Vibeke wollte das Fenster gerade wieder schließen, als ihr ganz unten auf der Seite der Name Jonas Sødergren ins Auge sprang. Malthes jüngerer Bruder. Sie klickte den Beitrag an. Es war die Ausstellungsankündigung des jungen zeitgenössischen Künstlers Jonas Sødergren, die am kommenden Donnerstag begann und im Rahmen des Augustenborg Projects stattfand. Bei dem Namen klingelte etwas in Vibekes Hinterkopf, doch sosehr sie sich auch anstrengte, sie bekam den Gedanken nicht zu fassen.

Sie beschloss, Feierabend zu machen.

6. Kapitel

Flensburg, Deutschland

Vibeke schreckte aus dem Schlaf hoch, sah sich verwirrt um. Das Nachtshirt klebte ihr schweißnass am Körper, und ihr schulterlanges Haar hing ihr in feuchten Strähnen übers Gesicht. Ihr Puls raste. *Das Hochhausdach.*

Die Türklingel ertönte, und sie begriff, dass es das Geräusch gewesen war, das sie aus ihrem Albtraum geweckt hatte. Sie langte nach ihrem Handy auf dem Nachtisch, um nachzusehen, wie spät es war. Halb acht. Wer, um alles in der Welt, wollte am Sonntagmorgen um diese Uhrzeit etwas von ihr?

Es wurde erneut geklingelt. Dieses Mal energischer. Wer auch immer vor ihrer Tür stand, hatte es offenbar eilig.

Vibeke atmete tief durch.

»Jaja. Ich komme ja schon.« Sie schob die Decke beiseite und stieg aus dem Bett.

Im Flur schaute Vibeke durch den Türspion, ehe sie öffnete. »Werner?«

Mit einer großen Papiertüte in der einen und einer prall gefüllten Sporttasche in der anderen Hand stand ihr Vater auf ihrer Schwelle.

»Hast du etwa noch geschlafen? Ich dachte, wir beide frühstücken zusammen.« Ohne abzuwarten, dass sie ihn hereinbat, trat er an ihr vorbei in die Wohnung und steuerte direkt auf die Küche zu.

»Das machen wir doch sonst nie«, murmelte sie im Hinterhergehen.

»Eben«, sagte Werner, der ihre Worte offenbar gehört hatte. »Deshalb dachte ich, es wird Zeit dafür.« Er legte die Papiertüte ab, stellte die Sporttasche auf einen der Stühle und machte sich an ihrer Kaffeemaschine zu schaffen.

Das Ganze hatte etwas von einem Überfallkommando. Offenbar brachte das Rentnerdasein ganz neue Seiten von Werner zum Vorschein. Eigentlich hatte Vibeke erwartet, er würde sich die nächsten Wochen in seinem Arbeitszimmer verschanzen und Trübsal blasen, stattdessen wirkte er voller Tatendrang.

»Du hättest anrufen können.« Sie zupfte an ihrem klammen Schlafshirt. »Dann hätte ich mich zumindest vorher angezogen.«

»Mach ruhig«, forderte Werner sie auf. »Ich decke in der Zwischenzeit den Tisch. »Wir frühstücken in Ruhe, und dann reden wir.« Er klopfte auf die prall gefüllte Sporttasche.

»Was ist da drinnen?«

»Später«, erwiderte Werner und wandte sich den Küchenschränken zu. »Wo hast du deinen Kaffee?«

»Im Schrank links oben.«

Vibeke ging ins Bad. Als sie rund eine Viertelstunde später frisch geduscht und fertig angezogen zurück in die Küche kam, stieg ihr der Duft von frisch gebrühtem Kaffee in die Nase.

Werner hatte den Tisch mit allem gedeckt, was ihr Kühlschrank hergab. Käse und Wurst, Butter und Erdbeermarmelade, gerade nahm er eine Pfanne mit Rührei von der Herdplatte und verteilte den Inhalt auf zwei bereitstehende Teller.

»Ich wusste gar nicht, dass du so etwas kannst«, sagte Vibeke und nahm Platz.

»Es gibt so einiges, das du noch nicht über mich weißt.« Werner stellte die Pfanne beiseite und setzte sich ihr gegenüber an den Tisch. Sofort machte er sich über sein Rührei her. »Großartig«, sagte er zwischen zwei Bissen und deutete auf ihren Teller, während sie mit der Gabel lustlos in ihrem Essen herumpickte. »Schmeckt es dir nicht?«

»Doch. Ich habe nur keinen Appetit.«

»Du siehst blass aus«, stellte Werner besorgt fest. »Das ist mir schon aufgefallen, als ich gekommen bin. Ist alles in Ordnung?«

Vibeke zögerte. Ihrem Vater waren die Gerüchte, die seit Monaten über sie in der Polizeidirektion kursierten, natürlich auch zu Ohren gekommen, und sie hatte ihren Eltern von Claas erzählt. Allerdings nicht, wie tief sie in die Sache verstrickt gewesen war. Vielmehr hielten sie die Beziehung ihrer Tochter zu dem Journalisten für eine lockere Bekanntschaft, und Vibeke ließ sie in diesem Glauben. »Ich habe einfach nur schlecht geschlafen.« Sie zwang sich, ein Paar Bissen von dem Rührei zu essen, und hielt sich ansonsten an den Kaffee.

Schließlich schob Werner seinen leeren Teller beiseite und tupfte sich mit der Serviette bedächtig den Mund ab. »Dann kommen wir jetzt zu dem, was ich mitgebracht habe. Aber dafür brauchen wir Platz.«

Vibeke erhob sich, und gemeinsam räumten sie den Frühstückstisch ab. Nachdem auch der letzte Teller in der Geschirrspülmaschine und die übrig gebliebenen Lebensmittel im Kühlschrank verstaut waren, zog ihr Vater den Reißverschluss der Sporttasche auf. Drei Aktenordner kamen zum Vorschein.

»Das sind Kopien der Ermittlungsunterlagen im Fall der unbekannten Toten.«

»Woher hast du die?«, fragte Vibeke erstaunt.

Werner winkte ab. »Das tut nichts zur Sache.« Er holte den zuoberst liegenden Aktenordner heraus und legte ihn auf den Tisch. »Ich fasse kurz zusammen. Die Leiche wurde in den frühen Morgenstunden des 14. April 2002 in der Förde Höhe Glücksburg von einem Angler gefunden. Fridjof Paulsen, ein zweiundfünfzigjähriger Sanitär- und Heizungsinstallateur. Er war dort, um Meeresforellen zu fangen, bekam aber stattdessen eine tote Frau an die Angel. Sie trieb etwa achtzig Meter vom Ufer entfernt im Wasser.« Er schlug den Aktendeckel auf und nahm ein paar in Klarsichthüllen verstaute Fotos heraus, die er vor Vibeke auf dem Tisch ausbreitete.

Die Leiche war auf eine Plastikplane gebettet, eingehüllt in eine mit Schlamm überzogene dunkle Hose und ein farblich undefinierbares Oberteil, der Rumpf war deutlich aufgebläht. Aus den Kleidungsöffnungen stachen gräulich wirkende Hände und Füße heraus, Oberhaut und Haare hatten sich größtenteils abgelöst, auch die Nägel fehlten. Zahlreiche Waschhautfetzen an den Fingerkuppen erweckten den Eindruck, sie wären nicht vorhanden. Im Gesicht und am Hals fand sich neben Hautabschürfungen ein grüner pelziger Belag. Algenrasen.

»Laut Rechtsmedizin lag die Leiche mehrere Monate in der Förde. Vermutlich ist sie vor dem Winter hineingelangt und erst durch die Erwärmung des Wassers im Frühjahr wieder aufgetaucht.« Werner trank einen Schluck Kaffee, ehe er weitersprach. »Das Alter der Frau wurde auf Mitte zwanzig bis Mitte dreißig geschätzt, ihre Größe betrug etwa ein Meter sechzig bei einem Gewicht von ungefähr fünfundfünfzig Kilo.«

Die Beschreibung könnte auch auf Saskia Niekamp zutreffen, dachte Vibeke, während Werner auf ein Foto deutete, das die unbekleidete Leiche auf dem Obduktionstisch zeigte.

Am Brustkorb des Opfers zeichnete sich deutlich das Venennetz ab, unter dem Algenbewuchs am Hals verlief eine zirkuläre bräunliche Verfärbung.

»Sowohl an der Drosselmarke im unteren Halsbereich als auch anhand der inneren Befunde konnte festgestellt werden, dass die Frau erdrosselt wurde. Der Tod trat durch Sauerstoffentzug, also durch Ersticken ein.« Ihr Vater zog den zweiten Aktenordner aus der Sporttasche und blätterte darin herum, ehe er ein Dokument herausnahm und ihr zuschob. Der rechtsmedizinische Bericht. »Laut Einschätzung der Rechtsmedizin soll das Drosselwerkzeug ein Seil oder ein Riemen gewesen sein.«

»Wie bei Saskia Niekamp«, murmelte Vibeke, während sie das Schriftstück überflog. Sie hob den Blick. »Und es gab keinen Hinweis auf die Identität des Opfers?«

»Es wurde natürlich alles Menschenmögliche unternommen, die Tote zu identifizieren«, erwiderte Werner mit bekümmerter Miene. »Ein Abgleich mit dem Vermisstenregister und der DNA-Datenbank, sowohl in Deutschland als auch bei Interpol. Auch die Öffentlichkeit wurde mit einbezogen. Ohne Erfolg.« Er strich sich mit seiner Hand über das schüttere Haar. »Ein paar Jahre später wurde außerdem eine Isotopenanalyse im Institut für Rechtsmedizin in München in Auftrag gegeben.«

Anhand von Gewebeproben, in erster Linie von Knochen, Zähnen, Haaren und Fingernägeln, ließ sich das geografische Leben eines Menschen rekonstruieren. Dabei gaben die Isotopenverhältnisse von Wasser und Sauerstoff im Körper Auskunft darüber, in welchem Klima er gelebt hatte, während der Stickstoff verriet, ob er viel Fleisch, Milchprodukte oder Fisch gegessen hatte. Auch der Bleigehalt im Körper eines Toten sagte etwas über dessen Aufenthaltsort aus, denn dieser war vorwiegend auf Industrieemissionen, Verkehr, Müllverbrennungsanlagen und Heizungen zurückzuführen und war quasi wie ein regionaler Fingerabdruck.

Vibeke wusste, dass die Rechtsmedizin in München federführend in dem Bereich war, auch wenn die Analyse immer mal wieder an ihre Grenzen stieß, wenn zum Beispiel die betreffende Person häufig ihren Lebensraum gewechselt hatte.

»Was hat man herausgefunden?«, erkundigte sie sich.

»Es gibt Rückschlüsse darauf, dass das Opfer aus Osteuropa stammte. Die Herkunftsregion wurde auf das südöstliche Polen oder grenznahe Gebiete der Ukraine eingegrenzt. Das passt auch hierzu.« Werner durchsuchte die Fotos auf dem Tisch und zog eines mit einer Tätowierung heraus. »Dieses Tattoo befand sich am Nacken des Opfers.«

Vibeke betrachtete aufmerksam den fein geschwungenen Schriftzug. *Nadzieja.* »Was bedeutet das?«

»Es ist das polnische Wort für Hoffnung.«

»Dann war die Frau vielleicht Polin.«

»In diese Richtung haben wir natürlich auch gedacht und die zuständigen Behörden im In- und Ausland kontaktiert.« Sein Blick verharrte auf dem Foto. »Leider ohne Erfolg. Wir haben sogar sämtliche Tattoo-Studios im Umkreis von hundertfünfzig Kilometern abgeklappert. Niemand konnte sich erinnern, das Tattoo gestochen zu haben. Aber natürlich könnte es genauso gut im Ausland entstanden sein.«

»Gab es sonst irgendeinen Anhaltspunkt? Vielleicht an der Kleidung?«

»Die Hose stammte von einer schwedischen Textilkette, bei Bluse und Unterwäsche waren die Hersteller auf dem Etikett nicht mehr auszumachen. Allerdings …« Werner hielt inne, zog einen weiteren Aktenordner aus der Sporttasche und blätterte zu einer Klarsichthülle mit Fotos. Er deutete auf ein abfotografiertes Stück Papier, laut Winkellineal knapp sieben Zentimeter breit und fünf Zentimeter hoch, stark geschädigt durchs Wasser. Die Schrift war größtenteils verwischt und aufgelöst, nur zwei Buchstaben waren erkennbar: UE und dazu stark verblasste Teile, die wie eine unvollständige 8 oder ein S aussahen. »Der Zettel steckte in einer kleinen Reißverschlusstasche in der Hose der Toten. In einer Hülle zusammen mit einer Monatskarte vom NAH.« Der NAH war der Nahverkehrsverbund Schleswig-Holstein. »Leider ist es den Technikern nicht gelungen, das Geschriebene vollständig wiederherzustellen.«

Vibeke betrachtete die Buchstaben. »Ein Autokennzeichen?«

»Das war auch unsere Vermutung«, bestätigte Werner. »Wir haben Wochen dafür gebraucht, die jeweiligen Fahrzeughalter abzutelefonieren. Ohne Erfolg. Niemand kannte die Frau.«

»Es könnte auch ein Name oder Teil einer Adresse sein.«

Werner zuckte die Achseln. »So gut wie alles ist möglich.« Er fuhr sich mit einer müden Geste übers Gesicht. »Dieser Fall ist mir nie aus dem Kopf gegangen. Ich meine, irgendwo muss es doch Menschen geben, die diese Frau vermissen. Ihre Eltern zum Beispiel.« Er sah Vibeke an. »Du warst zu der Zeit gerade volljährig geworden, und ich habe mir vorgestellt, wie es wäre, wenn du plötzlich verschwunden wärst. Es muss doch schrecklich sein, nicht zu wissen, was mit seinem Kind passiert ist.« Sein Blick glitt gedankenverloren zum Fenster. »Ich habe mich immer gefragt, ob wir damals nicht mehr hätten tun können.«

Vibeke streckte die Hand aus und drückte seinen Arm.

»Ich hatte gehofft, die Cold-Case-Gruppe würde den Fall noch einmal aufrollen«, fuhr Werner fort, »aber es gibt derzeit an die dreitausend ungeklärte Tötungsdelikte in Deutschland, von der Dunkelziffer mal ganz zu schweigen, und die Erfolgsaussicht bei diesem Fall ist wohl weniger als gering.« Seine Miene bekam etwas Entschlossenes. »Wenn also nur die geringste Chance besteht, dass es zwischen diesem und eurem aktuellen Fall einen Zusammenhang gibt, dann müssen wir dem nachgehen. Egal, welchen Aufwand das bedeutet. Ich will, dass die Tote endlich ihren Namen zurückbekommt. Niemand hat es verdient, nur die Fallnummer auf einer Akte zu sein.«

Vibeke nickte, doch innerlich hatte sie Zweifel. Die

Rahmenbedingungen, zwei Frauen im ungefähr gleichen Alter, beide mit einem Seil stranguliert und in die Förde geworfen, stimmten überein. Doch wie sollte der Mord an einer Flensburger Bankerin mit dem an einer unbekannten Osteuropäerin rund zwanzig Jahre zuvor zusammenhängen?

Kopenhagen, Dänemark

Ida war in ihrem Kinderwagen eingeschlafen, und ihre Hand umklammerte die kleine Stoffmaus, die ihr Rasmus letztes Jahr geschenkt hatte. Er spannte den Sonnenschirm auf, den Camilla seitlich an dem Gefährt angebracht hatte, bückte sich nach der roten Schaufel, die noch immer in der Sandkiste lag, und verstaute sie im unteren Ablagefach.

Es war herrliches Spätsommerwetter, und sie hatten die letzten zweieinhalb Stunden auf dem Spielplatz verbracht. Er hatte Ida geschaukelt, ihr Hilfestellung beim Klettern auf die Rutsche gegeben und gefühlt dreihundert Kuchen aus Sand in den kleinen bunten Förmchen gebacken, die er seiner Tochter aus einem Geschäft in Esbjerg mitgebracht hatte. Zwischendurch hatte er Idas Tränen getrocknet, als ihr eine propere Dreijährige mit der Schaufel auf den Kopf gehauen hatte. In einem sachlichen und bemüht freundlichen Ton hatte er dem anderen Kind erklärt, er fände es nicht schön, dass es Ida wehtat, woraufhin es prompt in sirenenartiges Geheul ausgebrochen war, was umgehend die Mutter, die bislang auf einer Bank mit ihrem Handy beschäftigt gewesen war, auf den Plan gerufen hatte. Nach einem kurzen, heftigen Disput – die Frau hatte sich in ihrem Erziehungsstil kritisiert gefühlt und behauptet, es sei völlig normal, dass sich Kinder in dem Alter schlügen – hatte Rasmus kopfschüttelnd das Feld geräumt und war mit Ida in eine andere Ecke des Spielplatzes gezogen. Wenn Leute fanden, ihre Kinder sollten sich mit Gewalt durchsetzen, erledigte sich in seinen Augen jegliches Gespräch.

Sie hatten dann ein kleines Picknick gemacht. Reiswaffeln und Banane für Ida und für Rasmus ein Schinken-Käse-Sandwich. Anschließend hatten sie noch eine zweite Runde im Sandkasten eingelegt.

Rasmus steuerte auf den Ausgang des Spielplatzes zu und betrachtete dabei seine schlafende Tochter. An ihm nagte das schlechte Gewissen. Eigentlich hätte Ida das komplette Wochenende bei ihm in Esbjerg verbringen sollen, doch der neue Fall der Sondereinheit hatte ihm einen Strich durch die Rechnung gemacht. Glücklicherweise hatte Camilla als langjährige Polizistenehefrau Verständnis für seine Situation gezeigt und sofort eingewilligt, als er den Wunsch geäußert hatte, Ida zumindest am Sonntag ein paar Stunden sehen zu dürfen. Nur Camillas Lebensgefährte Liam war verschnupft gewesen. Offenbar hatte er ein romantisches Wochenende zu zweit geplant, doch das juckte Rasmus herzlich wenig. Es war das erste Mal seit Langem, dass er einen abgesprochenen Termin nicht eingehalten hatte, und er war froh, dass Camilla und er, was Ida betraf, an einem Strang zogen.

Rasmus ging am Strandvejen entlang, der von Charlottenlund parallel zum Ostufer bis nach Østerbro verlief. In stuckverzierten Gebäuden reihten sich Geschäfte, Cafés und Restaurants aneinander, Menschen saßen vor den Lokalen oder flanierten die Schaufenster entlang. Auf dem Radweg neben ihnen schossen Karawanen von Radfahrern vorbei. Wie es schien, war ganz Hellerup an diesem Sonntag auf den Beinen.

Schließlich schob er den Kinderwagen in eine der Nebenstraßen, und das Bild veränderte sich. Prächtige Villen hinter hohen Hecken und Zäunen, umgeben von viel Grün. Vor einem zweistöckigen weißen Gebäude mit Giebel und Erker und imposanten Säulen vor dem Eingangsportal blieb er stehen. Idas und Camillas neues Zuhause. In der Auffahrt stand Liams schwarzer Jaguar. Das gusseiserne Tor quietschte, als Rasmus es öffnete. Ida wimmerte.

Er beugte sich zum Kinderwagen. »Hej, meine Kleine. Da bist du ja wieder.«

Ida rieb sich die Augen.

Rasmus löste den Sicherheitsgurt und hob sie aus dem Kinderwagen. Seine Tochter kuschelte sich eng an ihn, dabei kitzelte ihn ihr rotblondes Haar am Kinn. Eine Welle der Zuneigung durchströmte ihn. Wie sehr er dieses kleine Wesen liebte. Im nächsten Moment begann Ida mit den Beinen zu strampeln. Sie wollte runter.

Er stellte sie auf den Boden, und sie lief zu der Treppe vor dem Eingangsportal. Gerade als sie die oberste Stufe erklommen hatte, öffnete sich die Haustür, und Camilla erschien.

Seine Ex-Frau trug das flaschengrüne Sommerkleid, das ihr so gut stand und das ihre rotblonden Locken betonte. Sie war barfuß und vollkommen ungeschminkt.

»Hej, meine Süße.« Sie hob ihre Tochter auf den Arm, und die Kleine strahlte. »Hattest du einen schönen Tag mit deinem Papa?«

»Rutsche«, plapperte Ida.

»Oh, ihr wart auf dem Spielplatz?« Camillas Blick ging zu Rasmus und weiter zu seinen Hosenbeinen, an denen noch Sand klebte, wie er jetzt feststellte.

»Jep.« Er schob den Kinderwagen heran. »Wir hatten das ganze Programm. Rutsche, Schaukel, Sandkasten. Und es gab da einen kleinen Vorfall.« Er erzählte seiner Ex-Frau von der Dreijährigen mit der Schaufel und deren Mutter.

Camilla strich Ida mit beschützender Geste über den Kopf, dann lächelte sie Rasmus mitfühlend an. »Ich kenne das. Andere Mütter können ein richtiger Albtraum sein.« Sie deutete mit dem Kopf ins Innere des Hauses. »Möchtest du noch auf einen Kaffee mit reinkommen?«

»Danke für das Angebot.« Er klopfte sich den Sand von den Hosenbeinen. »Aber ich habe noch eine Verabredung.«

Camilla nickte. Sie wussten beide, dass das nicht stimmte und dass Liam der Grund dafür war, dass er die Villa nur selten betrat. Zudem machte ihm der offensichtliche Wohlstand, in dem seine Ex-Frau und seine Tochter lebten, mehr zu schaffen, als er zugab. Er hätte ihnen nie etwas Vergleichbares bieten können.

»Dann sag dem Papa Tschüss.« Camilla stellte die Kleine wieder auf die Beine.

Ida winkte.

Rasmus ging die Treppe zu ihr hoch. »Mach's gut, mein Schatz.« Er küsste seine Tochter auf die rotblonden

Locken. »Wir sehen uns bald.« Und an Camilla gewandt: »Dann bis in zwei Wochen.«

Sie lächelte. »Hej hej.«

Er ging die Auffahrt neben dem Jaguar entlang. Als er das Tor hinter sich geschlossen hatte, drehte er sich noch einmal um, doch Camilla und Ida waren bereits im Haus verschwunden. Er sah ihre Silhouetten hinter dem Küchenfenster. Liam war bei ihnen. Er und Camilla küssten sich. Rasmus kehrte der Villa den Rücken zu.

Rund eine Stunde später schlenderte er am Strøget zwischen mit Einkaufstüten beladenen Passanten entlang. Zahlreiche Kaufhäuser und Geschäfte hatten auch sonntags geöffnet. Da er am nächsten Morgen einen Termin mit der SOKO Bandenkriminalität und dem NSK im Politigården hatte, hatte er sich ein Hotelzimmer in der Stadt genommen.

Camilla hatte ihm im Vorfeld wie so häufig das Gästezimmer angeboten, doch er war nicht bereit, dem neu gegründeten Patchwork-Glück beizuwohnen, das war selbst für ihn zu viel.

Es war noch zu früh fürs Hotel, deshalb hatte er seinen VW-Bus am Politigården abgestellt und zog durch Kopenhagens Straßen, um irgendwo eine Kleinigkeit essen zu gehen.

Am Kongens Nytorv zündete er sich eine Zigarette an. Ein Stück vor ihm schoben sich die Touristen an den bunt gestrichenen Giebelhäusern von Nyhavn entlang. Er schlenderte zu einer Bank und beobachtete die Passanten. Ein streitendes Paar ging vorbei. Die blonde Frau erinnerte ihn vom Aussehen her ein wenig an Saskia Niekamp. Gerade machte sie ihrem Begleiter lauthals Vorwürfe. Offenbar ging es um irgendeine Geldangelegenheit. Rasmus fragte sich, weshalb die Leute so etwas nicht in ihren eigenen vier Wänden klärten. Camilla und er hatten sich jedenfalls nie in der Öffentlichkeit gestritten. Es war die Trauer um Anton gewesen, die sie als Paar auseinandergerissen hatte.

Worüber hatten Saskia Niekamp und Malthe Sødergren diskutiert? Hatte sie ihn womöglich an Bord der *Valeria* abserviert? War bei ihm deshalb eine Sicherung durchgebrannt, und er hatte sie in einer Kurzschlusshandlung stranguliert? Schließlich waren die beiden auch an Deck zusammen gesehen worden.

Nachdenklich blies er einen Rauchkringel in die Luft.

Sie mussten tiefer graben, was Saskia Niekamp betraf. Mit ihren Freunden sprechen. Ihr Bild war unvollständig, das war ihm spätestens seit dem Gespräch mit Katrine Madsen klar geworden.

Rasmus nahm einen weiteren Zug von seiner Zigarette. Eine Gruppe Jugendlicher geriet in sein Sichtfeld. In dem Alter, in dem Anton jetzt gewesen wäre, wenn er noch leben würde.

Ein hoch aufgeschossener Teenager mit dunklem Lockenschopf löste sich aus der Gruppe und kickte einen Stein über den Platz. Irgendetwas an dem Jungen kam Rasmus bekannt vor. Die Locken. Der schlaksige Gang. Die hochgezogenen Schultern. Er erinnerte Rasmus an Theo, Antons besten Freund. Doch der lebte mit seinen Eltern in Aarhus. Ob die Familie umgezogen war?

Der Teenager gesellte sich wieder zu seiner Gruppe, und er konnte einen kurzen Blick auf das Gesicht des Jungen erhaschen, ehe er ihm den Rücken zuwandte. Die Ähnlichkeit war wirklich frappierend. Doch es war an die drei Jahre her, seit er Theo zuletzt gesehen hatte. Vielleicht täuschte er sich.

Rasmus nahm einen letzten Zug von seiner Zigarette, schnippte den Stummel anschließend auf den Boden und trat ihn erst sorgfältig aus, ehe er sich danach bückte und ihn in den Müllbehälter neben der Bank beförderte.

»Theo!«, rief er und hob die Hand, als der Teenager sich umdrehte. Es war tatsächlich Theo. Dessen Augen weiteten sich, als er den Vater seines toten Freundes erkannte.

»Hej, Theo!« Erfreut ging Rasmus auf ihn zu, doch der Teenager machte auf dem Absatz kehrt und rannte davon.

Verblüfft starrte Rasmus ihm hinterher. Weshalb lief Theo vor ihm weg? Er kannte ihn seit dem Kleinkindalter, er war bei ihnen zu Hause quasi ein und aus gegangen. Anton und Theo hatten denselben Kindergarten und später gemeinsam die Schule besucht. Sie waren sogar in derselben Fußballmannschaft gewesen. Nahezu unzertrennlich. Blutsbrüder, wie sein Sohn ihm einmal anvertraut hatte. Auch ihre Familien waren befreundet gewesen, hatten sich immer mal wieder zum gemeinsamen Grillen, an Geburtstagen oder anlässlich Sankt Hans getroffen. Das alles hatte erst mit Antons Tod ein abruptes Ende gefunden. Sten und Mette, Theos Eltern, hatten zu den Sprachlosen gehört. Jenen Menschen, die ihnen aus Angst, sie könnten etwas Falsches sagen, lieber aus dem Weg gegangen waren. Einmal hatten sie sogar die Straßenseite gewechselt. So als wäre ihr Leid ansteckend. Ein Verhalten, das vor allem Camilla sehr verletzt hatte.

Auch Theo war nahezu stumm gewesen, doch Rasmus hatte es immer dem Schock und der Trauer um seinen Freund zugeschrieben. Zu viel für einen Fünfzehnjährigen. Dabei hatte Rasmus damals zahlreiche Fragen an Theo gehabt. Ob er von den Drogen gewusst hatte, die man in Antons Blut gefunden hatte. Ob er vielleicht sogar wusste, woher sie stammten oder wer sie Anton verkauft hatte. Und was auf dem Hochhausdach passiert war.

Doch Theo hatte ihn nur mit diesem seltsam leeren Blick angesehen und den Kopf geschüttelt, und kurz darauf hatten ihn seine Eltern über den Sommer zu den Großeltern ins schwedische Schonen geschickt.

Irgendwann hatte Rasmus dann nicht mehr an den Jungen gedacht. Camilla und er hatten sich getrennt, seine Frau war zurück nach Kopenhagen gezogen, während er den neuen Job in Esbjerg angetreten hatte.

Rasmus hatte geglaubt, das Schlimmste bereits hinter sich gelassen zu haben, doch jetzt spürte er, wie sich der Schmerz wie ein glühender Stachel in seine Brust bohrte. Theo, der sein Leben weiterlebte, während Anton unter der Erde lag.

Die Abenddämmerung brach über Nyhavn herein und ließ die bunt gestrichenen Giebelhäuser leuchten.

Rasmus bemerkte es nicht. Er stand noch immer mitten auf dem Kongens Nytorv und starrte auf die Stelle, wo Theo zwischen den Passanten verschwunden war.

7. Kapitel

Padborg, Dänemark

Vibeke befestigte das letzte Foto an dem neuen Whiteboard, das ihr ein Diensthabender aus dem Konferenzraum des Gemeinsamen Zentrums organisiert hatte, während sich vor dem Fenster das angekündigte Gewitter über Padborg entlud. Donner, Blitze und Starkregen.

Sie hatte sich am Sonntag durch sämtliches Aktenmaterial des Cold Case gelesen, und obwohl sie Werners Zuversicht, was einen Zusammenhang zwischen den beiden Fällen betraf, nicht ganz teilte, würden sie dieser Möglichkeit nachgehen. Sorgfalt und Genauigkeit waren Grundpfeiler ihrer Ermittlungsarbeit, und das hieß, jede Spur zu überprüfen, erschien sie auch noch so abwegig.

Vibeke trat einen Schritt zurück und betrachtete zufrieden ihr Werk. An der Glasmagnettafel hing das zusammengetragene Material im Fall Saskia Niekamp, rechts daneben an dem neuen Whiteboard das der unbekannten Toten. Bei Letzterer konnte man sowohl auf den Tatortfotos als auch auf denen aus der Rechtsmedizin erkennen, dass die Strangulationsspuren aufgrund der längeren Wasserliegezeit nicht ganz so stark ausgeprägt waren wie bei der Bankerin.

Im Flur wurden Stimmen laut. Die Tür ging auf, und Jens kam, gefolgt von Pernille und Søren, ins Büro.

»Was für ein Scheißwetter.« Das Haar klebte ihm wie ein nasser Helm am Kopf, und das Jackett seines hellgrauen Anzugs war dunkel vor Feuchtigkeit. Auch seine Brille war beschlagen.

»Hej, Vibeke!«, sagte Pernille und warf einen überraschten Blick auf das Whiteboard, während sie sich aus ihrer nassen Jacke schälte. »Hat das LKA die Unterlagen zum Cold Case schon geschickt?«

»Mein Vater hat Kopien organisiert, aber fragt mich nicht, woher. Vermutlich hatte er sie irgendwo im Keller.«

»Er nimmt Fallunterlagen mit nach Hause?« Jens klang erstaunt. »Man sollte doch meinen, ein stellvertretender Polizeichef wüsste es besser.« Er hängte sein nasses Jackett fein säuberlich auf einen Bügel an der Garderobe.

»Wenigstens haben wir das Zeug jetzt hier«, sagte Søren, der in seiner schwarzen Multifunktionsjacke als Einziger der Neuankömmlinge halbwegs trocken geblieben war. Er ging zum Sideboard, um sich einen Kaffee einzuschenken.

»Guten Morgen!« Luís rollte in seinem Rollstuhl herein. Offenbar war er schon länger im GZ, denn er wirkte nicht, als wäre er wie die anderen zuvor in den Regen gekommen.

»Hej, Luís«, sagte Vibeke. »Damit sind wir fürs Erste komplett. Rasmus hat heute Morgen einen Termin in Kopenhagen und kommt erst gegen Mittag.«

Sie hatte den Ermittler am vorigen Abend angerufen, um sich mit ihm über den Cold Case auszutauschen, doch Rasmus war nicht in Redelaune gewesen. Als sie ihn gefragt hatte, welche Laus ihm über die Leber gelaufen sei, hatte er mit einem »Nicht jetzt« geantwortet und kurzerhand aufgelegt. Sie hatte es ein paar Stunden später noch einmal probiert, doch er war nicht mehr an sein Handy gegangen.

Sie schob den Gedanken an Rasmus beiseite und wartete, bis alle an ihren Plätzen saßen, ehe sie die wichtigsten Fakten des Altfalls umriss. Danach herrschte erst einmal Stille im Raum.

»Ist das nicht ein wenig weit hergeholt?«, fragte Luís schließlich. »Nur mal angenommen, wir hätten es mit demselben Täter zu tun, dann fällt gleich eine ganze Reihe potenziell Verdächtiger weg. Malthe Sødergren zum Beispiel. Er war damals gerade mal neun. Unwahrscheinlich, dass ein Neunjähriger eine Frau stranguliert, oder?«

»Luís hat recht.« Pernille zupfte gedankenverloren an ihrem Pferdeschwanz herum, der sich durch die Feuchtigkeit leicht gekräuselt hatte. »Ich denke vor allem an die Unterschiede zwischen den Fällen. Die Frau, von der wir nicht wissen, wer sie überhaupt ist, war im Gegensatz zu Saskia Niekamp bereits tot, als sie ins Wasser gelangte. Und wenn man das Ergebnis der Isotopenanalyse mit einbezieht … Wo soll da die Verbindung sein? Mal ganz abgesehen von den zwanzig Jahren, die dazwischen liegen. Die Ähnlichkeiten sind vermutlich reiner Zufall.«

»Aber falls nicht«, warf Søren ein, »haben wir es unter Umständen mit einem zweifachen Mörder zu tun. Grund genug, die Sache ernst zu nehmen. Vielleicht sollten wir diejenigen, die damals alt genug waren, mit einem Foto unserer unbekannten Toten konfrontieren und sehen, wie sie reagieren.«

»Was soll das bringen?«, fragte Jens. »Ich meine, die Frau lag monatelang im Wasser. Wie wahrscheinlich ist es, dass jemand sie, derart entstellt, nach zwanzig Jahren wiedererkennt?«

»Vielleicht nicht die Frau, aber möglicherweise ihr Tattoo«, konterte Søren.

»Guter Punkt«, nahm Vibeke den Faden auf. »Außerdem müssen wir mit dem arbeiten, was wir haben. Wir zeigen den Leuten also die Fotos, vielleicht bekommen wir eine Reaktion darauf. Einen Versuch ist es allemal wert.« Sie sah in die Runde. »Was haben wir sonst noch?«

Jens räusperte sich. »Søren und ich haben Samstagnachmittag noch die letzten Befragungen durchgeführt. Es war kein einziger vielversprechender Hinweis dabei. Niemand hat etwas Ungewöhnliches gehört oder gesehen. Es ist zum Haareraufen. Außerdem wird das Ganze langsam unübersichtlich.« Er deutete auf das Whiteboard, das links neben der Glasmagnettafel stand und auf dem sie die Namen der Befragten und ihre Alibis notiert hatten. Es war bis zum unteren Rand vollgeschrieben, und die anfangs noch gut leserlichen Buchstaben waren im Laufe der Zeit immer kleiner geworden. »Deshalb habe ich Luís angerufen, und wir haben uns etwas überlegt.«

Der Portugiese nickte, zog seine Computertastatur heran und gab ein paar Befehle ein. »Ich habe eine Übersicht erstellt, wo sich die Personen an Bord zur Tatzeit befunden haben.« Auf dem digitalen Whiteboard ploppte eine 3-D-Simulation auf, die das untere Deck der *Valeria* darstellte. Der Salon, inklusive Sitznischen und Theke, die Kombüse, der lange Gang, der sowohl zu den Waschräumen als auch zu den Kajüten führte, der Vorraum samt Treppe zum Oberdeck. Die Menschen waren umrissartig und ohne Gesichter abgebildet, die Männer mit kurzen Haaren und blauen Hosen, die Frauen mit langen Haaren und roten Hosen. Die Oberteile waren alle weiß, das Servicepersonal war zusätzlich mit einem S gekennzeichnet.

»Den Aussagen nach waren alle Befragten zur ungefähren Tatzeit unter Deck«, fuhr Jens jetzt fort, »und nur die Crew war auf dem Hauptdeck.« Die 3-D-Simulation wechselte zum Hauptdeck der *Valeria*, wo die sechs gesichtslosen Crew-Mitglieder an ihren jeweiligen Positionen abgebildet waren. »Demnach …«

Die Tür ging auf, und Werner Boisen erschien. Er war frisch rasiert, trug sein dunkelblaues Fieldjacket mit den vielen Taschen und gleichfarbige Chinos.

»Werner!« Vibeke sah ihren Vater erstaunt an. »Das ist ja eine Überraschung. Was machst du hier?« Er hatte am Vortag kein Sterbenswort darüber verloren, dass er beabsichtigte, in Padborg aufzutauchen.

Werner lächelte breit. »Ich wollte einfach mal sehen, wie ihr hier arbeitet. Bislang habe ich das ja nie geschafft.«

Vibeke bemerkte die neugierigen Blicke ihrer Kollegen. »Darf ich bekanntmachen«, sie deutete auf den Neuankömmling, »Werner Boisen, mein Vater und bis vor Kurzem Flensburgs stellvertretender Polizeichef.« Sie stellte das Team vor.

»Schön, euch alle kennenzulernen«, sagte Werner, begleitet von einem freundlichen Nicken. »Mir ist schon viel über eure Sondereinheit zu Ohren gekommen. Ihr leistet verdammt gute Arbeit.«

»Möchtest du vielleicht einen Kaffee?«, bot Pernille an.

»Danke, sehr aufmerksam, aber ich hatte heute Morgen bereits zwei, und ich muss ein wenig auf meinen Blutdruck achten.«

Vibeke bemerkte, wie der Blick ihres Vaters interessiert zum digitalen Whiteboard glitt, und runzelte die Stirn. »Eigentlich sind wir gerade mitten in einer Besprechung.«

»Lasst euch nicht stören«, sagte Werner und zog den Reißverschluss seiner Jacke auf. Eines der hellblauen Hemden, die er üblicherweise im Dienst trug, kam zum Vorschein. »Ich halte mich einfach im Hintergrund und höre zu.«

Ehe Vibeke dem etwas entgegensetzen konnte, lehnte er bereits mit verschränkten Armen an der Fensterbank. Sie fragte sich, worauf das Ganze hinauslaufen würde. »Also gut, wo waren wir gerade?« Sie wandte sich Jens zu.

»Ich sagte, dass nach den Aussagen aller Beteiligten nur die Crew zur Tatzeit an Deck war, was im Grunde impliziert, dass einer von ihnen der Täter ist.« Er rückte seine runde Brille auf dem Nasenrücken zurecht. »Allerdings hat keiner von ihnen ein Konto bei der Sønderjylland Bank oder steht, zumindest bis auf Hermann Wilhelmsen, in anderer Verbindung zu Saskia Niekamp. Jedenfalls keiner, von der wir bislang wissen.«

»Vorausgesetzt, sie sagen die Wahrheit«, gab Pernille zu bedenken. »Wilhelmsen hat uns ja auch verschwiegen, dass er Saskia Niekamps Vermieter war. Davon abgesehen könnte es genauso gut jemand von den Passagieren gewesen sein. Nur weil alle behaupten, sie wären zur Tatzeit unter Deck gewesen, muss es noch lange nicht stimmen. Fakt ist jedenfalls, dass irgendjemand lügt.«

»Ganz genau«, pflichtete Jens ihr bei, »und deshalb habe ich sämtliche Aussagen miteinander abgeglichen, die Personen, deren Angaben durch andere bestätigt wurden, mit einem grünen Haken versehen und alle anderen vorerst mit einem roten Kreuz.«

Der Bildschirm wechselte zurück zur Unterdeck-Simulation, und eine Reihe grüner Haken und roter Kreuze ploppte auf. Grün überwog.

»Einen Großteil der an Bord Anwesenden können wir mit hoher Wahrscheinlichkeit ausschließen. Alle anderen müssen wir uns noch einmal genauer ansehen.« Jens nickte Luís zu.

Dieser betätigte erneut ein paar Tasten, und ein Mauszeiger bewegte sich zu einem der mit einem roten Kreuz versehenen Gesichtslosen. Der Name von Kaminski erschien. »Bertram Kaminski zum Beispiel«, fuhr Jens fort. »Er hat ausgesagt, er hätte in den Waschräumen nach seiner Frau gesehen, die seekrank geworden war. Frau Kaminski hat uns das bestätigt, allerdings liegen uns keine Zeitangaben vor. Ihr Mann könnte also genauso gut vorher noch einmal an Deck gewesen sein.« Der Mauszeiger wanderte weiter, und der Name der Grønt-Gründerin erschien. »Svenja van Ulmen hat angegeben, bereits eine halbe Stunde unter Deck gewesen zu sein, ehe bekannt wurde, dass eine Person über Bord gegangen sei. Sie hat sich mit Martin Möller aus der Firmenkundenabteilung über den Ausbau ihres Filialnetzes unterhalten, was dieser auch bestätigt hat. Allerdings hat das Gespräch laut ihm wohl eine ganze Weile früher stattgefunden. Und auch sein Alibi«, Jens malte mit den Fingern Gänsefüßchen in die Luft, »weist zeitliche Lücken auf. Das Gleiche gilt für Katrine Madsen, Ove Möbius und Marie Jansen.«

»Danke, Jens und Luís, für die anschauliche Demonstration«, sagte Vibeke. »Das hilft uns unter Umständen weiter. Wir haben demnach mindestens zwölf Personen, die wir genauer unter die Lupe nehmen müssen. Ich würde vorschlagen, dass wir uns auch noch einmal in Sonwik umhören. Vielleicht wurde Saskia dort mit jemandem gesehen, und wir finden heraus, was es mit dem Erzeuger ihres Kindes auf sich hat.«

»Ist denn Malthe Sødergren aus dem Schneider?«, erkundigte sich Søren.

Vibeke schüttelte den Kopf. »Nein. Aber abgesehen davon, dass er und sein Vater sich gegenseitig ein Alibi geben, haben wir keine rechtliche Handhabe, ihn zur Abgabe einer Speichelprobe zu zwingen.«

»Ich habe ein wenig im Netz geforscht«, sagte Jens. »Die Sødergrens sind ja in Dänemark eine recht angesehene Familie. Wusstet ihr, dass es noch einen zweiten Sohn gibt?«

Vibeke nickte. »Jonas Sødergren. Er ist paar Jahre jünger als Malthe.«

»Vier, um genau zu sein. Er soll ein aufstrebender Künstler sein.« Jens gab wieder, was Vibeke bereits in dem Online-Artikel über Jonas Sødergren gelesen hatte. »Wenn ich es richtig verstanden habe, ist dieses Augustenborg Project eine ziemlich prestigeträchtige Sache. Allerdings frage ich mich, weshalb jemand, der aus so einer wohlhabenden Familie kommt, eine Förderung benötigt.«

Vibeke nickte abwesend. Ihre Gedanken kreisten erneut um die Frage, wo ihr der Name des Augustenborg Projects schon einmal untergekommen war. Doch sosehr sie sich auch anstrengte, es fiel ihr nicht ein.

»Vielleicht will er einfach nur unabhängig sein«, sagte Pernille. »Und sich nicht über seine Familie definieren. Apropos Familie. Ellen Niekamp hat gestern endlich die Liste mit den Namen von Saskias Freunden und Verwandten geschickt. Aber sie ist recht überschaubar. Viele Freunde hatte Saskia offenbar nicht.«

»Wir werden mit allen sprechen«, sagte Vibeke. »Sind die Kontaktdaten des Ex-Freundes dabei?«

»Sind sie.«

Vibeke fiel auf, dass sich Werner mit dem Zeigefinger nachdenklich gegen den Mund tippte, während er die rot markierten Namen auf dem digitalen Whiteboard betrachtete. Seine Jacke lag mittlerweile neben ihm auf der Fensterbank. »Sagt dir einer der Namen etwas?«

»Zwei, um genau zu sein.« Werner richtete sich auf. »Bertram Kaminski und Hermann Wilhelmsen. Gegen Kaminski lag vor Jahren eine Anzeige wegen Schwarzarbeit und illegaler Beschäftigung vor. Es gab damals eine Großrazzia auf seinen Baustellen, allerdings ohne eine einzige Festnahme.« Ein bekümmerter Ausdruck legte sich über sein Gesicht. »Alles war sauber und für uns ein ganz schönes Desaster.«

»Und Wilhelmsen?«

Werner rieb sich das frisch rasierte Kinn. »Eine frühere Angestellte hat ihn wegen sexueller Belästigung angezeigt, das ist bestimmt schon an die sechs oder sieben Jahre her. Der Strafantrag und die getätigte Aussage wurden wenige Tage später zurückgezogen, doch die Staatsanwaltschaft hat natürlich trotzdem ermittelt. Allerdings wurde das Verfahren kurz darauf aus Mangel an Beweisen eingestellt.« Er lehnte sich wieder gegen die Fensterbank. »Ich weiß auch nur davon, weil der Beamte, der damals die Anzeige aufgenommen hatte, mir davon erzählt hat. Es stellte sich heraus, dass der Frau zuvor gekündigt worden war, und es stand der Verdacht im Raum, dass es sich bei der Anzeige um einen Racheakt handeln könnte. Zumindest vertrat Hermann Wilhelmsen diese Ansicht. Er hat sämtliche Anschuldigungen von sich gewiesen.«

»Gut, wir behalten die Sache im Hinterkopf«, sagte Vibeke. »Lasst uns jetzt die Aufgaben verteilen. Luís und Pernille, bevor ihr die Telefonlisten weiter durchgeht, macht ihr einen gründlichen Hintergrundcheck der Crew. Seht euch dabei vor allem Hermann Wilhelmsen genauer an.« Ihr Blick wanderte zu Jens. »Du schnappst dir Søren, und ihr klappert die Leute von der Liste ab, die uns Ellen Niekamp geschickt hat. Den Ex-Freund übernehme ich, außerdem höre ich mich in Sonwik um. Vielleicht wurde Malthe Sødergren von Saskias Nachbarn gesehen. Bei der Gelegenheit schaue ich mich auch noch einmal in der Wohnung um.« Sie hielt abrupt inne. Saskia Niekamps Wohnung. Hatte sie dort nicht die Broschüre einer Kunstausstellung gesehen? Und hatte die womöglich etwas mit dem Augustenborg Project zu tun? Kannte sie den Namen daher?

»Wir brauchen mehr Leute«, sagte Søren gerade. »Ich meine, wie sollen wir das alles stemmen, jetzt, wo wir noch den Cold Case haben?«

»Søren hat recht«, pflichtete Jens seinem Kollegen bei.

»Wir sollten mit der Cold Case Unit sprechen. Unter Umständen rollen sie den Fall wieder auf.«

Søren blähte die Backen. »Das dauert eine halbe Ewigkeit, bis die am Start sind. Vielleicht kann uns Michael unterstützen.«

Vibekes Mitarbeiter Michael Wagner hatte das Team bereits letzten Herbst im Fall des Serienmörders verstärkt und war dabei für alle eine große Hilfe gewesen.

»Michael ist Samstag mit seiner Freundin in den Urlaub geflogen«, sagte Vibeke. »Somit muss Connie in Flensburg jetzt alles alleine stemmen. Ich kann dort also leider niemanden entbehren. Aber ich gebe euch völlig recht. Es wäre gut, wenn wir mehr Leute hätten. Hat jemand eine Idee?«

Von der Fensterbank ertönte ein Räuspern. Sämtliche Blicke wandten sich Werner Boisen zu.

Flensburg, Deutschland

Marie scrollte durch die Kontoauszüge. Abbuchungen für einen Hauskredit. Strom. Wasser. Gas. Müllgebühren. Grundsteuer. Versicherungsbeiträge. Lastschriften vom Handyanbieter, EC-Karteneinsätze im Supermarkt, Auszahlungen am Geldautomaten, monatliche Überweisungen an den Gärtner und einen Reinigungsservice, Abbuchungen für diverse Kreditkarten. Alles absolut unauffällig. Vielleicht bildete sie sich das alles auch nur ein.

Sie blickte zu dem Besucherstuhl vor ihrem Schreibtisch, auf dem Bertram Kaminski nach ihrem unsäglichen Gespräch mit Henrik Bo Christensen vergangenen Freitag gesessen hatte. Bei dem Gedanken an den gönnerhaften Ton des Bankdirektors und die Begründung, weshalb sie den Job im Private Banking nicht bekam, schoss ihr erneut Schamesröte ins Gesicht. Nur gut, dass Elmar von alldem nichts mitbekommen hatte. Sie fühlte sich bereits erniedrigt genug.

Kaminski war bei dem Kundentermin äußerst unzufrieden gewesen. Vor allem über den Umstand, dass nun Thomas Pedersen seine Privatkonten betreute, zumindest hatte er den Leiter der Private-Banking-Abteilung mit gesenkter Stimme als eingebildeten Schnösel tituliert. In dem Moment war ihr Kaminski zum ersten Mal sympathisch gewesen, und sie hatte nur mit äußerster Mühe ein Schmunzeln unterdrücken können. Doch als der Bauunternehmer den Wunsch geäußert hatte, dass doch künftig sie sich um seine Privatkonten kümmern solle, nachdem sie ohnehin schon seine Firmenkonten betreute, war sie zu überrascht gewesen, um gleich reagieren zu können.

Kaminski hatte sich in seinem Stuhl zurückgelehnt, ihr zunächst ausschweifend von seinen zwei Dutzend Oldtimern, seiner Kunstsammlung und den Immobilien erzählt, ehe er sich schließlich vorgebeugt und mit leiser Stimme erklärt hatte, dass er immer auf der Suche nach lukrativen Investments sei und darüber hinaus dankbar für jegliche Tipps, die nicht jeden hart verdienten Euro direkt zur Hälfte in die Staatskasse beförderten. Dabei hatte er ihr vertraulich zugezwinkert.

Vermutlich hatte Kaminski ihre Irritation bemerkt, denn er hatte sofort die Hände von den Stuhllehnen gehoben und gesagt: »Selbstverständlich alles im legalen

Rahmen.« Dabei hatte er gelacht, so als hätte er gerade einen guten Witz gemacht.

Doch natürlich war es kein Witz gewesen. Kaminski hatte sich nach Steuerschlupflöchern erkundigt. Das taten einige Kunden, und im Grunde war daran auch nichts verwerflich, doch bei Kaminski konnte sie sich des Eindrucks nicht erwehren, dass es ein Versuch gewesen war, sie zu illegalen Aktivitäten aufzufordern.

Marie hatte den unangenehmen Moment überspielt, indem sie ihm gesagt hatte, dass sie erst Rücksprache mit ihrem Vorgesetzten halten müsse, was die Private-Banking-Beratung betraf, und dass sie ihn deshalb so bald wie möglich kontaktieren würde. Doch nichts von beidem hatte sie bislang getan.

Sie scrollte weiter durch die Kontobewegungen. Hin und wieder tauchten Bargeldeinzahlungen auf, doch jedes Mal knapp unter dem Betrag, der laut Geldwäschegesetz einen Herkunftsnachweis erforderte, und auch nicht häufig genug, um es als Verdacht auf Geldwäsche auszulegen.

Ihre Kunden waren dazu aufgefordert, ihre Berater über regelmäßige Eingänge und Transaktionen von außergewöhnlicher Höhe zu informieren, und vermutlich hatte Kaminski das bei Saskia auch getan, doch in den digitalen Konto-Unterlagen gab es keinen entsprechenden Vermerk, und die Kundenmappe lag beim zuständigen Berater.

Marie griff zum Telefon und wählte die interne Nummer von Thomas Pedersen. Er meldete sich nach dem zweiten Klingeln.

»Ich bin’s, Marie. Kurze Frage: Die Kundenmappe Bertram Kaminski. Liegt die zufällig bei dir?«

»Warum willst du das wissen?«, kam es zurück.

Marie zögerte. »Es kam da eine Frage zu einer Anlage auf«, hielt sie sich bedeckt.

»Das ist Sache der Private-Banking-Abteilung«, erwiderte Thomas in gewohnt arrogantem Tonfall. »Er soll sich an mich wenden. Kümmere du dich um deine Firmenkunden, Marie, und ich kümmere mich um die LEOs.« Er legte auf.

Marie blickte fassungslos auf das Telefon in ihrer Hand. Es war kein Geheimnis, dass sich das Plansoll einiger Bankberater nur mit einer speziellen Klientel erfüllen ließ: vertrauensselige Kunden, bei denen es sich oftmals um vermögende Senioren handelte. Im Beraterjargon wurden sie LEOs genannt. Leicht erreichbare Opfer. Sie hätte jedoch niemals gedacht, dass sich ein Mitarbeiter der SJB, und schon gar nicht der Leiter der Private-Banking-Abteilung, zu einer solch abfälligen Bezeichnung hinreißen ließe. Marie hätte am liebsten Katrine Madsen in der Zentrale darüber informiert, doch mit der war auch nicht immer gut Kirschen essen. Sie war eine dieser Frauen, die schon in der Schule den Ton angegeben hatten, die darüber bestimmten, wer dazugehörte und wer nicht. Eine Anführerin.

Trotzdem waren ihr Frauen wie Katrine allemal lieber als solche wie Saskia. Denen man ihr wahres Gesicht nicht ansah, weil sie ständig lächelten und stets freundlich taten und ihre Masken nur fallen ließen, wenn ihnen niemand dabei zusah.

Marie verwarf den Gedanken, Katrine zu kontaktieren. Am Ende stand sie nur als neidische Kollegin da, die andere anschwärzte, weil sie den gewünschten Job nicht bekommen hatte. Sie überlegte, sich wegen Kaminski an Henrik zu wenden, doch sie wollte nicht unnötig Alarm schlagen, vor allem nicht, nachdem man gerade ihre Kompetenz infrage gestellt hatte. Sie war sich ihrer Verantwortung bewusst. Durch die Verschärfung des Geldwäschegesetzes erstatteten Banken immer häufiger Anzeige wegen des Verdachts auf Geldwäsche und Steuerhinterziehung. In den meisten Fällen wurden die Verfahren wegen Geldwäsche schnell eingestellt, doch die Unterlagen landeten bei den Steuerbehörden, und dies hatte dementsprechend Folgen für die Kunden. Nachfragen, Betriebsprüfungen, Steuerstrafverfahren. Das alles konnte schweren Schaden anrichten, und bei einer unbegründeten Verdachtsanzeige wurde die Vertrauensbeziehung zwischen Bank und Kunde nachhaltig geschädigt.

Marie konzentrierte sich wieder auf die Zahlen auf ihrem Bildschirm. Anfang des Jahres war ein sechsstelliger Geldbetrag auf Kaminskis Konto eingegangen. Offenbar hatte er einen alten Jaguar Roadster aus seiner Oldtimer-Sammlung verkauft. Sie scrollte durch das Vorjahr, ob sie einen ähnlichen Vorgang fand, und tatsächlich – Kaminski hatte knapp zehn Monate zuvor ein weiteres Auto veräußert. Hier war der Betrag im mittleren fünfstelligen Bereich. Dass Kaminski hin und wieder ein Stück seiner Sammlung verkaufte, war nicht unbedingt ungewöhnlich, doch sie entdeckte in seinen Kontodaten keine Überweisung oder eine große Bargeldabhebung, die auf den Kauf eines Oldtimers hindeutete. Offenbar fand der Handel derzeit nur in eine Richtung statt.

Sie sichtete die weiter zurückliegenden Buchungen. Ihr Blick fiel auf den Überweisungseingang von einem

Hamburger Auktionshaus unter Angabe einer Auktionsnummer. Vermutlich handelte es sich um ein verkauftes Stück aus seiner Kunstsammlung, von der er ihr berichtet hatte.

Sie griff nach ihrer Kaffeetasse und trank einen Schluck. Der Kaffee war mittlerweile kalt geworden, doch es störte sie nicht. Maries Augen waren nach wie vor auf den Monitor gerichtet, während sie sich von Kontobewegung zu Kontobewegung und von Jahr zu Jahr durch die Buchungen scrollte.

Schließlich lehnte sie sich nachdenklich in ihrem Stuhl zurück. Sie hatte noch knapp ein Dutzend weitere auffällige Gutschriften entdeckt. Konnte es sein, dass das ganze System hatte und Bertram Kaminski den Kunst- und Oldtimerhandel nutzte, um Geld zu waschen? Oder sah sie Gespenster? Was, wenn sie sich irrte?

Sie schloss einen kurzen Moment die Augen, rieb sich den Nasenrücken. Als sie wieder aufblickte, kam ihr ein weiterer, sehr beunruhigender Gedanke. Angenommen, sie hatte recht mit ihrem Verdacht – hatte Saskia in dem Fall von allem gewusst?

Flensburg, Deutschland

Vibeke betrachtete nachdenklich den Flyer in ihrer Hand, der sich in einer von Saskia Niekamps Handtaschen befunden hatte. Es war die Ankündigung einer Kunstausstellung im Rahmen des Augustenborg Projects. Der Künstler war niemand anderer als Jonas Sødergren. Sie hatte sich also nicht geirrt.

Doch weshalb befand sich der Flyer in Saskia Niekamps Besitz? Hatte sie ihn von Malthe bekommen? Oder hatte sie auch Jonas gekannt?

Der abtrünnige Sohn. Vibeke konnte nicht sagen, weshalb ihr ausgerechnet dieser Begriff in den Sinn kam. Vielleicht hing es mit Kristina Sødergrens Bemerkung zusammen, dass Jonas nicht zu Hause leben wollte. Sie las die Kurzvita des Künstlers auf der Rückseite des Flyers. Demnach arbeitete Jonas seit seinem Abschluss an der Königlich Dänischen Kunstakademie in Kopenhagen als freiberuflicher Künstler an verschiedenen Orten. Aarhus, Fanø, Haderslev waren unter anderem als Stationen seiner beruflichen Laufbahn aufgezählt. Gedankenverloren sah sie zum Fenster. Jonas Sødergren war nicht an Bord der *Valeria* gewesen und fiel damit als Täter weg. Trotzdem begann er sie zu interessieren.

Sie steckte den Flyer in ihre Tasche und ging auf den angrenzenden Balkon hinaus. Der Himmel war noch immer von Wolken bedeckt, doch der Regen hatte nachgelassen, und die Luft war jetzt klar und angenehm kühl.

Ihr Blick wanderte zu den Wasserhäusern, blieb an dem von Hermann Wilhelmsen hängen. *Die beiden hätten sich zuwinken können.*

Vibeke ging zurück ins Schlafzimmer und verließ die Wohnung. Den Schlüssel würde sie Ellen Niekamp später vorbeibringen, vielleicht hatte sich in der Zwischenzeit auch Saskias Mutter gemeldet. Wie sie wohl auf den Tod ihrer Tochter reagierte? Schließlich hatte sie Saskia bereits als Kind verlassen.

Mitgefühl für das Mordopfer flackerte in Vibeke auf. Sie wusste, wie es sich anfühlte, ohne Eltern aufzuwachsen. Doch zumindest hatte Nadine Niekamp nicht versucht, ihr Neugeborenes mit einem Kissen zu ersticken. So wie es Solveigh bei ihr getan hatte. Zudem hatte Saskia eine Großmutter gehabt.

Vibeke biss sich auf die Unterlippe. Sie hatte schon länger nicht mehr an die Frau gedacht, die sie auf die Welt gebracht hatte und der sie seit dem Erstickungsversuch nur ein einziges Mal begegnet war. Ihre Erzeugerin litt an chronischer Schizophrenie, und die Sorge, die Veranlagung zu dieser heimtückischen Krankheit geerbt zu haben, begleitete Vibeke bereits ihr halbes Leben.

Sie schob den Gedanken an ihre leibliche Mutter beiseite. Das alles hatte nicht das Geringste mit Saskia Niekamp zu tun. Entschlossen drückte sie auf die Klingel der Nachbarwohnung. Es dauerte eine Weile, ehe die Tür von einem älteren Herrn in Karohemd und Cordhose geöffnet wurde.

»Ja?«

Vibeke zeigte ihm ihren Dienstausweis. »Ich habe eine Frage zu Ihrer Nachbarin. Saskia Niekamp.« Sie öffnete ihre Tasche und zog das vergrößerte Foto der Segelgesellschaft vor der *Valeria* aus dem Notizbuch. »Würden Sie sich bitte einmal dieses Foto ansehen und mir sagen, ob Sie eine der Personen schon einmal hier im Haus oder zusammen mit Frau Niekamp gesehen haben?«

»Moment.« Der Nachbar griff nach seiner Lesebrille, die in der Brusttasche seines Karohemds steckte, und setzte sie auf. Anschließend betrachtete er das Foto.

»Den kenne ich.« Er tippte mit dem Finger auf den braun gebrannten Hermann Wilhelmsen.

Vibeke sah ihn hoffnungsvoll an. »Haben Sie ihn zusammen mit Frau Niekamp gesehen?«

»Nein. Wir treffen uns immer bei der Eigentümerversammlung.«

»Ach so.«

Der Nachbar studierte die Gesichter der anderen Personen, schließlich schüttelte er den Kopf. »Tut mir leid, junge Frau, aber die anderen Herrschaften sind mir gänzlich unbekannt.«

Vibeke steckte das Foto wieder ein. »Können Sie mir sonst noch etwas über Frau Niekamp erzählen? Ist Ihnen vielleicht in der letzten Woche irgendetwas aufgefallen?«

Er schüttelte erneut den Kopf. »Wir hatten nicht viel Kontakt. Und es ist hier auch nicht besonders hellhörig, sodass ich nicht viel von den Nachbarn mitbekomme. Einmal habe ich Frau Niekamp gebeten, die Musik leiser zu stellen, da war es schon spät. Ansonsten haben wir uns gegrüßt, wenn wir uns im Hausflur begegnet sind. Mehr nicht. Ich hatte immer das Gefühl, sie wäre gerade auf dem Sprung.« Ein bedauernder Ausdruck legte sich auf sein Gesicht. »Es tut mir leid, dass sie tot ist. Wer weiß, wer da jetzt einzieht.« Er deutete mit dem Kopf zur Nachbarwohnung.

Vibeke reichte ihm ihre Visitenkarte. »Wenn Ihnen doch noch etwas einfällt, was wichtig sein könnte, rufen Sie mich bitte an. Vielen Dank für Ihre Zeit.« Sie verabschiedete sich. Anschließend klapperte sie noch ein paar weitere Wohnungen ab, doch niemand konnte ihr weiterhelfen.

Sobald die Eingangstür des Luv-Turms hinter ihr zufiel, wählte sie Rasmus' Handynummer. Nur die Mailbox. Sie hinterließ ihm eine Nachricht, in der sie ihm von dem Flyer berichtete. Anschließend legte sie wieder auf.

Im Yachthafen war an diesem Vormittag nur wenig

los. Das kleine Café in der Ladenzeile der Wohntürme hatte montags geschlossen, und an der Promenade war lediglich ein einsamer Spaziergänger zu sehen. Auch der Spielplatz mit der Leuchtturmrutsche wirkte wie leer gefegt. Zudem waren, nachdem die Flensburger Fördewoche gestern zu Ende gegangen war, zahlreiche Liegeplätze frei geworden.

Mittlerweile hatte die Sonne die Wolkendecke durchdrungen, und auf der Terrasse des italienischen Restaurants, das direkt an der Promenade in einem roten Bungalow untergebracht war, hatten sich erste Mittagsgäste eingefunden.

Vibeke beschloss, einen Kaffee trinken zu gehen, und überquerte die Straße. Bei der Gelegenheit konnte sie sich gleich nach Saskia Niekamp erkundigen.

Sie fand einen freien Zweiertisch unter dem Vordach mit direktem Blick aufs Wasser. Ein dunkelhaariger Kellner brachte ihr die Karte, und sie orderte einen Kaffee und ein Wasser.

Für einen kurzen Moment hielt sie ihr Gesicht in die Sonne. Ob Saskia Niekamp auch hier gesessen hatte? Von den Wohntürmen bis zum Restaurant war es kaum mehr als ein Katzensprung.

Der Kellner brachte ihre Bestellung. »Einmal Kaffee und einmal ein Wasser. Prego, Signorina.«

»Vielen Dank.« Vibeke legte diskret ihren Dienstausweis auf den Tisch. »Sagen Sie, kennen Sie diese Frau?« Sie hielt ihm ihr Handy mit einem Foto von Saskia Niekamp auf dem Display hin.

»Natürlich. Das ist Signorina Saskia. Es ist furchtbar, was ihr zugestoßen ist.« Seine betroffene Miene spiegelte Anteilnahme.

Vibeke nickte. »War sie bei Ihnen zu Gast?«

»Sì. Etwa zwei- bis dreimal die Woche. Meistens kam sie abends, aber hin und wieder auch am Wochenende tagsüber.«

»War sie mal in Begleitung hier?«

Er überlegte. »Ab und zu war eine ältere Dame dabei. Ich glaube, ihre Großmutter.«

»Enzo!«, rief eine weibliche Stimme aus dem Innern des Restaurants.

»Scusi. Ich werde gebraucht.« Der Kellner war bereits im Weggehen, als ihm noch etwas einzufallen schien und er an ihren Tisch zurückkehrte.

»Vor ein paar Wochen, da war Signorina Saskia mit einem Mann hier. Wobei ...«, er legte den Kopf schief, »ich glaube, er kam erst später dazu. Zumindest hatte ich ihre Bestellung schon aufgenommen. Sie saßen dort.« Er wies auf einen Tisch schräg gegenüber. »Sie haben sich eine ganze Weile unterhalten. Dann ging er wieder. Ohne etwas zu bestellen.« Bei den letzten Worten schlich sich Empörung in seine Stimme.

»Kannten Sie den Mann?«

»Nein. Aber die beiden wirkten vertraut. Er hatte seine Hand auf ihre gelegt.«

Vibeke langte erneut nach ihrem Handy und zeigte ihm ein Foto von Malthe Södergren. »War es vielleicht dieser Mann?«

Der Kellner warf einen Blick aufs Display und schüttelte den Kopf. »Nein. Er war älter.«

»Enzo!«, ertönte erneut die Frauenstimme aus dem Restaurant. Dieses Mal klang sie deutlich energischer.

»Ich muss leider. Meine Frau ...«

»Nur noch einen kurzen Moment. Bitte.« Vibeke zog

die Aufnahme der Segelgruppe aus ihrer Tasche. »Ist der Mann vielleicht hier dabei?«

Der Kellner betrachtete das Foto, runzelte die Stirn. Schließlich deutete er mit dem Finger auf eine Person.

»Der hier könnte es gewesen sein.«

Fyn, Dänemark

Rasmus überholte einen bis unters Dach vollgepackten Kombi, der auf der rechten Fahrspur der E20 in Richtung Festland fuhr. Der Himmel war dicht mit Wolken verhangen, doch zumindest regnete es nicht mehr. Das Radio spielte einen Song von Linkin Park, und er hatte das Seitenfenster ein Stück heruntergelassen. Frische Luft wehte herein und milderte das Hämmern in seinem Kopf.

Die Besprechung im Politigården war zäh verlaufen. Rund anderthalb Stunden hatten sie über die Bandenkriminalität in ihren Großstädten gesprochen, und Rasmus hatte den jüngsten Fall in Esbjerg dargelegt, in den er als Mordermittler involviert gewesen war. Das Gespräch hatte sich mehrfach im Kreis gedreht, doch Rasmus war mit seinen Gedanken ohnehin ganz woanders gewesen. Theos plötzliches Auftauchen hatte ihn aus der Bahn geworfen, und er hatte seinen Schmerz am Abend in der Hotelbar im Alkohol ertränkt.

Mittlerweile sah er halbwegs wieder klar. Im Grunde war es kein Wunder, dass Theo vor ihm weglief. In den ersten Tagen und Wochen nach Antons Tod hatte Rasmus wie ein Besessener dessen Leben durchforstet, immer auf der Suche nach einem Hinweis, der Aufschluss über die vorausgegangene Katastrophe gab, oder nach demjenigen, der seinem Sohn den schmutzigen Drogencocktail untergejubelt hatte. Dabei war er dünnhäutig und aufbrausend gewesen, hatte viele Menschen vor den Kopf gestoßen. Theo hatte damals ganz sicher Angst vor ihm gehabt. Eine Erinnerung, die vermutlich geblieben war. Vielleicht ergab sich irgendwann die Gelegenheit, die Sache geradezurücken. Er würde Camilla fragen, ob sie davon wusste, dass Antons Freund jetzt in Kopenhagen lebte.

Auf der Ny Lillebæltsbro, die Fyn mit dem Festland verband, erfasste eine Windböe seinen VW-Bus, und das Fahrzeug geriet kurz ins Schwanken. Er drosselte das Tempo. Das Meer unterhalb der Brücke war grau und aufgewühlt. So wie er selbst.

Er schob die trüben Gedanken beiseite und konzentrierte sich auf die Fahrbahn. Im Radio wechselte die Musik von Linkin Park zu dem neuen Song von Malte Ebert. »Kun Med Dig«. *Nur mit dir.*

Eine poppige Nummer, die seit Tagen auf fast allen Sendern lief.

Während er im Politigården gewesen war, hatte irgendwann Vibeke angerufen und ihm eine Nachricht auf der Mailbox hinterlassen. Saskia Niekamp hatte einen Flyer über Jonas Sødergrens Ausstellung in ihrer Handtasche gehabt. Sein erster Gedanke war gewesen, dass sie ihn von Malthe bekommen hatte, doch genauso gut konnte sie ihn irgendwo mitgenommen haben. Doch wo sollte das gewesen sein? Augustenborg war eine kleine Stadt mit kaum mehr als dreitausend Einwohnern, höchstens bekannt für sein Barockschloss und den Schlosspark, wo einst Hans Christian Andersen unter einer Linde gesessen und gearbeitet hatte. Möglicherweise auch für sein Kunstzentrum und das neu entstandene Augustenborg Project, aber der touristische Zulauf hielt sich dennoch in Grenzen. Zumindest zweifelte er daran, dass der Ort vielen Menschen in Deutschland ein Begriff war. Insbesondere einer Flensburger Bankerin.

Ihm war der Gedanke gekommen, dass die Sønderjylland Bank das Augustenborg Project vielleicht in irgendeiner Form sponserte, und er hatte kurzerhand dort angerufen, doch in Aabenraa hatte bislang niemand von dem Unterfangen gehört.

Malthe Sødergren war nach wie vor die einzige Person mit einem möglichen Mordmotiv, und vielleicht würde es sich lohnen, mit dem Bruder zu sprechen. Irgendetwas an der Reaktion erst von Dan Sødergren, später dann von seiner Frau Kristina, als die Sprache auf Jonas gekommen war, hatte seine inneren Antennen anschlagen lassen. Er wollte wissen, was bei der Familie im Argen lag. Am Ende hatte es mit dem Mord an Saskia Niekamp zu tun. Deshalb würde er jetzt auch einen Abstecher nach Augustenborg machen, ehe er nach Padborg fuhr.

Mittlerweile hatte er das Festland erreicht. Wiesen und Wälder zogen wie endlose grüne Streifen an seinem Bullifenster vorbei. Irgendwann wechselte er auf die Route 8. Hinter Sønderborg wurde die Gegend erneut ländlicher. Links vor ihm tauchte der Augustenborg Fjord auf, das Wasser dunkelblau wie ein Ozean.

Schließlich verließ er die Autobahn und passierte kurz darauf das Ortsschild.

Er fuhr zunächst am Yachthafen vorbei, ruhig und idyllisch gelegen, nur zwei riesige Getreidesilos störten das friedliche Bild, ehe ihn sein mobiles Navi durch ein Geflecht aus schmalen Straßen zu einem Parkplatz am Schlosspark führte.

Am Ende der prächtigen Grünanlage lag ein lang gezogener ockerfarbener Gebäudekomplex mit rotem Ziegeldach und weißen Sprossenfenstern. Soweit er wusste, hatte sich früher in den Räumen eine Psychiatrie befunden, jetzt war es eine Begegnungsstätte für Kunst, Kulinarik und Kultur.

Ein gepflasterter Weg führte zwischen weitläufigen Rasenflächen zu dem Gebäudeeingang mit drei weißen Bannern und der Terrasse eines Cafés.

Es dauerte eine Weile, ehe Rasmus sich durchgefragt hatte, doch schließlich stand er in der offenen Tür zu einem Atelier. Unverputzte Ziegelwände, ein Boden aus rotem Beton, dazu ein Tisch mit Lacken, Farbdosen und Pinseln, an einer Stelle der Wand lehnte ein Dutzend frischer Leinwände. Der Geruch nach Lösungsmitteln stieg ihm in die Nase.

Jonas Sødergren schien seine Anwesenheit nicht zu bemerken. Er hatte die Hände im Nacken gefaltet und betrachtete konzentriert das Bild auf der vor ihm stehenden Staffelei.

Ein nur in Jeans bekleideter Mann baumelte in der Luft, die Füße wenige Zentimeter über dem Boden, das Seil, das um einen Balken an der Decke geschlungen war, hatte den gleichen Farbton wie der nackte Oberkörper und der schmale Hals, um den die Schlinge gelegt war. Der Mann war von hinten abgebildet, sein Gesicht nicht erkennbar. Kräftige Pinselstriche skizzierten einen Hintergrund aus dunklen Schatten und bildeten einen Kontrast zur hellen Haut. Ein faszinierendes und zugleich verstörendes Bild.

Als hätte er Rasmus' Gedanken gespürt, wandte sich Jonas Sødergren ihm jetzt mit einem Blick aus intensiv grünen Augen zu.

»Sie wollen es nicht nehmen.« Seine Stimme hatte einen tiefen, rauchigen Klang, so wie die eines Siebzigjährigen, der sein Leben mit zu viel Alkohol und Zigaretten verbracht hatte.

»Das Bild«, schob Jonas Sødergren hinterher, als er Rasmus' fragenden Blick bemerkte. »Für die Ausstellung. Es sei zu irritierend. Jetzt überlege ich, was ich damit machen soll.« Er fuhr sich mit der Hand über sein stoppeliges Kinn.

Rasmus trat in den Raum hinein. »Wer ist das auf dem Bild?«

»Das bin ich«, erwiderte Jonas, ohne den Blick von der Leinwand zu nehmen. »Vielleicht schicke ich es einfach meinem Vater.«

Rasmus bekam eine Gänsehaut. »Du hast hoffentlich nicht vor, dich umzubringen.«

»Natürlich nicht. Es ist einfach nur Kunst.« Jonas schaute ihn erstmals richtig an, so als wäre ihm seine Anwesenheit erst jetzt bewusst geworden, dabei runzelte er die Stirn. »Haben wir uns schon einmal gesehen?«

»Nicht, dass ich wüsste. Rasmus Nyborg. Politi Esbjerg.« Er zückte seinen Dienstausweis. »Ich möchte mit dir über Saskia Niekamp sprechen. Du weißt, dass sie tot ist?«

Jonas nickte. Argwohn lag jetzt in seinem Blick.

»Wie hast du davon erfahren?«

»Meine Mutter ist vor ein paar Tagen hier aufgekreuzt und hat es mir erzählt.«

»Also kanntest du Saskia?«

»Ja. Ich habe sie vor zwei Jahren bei einem Kundenevent der Sønderjylland Bank kennengelernt, zu dem mich mein Vater mitgeschleppt hat. Sie hat sich für meine Bilder interessiert.«

Rasmus sah ihn überrascht an. »Dann hast du ihr einen Flyer von deiner Ausstellung gegeben?«

»Nein. Ich hätte Saskia auch nicht hier haben wollen.«

»Gibt es dafür einen bestimmten Grund?«

»Ich mochte sie nicht.«

»Aber dein Bruder schon, oder?«

Jonas nickte. »Sie hat ihn um den Finger gewickelt.« Er lächelte spöttisch. »Wie eine Spinne, die ihre Beute einfängt. Ein Netz, aus dem man nicht mehr herauskommt. Malthe war ihr jedenfalls verfallen.«

»Könnte er sie umgebracht haben?«

»Niemals«, entgegnete Jonas entschieden. »Mein Bruder kann keiner Fliege etwas zuleide tun. Außerdem ist er dafür viel zu feige.« Seine Stimme troff vor Verachtung.

Rasmus wurde klar, dass es zwischen den beiden Brüdern nicht zum Besten stand. Trotzdem spürte er instinktiv, dass er hier nicht mehr viel weiterkam. Er versuchte es trotzdem.

»Was glaubst du, weshalb sollte jemand Saskia umbringen wollen?«

»Man soll ja nicht schlecht über Tote sprechen, aber Saskia war ein Miststück.« Jonas griff nach einem der Pinsel, die im Wasserglas standen, und tauchte ihn in dunkle Farbe.

»Weshalb?«, hakte Rasmus nach.

Doch Jonas Sødergren antwortete nicht. Er war vielmehr damit beschäftigt, ein paar weitere Pinselstriche in den schemenhaften Hintergrund seines Bildes einzufügen. Dabei wirkte er eigenartig berauscht. Vielleicht hatte er Drogen genommen. Oder gekifft. Rasmus war sich nicht sicher.

Er wusste nur eins. Die Fassade von Saskia Niekamp hatte weitere Risse bekommen.

Flensburg, Deutschland

Die herrschaftliche Jugendstilvilla mit dem Pagodendach und den unterschiedlichen Gauben stand in einer Allee mit Kopflinden auf der westlichen Höhe, einer der schönsten Wohngegenden der Stadt. Kopfsteinpflaster, schmiedeeiserne Zäune, reich verzierte Fassaden.

Vibeke drückte auf die Klingel. Niemand öffnete. Sie blieb unentschlossen vor der Tür stehen, hinter der Ove Möbius mit seiner Frau lebte. Nachdem der Kellner den Fregattenkapitän zuvor als den Mann identifiziert hatte, mit dem Saskia Niekamp zusammen auf der Terrasse des italienischen Restaurants gesessen hatte, hatte sie zunächst versucht, Rasmus zu erreichen, doch er war nicht an sein Handy gegangen. Im Anschluss war sie zur Marineschule gefahren, wo man ihr mitgeteilt hatte, dass Ove Möbius sich diesen Tag freigenommen hatte.

Sie trat einen Schritt zurück und sah zu den Fenstern im Obergeschoss. Die Vorhänge waren zugezogen.

Vielleicht war Ove Möbius mit seiner Frau über ein verlängertes Wochenende weggefahren.

Vibeke hatte sich gerade dazu entschieden, zurück zu ihrem Dienstwagen zu gehen, als eine schwarze Limousine in die Auffahrt bog. Kurz darauf wurde die Fahrertür geöffnet, und Ove Möbius stieg in einem dunkelblauen Mantel aus. Er eilte zur Beifahrerseite, um einer zierlichen Frau herauszuhelfen. Sie war Anfang vierzig, elegant gekleidet, wie für einen Geschäftstermin, die Augen waren rot und verquollen. Offenbar hatte sie geweint.

Ove Möbius verzog verärgert das Gesicht, als er Vibeke vor seiner Haustür stehen sah. Er wechselte ein paar Worte mit seiner Begleiterin, die daraufhin mit gesenktem Blick an Vibeke vorbei in der Villa verschwand.

»Frau Boisen«, begrüßte Ove Möbius sie zugeknöpft. »Ich dachte, wir hätten vereinbart, dass Sie anrufen, anstatt unvermittelt aufzutauchen.« Seine Stimme klang scharf und befehlsgewohnt.

»Nur weil Sie darum gebeten haben, war es keine Vereinbarung«, stellte Vibeke klar. »Es liegt ganz bei Ihnen, ob Sie meine Fragen lieber hier beantworten oder ob wir das im Rahmen einer offiziellen Vernehmung in der Polizeidirektion erledigen.«

Seine Augen wurden schmal. »Also gut. Was wollen Sie?« Er machte keinerlei Anstalten, sie ins Haus zu bitten.

»Sie wurden mit Saskia Niekamp zusammen in dem italienischen Restaurant an der Fördepromenade gesehen«, sagte ihm Vibeke auf den Kopf zu. »In einer vertraulichen Situation. Und da Sie mir ja erst vor Kurzem erklärt haben, dass es zwischen Ihnen und Frau Niekamp keinen privaten Umgang gab, bin ich ganz gespannt auf Ihre Erklärung.«

Sein Blick ging zur Nachbarvilla, wo gerade eine Frau mit ihrem Hund herauskam und ihm ein fröhliches »Moin, Herr Möbius!« zurief.

»Vielleicht gehen wir doch besser hinein.« Ove Möbius hielt ihr die Haustür auf.

Vibeke trat in eine großzügige Eingangshalle, registrierte einen Kronleuchter und eine mit Buntglas geschmückte Flügeltür, ehe Ove Möbius sie auch schon in einen der vorderen Räume dirigierte, offenbar das Arbeitszimmer.

Gediegene Möbel aus Mahagoni, schwere Vorhänge, Orientteppiche auf sechseckigen Bodenfliesen aus dunkelrotem Zement und goldumrahmte Ölgemälde mit Segelschiffen. Jeder Quadratzentimeter des Raumes atmete Geschichte, und Vibeke fühlte sich ein wenig erschlagen angesichts von so viel Opulenz. *Wie konnte man so leben?*

Wie bereits in der Marineschule bot ihr Ove Möbius keinen Platz an, sondern sah mit seinen fast zwei Metern zu ihr herunter. Sie vermutete, es gehörte zu seiner Einschüchterungstaktik. Wenn er allerdings glaubte, er könne damit bei ihr etwas ausrichten, hatte er sich geschnitten. Sie hatte ihre Samthandschuhe längst eingepackt, Fregattenkapitän hin oder her. »Sie haben meine Frage nicht beantwortet.«

Ove Möbius zögerte.

»Es stimmt«, gab er schließlich zu. »Ich habe Frau Niekamp in dem Lokal getroffen. Aber es war reiner Zufall. Ich hatte in der Gegend zu tun und sah sie dort allein auf der Terrasse sitzen. Also bin ich zu ihr hin, und wir haben uns ein wenig unterhalten. Über Sonwik und das Segeln, und sie erzählte mir davon, dass sie im Segelteam der SJB sei. Mehr nicht.« Sein Blick huschte zur Tür.

»Und Ihre Hand ist demnach ganz zufällig auf der von Frau Niekamp gelandet?«

Auf der Stirn des Fregattenkapitäns bildete sich ein leichter Schweißfilm. »Ich kann mich nicht daran erinnern, dass es so gewesen ist. Wer immer das behauptet, muss sich geirrt haben.« Er lockerte seine Krawatte unter dem offenen Mantel.

»Weshalb haben Sie die Begegnung mit Frau Niekamp nicht gleich bei unserer ersten Befragung erwähnt?«

»Ich wollte nicht, dass Sie falsche Schlüsse ziehen. Aber das war wohl ein Fehler.«

»Dann sind Sie bereit, uns eine Speichelprobe zu geben?«

Seine Gesichtsmuskeln spannten sich an. »Stehe ich etwa unter Verdacht?«

»Saskia Niekamp war schwanger«, informierte Vibeke ihn. »Es geht darum, Sie als Vater auszuschließen.«

»Dafür braucht es keinen Test. Ich hatte nie eine sexuelle Beziehung zu Frau Niekamp.« Sein Blick ging erneut zur Tür.

Der Mann war eindeutig nervös. Weil er log? Oder befürchtete er, seine Frau könne etwas von dem Gespräch mitbekommen?

»Wie war eigentlich das Verhältnis zwischen Ihrer Frau und Saskia Niekamp?«

Seine markanten Brauen rutschten ein Stück höher. »Weshalb fragen Sie das? Charlotte war überhaupt nicht an Bord der *Valeria*.«

»Allgemeines Interesse.« Sie musterte ihn. Noch immer standen Schweißperlen auf seiner Stirn. »Also?«

»Charlotte fühlte sich bei Frau Niekamp in guten Händen. Sie war eine ausgezeichnete Beraterin.«

Vibeke gab sich mit der Antwort vorerst zufrieden. Sie zog ihr Handy aus der Jackentasche, holte ein Foto der unbekannten Toten auf das Display und hielt es ihm hin. »Kennen Sie diese Frau?«

Er zuckte beim Anblick des vom Tod gezeichneten Gesichts kaum merklich zurück. »Nein. Wer soll das sein?«

»Das wissen wir nicht. Die Frau starb vor rund zwanzig Jahren.« Vibeke wischte über das Display zu dem Foto mit dem Tattoo und hielt es ihm ebenfalls hin. »Haben Sie das vielleicht schon einmal gesehen?«

Ove Möbius schüttelte entschieden den Kopf. »Nein, tut mir leid.«

Sie steckte ihr Handy wieder ein. »Dann würde ich jetzt noch gerne mit Ihrer Frau sprechen.«

»Das wird nicht möglich sein«, erklärte er mit bedauernder Miene. »Charlotte hat sich hingelegt. Sie leidet unter starker Migräne.«

Vibeke unterdrückte ein Seufzen. »Dann richten Sie Ihrer Frau bitte aus, dass sie mich anrufen soll. Und falls Sie Ihre Aussage noch ergänzen möchten, melden Sie sich. Ansonsten tun wir es. Ich finde alleine hinaus.« Sie verließ das Büro.

Draußen auf dem Gehweg vor der Villa drehte sie sich noch einmal um. Hinter einem Fenster im ersten Stock bewegte sich kaum merklich eine Gardine.

Vibeke zog ihr Handy aus der Jackentasche und wählte die Nummer ihres Vaters. Er nahm nach dem zweiten Klingeln ab. »Kennst du eigentlich jemanden im Roten Schloss?«

Padborg, Dänemark

Die Schreibtische ihrer Kollegen waren verwaist, als Vibeke rund anderthalb Stunden später das Büro der Sondereinheit betrat. Nach Ove Möbius hatte sie Saskia Niekamps Ex-Freund Frederick Bender, einen Versicherungsangestellten, aufgesucht. Er und Saskia hatten sich getrennt, nachdem sie zweieinhalb Jahre zuvor seinen Antrag abgelehnt hatte. Sie wolle sich nicht binden, hatte sie ihm als Grund genannt, doch ihr Freund hatte vielmehr den Eindruck gewonnen, sie wolle zu Höherem hinaus. Zu dem Zeitpunkt war sie gerade Private-Banking-Beraterin geworden. Mittlerweile hatte Frederick Bender seine Jugendfreundin geheiratet und war Vater eines drei Monate alten Babys. Er hatte sich angesichts der Ermordung seiner Ex-Freundin erschüttert gezeigt, konnte jedoch keinen brauchbaren Hinweis auf einen möglichen Täter oder ein Mordmotiv liefern.

Vibeke schenkte sich am Sideboard einen Kaffee ein und ging zu ihrem Platz. Dort zog sie die Computertastatur zu sich heran, loggte sich ins Internet ein und tippte den Namen Charlotte Möbius in die Suchmaschine. Rund neunhunderttausend Ergebnisse.

Sie nippte an ihrem Kaffee und fügte Flensburg ins Eingabefeld hinzu. Die Anzahl der Treffer verringerte sich, und zahlreiche Artikel und Fotos von Charlotte

Möbius ploppten auf. Die Frau hatte sogar einen Wikipedia-Eintrag. Demnach war sie Museumspädagogin und Kuratorin sowie die Tochter von Karl-Heinz Gestmann, Gründer der norddeutschen Einzelhandelskette Gestmann, die Ende der 2000er-Jahre an einen Großhandelskonzern verkauft worden war. Nach dem Tod ihres Vaters hatte Charlotte dessen gesamtes Vermögen geerbt. Sie hatte Museumswissenschaften und Kunstgeschichte an der Julius-Maximilians-Universität in Würzburg studiert, ehe sie 2006 Assistentin des Direktors und Kuratorin an der Hamburger Kunsthalle geworden war. Seit 2010 arbeitete sie als Sammlungskuratorin am Museumsberg Flensburg, und seit 2012 war sie mit Fregattenkapitän Ove Möbius verheiratet. Kinder waren in dem Eintrag keine angegeben.

Anschließend überflog Vibeke einige Artikel, die sich hauptsächlich mit Charlotte Möbius' wissenschaftlicher Arbeit – Kunst des späten neunzehnten und frühen zwanzigsten Jahrhunderts, Denkmalpflege und zeitgenössische Kunst – und auch mit ihrem wohltätigen Engagement beschäftigten. Demnach unterstützte sie mit dem Millionenerbe ihres Vaters mehr als ein Dutzend gemeinnützige Organisationen.

Schließlich lehnte Vibeke sich in ihrem Stuhl zurück. Sie rief sich die Worte des Kellners aus dem italienischen Restaurant in Erinnerung. »Er hatte seine Hand auf ihre gelegt.« Das klang nicht, als hätte er sich geirrt.

Vibeke war sich sicher, dass Ove Möbius etwas zurückhielt. War er am Ende der Vater von Saskia Niekamps ungeborenem Kind? Oder war sie dabei, sich zu verrennen? Vielleicht ging sie die Sache komplett falsch an.

Saskia Niekamp war Bankerin gewesen, und an Bord der *Valeria* waren lauter Kollegen und Kunden gewesen. War da das Mordmotiv nicht viel eher in ihrer Arbeit zu finden? Vielleicht sollte sie den Direktor der SJB, Henrik Bo Christensen, kontaktieren, ob die Compliance-Beauftragten Unregelmäßigkeiten in Saskia Niekamps Arbeitsunterlagen entdeckt hatten.

Nachdenklich glitt ihr Blick zum Whiteboard mit dem Foto der unbekannten Toten. *Wer bist du? Hast du irgendetwas mit unserem Fall zu tun?*

Im nächsten Moment wurde die Tür aufgestoßen, und Luís rollte herein. »Hej, Vibeke! Die Freigaben für die Social-Media-Accounts sind gekommen.«

»Und?«

Er verzog das Gesicht. »Darf ich es mir vorher vielleicht noch ansehen?«

»Natürlich. Entschuldige, Luís!« Sie lächelte schwach. »Ich werde nur das Gefühl nicht los, dass wir die Sache falsch angehen. Dass da etwas ist, das wir nicht sehen. Vielleicht sind wir zu sehr auf Saskia Niekamps Schwangerschaft fokussiert. Möglicherweise war der Vater des Kindes gar nicht an Bord, und wir verschwenden völlig unnötig unsere Zeit.« Sie rührte mit dem Löffel in ihrem Kaffeebecher herum. »Wir brauchen endlich etwas Greifbares, dem wir nachgehen können. Nicht so wie bei Malthe Sødergren oder Ove Möbius.«

»Wieso? Was ist mit dem?«, erkundigte sich Luís und zog die Computertastatur zu sich heran.

Vibeke erzählte ihm in knappen Worten von dem Gespräch mit dem Kellner in dem Restaurant und ihrem nachfolgenden Besuch in der Villa der Möbius'.

»Hmh«, sagte Luís. »Vielleicht hatten die beiden was

miteinander. Es wäre leichter, wenn er eine Speichelprobe abgeben würde.«

»Wir können ihn nicht zwingen. Er kennt seine Rechte.« Sie griff zum Telefon und wählte die Nummer von Henrik Bo Christensen, doch sie landete bei seiner Assistentin, die ihr erklärte, dass der Bankdirektor einen Termin außer Hause habe. Vibeke bat um seinen Rückruf und legte wieder auf.

»Ich bin drin«, sagte Luís.

Vibeke ging zu ihm an den Schreibtisch hinüber und zog sich einen Stuhl heran. Auf dem Computerbildschirm war das Instagram-Profil von Saskia Niekamp zu sehen. Luís scrollte durch den Feed. Zahlreiche Posts waren identisch mit denen von Facebook, offenbar waren die Beiträge geteilt worden, doch es waren auch andere darunter. Das letzte Foto stammte aus dem April diesen Jahres, wo Saskia Niekamp anscheinend im Florida-Urlaub gewesen war. Es zeigte sie im knappen Bikini am Strand. Der Text lautete: »Welcome in paradise« #vacation #endlichurlaub #florida #lifeisbetteratbeach. Der Beitrag hatte etwas über hundert Likes bekommen, die Kommentarfunktion war ausgestellt. Keinerlei Verlinkungen oder ein Hinweis, dass sie mit jemandem zusammen dort gewesen war.

Er scrollte den Feed hinunter. Segelfotos, Interieur, Aufnahmen von Meer und Stränden, kunstvoll arrangiertes Essen, dazwischen immer wieder Gesichter. Ein gehobener Lifestyle, festgehalten in Quadratfotos mit schmeichelndem Filter.

»Stopp«, sagte Vibeke. »Geh mal zurück zu dem Restaurantfoto.«

Luís scrollte zurück. Ein edel eingedeckter Tisch für

vier Personen. Stoffservietten, Gläser und Besteck für mehrere Gänge, ein silberfarbener Flaschenkühler mit Eis und einer teuer aussehenden Flasche Champagner. Anstatt eines Textes waren nur drei Hashtags vorhanden: #yeah #exitingtimes #letsbegin. Keinerlei Verlinkungen.

»Mai 2020«, sagte Vibeke nach einem Blick auf das Datum des Posts. »Offenbar gab es etwas zu feiern. Ein Neubeginn?«

Luis fuhr mit der Maus weitere Reihen Quadratfotos entlang.

»Diese Frau hier«, sagte Vibeke und deutete auf eine junge, asiatisch aussehende Frau mit schwarzer Nerdbrille, die neben Saskia Niekamp abgebildet war. »Sie ist auf mehreren Fotos mit drauf.«

Luís klickte auf ihr Gesicht. »Ihr Name ist nicht markiert.« Er scrollte im Jahr zurück, fand die Frau auf weiteren Bildern mit Saskia. Im Museumshafen mit Fischbrötchen in der Hand, beim Aperol in einer unbekannten Küche, in Sommerkleidung am Strand. Auch hier waren keine Markierungen vorhanden. »Ich frage Jens und Søren später. Vielleicht steht ihr Name auf der Liste von Ellen Niekamp, und sie haben mit ihr gesprochen. Aber ich werde die Feeds noch im Einzelnen durchgehen, genau wie die Chatverläufe. Und ich werde mir Saskia Niekamps Follower und die Profile ansehen, denen sie gefolgt ist. Vielleicht entdecke ich etwas Interessantes.«

»Das wird eine Sisyphusarbeit, das alles durchzugehen«, sagte Vibeke. »Vielleicht kann Pernille dir helfen. Wo steckt sie überhaupt?«

»Beim Zahnarzt, aber sie müsste bald wiederkommen. Die Arme hatte wohl schon das ganze Wochenende Zahnschmerzen.«

»Weshalb hat sie heute Morgen nichts gesagt?«

»Du kennst sie doch. Pernille ist kein Jammertyp. Ich musste sie erst überreden, überhaupt zum Zahnarzt zu gehen.«

»Dann hoffen wir mal, dass es nicht allzu schlimm ist.«

Im Flur wurden Stimmen laut. Die Tür ging auf, und Rasmus kam einträchtig mit ihrem Vater plaudernd herein.

»Hej!«, sagte Rasmus. »Ich brauche erst einmal einen Kaffee. Du auch, Werner?« Er ging zum Sideboard.

»Gerne!« Werner Boisen nahm den Becher entgegen und lehnte sich gegen Pernilles Schreibtisch.

Na, die scheinen sich ja prächtig zu verstehen, dachte Vibeke. Sie wusste nicht, wie sie das finden sollte.

»Ich habe Günther angerufen.« Werner nippte an seinem Kaffee.

»Der Günther, mit dem du immer Skat spielst?«, fragte Vibeke irritiert. Er war der Einzige mit dem Namen, der ihr spontan einfiel.

»Genau der. Seine Frau sitzt zusammen mit Charlotte Möbius im Kulturausschuss der Kulturstiftung. Davon abgesehen ist sie eine der schlimmsten Klatschbasen, die man sich vorstellen kann.« Er lächelte breit. »Günther war mir noch einen Gefallen schuldig. Jedenfalls erzählte Nathalie, so heißt seine Frau, dass bei den Eheleuten Möbius seit geraumer Zeit Krisenstimmung herrscht.« Sein Gesicht wurde ernst. »Offenbar versuchen sie schon seit Jahren, ein Kind zu bekommen, sie haben sich sogar zu einer künstlichen Befruchtung entschieden, aber es hat nicht geklappt. Charlotte Möbius soll sehr unter der Situation leiden. Verständlicherweise.« Werners Miene hatte jetzt etwas Betrübtes, und Vibeke ahnte, dass er an sich und Elke dachte. Auch ihr Wunsch nach einem leiblichen Kind war nie in Erfüllung gegangen, einer der Gründe, weshalb sie damals Vibeke als Elfjährige zu sich geholt hatten.

»Und Saskia Niekamp war schwanger«, stellte Rasmus trocken fest, der jetzt an seinem Schreibtisch saß.

Werner nickte. »Und Saskia Niekamp war schwanger.«

»Ove Möbius und Saskia Niekamp haben sich getroffen.« Vibeke erzählte ihnen wie zuvor Luís von der Beobachtung des Kellners und ihrem anschließenden Besuch in der Möbius-Villa. »Deshalb muss er natürlich noch lange kein Mörder sein. Aus welchem Grund hätte er Saskia umbringen sollen? Angenommen, es wäre sein Kind, hätte er dann nicht eher versucht, das Sorgerecht zu bekommen?« Gedankenverloren langte sie nach ihrem Kugelschreiber und tippte damit auf die Tischplatte.

»Vielleicht wollte er seiner Frau nicht zumuten, dass er ein Kind mit einer anderen bekommt«, sagte Luís. »Dann hätte sie ihm womöglich den Geldhahn zugedreht. Oder es war andersherum. Saskia wollte das Kind nicht, und er ist durchgedreht.«

»Und was fangen wir jetzt damit an?«, fragte Vibeke. »Kein Richter der Welt wird uns für einen derart vagen Verdacht einen Beschluss ausstellen. Da muss er schon freiwillig eine Speichelprobe abgeben. Es ist im Grunde wie bei Malthe Sødergren.« Frustriert feuerte sie den Kugelschreiber auf die Schreibtischplatte. »Wir drehen uns im Kreis.«

»Hey, hey, Frau Kollegin. Was sind denn das für Töne? Du wirst doch wohl nicht aufgeben wollen?«

»Natürlich nicht.« Vibeke riss sich zusammen.

Rasmus räusperte sich. »Apropos Malthe Sødergren. Ich habe seinem Bruder Jonas heute in Augustenborg einen Besuch abgestattet. Der malt im Übrigen ganz spezielle Bilder.« Er erzählte ihnen von einem Selbstporträt, das Jonas Sødergren aufgeknüpft an einem Balken zeigte. »Er kannte Saskia, und er hat sie als Miststück bezeichnet, aber als ich nachgehakt habe, hat er dichtgemacht.« Er strich sich über den zurückgehenden Haaransatz. Sein Blick wurde finster. »Also wenn ihr mich fragt, liegt da einiges im Argen. Nicht nur, was die Sødergrens betrifft, sondern auch Saskia Niekamp. Ich glaube, wir kennen von ihr bislang nur die Spitze des Eisbergs.«

Vibeke nickte. »Dann lasst uns tiefer graben.«

Flensburg, Deutschland

Die Dämmerung hatte den Himmel über dem Hafen in ein Farbspektakel aus Rot, Orange und Violett verfärbt, als die Crew auf der *Valeria* zusammentraf. Die Temperaturen waren zum Abend hin milder geworden, der Wind hatte abgeflaut, und das Wasser in der Bucht lag ruhig und glatt da wie ein Spiegel. An der Promenade flanierten einzelne Spaziergänger an den Schiffen vorbei, und die Kneipen entlang der Wasserlinie waren von Studenten belagert.

Das Interesse der Öffentlichkeit an der *Valeria* und ihrer Besatzung war in den letzten Tagen merklich zurückgegangen, und sie hockten erstmals wieder an Deck zusammen. Mike hatte die Laterne mit Petroleum gefüllt, und das flackernde Licht verbreitete Wärme und Gemütlichkeit.

»Prost«, sagte er. Ihre Flaschen klirrten aneinander.

»Skål.« Mogen leerte sein Bier in einem Zug. Unter seinem linken Auge prangte seit dem Wochenende ein Veilchen. Anfangs rot und verquollen, war die Schwellung mittlerweile zurückgegangen, und es schimmerte nur noch lila-blau. Er hatte behauptet, sich bei seiner letzten Fuhre am Freitag an der Lkw-Tür gestoßen zu haben, doch Mike war sich nicht sicher, ob das stimmte. Um von der Verletzung abzulenken, thronte auf den verfilzten Locken des Dänen eine noch verfilztere Wollmütze.

»Wann nimmst du endlich mal die verdammte Mütze ab?« Gunnar verzog das Gesicht. »Das Teil stinkt grässlich.«

Mogen schnalzte. »Das ist nicht die Mütze. Das bin ich.« Er stellte seine leere Flasche zurück in die Bierkiste, zog eine neue heraus und öffnete sie mit einem Ploppen.

»Wo steckt eigentlich Hermann?«, erkundigte sich JJ. Die Haut auf seiner sonnenverbrannten Nase hatte sich mittlerweile vollständig abgeschält. Im Laternenschein leuchtete die neue Schicht darunter ähnlich rot wie seine Haare.

»Der kommt nicht.« Mike rutschte nervös auf der Holzbank herum. Er hatte die letzten zwei Tage damit verbracht, im Freundes- und Bekanntenkreis herumzutelefonieren, um möglicherweise jemanden zu finden, der Hermanns Anteile an der *Valeria* übernahm, ehe er die Hiobsbotschaft an seine Freunde überbrachte. Doch alle hatten sofort abgewunken. Niemand wollte ein marodes Schiff, auf dem ein Mord geschehen war. Zudem pflegten viele Seeleute ihren Aberglauben, und manch Älterer war der Überzeugung, dass Frauen an Bord Unglück brachten. Ihr Mantra: Alles, was nicht im Stehen über die Reling pinkeln konnte, hatte auf einem Schiff nichts zu suchen. Und die Geschehnisse vom vorletzten Freitag bestätigten diese Männer in ihrem Aberglauben. Saskia Niekamp hatte Unglück über die *Valeria* gebracht.

»Weshalb kommt er nicht?«, hakte Gunnar nach.

Mike ließ die Katze aus dem Sack. »Hermann will seine Anteile verkaufen. Oder am besten gleich das ganze Schiff.«

»Wie, er will verkaufen?«, platzte es aus JJ heraus.

»Shit.« Mogen schob sich die Mütze noch tiefer in die Stirn.

»Ausgerechnet jetzt, wo uns die Kunden weglaufen.« JJ schüttelte empört den Kopf. »Und dann hat er noch nicht einmal die Eier, es uns selbst zu sagen.«

»Er wollte, dass ich mit Gunnar spreche.« Mike sah seinen Freund an, der noch keinen Ton gesagt hatte. Sein Gesicht wirkte wie erstarrt, in seinen Augen spiegelte sich Fassungslosigkeit.

»Das kann er nicht machen«, sagte Gunnar jetzt. Er umklammerte seine Bierflasche so fest, dass das Weiß an seinen Handknöcheln hervortrat.

»Hermann ist ein Egoist«, empörte sich JJ weiter. »Das war er schon immer. Ich hätte echt Lust, dem mal so richtig meine Meinung zu geigen.«

Mogen nickte. »Dem geht's nur um die Kohle.« Er nahm einen Schluck Bier. »Und jetzt, wo die *Valeria* nichts mehr einbringt, lässt er uns hängen. So ein Arsch.«

Eine Weile tranken alle schweigend ihr Bier.

»Hermann wäre bereit, mit dem Verkauf zu warten«, sagte Mike schließlich, »vorausgesetzt, wir finden jemanden, der seine Anteile übernimmt.« Sein Blick glitt von JJ zu Mogen. »Könnt ihr euch vorstellen einzusteigen?«

JJ schüttelte den Kopf. »No way. Mir sind ein paar Aufträge weggeplatzt, seit die Scheißpresse meinen Namen gedruckt hat, und ich hab ohnehin kaum etwas auf der Naht.«

»Ich bin auch blank«, kam es von Mogen. »Sogar blanker als blank.«

Mikes Blick wanderte weiter zu Gunnar. »Wir könnten versuchen, einen Kredit zu bekommen.«

»Vergiss es«, fuhr Gunnar ihn harsch an. »Alles, was ich je besessen habe, gehört jetzt Britta oder der Bank. Ich darf das Haus zwar weiter abbezahlen, aber wohnen kann ich dort nicht.« Er fuhr sich mit der Hand übers Gesicht. »Wenn Hermann tatsächlich verkauft, habe ich weder einen Job noch ein Dach über dem Kopf. Wie soll ich dann den Unterhalt für die Kinder zahlen?«

»Dann müssen wir jemand von außen reinholen.«

»Und wen?«, brauste Gunnar auf. »Glaubst du, irgendjemand hat Lust, hier zu investieren? In das Totenschiff? So nennen es die Leute mittlerweile.«

»Wir sollten es zumindest versuchen«, beharrte Mike. Er brachte es nicht über sich, seinem Freund zu erzählen, dass sämtliche Bemühungen in dieser Hinsicht bislang gescheitert waren. »Wir könnten mit diesem Peer Landgraf sprechen, der an Bord war. Der Yachtmakler. Vielleicht will er sein Portfolio erweitern.«

»Oder Dan Sødergren«, schlug JJ vor. »Der kennt doch jede Menge segelbegeisterte Leute.«

»Oder ihr verkauft«, stellte Mogen trocken fest. Er hing auch seit jeher am wenigsten an der *Valeria*.

»Kommt nicht infrage«, sagte Gunnar finster. »Das Schiff ist mein Zuhause.«

»Du kannst bei mir pennen«, bot Mogen freimütig an.

»Danke, aber darum geht es nicht.« Gunnar stellte die leere Bierflasche zurück in den Kasten und erhob sich.

Mogen fingerte an seiner Mütze herum. »Was hast du vor?«

»Ich fahre zu Hermann und rede mit ihm.«

»Glaubst du wirklich, das ist eine gute Idee?«, fragte Mike. Sein Freund hatte einiges getrunken.

Anstatt ihm eine Antwort zu geben, verließ Gunnar das Schiff über die Gangway.

Besorgt blickte Mike ihm hinterher.

Esbjerg, Dänemark

Es war bereits nach dreiundzwanzig Uhr, als Rasmus die Tür zu seinem Apartment im Whitehouse aufschloss. Stille empfing ihn. Er streifte sich die Schuhe ab, zog die Jacke aus und legte sie auf einen der Barhocker am Küchentresen.

Dunkelheit drückte schwer gegen die bodentiefen Fenster. Das Meer war von der Nacht verschluckt, nur vereinzelt schimmerten an der Küste entfernte Lichter.

Seit dem Auffinden der Leiche waren fünf Tage vergangen, und es schien, als wären sie keinen Schritt vorangekommen.

Sie hatten gefühlt Tausende Befragungen durchgeführt. Herausgekommen waren nur ein paar Verdachtsmomente.

Er hörte seine Mailbox ab. Ein Anruf von Mads, der ihm riet, sich bald mal blicken zu lassen. Die neue Chefin scharrte mit den Hufen.

Rasmus entfuhr ein Stöhnen. Er hatte ein Déjà-vu. Kasper Saltum hatte ihn in seiner Zeit als Interimschef nahezu täglich mit Anrufen bombardiert und ihn buchstäblich an die Leine gelegt. Hoffentlich war diese Maja Eriksen ein wenig umgänglicher. Doch allein die Tatsache, dass sie bereits seit fünf Tagen auf dem Chefsessel saß und ihn noch kein einziges Mal in ihr Büro zitiert hatte, sprach mehr für als gegen sie. Er beschloss, am nächsten Morgen in der Polizeistation vorbeizuschauen, um seinen Antrittsbesuch abzuleisten, ehe sein Fernbleiben als unnötige Provokation ausgelegt wurde. Natürlich machte er nur seinen Job. Eva-Karin hätte das verstanden, alle anderen Vorgesetzten jedoch weniger, und seine Personalakte war dementsprechend dick. Vorzugsweise zeigte er sich morgen von seiner besten Seite.

Die nächste Nachricht auf seiner Mailbox stammte von Camilla, die um einen Rückruf bat. Er wählte ihre Nummer. Bei der Gelegenheit konnte er ihr gleich von Theo erzählen. Doch seine Ex-Frau ging nicht ran.

Rasmus legte sein Telefon beiseite und öffnete den Kühlschrank. Bis auf ein Päckchen Butter, eine halbe Gurke und zwei Flaschen Bier herrschte gähnende Leere. Es wurde dringend Zeit, einkaufen zu gehen. Er nahm eine der Bierflaschen heraus. Appetit hatte er ohnehin keinen. Auf dem Rückweg von Padborg hatte er sich an einer Autobahnraststätte zwei Hotdogs gekauft, die seitdem wie ein Stein in seinem Magen lagen.

Beim Schließen der Kühlschranktür fiel sein Blick auf das Foto von ihm und Anton, das daran befestigt war. Sie beide trugen diese übergroßen grünen Anglerhosen und lachten übers ganze Gesicht. An Antons Angel zappelte ein riesiger Dorsch.

Schlagartig kam die Schwere zurück, die er tagsüber hatte abstreifen können. Er starrte zur Fensterfront. Draußen schwappte düster das Meer.

Seine Gedanken glitten zu Theo, seinen weit aufgerissenen Augen, als er Rasmus erkannt hatte. Theos Antlitz wandelte sich in das von Anton, als er ihn das letzte Mal im Arm gehalten hatte. Der tote Blick und der warme Körper, die nicht zusammenpassen wollten.

Hinter Rasmus' Stirn begann es zu pochen. Er stellte die noch ungeöffnete Bierflasche unter lautem Klirren auf dem Küchentresen ab, ging ins Schlafzimmer und tauschte seine Kleidung gegen Laufklamotten.

Kurz darauf lief er in die Dunkelheit.

8. Kapitel

Esbjerg, Dänemark

Rasmus stieß die Tür zur Polizeistation auf. Er war früh auf den Beinen. Die vergangene Nacht steckte ihm noch immer in den Knochen. Er hatte sich beim Laufen bis an die Grenzen ausgepowert und war danach vollkommen erschöpft ins Bett gesunken. Im Schlaf hatte er sich dann auf dem Dach eines zehnstöckigen Hochhauses wiedergefunden, wo er Antons Hand umklammert gehalten hatte. Doch anders als sonst war er nicht aufgewacht, als sein Sohn rund dreißig Meter in die Tiefe gefallen war, sondern der Albtraum war nahtlos in einen anderen übergegangen. Er hatte an dem brennenden Auto gestanden, in dem die ans Lenkrad gefesselte Eva-Karin gesessen hatte, und an der Fahrertür gerüttelt, die sich jedoch nicht hatte öffnen lassen. Erst als sich die Flammen durch das Blech des Dienstwagens gefressen und nach seinen Händen gegriffen hatten, war er schließlich schweißüberströmt aufgewacht. Danach war an Schlaf nicht mehr zu denken gewesen.

Jetzt war er müde und schlecht gelaunt und hatte zudem noch immer das Gefühl von beißendem Brandgeruch in der Nase.

»Hej, Rasmus!« Silje Sørensen strahlte ihn braun gebrannt hinter dem Empfangstresen an. Ihre blonden

Haare waren unter mallorquinischer Sonne noch heller geworden, und ihre blauen Augen leuchteten so intensiv wie ihr Lächeln.

Rasmus' Stimmung hellte sich augenblicklich auf. »Hej, Silje!« Er blieb stehen. »Wie war dein Urlaub?«

»Großartig.« Ihr Blick bekam etwas Verträumtes. »Ich hätte ewig bleiben können.« Sie musterte ihn. »Und bei dir? Mads behauptet, du wärst nach Padborg gezogen.«

»Das kommt mir auch so vor.« Er lehnte sich gegen den Tresen. »Weißt du, ob die neue Chefin schon in ihrem Büro ist?«

Silje nickte. »Seit über einer Stunde.«

»Und, wie ist sie so?«

Die junge Polizistin lächelte wissend. »Am besten, du verschaffst dir selbst einen Eindruck.«

»Dann werde ich das mal tun.« Er klopfte mit den Fingerknöcheln auf den Tresen und steuerte auf Eva-Karins früheres Büro zu.

An der offenen Tür blieb er stehen. Die gerahmten Urkunden von Ironman-Wettkämpfen und der pompöse Chefsessel aus Leder waren zusammen mit Interimschef Kasper Saltum verschwunden. Stattdessen hing jetzt wieder eine großformatige Karte von Esbjerg hinter dem Schreibtisch.

Seine neue Vorgesetzte hatte ihm den Rücken zugewandt, während sie am Aktenschrank ein paar Unterlagen durchging. Sie war groß und schlank, trug eine schmal geschnittene hellblaue Bluse, dazu Jeans. Ihr blondes Haar war schulterlang.

Rasmus klopfte an den Türrahmen. »Hej, ich wollte mich kurz vorstellen. Ich bin …«

»Rasmus Nyborg«, ergänzte seine neue Chefin und drehte sich um.

»Maja? Maja Malling?«, fragte er ungläubig.

Sie nickte. »Jetzt Eriksen.«

»Ich glaub's ja nicht.« Rasmus starrte sie an. Auch sie war natürlich seit ihrer letzten Begegnung älter geworden, doch auf eine attraktive Weise. Und das lag nicht nur an ihrer neuen Haarfarbe. Ihr Gesicht wirkte schmaler als früher, die feinen Gesichtszüge prägnanter, fast schon hart, doch ihre Augen hätte er unter Tausenden wiedererkannt. Eine Mischung aus grün und braun, bernsteinfarben. Auch ihre Figur hatte sich verändert. Sie war schon immer schlank gewesen, doch ihre Rundungen waren verschwunden, und ihre Statur wirkte straff und durchtrainiert, wie bei einer Marathonläuferin.

Einen kurzen Moment waren sie beide verlegen, dann kam Maja auf ihn zu und umarmte ihn. Es war ein merkwürdiges Gefühl, ihr nach all den Jahren nah zu sein. Vertraut und gleichzeitig fremd.

»Wie lange ist es her?« Rasmus löste sich aus der Umarmung.

»Über zwanzig Jahre.« Sie wies auf den Besucherstuhl vor ihrem Schreibtisch, während sie selbst auf dem schlichten schwarzen AM Chair hinter dem Schreibtisch Platz nahm. »Setz dich doch.«

Kopfschüttelnd ließ er sich auf dem Besucherstuhl nieder. »Du hast dich kaum verändert. Abgesehen von der Haarfarbe. Steht dir.«

»Schmeichler.« Sie lächelte, und er bemerkte, dass ihr linker Schneidezahn sich noch immer leicht über den rechten schob, was ihrem Gesicht die Härte nahm.

Rasmus schlug die langen Beine übereinander. »Wo bist du all die Jahre gewesen?«

»Nach Kopenhagen war ich eine Zeit lang in Odense«, erzählte Maja im Plauderton. »Dort habe ich meinen Mann kennengelernt und bin mit ihm nach Holstebro gezogen. Nach der Scheidung habe ich zur Mordkommission nach Aalborg gewechselt.« Sie faltete die Hände zusammen. »Und du? Bist du noch mit Camilla zusammen?«

»Nein.« Er strich sich mit zwei Fingern über den Nasenrücken. »Lange Geschichte. Wir sind jedenfalls geschieden. Sie lebt in Kopenhagen, mit unserer Tochter und ihrem Freund. Was mein berufliches Leben betrifft, hast du dir ja sicher meine Personalakte angesehen.«

Maja nickte. »Ich möchte, dass das hier mit uns beiden klappt, Rasmus.« Ihr Lächeln war verschwunden, und sie wirkte ernst. Offenbar sprach sie jetzt als Vorgesetzte mit ihm. Es fühlte sich seltsam an, schließlich waren sie früher im selben Jahrgang der Polizeihochschule und Kollegen auf Augenhöhe gewesen. Doch jetzt trug sie den Titel einer Vizepolizeiinspektorin, während es mit seiner Karriere bergab gegangen war.

»Natürlich.«

»Hast du heute schon die Schlagzeilen gelesen?« Maja zog eine Ausgabe vom *Jylland Express* aus ihrem Ablagefach und schob sie ihm über den Schreibtisch zu.

»Segellegende im Visier der Polizei«, lautete die Headline in fetten schwarzen Buchstaben. Daneben war ein Foto von Dan Sødergren abgebildet.

»Die Boulevardpresse hat nach einem Aufhänger gesucht«, fuhr Maja fort, »und ihn gefunden. Die Verfasserin dieses Artikels wirft darin nur so mit Spekulationen um sich, was Täter und Motiv betrifft. Und sie schreibt, dass die Polizei noch immer im Dunkeln tappt. Womit sie leider recht hat.« Sie nahm die Zeitung wieder an sich und beförderte sie in den Papierkorb. »Ich habe mir deine Berichte durchgelesen. Demnach hattet ihr bislang keinen Durchbruch. Oder hat sich daran zwischenzeitlich etwas geändert?«

»Nicht wirklich.« Rasmus berichtete ihr von seinem Treffen mit Jonas Sødergren. »Irgendetwas stimmt nicht mit der Familie. Aber weiß der Himmel, ob das etwas mit Saskia Niekamp zu tun hat.«

»Dann macht Malthe Sødergren Druck.«

Rasmus nickte und warf einen Blick auf seine Uhr. »Ich muss los.« Er stand auf. »Oder hast du noch etwas?«

»Nein. Geh nur. Halt mich einfach auf dem Laufenden.«

»Das mache ich.« Rasmus hob zum Abschied die Hand. Er fragte sich, wie das werden sollte. Mit Maja und ihm.

Padborg, Dänemark

»Insgesamt drei Personen tauchen öfter im Feed auf.« Luís gab ein paar Befehle in seine Computertastatur ein, und auf dem digitalen Whiteboard erschien Saskia Niekamps Instagram-Account. Der Cursor der Maus zeigte auf einen dunkelhaarigen Mann. »Da ist einmal Frederick Bender, von dem wir wissen, dass er Saskia Niekamps Ex-Freund ist. Das letzte Foto mit ihm stammt vom April 2020.«

»In dem Monat haben sie sich getrennt. Laut Frederick Bender gab es anschließend keinen Kontakt mehr.«

Vibeke rührte die Milch in ihrem Kaffee mit dem Löffel um. Sie saßen vollständig versammelt im Büro der Sondereinheit und waren zuvor die rund zwei Dutzend Befragungen durchgegangen, die Jens und Søren am Vortag im Freundes- und Bekanntenkreis der Toten durchgeführt hatten. Alle waren über Saskias Ermordung erschüttert gewesen, doch die meisten hatten in den letzten zwei Jahren kaum noch Kontakt zu ihr gehabt, und diejenigen, die sich hin und wieder mit ihr getroffen oder per WhatsApp geschrieben hatten, waren auch keine große Hilfe gewesen. Sie hatten Saskia als eine aufgeschlossene und sympathische Person beschrieben, die viel lachte und dazu lebenshungrig und ehrgeizig gewesen war. Niemand konnte sich vorstellen, wer einen Grund gehabt haben mochte, sie umzubringen, oder hatte über ihr aktuelles Liebesleben Bescheid gewusst.

Auf dem digitalen Whiteboard erschien jetzt ein Foto von Saskia Niekamp an der Seite eines glatt rasierten blonden Typen im Button-down-Hemd und mit gewinnendem Lächeln. »Dieser Mann taucht im Laufe der Jahre immer mal wieder in ihrem Feed auf, insgesamt sieben Mal, und auch in einem älteren Post in Saskia Niekamps Facebook-Profil. Dort war er verlinkt.«

»In ihrem Facebook-Profil?«, fragte Vibeke irritiert. Beim letzten Mal waren die Fotos des Mannes auf dem Account nicht zu sehen gewesen.

»Jep«, bestätigte Luís. »Wie sich herausgestellt hat, waren dort nicht alle Beiträge auf öffentlich gestellt. Durch die Login-Daten für Instagram habe ich darauf

Zugriff bekommen. Die beiden Accounts sind miteinander verknüpft.« Ein zufriedenes Lächeln streifte seine Lippen. »Der Mann heißt Marcel Limbach und arbeitet in Flensburg bei einem FinTech-Start-up. Seine Telefonnummer befindet sich im Übrigen auch auf der Liste der Einzelverbindungen von Saskia Niekamps Handynummer. Pernille hat ihn bereits angerufen und auf seine Mailbox gesprochen, aber er hat nicht zurückgerufen. Anhand seines Xing-Profils konnte ich allerdings sehen, dass er zur selben Zeit wie Saskia Niekamp an der Hochschule Flensburg studiert hat. Es ist also anzunehmen, dass sie sich daher kannten.«

»Sein Name stand nicht auf der Liste, die wir von Ellen Niekamp bekommen haben«, warf Søren ein.

»Vielleicht kannte sie nicht alle Freunde ihrer Enkelin«, sagte Pernille. Sie fasste ihr langes dunkles Haar zu einem Dutt am Hinterkopf zusammen und befestigte ihn mit dem Haargummi, das sie um das Handgelenk trug. »Meine Familie kennt auch nicht jeden, mit dem ich mich treffe.«

»Lasst uns weitermachen«, sagte Vibeke

Der Mauszeiger wanderte jetzt zu der Frau mit der Nerdbrille und den asiatischen Zügen. »Sie hier haben wir insgesamt acht Mal im Feed. Leider ohne Markierung, vielleicht hat sie aber auch keinen Instagram-Account. Dafür habe ich sie auf Saskia Niekamps Facebook-Seite entdeckt. Und dort war sie auch verlinkt.« Der Bildschirm wechselte zu dem anderen sozialen Netzwerk. Auf dem Profilfoto war die Frau mit der Nerdbrille zu sehen. Beiträge waren keine vorhanden, dafür ein Name.

»Kim S.«, las Luís vor. »Entweder handelt es sich dabei um eine Abkürzung, oder es ist ein Nickname. Leider ist das Profil auf privat gestellt. Ich habe ihr gestern Abend eine Freundschaftsanfrage geschickt, aber bislang wurde sie nicht angenommen.«

»Was ist mit den Chatverläufen?«, erkundigte sich Vibeke.

»Saskia Niekamp hat dort kaum kommuniziert. Ich konnte jedenfalls nichts Erwähnenswertes entdecken.«

»Das ist ja alles schön und gut«, meldete sich jetzt Rasmus zu Wort. Er deutete mit der Hand aufs digitale Whiteboard. »Aber wie soll uns das in irgendeiner Form weiterbringen? Keine von diesen Personen war auf dem Schiff.«

»Wir waren uns doch einig, tiefer zu graben«, erinnerte ihn Vibeke. »Um mehr über das Mordopfer zu erfahren. Und dafür müssen wir mit den Menschen sprechen, die sie gekannt haben.«

»Das ist doch alles für die Katz«, sagte Rasmus schlecht gelaunt. »Es waren dreiundvierzig Personen auf dem Schiff, von denen muss es einer gewesen sein. Zwölf davon haben wir näher ins Auge gefasst, wenn wir Malthe Sødergren einbeziehen, sind es sogar dreizehn. Auf die sollten wir uns konzentrieren, sie ins GZ bestellen und ihnen die Daumenschrauben anlegen, bis einer von ihnen redet. Ansonsten sitzen wir noch bis Weihnachten hier.« Er sah sie herausfordernd an.

Vibeke zählte innerlich bis drei. Dass sie ermittlungstechnisch nicht immer auf einer Wellenlinie lagen, war nicht neu, doch so mürrisch und schlecht gelaunt hatte sie Rasmus seit Langem nicht erlebt. Überhaupt wirkte er mitgenommen. Sein Haar war etwas zu lang, seine Bartstoppeln hatten schon länger keinen Rasierer mehr gesehen, und unter seinen Augen lagen dunkle Schatten, so als hätte er seit Tagen nicht richtig geschlafen. Kein guter Zeitpunkt fürs Kräftemessen, entschied sie. Um die Ermittlungen voranzutreiben, sollten sie an einem Strang ziehen.

»Ich gebe dir vollkommen recht«, entgegnete sie diplomatisch. »Deshalb werden wir uns vor allem Malthe Sødergren noch einmal vorknöpfen. Bei allen anderen brauchen wir erst einmal eine Stelle, wo wir den Hebel ansetzen können. Wir gehen also wie abgesprochen vor und zeigen allen Beteiligten das Foto von unserer Unbekannten und ihrem Tattoo. Vielleicht kommen wir dadurch weiter.«

»Also alles noch einmal von vorn«, murmelte Rasmus.

Vibeke ignorierte es. »Pernille, was hat eure Hintergrundrecherche zur Crew ergeben?«

»Ich habe mit Mogen Bjornlunds Arbeitgeber gesprochen.« Pernille zog ein paar Unterlagen zu sich heran. »Laut ihm ist alles im grünen Bereich. Mogen fährt regelmäßig seine Touren und liefert die Ladungen pünktlich ab. Es gab weder Ärger mit Kunden noch mit Kollegen oder Vorgesetzten. Es scheint ganz so, als hätte er sich in den letzten Jahren nichts mehr zuschulden kommen lassen.« Sie warf einen Blick auf das vor ihr liegende DIN-A4-Blatt. »Friedrich Neumann, Fiete genannt, studiert Energie- und Umweltmanagement an der Europa-Universität. Er wohnt noch bei seinen Eltern, hat seit zwei Jahren eine feste Freundin und verdient sich mit dem Job auf der *Valeria* etwas Geld dazu. Seine Eltern beschreiben ihn als pflichtbewusst und zuverlässig. Berührungspunkte zu Saskia Niekamp konnte ich keine finden, aber natürlich könnten sie sich in einem Klub oder sonst wo begegnet sein. In dem Fall müssten wir noch tiefer einsteigen.«

»Wenn nötig, tun wir das«, warf Vibeke ein.

Pernille blätterte die Seite um. »Jakob Jensen, den wir auch als JJ kennen, arbeitet freiberuflich im IT-Bereich. Ich habe mir seine Website angesehen, demnach hat er sich auf IT-Consulting spezialisiert und berät Kunden bei der Einführung von neuer Software oder IT-Lösungen. Er bietet seine Dienste auch über entsprechende Jobportale an. Projektwerk, Gulp, Freelancermap.«

»Das bedeutet, sein Kundenstamm ist noch nicht besonders groß«, merkte Jens an. »Ansonsten könnte er sich vor Aufträgen kaum retten.«

»Du hast recht«, meinte Pernille. »Die Liste seiner Referenzen ist überschaubar, vermutlich schlägt er sich gerade so durch. Als Meldeadresse hat er im Übrigen die seiner Mutter angegeben, doch er wohnt überwiegend auf dem Schiff. Genau wie Gunnar Harms. Da habe ich mit der Ex-Frau gesprochen.« Pernille sah auf ihre Unterlagen. »Britta Harms. Die beiden sind seit acht Jahren geschieden, haben zwei Kinder im Teenageralter. Harms hat wohl früher sehr erfolgreich als Architekt gearbeitet, aber die Auftragslage wurde immer schwieriger, sodass er vor rund zehn Jahren seinen Job an den Nagel gehängt hat und Berufssegler geworden ist. Er ist bei Hermann Wilhelmsen angestellt.«

»Ach«, sagte Vibeke, obwohl sie nicht wusste, ob die Information überhaupt wichtig war.

»Was Hermann Wilhelmsen betrifft, wird es noch interessanter«, fuhr Pernille fort. »Ich war so frei, gestern Abend ein paar Klatschmagazine zu lesen.«

Jens hüstelte, doch Pernille sprach unbeirrt weiter. »Ich weiß, da kann man nicht immer alles für bare Münze nehmen, aber ein Funken Wahrheit ist meistens dran. Auf jeden Fall gilt Wilhelmsen seit Jahren als Frauenheld, und wenn man den Berichten glauben kann, schleppt er die Frauen reihenweise ab.« Sie blätterte zur nächsten Seite ihrer Unterlagen. »2008 stand schon einmal der Vorwurf von sexueller Belästigung im Raum. Wilhelmsen hat stets beteuert, sämtliche Handlungen wären einvernehmlich verlaufen. Die Anschuldigung wurde dann später von der Frau zurückgenommen.«

»Nicht, dass ich Derartiges gutheiße, sollte an der Sache etwas dran sein«, warf Jens ein. »Aber bei Saskia Niekamp handelt es sich nicht um ein Sexualdelikt.«

»Stimmt«, sagte Pernille. »Aber hier geht es ja auch eher darum, Wilhelmsens Charakter zu beleuchten, oder, um es mit Vibekes Worten zu sagen, eine Stelle zu finden, an der wir den Hebel ansetzen können. Im Übrigen habe ich bei meinen Recherchen festgestellt, dass Hermann Wilhelmsen und Bertram Kaminski miteinander Geschäfte machen.«

Jens rückte seine Brille auf dem Nasenrücken zurecht. »Das ist interessant.«

»Na ja, ein Bauunternehmer und ein Baustoffhändler«, wiegelte Søren ab, »für mich klingt es nicht ungewöhnlich, dass die hin und wieder zusammenarbeiten. So groß ist Flensburg ja nicht gerade.«

»Sprach der Mann aus Sønderborg«, konterte Jens spitz.

»Auf jeden Fall ist es eine Information, die wir bislang nicht hatten«, übernahm Vibeke wieder das Ruder. »Und wer weiß, vielleicht könnte sie am Ende wichtig sein. Hast du sonst noch etwas, Pernille?«

Pernille nickte. »Ich habe mir noch einmal Saskia Niekamps Kontounterlagen angesehen. Dabei ist mir aufgefallen, dass diese Floridareise, von der wir die Fotos auf Instagram gesehen haben, nirgends in den Belegen auftaucht.« Sie griff nach ihrem Wasserglas und trank einen Schluck, ehe sie weitersprach. »Genauso wenig wie ihre Wohnungseinrichtung. Lauter Designermöbel, aber nirgends findet sich eine Rechnung. Ich habe mir deshalb noch einmal ihren Mietvertrag durchgesehen. Da steht nichts davon, dass die Wohnung möbliert vermietet wurde.«

»Vielleicht hatte sie einen Gönner«, warf Søren ein.

Rasmus räusperte sich. »Oder eine Einnahmequelle, von der wir bislang nichts wissen.«

Stille.

Vibeke erinnerte sich an den Inhalt von Saskia Niekamps Kleiderschrank. »Sie hatte ein Faible für teure Kleidung und Designertaschen. Bislang war ich davon ausgegangen, dass sich alles mit ihrem Gehalt deckt, ich meine, die Frau hat gut verdient.«

»Aber vermutlich nicht schon immer«, gab Jens zu bedenken.

Vibeke nickte. »Wie lange gehen die Auszüge und die Kreditkartenabrechnungen zurück?«

»Zwölf Monate«, sagte Pernille.

»Aber die Aufbewahrungsfrist der Banken ist länger, oder?«

»Üblicherweise zehn Jahre.«

Ehe Vibeke etwas erwidern konnte, wurde die Tür

aufgestoßen und Werner erschien. »Entschuldigt, dass ich zu spät bin. Ich war noch auf einen Sprung bei Hans, also Kriminalrat Petersen, um sein Okay einzuholen.« Er ging wie selbstverständlich zum Sideboard und schenkte sich einen Kaffee ein.

»Ein Okay wofür?«, fragte Vibeke irritiert. Es nervte sie, dass ihr Vater bereits zum zweiten Mal unangekündigt in ihre Besprechung hineinplatzte.

Werner sah sie erstaunt an. »Na dafür, dass ich euch bei eurem Fall unterstütze. Du hattest doch gesagt, dass du von deinen Leuten aus Flensburg niemanden entbehren kannst.« Er machte eine weit ausholende Handbewegung. »Also, da bin ich.«

»Wie jetzt? Du bist im Ruhestand.«

Ihr Vater lächelte zufrieden. »Offiziell erst ab nächsten Monat. Jetzt habe ich Resturlaub. Also Hans ist jedenfalls einverstanden. Er sagte, er redet mir nicht hinein, was ich in meiner Freizeit tue.«

»Wie auch.« Vibeke bemerkte, dass ihre Teamkollegen dem Dialog aufmerksam lauschten und dabei den Kopf von links nach rechts wandten, als folgten sie einem Tennismatch. »Formal gesehen bist du Petersens Vorgesetzter.« Sie lehnte sich in ihrem Stuhl zurück, unschlüssig, wie sie angesichts dieser Entwicklung reagieren sollte.

Rasmus klopfte auf den Tisch. »Also, ich find's klasse, dass du uns unterstützt, Werner. Deine Tochter will, dass wir alle Beteiligten noch einmal abklappern, um ihnen ein Foto unserer Unbekannten zu zeigen. Wir können dich also gut gebrauchen.«

Auch die anderen klopften jetzt auf ihre Tische.

»Außerdem ... Wann kriegt man schon mal einen

stellvertretenden Polizeichef als Kollegen«, fügte Rasmus hinzu.

»Damit ist die Sache dann wohl entschieden«, sagte Vibeke und unterdrückte ein Seufzen. »Dann lasst uns jetzt die Aufgaben verteilen. Jens und Søren, ihr klappert die Kunden ab und zeigt ihnen das Foto von der Unbekannten.«

Sie wandte sich an Pernille. »Du bleibst an der Sache mit der Bank dran. Und vielleicht rufst du sicherheitshalber die Mietverwaltung an, ob die Wohnung nicht vielleicht doch bereits möbliert war. Ich selbst würde gerne noch einmal mit Ellen Niekamp sprechen, um ihr die Fotos von Saskias Instagram-Account zu zeigen. Vielleicht erkennt sie jemanden darauf.«

»Dann fahren Werner und ich in der Zwischenzeit zur SJB«, sagte Rasmus. »Anschließend treffen wir uns an der *Valeria* und knöpfen uns die Crew vor.«

Vibeke runzelte die Stirn. »Okay, so machen wir es.«

»Und ich kümmere mich darum, dass Werner einen anständigen Arbeitsplatz bekommt«, sagte Luís und griff zum Telefon.

Stühle scharrten, und der Raum leerte sich.

Es schien Vibeke, als hätte die Ermittlung mit einem Mal eine neue Dynamik bekommen.

Flensburg, Deutschland

Die Frau auf den Instagram-Fotos hieß Sunhi Kim. Ellen Niekamp hatte sich anhand des Fotos an die frühere Kommilitonin ihrer Enkelin erinnert, die Saskia während ihrer Studienzeit an der HS Flensburg einmal mit nach Hause gebracht hatte. Sie war Deutsch-Koreanerin, und ihre Eltern betrieben ein koreanisches Restaurant in der Innenstadt. Es hatte Vibeke zwei Anrufe gekostet, dann hatte sie eine Adresse bekommen.

Jetzt stand sie vor dem dreistöckigen Gebäude einer alten Spirituosenfabrik und sah die weiße Ziegelfassade hinauf. Zahlreiche Verfärbungen prangten daran, stellenweise rankte Efeu vom Sockel bis in den ersten Stock empor. Hinter den Industriefenstern im Untergeschoss brannte Licht, und es waren Schreibtische zu erkennen. Offenbar war eine Firma in den Räumen untergebracht.

An einem Seiteneingang fand Vibeke die gesuchte Hausnummer, doch weder auf dem Briefkasten noch auf dem Klingelschild stand ein Name. Ungewöhnlich. Vielleicht fürchtete Sunhi Kim um ihre Privatsphäre. Es irritierte Vibeke ein wenig, dass die Frau mit dem Nachnamen so hieß wie ihre Freundin Kim. Sie klingelte.

Kurz darauf ertönte eine weibliche Stimme aus der Gegensprechanlage. »Ja?«

Vibeke hielt ihren Dienstausweis vor die Kamera. »Polizei Flensburg. Ich würde Sie gerne kurz sprechen, Frau Kim.« Die Gegensprechanlage blieb stumm.

Sie wollte bereits erneut klingeln, als der Summer ertönte und sich die Haustür aufdrücken ließ.

Im Innern des Fabrikgebäudes empfing sie ein schmales Treppenhaus mit unverputzten Ziegelwänden. Eine Wendeltreppe führte sie ins Obergeschoss. Die Wohnungstür stand offen.

»Kommen Sie rein«, wurde sie von drinnen aufgefordert.

Ein langer, schmaler Flur mit sechs Türen führte in einen loftartigen Wohn- und Küchenbereich. Auch hier unverputzte Ziegelwände, ein Boden aus versiegeltem Estrich, an der Decke befand sich ein Schienensystem mit Lichtspots. Die Küche mit grifflosen schwarzen Fronten schuf einen gelungenen Kontrast zu der Wohnlandschaft aus würfelartigen, mit hellem Webstoff bezogenen Sitzmodulen.

Ein massiver Holztisch, an den gut zehn Personen passten, bildete das Zentrum des Raumes. Dort saß die junge Frau von den Instagram-Fotos mit ihrem Laptop.

»Einen kurzen Moment noch.« Ihre schmalen Finger flogen über die Tastatur.

Vibeke ließ den Blick durch den Raum schweifen. Er war größer als ihre gesamte Wohnung, und die hatte immerhin achtzig Quadratmeter. »Wohnen Sie alleine hier?«, fragte sie, sobald die Tastaturgeräusche verstummten.

»Nein. Wir sind eine WG.« Sunhi Kim klappte den Laptop zu und betrachtete ihre Besucherin aufmerksam durch ihre große schwarze Brille.

»Ich bin wegen Saskia Niekamp hier.« Vibeke ging zu dem Holztisch und griff nach dem ihr gegenüberstehenden Stuhl. »Darf ich?«

Die junge Frau nickte.

»Sie wissen sicher, was passiert ist, oder?«

»Es stand überall in den Zeitungen«, entgegnete Sunhi Kim zurückhaltend. Ihrem Gesicht war nicht die geringste Gefühlsregung anzusehen.

Sie wäre die perfekte Pokerspielerin, dachte Vibeke. Sie zog Stift und Notizbuch aus ihrer Tasche, und die

Augenbrauen über der Nerd-Brille schoben sich mit Blick auf ihr analoges Equipment ein Stück höher.

»Sie waren befreundet?«

»Wir kannten uns von der HS, haben hin und wieder zusammen gefeiert.« Sunhi Kim legte die Hand auf ihr Smartphone, das neben ihrem Laptop lag. »Man könnte schon sagen, dass wir befreundet waren. Allerdings nicht besonders eng.«

»Weshalb haben Sie uns nicht kontaktiert, als Sie hörten, dass Ihre Freundin tot ist?«

»Warum sollte ich?« Ihr Gesicht wirkte erneut vollkommen ausdruckslos. »Ich war nicht auf dem Segelschiff. Wie hätte ich Ihnen von Nutzen sein können?«

»Sie können uns dabei helfen, ein besseres Bild von der Toten zu bekommen.« Vibeke schlug ihr Notizbuch auf. »Wann haben Sie Saskia zuletzt gesehen?«

»Das ist schon eine Weile her, vor vier oder fünf Wochen vielleicht. Ich sehe in meinem Kalender nach.« Sie griff nach ihrem Smartphone und tippte mit flinken Fingern auf die Tastatur. »Es war am zwanzigsten August. Wir waren bei einer Party im Phono.«

Vibeke kannte den Klub, der einen spektakulären Panoramablick über den Flensburger Hafen bot. »Wie war Saskia da?«

»So wie immer. Vielleicht ein bisschen gestresst, zumindest arbeitete sie viel.«

»Hatte sie Probleme im Job? Mit Kunden oder Kollegen?«

»Nicht, dass ich wüsste. Sie war nur ab und zu von ihrem Chef genervt, sagte, man könne es ihm nur schwer recht machen.«

Vibeke sah sie interessiert an. »Sie sprechen von Henrik Bo Christensen, dem Bankdirektor?«

»Nein, mit dem kam Saskia bestens klar. Ich meinte ihren Abteilungsleiter. Mir fällt nur gerade sein Name nicht ein.«

»Thomas Pedersen?«, half ihr Vibeke auf die Sprünge.

»Genau.«

Vibeke machte sich eine Notiz. »Wussten Sie, dass Saskia schwanger war?«

Die dunklen Augen hinter den Brillengläsern weiteten sich.

»Nein«, erwiderte Sunhi Kim überrascht. Es war die erste sichtbare Gefühlsregung.

»Haben Sie eine Ahnung, wer der Vater sein könnte?«

»Nein.«

»Sagt Ihnen der Name Malthe Sødergren etwas?«

Sie nickte. »Das ist doch dieser Däne von der Segelmanufaktur. Saskia hat sich hin und wieder mit ihm getroffen, aber ich glaube nicht, dass da etwas gelaufen ist. Saskia meinte immer, er sei nett.«

So wie sie das letzte Wort aussprach, wusste Vibeke sofort, was gemeint war. Nett für Gespräche, ein Abendessen oder einen Konzertbesuch, aber nicht für hemmungslosen Sex.

»Saskia hatte eine Zeit lang eine Affäre«, schob Sunhi Kim jetzt hinterher.

»Mit wem?«

»Ich weiß es nicht. Sie machte ein Geheimnis drum. Er war wohl verheiratet.«

»Bitte denken Sie nach. Hat Saskia nie irgendwelche Andeutungen gemacht, wer es sein könnte?«

»Nein.« Sunhi Kim deutete ein leichtes Kopfschütteln an. »Ehrlich gesagt waren Männer auch nie groß unser Thema.«

Vibeke unterdrückte ein Seufzen. Dabei fühlte sie sich insgeheim wie ertappt. Auch sie sprach nur selten über ihr Liebesleben. Zumindest hatte sie weder Kim noch Nele von Claas erzählt. Ihr Blick fiel auf den zugeklappten Laptop. »Was arbeiten Sie?«

»Ich bin Freelancerin und arbeite für unterschiedliche Unternehmen als Programmiererin«, erzählte Sunhi Kim. Um ihre Mundwinkel zuckte es. »Haben Sie eigentlich schon einen Hinweis auf den Täter?«

»Ich darf Ihnen zu einer laufenden Ermittlung leider nichts sagen.«

»Natürlich, es ist nur irgendwie unheimlich.« Der Blick hinter der Brille wurde eine Spur dunkler. »Ich meine, Saskia geht da auf dieses Schiff, und am Ende ist sie tot. Das ist schon irgendwie gruselig.«

»Sie haben recht, und wir werden alles tun, um den Mord an Ihrer Freundin aufzuklären.« Vibeke steckte das Notizbuch ein und legte stattdessen ihre Visitenkarte auf den Tisch. »Wenn Ihnen irgendjemand einfällt, der etwas gegen Saskia hatte, rufen Sie mich an.« Sie erhob sich. »Vielen Dank für Ihre Zeit.«

Vibeke hatte sich bereits zum Gehen gewandt, als ihr noch etwas einfiel. Sie zog das Foto der unbekannten Toten aus der Tasche. »Vor rund zwanzig Jahren gab es schon einmal einen ähnlichen Todesfall. Sie waren vermutlich damals noch zu jung, aber bitte sehen Sie sich das Foto trotzdem an.«

Sunhi Kim beäugte das Gesicht der toten Frau. »Noch nie gesehen.«

»Und das hier?« Vibeke zeigte ihr das Foto mit dem Tattoo.

»Auch nicht. Tut mir leid.«

»Ist Ihnen bekannt, ob Ihre Freundin eine Verbindung nach Polen hatte?«

»Nicht, dass ich wüsste.«

Vibeke verstaute die Bilder wieder in ihrer Tasche und verabschiedete sich.

Draußen vor dem Fabrikgebäude blickte sie nachdenklich auf die weiße Ziegelfassade. Das Gespräch war seltsam gewesen. Keine Reaktion auf den Mord an ihrer Freundin. War Sunhi Kim wirklich so gefühllos oder nur eine Meisterin darin, ihre Emotionen zu verbergen? Doch aus welchem Grund sollte sie das tun?

Vibeke zog ihr Handy heraus und wählte die Nummer vom GZ.

Pernille nahm nach dem zweiten Klingeln ab.

»Sunhi Kim«, sagte Vibeke. »Ich will alles wissen, was du über die Frau finden kannst.«

Aabenraa, Dänemark

Die Segel vor dem Eingangsportal von Nordic Sails wölbten sich im Wind.

Jonas strich sich über das raspelkurze Haar, atmete tief durch und trat durch die Tür.

Die Augen der jungen blonden Frau hinter dem Empfangstresen weiteten sich. »Jonas. Meine Güte!« Sie strahlte übers ganze Gesicht. »Dass du dich hier mal wieder blicken lässt.«

»Hej, Sofia«, begrüßte er sie. »Ist mein Bruder da?«

»Malthe hat sich freigenommen. Soweit ich weiß, wollte er am Vormittag das neue NSPX-Segel testen. Aber dein Vater ist da.« Sie griff zum Telefon. »Er wird Augen machen, wenn er erfährt, dass du hier bist.«

»Hey, hey, Sofia, warte«, hielt Jonas sie zurück. »Er soll es gar nicht wissen. Also, psst …« Er legte warnend den rechten Zeigefinger an die Lippen.

Sofia machte ein enttäuschtes Gesicht, doch sie zog anstandslos die Hand vom Telefon zurück.

»Mach's gut, Sofia.« Jonas schenkte ihr ein Lächeln. »Und denk dran, du hast mich nicht gesehen.« Er verließ das Firmengebäude und stieg in den roten Ford Fiesta, den er sich von Franka geliehen hatte.

Kräftiger Wind blies ihm vom Meer entgegen, als er rund fünfzehn Minuten später auf dem Parkplatz am Yachthafen aus dem Auto stieg. Die Sonne versteckte sich hinter einer dunklen Wolkenbank, über dem Wasser zogen Seevögel kreischend ihre Kreise.

Jonas ging den Steg entlang, an dem Nordic Sails seine Anlegeplätze hatte, und hielt Ausschau nach seinem Bruder. Auf dem Aabenraa Fjord nahm gerade eine Segelyacht Kurs auf die Hafeneinfahrt.

Die Segel hatten eine leicht gräuliche Optik, die, wie Jonas wusste, durch die Kombination aus schwarzen Carbonfasern zusammen mit weißem Tafetta als schützender Außenhaut entstand. Das neue Nordic Sails Power X-Membram.

Seit Jahren arbeitete die Firma an verbesserten Strukturen ihrer Segel, zudem gab es Bestrebungen, ein Produkt aus recycelten Materialien auf den Markt zu bringen, Polyesterlaminat auf der Basis von recyceltem

Kunststoff. Doch bislang war ihnen der ökologische Ansatz, PET-Flaschen, die zuvor aus dem Meer gefischt worden waren, zur anschließenden Verarbeitung mit Schweröl betriebenen Containerschiffen um den halben Globus zu transportieren, weder nachhaltig genug noch wirtschaftlich tragfähig. Ebenso verhielt es sich mit PET-Recycling aus deutschen Anlagen, bei dem jährlich mehrere Hundert Tonnen Mikroplastik in die Kanalisation gelangten. Deshalb setzte Nordic Sails bislang nur in anderen Bereichen auf Nachhaltigkeit, verwendete für die Produktion ausschließlich Strom, der zu hundert Prozent von dänischen Windkraftanlagen gewonnen wurde, nutzte Holzhackschnitzel als Bio-Brennmasse zur Wärmegewinnung und unterstützte zudem Umweltorganisationen, die es sich zur Mission gemacht hatten, Ozeane von Kunststoffmüll zu befreien und an Lösungen für eine Welt ohne Plastikverschmutzung zu arbeiten.

Die Segelyacht passierte jetzt die Hafeneinfahrt. An Bord war nur eine einzige Person zu sehen. Malthe. Gerade holte er die Segel ein. Jonas spürte, wie sich etwas in seinem Magen verkrampfte. Kurz war er versucht umzudrehen, sich wieder ins Auto zu setzen und wegzufahren, doch sein Bruder hatte ihn bereits entdeckt.

»Jonas! Hej!« Malthe manövrierte die Segelyacht mit dem Bug voran in die freie Anlegestelle. Er warf Jonas die Festmacherleinen zu und machte sich selbst daran, die Heckleinen an den Pfählen zu befestigen, die hinter dem Boot aus dem Wasser ragten.

Jonas schlang die Leinen fachmännisch um die auf dem Steg angebrachten Klampen. Anschließend sah er dabei zu, wie sein Bruder Fender an den Außenseiten der Segelyacht platzierte, für den Fall, dass es zum Kontakt mit den benachbarten Booten kam. Erst als alles ausreichend gesichert war, verließ Malthe die Segelyacht über den Bug.

»Hey, Jonas.« Sein Bruder wollte ihn umarmen, doch Jonas wich zurück. Malthe runzelte die Stirn. »Sag nicht, du bist immer noch sauer?«

Jonas bereute augenblicklich, dass er gekommen war. »Ich wollte dich eigentlich nur warnen.« Er schob die Hände in die Hosentaschen. »Die Polizei war bei mir und hat Fragen gestellt. Über dich und Saskia. Ich glaube, sie verdächtigen dich.«

Malthe strich sich mit einer müden Geste übers Gesicht, und Jonas erkannte, wie fertig sein Bruder aussah. Unter seinen Augen lagen dunkle Halbmonde, und seine Wangen wirkten eingefallen, so als hätte er in letzter Zeit mehrere Kilo verloren.

»Ich war es nicht.«

»Dann wehr dich«, forderte Jonas ihn auf. »Oder willst du dir von Saskia dein ganzes restliches Leben versauen lassen?«

»Sie ist tot, Jonas. Tot. Nichts macht sie je wieder lebendig. Ich habe sie geliebt, ganz egal, was sie getan hat.« Malthe klang jetzt vollkommen resigniert. »Aber mir ist klar, dass du das nicht verstehst.«

Das krampfartige Gefühl in Jonas' Magen verwandelte sich in Wut. »Und deshalb machst du einfach so weiter?«, fragte er aufgebracht. »Aber natürlich. Malthe geht ja immer den bequemsten Weg.«

»Hör auf damit, Jonas«, warnte ihn sein Bruder.

Doch Jonas dachte gar nicht daran. Zu viel hatte sich in ihm aufgestaut. »Fühlst du dich eigentlich wohl in deiner Rolle?«, provozierte er seinen Bruder. »Der ewig brave Malthe, der die Firma übernimmt, im Schoß der Familie hockt und dem Alten immer schön in den Arsch kriecht. Damit bloß keiner merkt, was für ein Schwächling du bist.«

Sein Bruder wirkte wie versteinert.

Jonas hätte ihn am liebsten geschüttelt oder ins Wasser gestoßen, damit er endlich aufwachte.

»Was willst du eigentlich, Jonas?«, presste Malthe jetzt hervor. »Du warst doch immer Papas ›hero‹. Das Segelwunderkind, das in die Fußstapfen seines erfolgreichen Vaters tritt.« Er baute sich zu seiner ganzen Größe auf, ein böses Funkeln in den Augen. »Zumindest, bis du es so richtig verkackt hast.«

Jonas zuckte zusammen, verspürte den ohnmächtigen Drang, seinem Bruder eine zu verpassen. »Was bist du bloß für ein Arschloch. Tust so, als wüsstest du nicht, was gelaufen ist.« Er ballte die Hände zu Fäusten. »Dabei bist du nur eifersüchtig. Schon immer gewesen. Der Erstgeborene. Und trotzdem ewig der Zweite. Das muss sich wirklich scheiße anfühlen.«

Einen Moment starrten sie sich wutentbrannt an.

»Halt einfach die Klappe, Jonas«, zischte sein Bruder.

Jonas reckte angriffslustig das Kinn. »Sonst was?« Aus den Augenwinkeln bemerkte er, dass sie Zuschauer bekommen hatten. Auf einer der an den Steg grenzenden Yachten standen zwei Segler und blickten interessiert zu ihnen herüber.

»Ich hätte dich nie anrufen sollen, als das mit Saskia passiert ist«, sagte Malthe kopfschüttelnd. »Du machst alles nur noch schlimmer. Immer musst du alles kaputt machen.«

»Ich?«, erwiderte Jonas erbost. »Du schnallst es wirklich nicht, oder? Du hast dir ein Traumbild erschaffen, Malthe. Von einer Frau, die es nie gab. Du kanntest Saskia doch überhaupt nicht.«

Mit diesen Worten drehte er sich um und ließ seinen Bruder sprachlos zurück.

Flensburg, Deutschland

Remoulade quoll an der Seite heraus, als Rasmus genussvoll in sein Fischbrötchen biss.

Es war über zehn Monate her, seit er zuletzt an der Fischbude im Museumshafen gewesen war. Doch abgesehen von den leicht erhöhten Preisen und seiner Begleitung war alles wie beim letzten Mal. Die lange Schlange vor dem Verkaufsfenster, die Schwäne im Hafenbecken, Segelschiffe, Yachten und Motorboote, so weit das Auge reichte, der leicht bedeckte Himmel. Sogar die weiße Möwe, die sich auf dem Steg zu Füßen zweier Touristen niedergelassen hatte, den Blick gierig auf ihre Fischbrötchen gerichtet, schien dieselbe zu sein.

»Das ist gut, oder?« Werner spülte neben ihm seinen Bissen mit einem Schluck alkoholfreiem Bier hinunter.

Rasmus nickte. Zuvor hatten sie der SJB einen Besuch abgestattet und den Bankangestellten, die an Bord der *Valeria* gewesen waren, die Fotos von der unbekannten Toten und ihrem Tattoo gezeigt. Die Reaktionen waren nahezu überall dieselben gewesen. Kopfschütteln und ratlose Gesichter. Keinerlei Auffälligkeiten.

Rasmus fühlte sich in seiner Annahme bestätigt, dass die ganze Herumrennerei für die Katz war, doch angesichts Werners Zuversicht, den Cold Case aufzuklären, hielt er sich mit seinen Äußerungen zurück. Er kannte dieses unsägliche Gefühl, wenn man einen Täter nicht zu fassen bekam.

»Gut, dass Elke das nicht sieht.« Werner stellte die Bierflasche neben sich auf die Bank und klopfte mit der freien Hand auf seinen leicht gewölbten Bauch. »Sie findet, ich soll ein bisschen mit dem Essen aufpassen.«

»Frauen«, sagte Rasmus. »Sie meinen immer, für uns mitentscheiden zu müssen.« Er nahm einen weiteren Bissen von seinem Fischbrötchen. Die Möwe, die zuvor bei den beiden Touristen herumgelungert hatte, kam auf dem Steg Stück für Stück näher an ihn heran. »Was sagt deine Frau eigentlich dazu, dass du uns bei den Ermittlungen unterstützt?«

»Sie weiß es nicht.« Werner setzte eine unschuldige Miene auf.

»Du hast es ihr nicht erzählt?« Rasmus schüttelte den Kopf.

»Irgendwann wird sie es herausbekommen.«

»Vermutlich«, stimmte Werner ihm zu. Sein Blick wurde ernst. »Ich mache mir Sorgen.«

Obwohl er keinen Grund nannte, wusste Rasmus augenblicklich, dass es um Vibeke ging.

»Du und meine Tochter«, fuhr Werner fort. »Ihr beide steht euch doch nahe, oder?«

»Das dachte ich zumindest.«

»Sie kommt zum Boxen zu uns in den Keller. Immer wenn niemand zu Hause ist. Und das schon seit Monaten.«

»Woher weißt du das?«

»Von den Nachbarn. Wir wohnen in einem Reihenhaus«, erklärte Werner. »Und es ist ziemlich laut, wenn man auf einen Boxsack eindrischt. Vibeke hat das schon immer gemacht, wenn es ihr nicht gut ging. Kannst du mir sagen, was mit ihr los ist?«

Rasmus biss in sein Brötchen, um die Antwort hinauszuzögern. Er fühlte sich unwohl bei dem Gedanken, hinter Vibekes Rücken mit ihrem Vater zu sprechen. Sie würde ihm den Kopf abreißen, wenn sie davon erfuhr.

»Es hängt mit diesem Claas Behring zusammen, oder?«, schob Werner hinterher. Es klang eher wie eine Feststellung als nach einer Frage.

»Das solltest du am besten Vibeke fragen.«

»Sie will nicht darüber reden.« Werner nahm einen weiteren Schluck aus seiner Bierflasche. »Vibeke kann furchtbar stur sein. Immer macht sie alles mit sich allein aus.«

Rasmus nickte zustimmend.

»So war sie schon als Kind. Aber natürlich hat sie es auch nicht leicht gehabt.« Ein Schatten flog über sein Gesicht. »Eigentlich möchte ich nur wissen, was dran ist an dem, was der Flurfunk erzählt.«

Rasmus' Handy klingelte, und er zog es aus der Hosentasche. Das Display zeigte Vibekes Namen. »Deine Tochter.«

»Dann solltest du wohl lieber rangehen.«

Er nahm das Gespräch an.

»Wo bleibst du denn?«, drang ihm Vibekes Stimme entgegen. Im Hintergrund hörte er das Kreischen von Möwen.

»Bin gleich da. Zwei Minuten.« Er steckte das Telefon wieder ein und schob sich den letzten Rest seines Fischbrötchens in den Mund.

»Ich komme mit.« Werner erhob sich. »Dann kann ich mir bei der Gelegenheit gleich das Schiff ansehen.«

Rasmus nickte. Er hatte nichts dagegen. Sechs Augen sahen womöglich mehr als vier. Er wischte sich mit der Papierserviette den Mund ab und beförderte sie anschließend in den Müllbehälter, während Werner seine leere Bierflasche in die bereitstehende Getränkekiste stellte.

Einträchtig schweigend gingen sie den Holzsteg entlang, so als hätte es ihr vorheriges Gespräch nie gegeben.

Schon von Weitem erkannte Rasmus Vibekes schmale Gestalt, die auf der Promenade in Höhe der *Valeria* stand und angestrengt Richtung Parkplatz blickte.

»Hej, Vibeke!«, rief Rasmus.

Seine Kollegin drehte sich um, hob angesichts ihres Vaters die Brauen und schien eine Bemerkung machen zu wollen, doch dann zeigte sich ein mattes Lächeln auf ihrem Gesicht. »Hej, da seid ihr ja. Wart ihr Fischbrötchen essen?« Sie deutete auf einen Remouladenfleck, der auf seiner schwarzen Jeans prangte.

»Oh, Shit.« Rasmus wischte mit dem Daumen daran herum.

»So machst du es nur schlimmer«, stellte Vibeke trocken fest. »Lasst uns lieber an Bord gehen. Ich habe unser Kommen bereits angekündigt, damit die Crew vollständig da ist und sich das Ganze nicht ewig zieht.«

»Prima«, murmelte Rasmus und folgte seiner Kollegin, die jetzt mit forschen Schritten auf die Gangway zusteuerte.

Hinter ihm ging Werner Boisen als Letzter an Bord.

Die Crew hatte sich bei den Holzbänken versammelt. Die Gesichter der Segler wirkten verschlossen, die Stimmung seltsam angespannt.

»Hallo«, begrüßte Vibeke die Runde. »Danke, dass Sie sich so kurzfristig Zeit genommen haben.«

»Das geht jetzt aber hoffentlich nicht immer so«, entfuhr es Hermann Wilhelmsen barsch. Anders als am Wochenende war er formell in Anzug und Krawatte gekleidet. Sein wettergegerbtes Gesicht war missmutig verzogen. »Ich habe schließlich ein Unternehmen zu führen.«

»Wir machen es kurz«, versprach Vibeke. »Ich möchte nur, dass Sie sich zwei Fotos ansehen.« Sie zog die Aufnahmen der unbekannten Toten und ihres Tattoos aus der Tasche und reichte sie an Michael Henschel, der ihr am nächsten stand.

Rasmus sah, wie der Kapitän beim Anblick der Wasserleiche zusammenzuckte.

»Kennen Sie die Frau?«, fragte seine Kollegin.

»Nein.« Er betrachtete die Tätowierung, runzelte die Stirn.

»Haben Sie das Tattoo schon einmal gesehen?«

»Ich dachte kurz, aber nein. Ich habe mich geirrt.«

Vibeke beäugte ihn. »Sicher?«

»Ja.« Er gab die Fotos Gunnar Harms, der nur einen kurzen Blick darauf warf und sie mit einem Kopfschütteln an Mogen Bjornlund weitergab.

»Min Gud!« Der Däne verzog angeekelt das Gesicht. »Ich habe die Frau noch nie gesehen.« Er trug eine filzige Mütze auf dem Kopf, die er sich jetzt tiefer in die Stirn schob. Unter seinem linken Auge schimmerte ein gelb-violettes Veilchen.

Rasmus dachte an die vermeintliche Schlägerei, der er Freitagabend durch Zufall beigewohnt hatte. Und er erinnerte sich wieder, dass er Mogen beim Hallenfest des

FSC gesehen hatte. »Wo hast du dir das geholt?« Er deutete auf das Veilchen.

»Eine Lkw-Tür stand im Weg«, erwiderte sein Landsmann und reichte die Fotos an Jakob Jensen weiter.

Dieser warf einen schnellen Blick darauf. »Ich kenne weder die Frau noch das Tattoo.« Auch Fiete Neumann, der neben ihm stand, presste ein »Noch nie gesehen« hervor.

Hermann Wilhelmsen war der Letzte im Bunde, der die Fotos betrachtete. Auch seine Augen huschten nur kurz darüber, ehe er den Kopf schüttelte und sie Vibeke zurückreichte.

Rasmus bemerkte, dass sich unter seinen blondierten Haarsträhnen Schweißperlen auf seiner Stirn gebildet hatten. Möglicherweise eine natürliche Reaktion. Die meisten Menschen bekamen nicht häufig Fotos von Wasserleichen zu sehen. Oder er stand aus anderen Gründen unter Stress.

»Die Frau ist Ihnen noch nie begegnet?«, fragte seine Kollegin den Unternehmer. Dabei musterte sie ihn aufmerksam.

»Nein«, erwiderte Hermann Wilhelmsen knapp und warf einen raschen Blick auf seine Armbanduhr.

»Wer ist das eigentlich auf dem Foto?« Jakob Jensen fuhr sich mit der Hand durch das rotes Haar.

Werner, der sich bislang im Hintergrund gehalten hatte, trat vor.

»Die Leiche der Frau wurde 2002 Höhe Glücksburg in der Förde angespült. Sie wurde erdrosselt.« Sein Blick scannte jedes einzelne Crewmitglied.

»Sie sind Werner Boisen«, stellte Hermann Wilhelmsen fest. »Ehemaliger stellvertretender Polizeichef. Ich habe ein Foto von Ihrem Abschied in der Zeitung gesehen. Ich dachte, Sie wären im Ruhestand.«

»Das dachten so einige«, entgegnete Werner.

Die beiden Männer taxierten einander.

»War es das jetzt?« Mogen Bjornlund kratzte sich an seiner Wollmütze. »Ich habe heute noch eine Tour.«

»Ja, das war's«, sagte Vibeke. »Zumindest fürs Erste.« Sie sah in die Runde. »Wir melden uns.«

Die drei Kriminalbeamten verließen das Segelschiff. Als sie wieder an Land standen, klingelte Werners Handy. »Das ist Elke.« Er entfernte sich ein paar Schritte, um zu telefonieren.

»Was hältst du von denen?« Rasmus deutete mit dem Kopf zur *Valeria*.

»Ich bin mir nicht sicher.« Vibeke strich sich eine lose Haarsträhne hinters Ohr, die sich durch den Wind aus ihrem Pferdeschwanz gelöst hatte. »Ich hatte das Gefühl, als hätte Michael Henschel das Tattoo erkannt, auch wenn er etwas anderes behauptet. Und dann Wilhelmsen … Hast du gesehen, wie der geschwitzt hat?«

Rasmus nickte.

»Es könnte alles und nichts bedeuten«, fuhr Vibeke fort. »Möglicherweise hat er nur einen wichtigen Termin. Bei den anderen schien es mir nicht, als würden sie die Frau kennen.«

»Oder sie haben es gut überspielt.« Rasmus sah zur Gangway, wo gerade Hermann Wilhelmsen das Segelschiff verließ. Das Gesicht des Unternehmers war stark gerötet, die Lippen wie ein dünner Bleistift zusammengepresst. Ohne sie noch eines Blickes zu würdigen, steuerte er auf den Parkplatz zu und stieg dort in ein silbernes Cabriolet.

»Sieht aus, als hätte es Ärger gegeben.« Vibeke schaute dem davonfahrenden Wagen hinterher. »Mir fällt gerade ein, ich habe dir noch gar nicht von Sunhi Kim erzählt.«

»Sunhi wer?«, fragte Rasmus irritiert.

»Die Frau von dem Instagram-Foto. Sie hat zusammen mit Saskia Niekamp an der HS Flensburg studiert.« Vibeke gab ihm in knappen Worten das Gespräch wieder, das sie mit der Programmiererin geführt hatte. »Für meinen Geschmack war sie ein wenig zu reserviert. Ich meine, wenn einer meiner Freundinnen so etwas passiert wäre …« Ihr Handy klingelte, und nach einem kurzen Blick aufs Display nahm sie das Gespräch an. Eine Weile lauschte sie der Stimme am anderen Ende des Hörers, dann schaute sie auf die Uhr. »In Ordnung. Wir kommen.« Vibeke legte auf. »Das war Charlotte Möbius. Ich hatte ihr ausrichten lassen, dass ich sie gerne sprechen würde. Vielleicht weiß sie, was da zwischen ihrem Mann und Saskia gelaufen ist. Ich sag schnell Werner Bescheid, dann treffen wir uns am Auto.« Sie machte auf dem Absatz kehrt und eilte zu ihrem Vater, der noch immer telefonierte.

Rasmus überlegte, ob er schnell eine rauchen sollte, als eine rote Vespa in sein Sichtfeld geriet, die auf dem Parkplatz direkt gegenüber der *Valeria* stand. Die Vespa, die ihn am Freitagabend fast über den Haufen gefahren hatte, war ebenfalls rot gewesen. Er ging näher heran. Auch die beiden Zahlen auf dem Kennzeichen stimmten überein. 89.

Er griff nach seinem Handy und wählte Luís' Nummer.

»Hej, Luís«, sagte er, sobald sich sein Kollege meldete. »Ich gebe dir gerade mal ein Kennzeichen durch.«

Er nannte die Buchstaben und Zahlen vom Nummernschild des vor ihm stehenden Motorrollers. »Kannst du für mich eine Halterabfrage durchführen?«

»Sicher. Willst du kurz dranbleiben, oder soll ich zurückrufen?«

»Ich warte.« Rasmus hörte, wie Luís' Finger über die Computertastatur flogen. Schließlich meldete er sich wieder. »Der Halter des Fahrzeugs ist Michael Henschel. Das ist doch der von der Segelcrew«, stellte er fest. »Was hat es mit dem Roller auf sich?«

»Das weiß ich selbst noch nicht so genau.« Rasmus sah, dass Vibeke bereits an ihrem Dienstwagen stand und hektische Handbewegungen in seine Richtung machte. »Ich erzähle dir später davon. Unsere Kollegin wird gerade ungeduldig.«

Der Portugiese lachte. »Dann bis später.«

»Danke, Luís.« Rasmus legte auf, den Blick nachdenklich auf die *Valeria* gerichtet.

Flensburg, Deutschland

Marie starrte durch die Windschutzscheibe ihres Autos zu dem zweistöckigen Quadergebäude mit grauer Ziegelfassade. Sie hatte keinen Termin mit Kaminski ausgemacht. Bis zuletzt war sie unsicher gewesen, ob sie nicht doch erst mit Henrik Bo Christensen oder Thomas Pedersen sprechen sollte, doch letztendlich hatte sie sich dagegen entschieden. Sie musste sich vergewissern, dass an ihrem Verdacht etwas dran war. Ansonsten würde sie sich nur lächerlich machen, und man würde sie noch weniger ernst nehmen, als es ohnehin schon der Fall war.

Wertvoll für die Bank. Für einen Moment überkam Marie unsägliche Verbitterung. Sie arbeitete seit ihrer Ausbildung bei der SJB, insgesamt sechsundzwanzig Jahre, war stets zuverlässig, fleißig und loyal gewesen. Jetzt ging sie langsam auf die fünfzig zu und musste dabei zusehen, wie sie Jüngere, die sie zum Teil selbst ausgebildet hatte, auf der Karriereleiter überholten. Es waren nie die Leistungsträger, sondern die jungen Hungrigen, die Skrupellosen, die für Macht und Erfolg über Leichen gingen, oder auch die Networker, die in Unternehmen die Führungspositionen besetzten.

Frauen wie Saskia. Hervorragend ausgebildet, gut aussehend und durchsetzungsstark. Saskia, die Designerkleidung und teure Taschen trug und in einer Luxuswohnung im Yachthafen residierte. Marie hatte ihre jüngere Kollegin insgeheim immer beneidet. Um ihr Aussehen, ihren Job, ihren Lifestyle. Und sie hatte sich gefragt, wie sie dieses Leben finanzierte. Soweit sie wusste, kam Saskia aus einfachen Verhältnissen. Als Private Bankerin bei der SJB verdiente man recht gut, aber bei Weitem nicht so viel, um für all das aufzukommen.

Saskia musste sich ihren Lebensstil auf andere Weise finanziert haben. Durch einen Menschen wie Kaminski zum Beispiel.

Marie hatte diese Möglichkeit immer wieder durchgespielt. Kaminski, der im großen Stil Schwarzgeld wusch, Saskia, die davon gewusst hatte und sich entweder für ihr Schweigen hatte bezahlen lassen oder im Zweifelsfall sogar aktiv mitgemischt hatte.

Deutschland war trotz verschärftem Geldwäschegesetz nach wie vor ein Paradies für Geldwäscher und lockte weltweit Kriminelle an. Arabischstämmige Clans, die in Immobilien und Grundstücke in Großstädten investierten und einen Großteil der Kaufsummen in bar zahlten. Betongold.

Auch Tafelgeschäfte, bei denen Bargeld in Goldbarren getauscht wurde, waren eine gängige Methode, Geld zu waschen, wie Scheingeschäfte, die einen hohen Durchfluss an Bargeldströmen kaschierten. Spielhallen, Casinos, Wettbüros. Der Barkauf von Luxusgütern war in Deutschland ebenfalls nach wie vor möglich. Schmuck, Autos, Kunstgegenstände.

Anders als in vielen anderen EU-Ländern gab es hier bislang keine Bargeld-Obergrenze, wenngleich die EU-Kommission eine solche forderte. Lediglich ab zehntausend Euro mussten Käufer einen Ausweis vorzeigen, doch auch unter Händlern gab es schwarze Schafe, die diese Vorschrift nicht so genau nahmen. Deutschland war ein Geldwäsche-Tummelplatz für Schwerkriminelle und Korrupte. Marie hatte erst kürzlich gelesen, dass laut Einschätzung von Experten rund hundert Milliarden Euro jährlich in Deutschland gewaschen wurden. Dabei stammte das Geld nicht nur aus Aktivitäten der organisierten Kriminalität, sondern auch von Steuerhinterziehern. Menschen wie Kaminski, wenn sich ihr Verdacht bestätigte. Doch hatte Saskia mit dem Bauunternehmer tatsächlich gemeinsame Sache gemacht? Eigentlich schätzte sie ihre Kollegin zu klug dafür ein. Steuerhinterziehung oder Beihilfe zur Steuerhinterziehung waren nicht nur strafbar, sondern flogen in der Regel früher oder später auf. Und wenn Marie die Auffälligkeiten auf Kaminskis Konto entdeckt hatte, konnten es auch andere tun. Darüber hinaus hatte der Großteil der betreffenden Buchungen stattgefunden, bevor Saskia Kaminskis Kundenberaterin geworden war. Ihre Kollegin hätte es sicher viel raffinierter angestellt, wenn sie eine Betrügerin gewesen wäre.

Wie auch immer, dachte Marie. Sie würde Kaminski jetzt auf den Zahn fühlen. Vielleicht irrte sie sich, und es gab am Ende für alles eine ganz einfache Erklärung.

Sie warf einen letzten prüfenden Blick in den Spiegel, griff nach ihrer Aktentasche auf dem Beifahrersitz und stieg entschlossen aus dem Auto.

Padborg, Dänemark

»Hej«, begrüßte Vibeke Pernille und Jens, die an ihren Schreibtischen saßen. »Gibt es etwas Neues?«

Jens hob den Blick von seinem Computerbildschirm. »Ellen Niekamp hat sich gemeldet. Ihre Tochter kommt morgen aus Thailand. Und Malthe Sødergren hat der Entnahme einer Speichelprobe zugestimmt. Søren ist bereits auf dem Weg nach Stolbro, um den Abstrich durchzuführen. Anschließend bringt er das Material direkt ins Labor.«

»Woher der Sinneswandel?«, fragte Rasmus, der hinter ihr das Büro betrat. Der Geruch nach kaltem Rauch strömte zusammen mit ihm in den Raum hinein.

Vibeke öffnete ein Fenster.

»Offenbar hat Malthe Sødergren endlich begriffen, dass er sich durch seine Weigerung nur unnötig verdächtig macht«, sagte Jens.

Vibeke schenkte sich am Sideboard einen Kaffee ein. »Oder es ist ein schlauer Schachzug. Weil er weiß, dass er nicht der Vater des Kindes sein kann.« Sie hielt die Kaffeekanne hoch. »Noch jemand?«

Allgemeines Kopfschütteln.

»Dann hätte er möglicherweise die Wahrheit gesagt.« Rasmus zog sich die Jacke aus und hängte sie über die Rückenlehne seines Stuhls. »Darüber, dass er und Saskia keinen Sex hatten. Vielleicht hat ihn genau das rasend gemacht. Fragt sich nur, wer der andere ist.«

»Vielleicht Ove Möbius«, sagte Pernille.

Vibeke ging mit dem Kaffeebecher in der Hand zu ihrem Schreibtisch. »Wir kommen gerade von seiner Frau.« Sie setzte sich. »Charlotte Möbius wusste nichts davon, dass sich ihr Mann mit Saskia getroffen hat. Sie sagte, dass sie ihm zu hundert Prozent vertraut. Es klang sehr überzeugend.«

»Zumindest bis du sie mit Saskias Schwangerschaft konfrontiert hast«, ergänzte Rasmus.

»Stimmt.« Vibeke hatte Charlotte Möbius' Reaktion noch immer vor Augen. Nahezu sämtliche Farbe war aus ihrem Gesicht gewichen. »Sie hat uns erzählt, dass sie und ihr Mann seit Jahren versuchen, ein Kind zu bekommen, und dafür nahezu alles probiert haben. Hormonbehandlungen. Künstliche Befruchtung. Nichts hat geklappt. Letzte Woche hatte sie einen Termin in der Kinderwunschklinik, und da wurden dann wohl ihre letzten Hoffnungen auf eigenen Nachwuchs zunichtegemacht.« Sie trank einen Schluck Kaffee, ehe sie weitersprach. »Charlotte Möbius schien mir sehr verzweifelt zu sein.«

»Die arme Frau«, sagte Pernille mitfühlend.

»Erdrosselt zu werden, ist noch schlimmer, als kein Kind zu bekommen«, stellte Jens nüchtern fest.

Vibeke lag eine Bemerkung auf der Zunge, doch sie behielt sie für sich. Auch ihr hatte die Frau leidgetan, es musste schwer für sie sein. Doch Kinderkriegen war nicht ihr Thema, und sie hasste jegliche Nachfragen dieser Art. Die wenigsten Leute akzeptierten, wenn man keine Kinder wollte, stocherten immer weiter mit ihren Fragen herum und führten sich dabei wie Moralapostel auf, um die Hintergründe zu erfahren, die niemanden etwas angingen. Sie hatte zumindest nicht vor, die unheilvollen Gene ihrer Erzeugerin jemals weiterzugeben. »Wir können Ove Möbius jedenfalls nicht als Täter ausschließen. Die Sache zwischen ihm und Saskia Niekamp erscheint mir undurchsichtig.« Sie wechselte das Thema. »Wie ist es denn bei den Kunden mit dem Foto unserer toten Unbekannten gelaufen?«

Jens fegte einen imaginären Fussel von seinem weißen Hemd. »Niemand hat die Frau erkannt. Wobei das angesichts ihres Zustands auch nicht weiter verwunderlich ist.«

Vibeke betrachtete das Foto der Leiche am Whiteboard. Jens hatte recht. Der Tod veränderte das Aussehen eines Menschen stark, insbesondere wenn er monatelang im Wasser gelegen hatten. Manchmal erkannten selbst nahe Angehörige die Toten nicht. Sie fragte sich, wie die Frau zu Lebzeiten ausgesehen hatte. »Und das Tattoo?«

»Das Gleiche.«

Ihr Blick ging zum Foto von Saskia Niekamp und weiter zu dem der Segelgesellschaft. Was sahen sie nicht?

Sie wandte sich an Pernille. »Hast du schon etwas über Sunhi Kim in Erfahrung bringen können?«

»Sorry. Ich bin noch nicht dazu gekommen.« Die dunkelhaarige Ermittlerin sah sie entschuldigend an. »Meine Dienststelle wollte etwas zu einem der Vorgänge wissen, die ich zuletzt bearbeitet habe. Außerdem war ich noch an Katrine Madsen dran.«

»Kein Problem.« Vibeke lächelte Pernille an. »Ich kümmere mich selbst drum. Hat deine Recherche etwas ergeben?«

»Zumindest nichts Auffälliges.« Pernille zog einen DIN-A4-Ausdruck heran. »Katrine Madsen ist ledig, geboren und aufgewachsen in Aabenraa und polizeilich unauffällig. Sie hat direkt nach dem Schulabschluss eine Bankausbildung bei der SJB in Aabenraa absolviert und sich dort im Lauf der Jahre von der Serviceberaterin bis zur Leiterin der Private-Banking-Abteilung hochgearbeitet.« Sie schob den Zettel beiseite. »So weit zu den beruflichen Fakten, aber ich habe noch ein wenig Klatsch für euch.« Ihre Zahnlücke blitzte auf. »Eine Freundin von mir arbeitet bei der SJB in Aabenraa im Kundencenter. Sie meinte, Katrine hätte Haare auf den Zähnen, vor allem anderen Frauen gegenüber. Und ihr ist vor einiger Zeit das Gerücht zu Ohren gekommen, dass Katrine sich für Malthe Sødergren interessiert.«

Vibeke dachte sofort an das gemeinsame Facebook-Foto der beiden. »Vielleicht ist Eifersucht im Spiel.«

»Möglich. Aber Katrine hat wohl seit einigen Wochen einen Freund. Jesper aus der Personalabteilung. Laut meiner Freundin sind die zwei sehr in love.«

Die Tür wurde aufgestoßen, und Luís rollte herein. »Hej, ihr seid zurück. Wie ist es gelaufen?«

Vibeke berichtete ihm in knappen Worten von den Befragungen.

»Was ist mit der Vespa?«

Sie hob irritiert die Brauen.

Rasmus räusperte sich. »Ich hatte Luís gebeten, das Kennzeichen einer roten Vespa zu überprüfen.« Er kratzte sich im Nacken. Eine Geste, die sie bereits kannte und die meistens zum Tragen kam, wenn ihm etwas unangenehm war. »Ich bin Freitagabend auf einem Parkplatz in der Nähe vom Hallenfest zufällig Zeuge einer Auseinandersetzung oder Schlägerei geworden. Es war dunkel, und ich konnte nicht viel erkennen. Einer der Beteiligten fuhr auf einer roten Vespa weg. Und die gehört Michael Henschel, wie ich seit heute weiß.«

»Ach«, sagte Vibeke. »Weshalb hast du nicht schon eher davon erzählt?«

Rasmus öffnete die oberste Schublade seines Schreibtischs, nahm ein paar Pfefferminzpastillen aus einer kleinen Dose und beförderte sie sich in den Mund. »Weil ich zu dem Zeitpunkt nicht ahnen konnte, dass es möglicherweise einen Zusammenhang mit unserem Fall gibt.«

Vibeke dachte angestrengt nach. Michael Henschel hatte bei ihr noch kurz zuvor den Eindruck erweckt, dass er das Tattoo auf dem Foto wiedererkannt hatte. Vielleicht auch die Tote? »War Michael Henschel bei dem Hallenfest?«

»Ich habe ihn zumindest nicht gesehen.« Rasmus krauste die Stirn. »Dafür war Mogen Bjornlund dort.«

»Und der hat ein Veilchen«, stellte Vibeke fest.

»Was fangen wir jetzt damit an?«, fragte Luís.

»Gute Frage. Selbst wenn jemand von der Crew in diese Schlägerei verwickelt war, heißt das noch lange nicht, dass es etwas mit unserem Fall zu tun hat.«

»Stimmt«, pflichtete Jens ihr bei. »Doch vielleicht

wäre es interessant zu erfahren, was Mogen Bjornlund bei dem Hallenfest zu suchen hatte. Das war doch sicher nur eine Veranstaltung für die Teilnehmer der Regatten, oder?«

»Keine Ahnung«, sagte Vibeke. »Rasmus war schließlich auch da. Kannst du der Sache vielleicht auf den Grund gehen? Dann kümmere ich mich in der Zwischenzeit um Saskias Freundin Sunhi Kim.«

Jens nickte.

Vibeke wandte sich ihrem Computer zu und rief POLAS auf, das Polizeiauskunftssystem. Das Verhalten der Programmiererin hatte ihre Alarmglocken läuten lassen. Die ausweichenden Antworten, die nüchterne Reaktion auf Saskias Ermordung. Es schien, als hätte sie etwas zu verbergen. Oder sah sie Gespenster? Schließlich wusste sie aus langjähriger Berufserfahrung nur allzu gut, wie unterschiedlich die Menschen auf den Tod einer nahestehenden Person reagierten.

Abseits von Angehörigen und engen Freunden ließ sich der Großteil der Leute, in deren Umfeld ein Mord geschah, in drei Kategorien einteilen. Die ehrlich Betroffenen, die Wichtigtuer, die sich vor jede Kamera stellten und unsägliche Kommentare über Opfer und Täter abgaben, ohne die Person je richtig gekannt zu haben, und die Unsichtbaren, diejenigen, die sich zurückzogen. Weil sie dachten, das Unglück der anderen bliebe an ihnen haften.

Von der Wahrnehmung her würde sie Sunhi Kim in die letzte Kategorie einsortieren, doch womöglich tat sie der Frau unrecht. Vielleicht wollte sie einfach vor Fremden ihre Gefühle nicht zeigen. Damit kannte sich Vibeke aus.

Sie gab Sunhi Kims Namen bei POLAS ein. Kein Eintrag. Dasselbe bei INPOL, dem polizeilichen Informationssystem von Bund und Ländern.

Sie ging ins Internet, fütterte die Suchmaschine mit den Daten der Programmiererin und landete einige Treffer in Business-Portalen. Demnach hatte Sunhi Kim einen Bachelor und Master in Angewandter Informatik, war als technische Projektmanagerin bei unterschiedlichen Unternehmen tätig gewesen, Co-Founder bei einem FinTech-Start-up und arbeitete freiberuflich als Programmiererin. Neben Deutsch als Muttersprache sprach sie fließend Englisch und Koreanisch und besaß zudem gute Kenntnisse in Französisch und Chinesisch.

Vibeke durchforstete weitere Einträge, stieß auf ein Interview in einer großen Tageszeitung, in dem sich die Programmiererin für mehr Diversität und Nachhaltigkeit in der Tech-Branche aussprach, sowie einen von ihr verfassten Artikel in einem Businessmagazin, in dem es um künstliche Intelligenz ging. Sie fütterte die Suchmaschine zusätzlich mit dem Namen von Saskia Niekamp, um Überschneidungen zu finden, und bekam zahlreiche Treffer angezeigt. Sie las sich durch etwa drei Dutzend Beiträge, nur um festzustellen, dass sich kein einziger auf beide Frauen gemeinsam bezog.

»Bis morgen, Vibeke!«

Vibeke hob kurz den Blick vom Bildschirm, um Pernille zu verabschieden, ehe sie sich wieder ihrem Computer zuwandte. Sie klickte sich zurück zu den Business-Portalen und betrachtete nachdenklich den Namen des FinTech-Start-ups, in dem Sunhi Kim Co-Founder war. TradeHavn.

In den letzten Jahren waren FinTech-Start-ups wie

Pilze aus dem Boden geschossen. Innovative Technologien, die den traditionellen Finanzsektor mit seinem Kapitalmarkt, Versicherungen, Geld- und Zahlungstransfer und Vermögensverwaltung revolutionierten. Vibeke hatte vor Kurzem in einem Artikel gelesen, dass es in Deutschland mittlerweile über eintausend FinTechs gab. Die rekordniedrigen Zinsen und die höchste Inflationsrate seit rund dreißig Jahren hatten zu einem Umdenken bei den Anlegern geführt.

Sie rief die Website von TradeHavn auf. Offenbar handelte es sich bei dem Start-up um eine digitale Investment-Plattform. Dabei bot das Unternehmen seine Dienste über eine Smartphone-App an. *Investieren mit drei Taps. Einfach, schnell und sicher.*

Vibeke bewegte den Mauszeiger zum Firmenlogo. Ein Untermenü ploppte auf und führte zur Unternehmensgeschichte. Demnach wurde TradeHavn 2020 von Nick Pohlmann, Marcel Limbach und Sunhi Kim gegründet. Einem Wirtschaftsinformatiker, einem Betriebswirt und einer Programmiererin.

Marcel Limbach, dachte Vibeke, das war der gut aussehende Blonde von Saskia Niekamps Facebook-Account. Sie las weiter. Das Ziel von TradeHavn war es, ihren Kunden mit modernster Technologie kostengünstig, schnell und einfach Zugang zu digitalen Finanzprodukten zu gewähren, um wirtschaftliche Chancen wahrzunehmen und bestmögliches Wachstum ihres Kapitals zu generieren.

Sie klickte weiter zum Impressum. Hier waren die drei Namen der Gründer als Geschäftsführer angegeben. Nirgends tauchte der Name von Saskia Niekamp auf.

Vibeke lehnte sich in ihrem Stuhl zurück. Sie war so

in ihre Arbeit vertieft gewesen, dass ihr erst jetzt auffiel, dass sich auch die Schreibtische von Rasmus und Luís geleert hatten. Jens war der Einzige, der sich neben ihr noch im Raum befand. »Hast du etwas beim FSC erreicht?«

Er schüttelte den Kopf. »Die Geschäftsstelle ist nur vormittags besetzt. Ich habe auf Band gesprochen. Bist du mit der Freundin weitergekommen?«

Vibeke erzählte ihm von ihrer Online-Recherche.

»TradeHavn«, sagt Jens. »Klingt interessant.«

»Ich kenne mich ehrlich gesagt nicht besonders gut aus mit FinTechs.« Ihr entfuhr ein leises Gähnen. »Saskia Niekamps Name taucht dort jedenfalls nicht auf.« Sie warf einen Blick auf die Uhr. Es war bereits kurz vor sieben. Sie hatte Werner versprochen, am Abend noch auf einen Sprung bei ihm vorbeizuschauen. »Ich glaube, ich mache dann auch mal Feierabend. Die letzten Tage waren ziemlich lang.« Sie fuhr ihren Computer herunter. »Was ist mit dir?«

»Ich schreibe nur noch schnell meinen Bericht zu Ende«, erwiderte Jens. Sein Handy klingelte. »Das ist Søren.« Er nahm das Gespräch an, lauschte der Stimme seines Kollegen, nickte unterdessen ein paarmal. »Gut. Dann bis morgen.« Er legte wieder auf. »Malthe Södergrens Speichelprobe ist im Labor. Morgen früh wissen wir mehr.«

»So schnell?«, fragte Vibeke. Der reine Analyseprozess dauerte acht Stunden, wenn es schnell gehen musste, trotzdem warteten sie in Flensburg häufig Wochen, mitunter sogar Monate, bis das Ergebnis aus der Kieler Rechtsmedizin eintraf. Die Kapazitäten in den Laboren waren begrenzt, und es landeten täglich mehrere

Röhrchen mit Speichelproben oder braune Papiertüten mit DNA-Material dort. Nur schwerwiegende Fälle wurden priorisiert. Und dazu gehörte definitiv kein Vaterschaftstest.

»Eine von Sørens Ex-Frauen arbeitet beim NKC in einem der Labore.« Jens runzelte die Stirn. »Ich weiß nur nicht, ob es Ehefrau Nummer zwei oder drei war.«

Vibeke lachte. »Wir sehen uns morgen.« Sie schnappte sich den Autoschlüssel.

Glücksburg, Deutschland

Es dämmerte bereits, als Vibeke ihren Dienstwagen auf dem Strandparkplatz abstellte, der auch von den Gästen des angrenzenden Restaurants genutzt wurde. Werner war nicht zu Hause gewesen, und Elke vermutete ihn in der Bucht, wo zwanzig Jahre zuvor die unbekannte Tote angetrieben worden war. Ein unausgesprochener Vorwurf hatte in der Stimme ihrer Mutter gelegen, und Vibeke ahnte, dass bei ihren Eltern der Haussegen schief hing.

Sie entdeckte Werners silberfarbenen Passat zwischen den anderen Fahrzeugen und blickte zum Wasser. Kräftige Wellen schlugen an den menschenleeren Strand. Zum Abend hin war es merklich kühler geworden, und auch das Tageslicht nahm ab, war nur noch ein orangefarbener Streifen am Horizont. Nicht mehr lange, und es würde stockdunkel sein.

Der Wind zerrte an Vibekes Haaren, als sie den Weg am Strandrestaurant entlangging, einem modernen

Flachdachgebäude mit schwarzer Holzverschalung. Hinter den Scheiben saßen Menschen bei gedämpftem Licht und Kerzenschein.

Ein Stück weiter wurde der Weg schmaler, führte jetzt dicht am Ufer entlang. Rechts neben ihr reckten sich alte hohe Bäume mit rauschenden Blätterkronen in den Abendhimmel, verdeckten die am Hang liegenden Villen. Links schwappte düster das Wasser.

Sie fand Werner auf einem Steg, der rund zwanzig Meter weit in die Förde hineinragte, den Blick in die Ferne gerichtet.

»Werner?« Vibeke betrat die Holzplanken, und ein intensiver Geruch nach Seetang stieg ihr in die Nase. Auf den Wellen tanzten Schaumkronen.

Ihr Vater drehte sich um. Er zeigte keinerlei Verwunderung über ihr Auftauchen, deutete stattdessen auf eine Stelle im Wasser. »Da hat sie getrieben.« Seine Hand wanderte ein Stück weiter Richtung Ufer. »Und dort stand Fridjof Paulsen mit seiner Angel.« Werner hatte den Kragen seiner Jacke hochgeschlagen, Nase und Ohren waren vor Kälte gerötet, die Haare vom Wind zerzaust.

Vibeke fröstelte. »Wollen wir nicht zurück an Land gehen? Es ist doch recht frisch.«

»Ich komme jedes Jahr im April hierher«, sagte Werner, als hätte er ihre Worte nicht gehört. »Immer am gleichen Tag. Zwanzig Jahre lang. Und seit dem Fall Niekamp sogar täglich.«

»Es ist nicht sicher, dass es einen Zusammenhang gibt«, sagte Vibeke behutsam.

»Aber auszuschließen ist es auch nicht«, erklärte ihr Vater beharrlich.

Sie trat näher an ihn heran. »Weshalb hast du mir nie erzählt, dass du jedes Jahr hierherkommst?«

Werner zuckte die Achseln. »Vermutlich, weil ich mich schuldig fühle. Es war mein Fall, und es lag in meiner Verantwortung, ihn aufzuklären. Nur habe ich irgendwann innerlich aufgegeben. So wie alle anderen.« Er ließ den Blick in die Ferne gleiten. Das Tageslicht war verschwunden, das angrenzende Ufer nahezu vollständig von der Dunkelheit verschluckt.

»Es kommt mir vor, als hätte ich sie im Stich gelassen.« Er sah Vibeke an. »Ich meine, wenn ich den Mord nicht aufkläre, wer sollte es sonst tun?« Ohne eine Antwort abzuwarten, sprach er weiter. »Niemand interessiert sich mehr für diese Frau. Aber nur weil sie keine Lobby hat, darf es doch nicht egal sein, was mit ihr passiert ist. Ich frage mich, weshalb ihre Angehörigen nie nach ihr gesucht haben.«

Vibeke schob die kalten Hände in die Jackentaschen und dachte an ihre leiblichen Eltern. Ihre schizophrene Mutter, die sie bereits im Mutterleib hatte töten wollen, ihren Erzeuger, von dem sie nicht einmal den Namen wusste.

»Vielleicht hatte sie keine Angehörigen mehr. Oder es hat sie nicht interessiert. Nach mir hat auch nie jemand gefragt.«

Um Werners Mundwinkel zuckte es. »Das stimmt so nicht.«

Seine Worte waren so leise gekommen, dass Vibeke kurz glaubte, sie hätte sich verhört, doch angesichts seines schuldbewussten Gesichtsausdrucks wusste sie, dass es nicht der Fall war.

»Wie jetzt?« Vibeke sah ihren Vater irritiert an.

Werner strich sich mit der Hand über sein vor Kälte gerötetes Gesicht. »Vielleicht gehen wir doch lieber zurück an Land, ehe wir uns hier draußen noch beide eine Erkältung holen.«

Vibeke rührte sich keinen Millimeter von der Stelle. »Erst sagst du mir, wie das eben gemeint war. Redest du von Solveigh?«

Werner schüttelte den Kopf. »Komm, wir gehen rüber ins Strandrestaurant, oder wir setzen uns ins Auto. Irgendwo ins Warme. Dort können wir reden.« Er wollte nach ihrem Arm greifen, doch sie wehrte umgehend ab.

»Wer war es dann?«

Werner wich ihrem Blick aus. »Ich habe schon zu viel gesagt.« Er presste die Lippen zusammen.

»Wer, Werner?«, fragte Vibeke scharf. »Mein biologischer Vater? Meine Schwester? Mein Bruder? Ich will es wissen. Jetzt.« Ihre Stimme duldete keinerlei Widerspruch.

Ihre Blicke verkeilten sich.

»Deine Großeltern.« Werner rieb sich die Hände. »Und jetzt lass uns ins Warme gehen, ehe wir hier draußen noch erfrieren.« Er verließ den Steg.

Vibeke blieb aufgewühlt zurück. Sie hatte Großeltern, die nach ihr gefragt hatten. Weshalb hatte Werner ihr das verschwiegen? Und was verheimlichte er noch vor ihr?

Sie starrte in die Dunkelheit.

Etwas in ihrem Inneren geriet aus dem Gleichgewicht.

Flensburg, Deutschland

Er hatte das Tattoo schon einmal gesehen. Und die Polizistin mit den auffallenden Augen ahnte es, das hatte Mike ihr auf der *Valeria* angemerkt. Noch immer fragte er sich, wie jetzt alles weitergehen sollte.

Mike ließ den Blick durch das Zimmer schweifen, so als läge irgendwo die Antwort. Er hatte die Souterrainwohnung vor rund fünfzehn Jahren angemietet, für die wenigen Wochen, die er im Jahr an Land verbrachte. Fünfunddreißig Quadratmeter, ausgestattet mit Terrakottafliesen und halbhohen Fenstern, durch die man direkt in den Garten auf die Rasenfläche blickte, mit eigenem Eingang und einer winzigen Terrasse. Schlafen, kochen und wohnen in einem Raum, nur das Badezimmer war separat. Doch Mike war zufrieden. Die Wohnung erschien ihm im Gegensatz zu seiner engen Kajüte auf der *Valeria* wie der reinste Luxuspalast. Zudem war die Miete günstig, die Wände waren gut isoliert, und seine achtzigjährige Vermieterin Ingeborg war ein wahrer Schatz. Kinderlos und früh verwitwet, hatte sie sich seiner angenommen, kochte und backte für ihn, wenn er von seinen Reisen zurückkehrte, und schenkte ihm stets ein offenes Ohr. Hin und wieder saßen sie abends beisammen, spielten Backgammon und tranken dabei Eierlikör.

Sein Blick fiel auf die Miniatur der *Valeria*, die in einem seiner Regale stand und die er für alle Anteilseigner in mühevoller Kleinarbeit angefertigt hatte, glitt weiter zu dem Foto mit Hermanns Luxusyacht, das mit anderen zusammen an einer großen Pinnwand hing. Die *Blue Sky*. Ein Motorsegler. Vierzig Meter lang, fünf

Doppelkabinen, fünf Bäder, eine voll ausgestattete Küche, Sonnendeck und Badeplattform, Dining-Area und ein Innensalon, der mit seinem Interieur jedem gehobenen Nachtklub Konkurrenz machen konnte. Zwölf Knoten Höchstgeschwindigkeit. Auf dem Foto standen Hermann, Gunnar und er selbst lässig in Shorts gekleidet an der Reling und prosteten dem Fotografen mit ihren Getränken zu.

Die *Blue Sky* war hauptsächlich zur Charter eingesetzt worden, doch wann immer sie in Flensburg gewesen war, hatte Hermann an Bord eine seiner legendären Partys steigen lassen. Teures Essen, laute Musik und viel Alkohol.

Doch das war alles lange her. Hermann hatte die *Blue Sky* schon vor Jahren verkauft. Und jetzt wollte er das Gleiche mit der *Valeria* tun.

Mike leerte die Bierdose in seiner Hand und stellte sie zu den anderen in den Küchenschrank unter die Spüle. Anschließend zog er ein paar frische Klamotten aus seiner Kommode, stopfte sie in seinen Rucksack und verließ die Wohnung. Kurz überlegte er, bei Ingeborg zu klingeln, doch nach einem raschen Blick auf die Uhr verwarf er den Gedanken.

Er schwang sich auf seine Vespa und erreichte eine Viertelstunde später den Parkplatz am Museumshafen. Die Promenade wirkte wie leergefegt. Nebelschwaden waberten über dem Wasser, umhüllten die Segelmasten der Schiffe wie ein Gazeschleier. Einzig die Laternen warfen trübe Lichtkegel auf den gepflasterten Weg.

Die *Valeria* lag im Dunkeln, als Mike an Bord ging. Er stellte den Rucksack auf die Planken, steckte sich eine Zigarette an und lehnte sich backbord gegen die Reling.

Wasser umspülte den Bug, tief hängende graue Wolken zogen im gemächlichen Tempo vorbei. Kein Regen. Aber das war vermutlich nur eine Frage der Zeit.

Das Bier drückte auf seine Blase. Kurzerhand klemmte er sich den Glimmstängel zwischen die Lippen, zog den Reißverschluss seiner Hose auf und erleichterte sich in die Förde.

Nachdem alles wieder an Ort und Stelle saß, nahm er einen letzten Zug von seiner Zigarette und drückte den Stummel in den Taschenaschenbecher, den er in seiner Jackentasche bei sich trug.

Ein dumpfes Geräusch drang an sein Ohr, so als wäre irgendwo etwas umgefallen. Er ging die Treppe zur Kajüte hinunter, die bei jedem seiner Schritte knarzte, und trat durch die Tür. Es war vollkommen dunkel. »JJ?«

Der Schlag kam wie aus dem Nichts. Er hörte das Knacken von Knochen, Blut quoll aus seiner Nase, und er schnappte nach Luft.

Sie waren zu dritt. Kräftige Kerle in Lederkutten. In der nächsten Sekunde beförderte ihn ein weiterer Schlag zu Boden, dabei touchierte sein Hinterkopf eine Sitzbank. Benommen blieb er liegen.

»Zahltag.« Dies kam von einem Glatzkopf mit geflochtenem Langbart und Stiernacken.

Mike wollte etwas sagen, doch über seine Lippen drang nur unverständliches Nuscheln. Noch immer lief ihm Blut aus der Nase.

»Rede gefälligst deutlicher. Oder soll ich dir noch eine verpassen?« Der Glatzkopf schwang die tätowierte Faust.

Instinktiv hob Mike den Ellenbogen schützend vors Gesicht, doch anstatt eines weiteren Schlags traf ihn ein Tritt zwischen die Rippen. Der Schmerz raubte ihm förmlich den Atem. Er wimmerte.

»Also, was ist jetzt?«, fragte sein Angreifer. »Meine Kumpel hier werden langsam ungeduldig. Die wollen mitmischen. Und wenn die erst mal loslegen, wird es für dich ungemütlich.«

Die beiden anderen Kuttenträger ließen die Finger knacken.

»Ich weiß nicht, was ihr von mir wollt«, sagte Mike mit schleppender Stimme.

»Willst du mich für dumm verkaufen?« Der Glatzkopf drehte sich zu seinen Freunden um. »Habt ihr das gehört, Jungs? Ich glaube, der braucht eine richtig fette Abreibung.«

Mike rappelte sich mühsam hoch, als ihn ein schwerer Stiefel mitten in die Eingeweide traf. Er brüllte vor Schmerz, rollte sich auf dem Boden wie ein Embryo zusammen und machte sich auf den nächsten Tritt gefasst. Poltern ertönte auf der Treppe, und im nächsten Moment wurde die Tür aufgestoßen.

Es folgte ein Tumult, Stühle und Fäuste flogen, irgendwo ging Glas zu Bruch, und er hörte Gunnar laut aufbrüllen. Dann wurde alles um ihn herum schwarz.

9. Kapitel

Flensburg, Deutschland

»Hallo! Sie dürfen hier nicht stehen!« Die Stimme vor der Seitenscheibe klang gedämpft.

Rasmus blinzelte.

Eine streng aussehende Politesse blickte zu ihm in den VW-Bus hinein. »Das ist hier kein Campingplatz.« Sie bedeutete ihm mit der Hand wegzufahren.

Als er sich nicht gleich rührte, tippte sie etwas in ein kleines schwarzes Gerät.

Stöhnend rappelte er sich auf der Matratze hoch. Sein Mund war trocken, und ihm dröhnte der Schädel. Das war eindeutig ein Bier zu viel gewesen.

Er schob das mittlere Schiebefenster auf. »Gib mir zwei Minuten, dann bin ich hier weg.«

Die Politesse hob die schmal gezupften Brauen. »Kennen wir uns? Oder weshalb duzen Sie mich?«

»Entschuldigung, so war das nicht gemeint«, sagte Rasmus. Er schenkte ihr ein reuevolles Lächeln. »Ich bin aus Dänemark, und da …«

Ihr vernichtender Blick brachte ihn zum Schweigen. Das Gerät in ihrer Hand ratterte und spuckte einen Zettel aus. Sie riss ihn ab und klemmte ihn unter den Scheibenwischer. »Fünf Minuten, sonst lasse ich Sie abschleppen.« Die Politesse tippte auf die Uhr an ihrem Handgelenk und ging mit ihrem Gerät davon.

Rasmus sank stöhnend zurück auf die neue Matratze, die er mittlerweile vom Keller in seinen Bulli geschleppt hatte. Die Deutschen waren wirklich gnadenlos. Dabei hatte er gerade eben noch ganz wunderbar geträumt, von nackt verschlungenen Körpern und gnadenlos gutem Sex mit einer schlanken blonden Frau. Maja.

Seine Gedanken glitten zum vergangenen Abend zurück. Luís hatte ihn um ein Gespräch gebeten, und sie waren in einer Flensburger Kneipe in der Nähe von Luís' Wohnung in Harrislee versackt.

Sein Kollege hatte erst eine Weile herumgedruckst, und es hatte bis zum zweiten Bier gedauert, bis er die Katze aus dem Sack gelassen hatte. Luís hatte sich verliebt. In Vickie. Und offenbar ging es ihr ähnlich. Dann hatte er etwas über Freundschaft und Ehrenkodex gesagt und dass Vickie eigentlich tabu war.

Rasmus hatte sich unwohl in seiner Haut gefühlt. Solche Gespräche lagen ihm nicht. Freundschaft. Gefühle. Er war nicht gut in zwischenmenschlichen Dingen.

Auch jetzt machte sich ein Ziehen in seiner Magenregion bemerkbar, wenn er an Luís und Vickie als Paar dachte. Nicht, weil sie ihm noch etwas bedeutete, das war seit Langem vorbei. Vielmehr ging es darum, dass die beiden etwas zusammen hatten, was ihm fehlte. Ein Mensch an seiner Seite. Kurz dachte er an seinen Traum, an Maja und ihren nackten Körper, doch gleich mit dem nächsten Wimpernschlag schob er die Erinnerung beiseite. Er würde nie wieder etwas mit einer Polizistin anfangen und schon gar nicht mit einer Vorgesetzten.

Doch natürlich hatte er Luís für Vickie grünes Licht gegeben. Was hätte er auch anderes tun sollen? Er wusste, wie schwierig es für seinen Freund war, eine

Frau zu finden, und er rechnete es Luís hoch an, dass er das Gespräch gesucht hatte. Trotzdem war es eine merkwürdige Situation, und er konnte nur hoffen, dass dies keine Auswirkung auf ihre Freundschaft oder ihre Zusammenarbeit hatte.

Rasmus schob die Decke beiseite und öffnete die Seitentür des Bullis. Frischer Wind fegte zusammen mit leichtem Nieselregen herein. Über den Bürgersteig wirbelten Blätter. Der Herbst klopfte an.

Er hatte mit Kleidung geschlafen, sodass er sich nicht anzuziehen brauchte, doch er müffelte leicht und hatte vermutlich eine ordentliche Fahne. Am besten, er suchte sich eine Waschgelegenheit, ehe er ins Gemeinsame Zentrum fuhr.

Das Klingeln seines Handys riss ihn aus den Gedanken.

»Wo bleibst du denn?«, tönte ihm Vibekes aufgebrachte Stimme entgegen.

»Bin in zwanzig Minuten da«, erwiderte Rasmus, während er mit der Hand nach seinem Schuh hangelte, der zwischen der Kiste Bier und der Seitenverkleidung klemmte.

»Mensch, Rasmus. Es ist schon gleich neun. Wir müssen los.«

Neun? Offenbar hatte er nicht nur einen Kater, sondern auch verschlafen.

»Wohin?« Er schlüpfte in die Schuhe und bemerkte, dass die Politesse jetzt auf der anderen Straßenseite stand und ihn von dort aus mit Argusaugen beobachtete.

»Zu den Sødergrens«, erklärte seine Kollegin gereizt. »Das Ergebnis vom DNA-Abgleich ist gekommen.«

»Dann ist Malthe also der Vater von Saskias Kind?«

Er schob die Seitentür des Bullis zu, kletterte mit dem Handy am Ohr zwischen den Vordersitzen hindurch und rutschte hinters Lenkrad.

»Nein. Aber es gab übereinstimmende Merkmale in seiner DNA.«

Rasmus runzelte die Stirn. »Und das bedeutet was genau?«

»Dass ein naher männlicher Verwandter von Malthe der Vater des Kindes ist.«

»Ach.«

»Also entweder sein Bruder Jonas«, fuhr Vibeke fort. »Oder aber ...«

»Sein Vater«, vervollständigte Rasmus den Satz. Seine Gedanken überschlugen sich. Hatte Saskia Niekamp gleichzeitig etwas mit zwei Männern gehabt? Aus einer Familie? Entweder mit zwei Brüdern oder mit Vater und Sohn? In dem Fall könnte es Sinn ergeben, was Jonas über Saskia gesagt hatte. Miststück.

»Zu welchem der beiden fahren wir zuerst? Zu Jonas?«

»Würde ich vorschlagen. Dann lerne ich den auch mal kennen.« Vibeke klang nicht mehr ganz so gereizt, sondern entschlossen. »Bis gleich!« Sie legte auf.

Rasmus startete den Motor, kurbelte das Seitenfenster herunter und hob in Richtung der Politesse zum Abschied die Hand. Regentropfen benetzten die Windschutzscheibe, und er stellte den Scheibenwischer an. Der Strafzettel flog davon.

Augustenborg, Dänemark

Rund anderthalb Stunden später gingen die beiden Kriminalbeamten durch die prächtige Parkanlage auf den ockerfarbenen Gebäudekomplex zu, in dem das Augustenborg Project untergebracht war.

Rasmus warf Vibeke einen Seitenblick zu. Ihr Gesicht wirkte blass und maskenhaft. »Alles in Ordnung?«

Ein Blick aus ihren Gletscheraugen traf ihn. »Nein. Aber ich will nicht darüber reden.«

Er seufzte innerlich.

»Es hat nichts mit dir zu tun oder damit, dass du mal wieder zu spät gekommen bist«, schob sie hinterher. »Tu mir nur einen Gefallen und sprich nicht so viel. Du stinkst, als hättest du einen ganzen Schnapsladen geleert.«

Rasmus zog ein weiteres Pfefferminz aus der Dose in seiner Jeans. Offenbar hatte es nicht ausgereicht, dass er sich im Waschraum des Gemeinsamen Zentrums noch schnell die Zähne geputzt hatte. Er fragte sich, was Vibeke in diese Stimmung versetzt hatte. Ob gestern irgendetwas gewesen war?

Es nieselte leicht, als sie die Terrasse des Cafés erreichten. Stühle und Tische waren verwaist, doch innen empfingen sie angenehme Wärme und Stimmengewirr. Es roch nach frisch gemahlenem Kaffee, und Rasmus verspürte augenblicklich Verlangen danach. Außer Wasser hatte er an diesem Morgen noch nichts zu sich genommen.

»Und wo finden wir Jonas jetzt?« Vibeke sah sich verwirrt um. »Doch sicher nicht hier.«

»Dort entlang.« Rasmus deutete zu der geschlossenen

Tür am Ende des Cafés, hinter der ein paar Treppenstufen zur Kunstausstellung führten.

Kurz darauf standen sie in dem großen breiten Flur, von dem zahlreiche Ausstellungsräume abgingen, lichtdurchflutet und mit großformatigen Bildern behängt. Es waren andere als beim letzten Mal. Kräftige Farben, kurze Pinselstriche. Die Werke stammten von Jonas Sødergren.

»Hej«, ertönte eine weibliche Stimme hinter ihnen. »Kann ich euch helfen?«

Sie drehten sich um.

Eine schlanke, in Schwarz gekleidete Frau mit dunklem Bubikopf kam auf sie zu. »Die Ausstellung wird erst morgen eröffnet.«

Rasmus zückte seinen Dienstausweis. »Rasmus Nyborg. Politi Esbjerg. Wir möchten mit Jonas Sødergren sprechen.«

»Marie Pallesen. Ich bin die Projektleiterin.« Ihr Blick wirkte besorgt. »Ich hoffe, Jonas steckt nicht in Schwierigkeiten?«

»Nein«, beschwichtigte Rasmus sie. »Es handelt sich um eine reine Routinebefragung.«

»Das wäre auch wirklich schlechtes Timing gewesen.« Marie Pallesen lächelte erleichtert. »Aber Jonas ist vorhin weggefahren. Er wollte irgendetwas erledigen.«

Vibeke hielt ihr das Handy mit einem Foto von Saskia Niekamp hin. »Kennen Sie diese Frau?«

»Das ist Saskia. Ich weiß, dass sie ermordet wurde. Es stand überall in den Zeitungen. Die Sødergrens sind in der Gegend sehr bekannt.«

»War sie mal hier?«

»Ja. Ich habe sie ein- oder zweimal gesehen.«

»Stand Saskia mit dem Augustenborg Project irgendwie in Verbindung?« Rasmus ließ den Blick zu den Bildern im angrenzenden Ausstellungsraum schweifen.

Eine Frau im Badeanzug, die in einem Pool schwamm, nur skizzenartig erfasst und gleichzeitig so lebensecht, dass er meinte, das Durchpflügen des Wassers hören zu können. Die Rückansicht eines Jungen, vor sich ein Fußball auf grün schraffierter Rasenfläche, die Körperhaltung angespannt. Es schien, als würde er dem Ball im nächsten Moment einen Kick verpassen.

Doch es war das Bild in der Mitte, das ihn am meisten in Bann zog. Ein Hintergrund aus verwaschenen Grau- und Schwarztönen, eine angedeutete Maske, aus der katzenartig umrahmte Augen und der sinnliche Mund einer Frau herausschauten. In ihrem Blick lag etwas Laszives und Lauerndes.

»Nein«, holte ihn die Antwort der Projektleiterin zu seiner Frage zurück. »Sie war bei Jonas.«

Rasmus tauschte einen bedeutungsvollen Blick mit seiner Kollegin, eher er sich wieder Marie Pallesen zuwandte. »Weißt du, wie die beiden zueinander standen? Waren sie ein Paar?«

»Ein Paar?« Es klang überrascht. »Nein. Jonas steht nicht auf Frauen.« Sie fuhr sich durch das kurze dunkle Haar.

»Er ist also homosexuell«, murmelte Rasmus.

Marie Pallesen nickte. »Wenn ihr mehr wissen wollt, sprecht ihr am besten mit Jonas selbst.«

»Das machen wir«, sagte Vibeke. »Vielen Dank für Ihre Hilfe.«

»Gerne.« Die Projektleiterin lächelte freundlich. »Die Ausstellung ist zwar wie gesagt noch nicht eröffnet, aber wenn ihr wollt, könnt ihr euch Jonas' Bilder gerne ansehen. Es ist auch eins von Saskia dabei.« Sie lächelte ein weiteres Mal und ging in die Richtung, aus der sie zuvor gekommen war.

Rasmus folgte Vibeke in den Ausstellungsraum. Vor dem Bild mit der Maskenfrau blieb sie stehen. »Das ist sie.«

»Sicher? Sie sieht vollkommen anders aus als auf den Fotos.«

»Das kommt durch die geschminkten Augen. Smokey Eyes«, erklärte Vibeke. Sie deutete auf den Namen des Bildes, der auf einem dezenten kleinen Schild neben der Leinwand stand. *Behind the Face.*

»Hinter dem Gesicht«, murmelte Rasmus.

Seine Kollegin zückte ihr Handy und machte ein paar Aufnahmen des Bildes. »Gut, lass uns gehen.«

»Ich würde mir eigentlich gerne noch den Rest der Ausstellung ansehen«, sagte Rasmus. »Die Bilder sind fantastisch.«

»Wir sind mitten in einer Mordermittlung«, mahnte seine Kollegin. »Du kannst ein anderes Mal herkommen.«

Rasmus seufzte. »Aber dann hole ich mir noch schnell einen Kaffee und eine Kleinigkeit zum Essen. Ich habe heute noch nichts zwischen die Zähne bekommen.«

»Von mir aus.« Der Anflug eines Lächelns streifte Vibekes Lippen. »Es gibt ja sicherlich alles to go.« Sie steuerte auf den Ausgang zu.

Aabenraa, Dänemark

Die Fahrt nach Aabenraa verlief schweigend, nur das Quietschen der Scheibenwischer war zu hören.

Vibeke saß still auf dem Beifahrersitz und sah aus dem Seitenfenster, während Rasmus sich auf die Straße konzentrierte und hin und wieder einen Schluck aus seinem Kaffeebecher nahm. Er fragte sich, was Vibeke beschäftigte. »Meine neue Chefin ist meine Ex«, sagte er in die Stille hinein.

Vibeke drehte den Kopf zu ihm herum. »Wie jetzt?«

»Maja Malling. So hieß sie früher. Jetzt heißt sie Eriksen.« Er setzte den Blinker und verließ die Route 8 Richtung Aabenraa. »Wir waren im selben Ausbildungsjahr an der Polizeischule. Sie hat mir damals ziemlich den Kopf verdreht.«

»Wie lange ging das mit euch?«

»Ein paar Monate. Nach dem Abschluss haben wir uns dann aus den Augen verloren. Ich hatte eigentlich vor, mich bei ihr zu melden, aber dann …« Er trat auf die Bremse, um einem Motorrad auszuweichen, das gerade überholt hatte und dicht vor dem Bulli einscherte. »Idiot!«

»Aber dann?«, wiederholte Vibeke, offenbar neugierig geworden.

»Dann kam Camilla«, beendete er den Satz. »Ab da hat mich keine andere Frau mehr interessiert. Zumindest nie so richtig.«

»Mir hat man auch mal einen Ex vor die Nase platziert.« Seine Kollegin schaute grimmig. »Beim LKA in Hamburg. Er war mein Ausbilder an der Polizeihochschule.«

Rasmus pfiff durch die Zähne. »Du hattest etwas mit deinem Ausbilder? Das hätte ich dir gar nicht zugetraut.«

Sie seufzte. »Es war auch nicht meine beste Idee. Er hat nicht nur den Job gekriegt, den man mir versprochen hatte, sondern sich auch noch wie der letzte Arsch benommen. Ich hoffe, dir ergeht es nicht genauso.«

»Das hoffe ich auch.« Rasmus warf ihr einen Seitenblick zu. »Scheint, als hätten wir etwas gemeinsam.«

Sie lächelte ihn an, und da war es wieder. Das unsichtbare Band zwischen ihnen.

Der Verkehr wurde dichter, und rechts von der Fahrbahn öffnete sich der Blick auf den Aabenraa Fjord. Er hielt an einer roten Ampel.

»Ich habe gestern Abend von Werner erfahren, dass ich Großeltern habe«, sagte Vibeke plötzlich. »Also blutsverwandte.«

Rasmus wandte ihr kurz den Kopf zu. Sie hatte ihm gegenüber bislang noch nie ein Wort über ihre leiblichen Eltern oder andere Angehörige verloren. Nur ein einziges Mal, im Fall Karl Bentien, hatte sie ihm Einblick in ihr Seelenleben gewährt und erzählt, wie sie als Kind zwischen Pflegefamilien und Heimen hin- und hergeschoben worden war, ehe sie zu den Boisens gekommen war. Dabei war ihr Schmerz nahezu greifbar gewesen. »Und wie geht es dir damit?«

Vibeke deutete ein Kopfschütteln an, was so gut wie alles bedeuten konnte. »Ich weiß nicht mal, warum ich dir überhaupt davon erzähle.« Ihr Gesicht verschloss sich wieder. Die Ampel schaltete auf Grün.

Zehn Minuten später standen sie im Büro von Dan Sødergren bei Nordic Sails.

Rasmus merkte augenblicklich, dass sich die Stimmung seit ihrem letzten Besuch gewandelt hatte. Der Unternehmer blieb hinter seinem Schreibtisch sitzen und deutete nur kurz mit der Hand zu den beiden Besucherstühlen. Er wirkte zurückhaltend und zugeknöpft.

»Habt ihr den Täter?«, erkundigte er sich, sobald die beiden Kriminalbeamten Platz genommen hatten. »Ich kann es mir nicht leisten, noch länger den Spekulationen der Presse ausgesetzt zu sein.« Er klopfte mit der Hand auf ein Magazin, dessen Titelseite sein Gesicht und sein Name zierten. »Das schadet nicht nur meinem persönlichen Ansehen, sondern auch dem meines Unternehmens. Mal ganz abgesehen davon, was meine Familie durch die ganzen Schlagzeilen durchleiden muss.«

»Apropos Familie«, sagte Rasmus, ohne auf seine Frage einzugehen. Er schlug lässig die Beine übereinander. »Dein Sohn Malthe hat uns eine Speichelprobe mit seiner DNA zur Verfügung gestellt.«

Augenblicklich ging eine Veränderung mit Dan Sødergren vor. Seine Gesichtszüge wurden hart, die Lippen schmal.

»Wir konnten eine Vaterschaft von Saskias Kind ausschließen.« Rasmus stellte sein Bein zurück auf den Boden und beugte sich vor. »Allerdings gab der DNA-Abgleich Rückschluss darauf, dass ein nahestehender Verwandter von Malthe der Kindsvater ist. Das grenzt die Möglichkeiten natürlich ziemlich ein.«

Dan Sødergren rieb sich den Nasenrücken, ehe er aufstand und zum Fenster ging. Draußen regnete es noch immer Bindfäden.

Als er sich wieder umdrehte, stand Entschlossenheit

in seinem Gesicht. »Saskia und ich hatten eine Affäre. Es ging einige Monate, dann habe ich Schluss gemacht.«

Rasmus registrierte, dass Vibeke neben ihm ihr Notizbuch zückte. »Wie hat sie reagiert?«

»Saskia war keine Frau, die sich eine Blöße gibt.« Dan Sødergren setzte sich wieder hinter seinen Schreibtisch. »Aber ich denke, sie war verletzt.«

Vibeke hob den Blick von ihrem Notizbuch. »Wann hatten Sie die Affäre mit ihr?«

»Es begann irgendwann im März, und Mitte August war Schluss.«

Nur wenige Wochen bevor die Frau ermordet wurde, dachte Rasmus. »Wusstest du von ihrer Schwangerschaft?«

»Nein. Das war mir nicht bekannt.«

»Weshalb hast du die Affäre beendet?«

»Ich wusste, dass es nicht richtig war.« Dan Sødergren strich sich über den zurückgehenden Haaransatz.

»Hast du Saskia jemals Geld gegeben? Hat sie dich erpresst?«

Der Unternehmer lachte amüsiert, und ein Kranz feiner Fältchen bildete sich um seine Augen. »Saskia konnte Männer mühelos um den kleinen Finger wickeln und sie um ihren Verstand bringen, aber sie hat stets selbst für ihr Auskommen gesorgt. Sie hätte mein Geld niemals angenommen.«

»Weiß Ihre Frau von der Affäre?«, mischte sich jetzt Vibeke ins Gespräch.

Dan Sødergren verzog das Gesicht. »Möglich, dass Kristina etwas ahnt, aber sie hat bislang nichts gesagt. Und ich will unsere Ehe nicht unnötig belasten.«

»Was ist mit Malthe und Jonas?«

»Malthe? Nein.« Er schüttelte den Kopf, wie um seine Antwort zu bekräftigen. »Und Jonas schon gar nicht. Wie auch? Ich habe meinen Sohn seit über einem Jahr nicht gesehen.«

Vibeke sah ihn mit ihren hellen Augen durchdringend an. »Haben Sie Saskia Niekamp umgebracht?«

»Nein«, entgegnete Dan Sødergren scharf. »Weshalb hätte ich das tun sollen?« Er klang aufgebracht.

Rasmus betrachtete ihn mit Argusaugen.

»Ihre heimliche Affäre, Saskias Schwangerschaft«, zählte seine Kollegin auf. »Vielleicht wollte sie nicht hinnehmen, dass Schluss war, und wurde lästig.«

»Wird mir hier gerade ein Mord unterstellt?« Dan Sødergrens Blick flackerte. »Ich werde kein Wort mehr sagen. Entweder ihr verhaftet mich und ich rufe meinen Anwalt an, oder ihr verlasst auf der Stelle mein Büro.«

Rasmus tauschte einen Blick mit seiner Kollegin, und sie erhoben sich.

»Wir erwarten dich um achtzehn Uhr im Gemeinsamen Zentrum zur offiziellen Vernehmung«, sagte er. »Bring deinen Anwalt mit. Solltest du nicht auftauchen, schicken wir das große Geleit.« Ohne eine Reaktion abzuwarten, verließ er hinter Vibeke das Büro des Unternehmers.

Dan Sødergren, der große Sportler, dachte Rasmus. Auch nur ein Mann. Betrügt seine Frau mit einer Jüngeren. Er hatte so etwas nie verstanden.

Padborg, Dänemark

»Wir haben keinen ausreichenden Tatverdacht für einen Haftbefehl«, sagte Vibeke, nachdem sie die Befragung von Dan Sødergren für das restliche Team zusammengefasst hatte. »Die Affäre taugt zwar als Mordmotiv, doch laut Aussage seines Sohnes Malthe war sein Vater zur Tatzeit mit ihm unter Deck.« Noch immer wusste sie nicht, wie sie die neueste Entwicklung deuten sollte, doch zumindest offenbarte sie, dass Saskia Niekamp abgebrühter gewesen war als angenommen. Zumal noch immer die Sache mit Ove Möbius im Raum stand. *Hinter den glattesten Fassaden verbirgt sich oftmals der meiste Schmutz.* Das hatte Rasmus einmal gesagt.

»Vater und Sohn«, sinnierte Søren. »Die halten natürlich zusammen. Sie geben sich gegenseitig ein Alibi.«

Rasmus faltete die Hände im Nacken und lehnte sich auf seinem Stuhl zurück. »Vielleicht nicht mehr, wenn wir Malthe damit konfrontieren, dass ausgerechnet sein Vater der Lover seiner Angebeteten war.«

Vibeke nickte. »Das könnte klappen.«

»Wie jetzt?« Jens hob die Brauen. »Ihr zwei seid einer Meinung?«

»Soll vorkommen.« Rasmus zwinkerte ihr zu.

Vibeke erwiderte es mit einem Lächeln. Es war das erste Mal seit Langem, dass sie wieder halbwegs normal miteinander umgingen, und obwohl sie es nur ungern zugab, hatte sie ihre Frotzeleien vermisst, auch wenn diese häufig auf ihre Kosten gingen. Zudem rechnete sie es Rasmus hoch an, dass er nicht weiter insistiert hatte, als sie ihre leiblichen Großeltern erwähnt hatte. Sie wusste ohnehin nicht, welcher Teufel sie geritten hatte, ihm überhaupt davon zu erzählen. Ein Ziehen machte sich in ihrer Magengegend bemerkbar. Bislang hatte sie mit Werner nicht weiter über die Sache gesprochen, zu sehr tobte in ihr das Gefühl, verraten worden zu sein. Wieder einmal.

Vibeke schob die Gedanken beiseite. Das hatte hier jetzt keinen Platz. Sie musste sich auf den Fall konzentrieren.

»Während ihr unterwegs wart, hat Connie angerufen«, meldete sich Pernille zu Wort.

»Connie aus meiner Abteilung?«, fragte Vibeke erstaunt.

Ihre Kollegin nickte. »Gestern Abend hat es auf der *Valeria* eine Schlägerei gegeben. Connie hat mir den Bericht geschickt. Fast die ganze Crew war darin verwickelt.« Sie zog einen Ausdruck zu sich heran. »Gunnar Harms, Mogen Bjornlund, Jakob Jensen und Mike Henschel.«

»Hatten die Stress miteinander?« Luís sah von seinem Bildschirm hoch.

»Nein, mit drei Typen von irgendeinem Rockertrupp.«

»Die machen auch überall Ärger«, warf Rasmus mit finsterem Blick ein.

Vibeke nickte. Das Problem mit Rockerbanden war nicht neu. In der Vergangenheit war es häufiger zu Schlägereien zwischen rivalisierenden Klubs gekommen. Darüber hinaus gerieten Mitglieder immer wieder mit dem Gesetz in Konflikt. Mitunter wurden schwere Straftaten begangen, oftmals im Zusammenhang mit organisierter Kriminalität. Drogenhandel, Prostitution, Waffenhandel. Deshalb verfolgte Flensburg hinsichtlich Rockergruppen eine Null-Toleranz-Strategie, duldete weder Rechtsverstöße noch Machtdemonstrationen von rivalisierenden Klubs und agierte bei Einsätzen mit Rockerbezug dementsprechend konsequent und mit entsprechend hohem Personaleinsatz.

»Was genau ist passiert?«

»Die Rockertypen haben Michael Henschel unter Deck aufgelauert und sofort auf ihn eingeschlagen«, berichtete Pernille. »Zum Glück bekam er kurz darauf Hilfe von seinen Freunden. Ansonsten hätte das böse ausgehen können.«

»Wurde jemand verletzt?«

»Mike Henschel hat eine gebrochene Nase und eine geprellte Rippe und ist derzeit im Krankenhaus. Die anderen haben nur ein paar blaue Flecken und Platzwunden abbekommen. Nichts Ernstes.«

»Hat man die Kerle gekriegt?«, erkundigte sich Rasmus.

Pernille schüttelte den Kopf. »Michael Henschel wusste angeblich nicht, wer sie sind oder warum man ihn attackiert hat.«

Søren schnaubte.

»Trugen die Rocker Kutten?«, hakte Vibeke nach. In Deutschland herrschte ein gesetzliches Kuttenverbot für Mitglieder von verbotenen Rockerklubs. In Flensburg waren das die »Hells Angels«.

»Laut Aussage von Michael Henschel ja, aber er kann sich nicht daran erinnern, welche Patches auf den Westen waren. Abgesehen davon, dass er zusammengeschlagen wurde, war es in der Kajüte wohl auch recht dunkel.«

Rasmus langte nach seinem Kaffeebecher. »Was ist mit Zeugen?«

»Ein paar Touristen, die auf dem Weg zu ihrem Hotel waren, haben die Männer auf Motorrädern wegfahren sehen«, sagte Pernille. »Leider hat sich niemand die Nummernschilder gemerkt. Aber die Leute wussten natürlich auch nicht gleich, was auf der *Valeria* passiert war.«

Rasmus machte ein grimmiges Gesicht. »Das stinkt doch zum Himmel, dass Michael Henschel nicht weiß, was diese Typen von ihm wollten.«

»Finde ich auch«, bekräftigte Søren.

»Haltet mal den Ball flach«, sagte Jens und fing sich damit einen schiefen Blick seines Teampartners ein. »Die Sache hat womöglich gar nichts mit unserem Fall zu tun.«

Vibeke nickte. »Jens hat recht. Wir sollten keine voreiligen Schlüsse ziehen.«

Søren blähte die Backen. »Dass ihr Deutschen aber auch immer zusammenhalten müsst.«

»Wir werden dem Vorfall nachgehen und mit Michael Henschel sprechen«, beschwichtigte ihn Vibeke, »dann sehen wir weiter. Was haben wir sonst noch?«

Luís räusperte sich. »Ich habe heute Vormittag mit der Hochschule Flensburg telefoniert, und sie haben mir eine Liste der Studienabgänger aus dem Jahrgang von Saskia Niekamp geschickt und dazu ein Foto von der Abschlussfeier. Ich habe es mir gerade angesehen.« Er gab etwas in seine Computertastatur ein, und auf dem digitalen Whiteboard erschien ein Foto mit größtenteils festlich gekleideten jungen Frauen und Männern mit Urkunden in den Händen. »Hier sehen wir Saskia Niekamp.« Der

Mauszeiger deutete auf eine hübsche Blondine im schicken schwarzen Hosenanzug, wanderte eine Reihe weiter zu einer zierlichen Frau mit asiatischen Zügen und Nerdbrille. »Und Sunhi Kim. Und dann habe ich noch ihn hier entdeckt.« Der Pfeil war jetzt auf einen großen Mann mit blonden Haaren und gewinnendem Lächeln gerichtet. »Vielleicht erinnert ihr euch. Sein Foto befand sich auf Saskias Facebook-Seite. Sein Name ist Marcel Limbach.«

Vibeke horchte auf. »Er ist Co-Founder bei TradeHavn. Genau wie Sunhi Kim.« Ihr Argwohn war geweckt. Sie hatte bislang nur Jens von ihrer gestrigen Internet-Recherche erzählt und berichtete nun auch dem restlichen Team davon. »Es gibt noch einen dritten Gründer. Moment.« Sie tippte die Webadresse des Startups ins Internet ein und klickte auf die Unterseite mit der Firmengeschichte. »Nick Pohlmann.«

Luís' Hände flogen über die Computertastatur. »Der Name steht auch auf der Liste der Studienabgänger«, sagte er nach einem Blick auf den Bildschirm. »Es müsste dieser hier sein.«

Der Mauszeiger deutete auf einen jungen dunkelhaarigen Vollbartträger im Slim-Fit-Sakko.

»Gibt es eine Verbindung zwischen Saskia Niekamp und diesem FinTech-Unternehmen?«, erkundigte sich Pernille.

»Zumindest keine offensichtliche«, sagte Vibeke. »Aber gut möglich, dass sie dort investiert hat. Allerdings ist ihr Handy verloren gegangen, und wir können nicht überprüfen, ob sie die App installiert hatte. Da fällt mir gerade ein«, ihr Blick ging zu Luís, »ist die Auswertung von Laptop und Tablet schon aus der IT gekommen?«

Der Portugiese schüttelte den Kopf. »Das wird wohl auch noch dauern. Die Kollegen sind mehrere Monate im Rückstand. Und da bei unserem Fall keine Gefahr im Verzug ist, hat er nicht oberste Priorität. Aber ich rufe da nachher einmal an, vielleicht lässt sich das Ganze etwas anschieben.«

Jens tippte mit seinem Stift auf die Tischplatte. »Angenommen, Saskia Niekamp hat bei TradeHavn investiert und Gewinne gemacht, das könnte ihren Lebenswandel erklären.«

»Aber in dem Fall müsste doch alles auf ihrem Konto nachzuvollziehen sein«, warf Rasmus ein. »Wir sind sämtliche Buchungen der letzten zwölf Monate durchgegangen.«

Ein amüsiertes Lächeln streifte Jens' Lippen. »Dir ist schon bewusst, dass wir hier nicht über eine herkömmliche Bank, sondern über die digitale Investment-Plattform eines FinTech-Unternehmens reden, oder? Da läuft in der Regel alles über Wallets. Krypto zum Beispiel wird über Blockchain abgewickelt. Aber davon hast du sicher schon gehört.«

»Natürlich«, behauptete Rasmus, obwohl in seinem Gesicht ein großes Fragezeichen stand.

Auch Vibeke kannte sich mit den Fachbegriffen der FinTech-Welt nicht aus. Sie hatte ihr Konto seit Jahren bei derselben Sparkasse, und weiter als bis zur Nutzung von Online-Banking ging ihr Wissen über digitales Banking nicht. »Vielleicht erklärst du es einer Unwissenden wie mir.«

»Sicher.« Jens strich über seine Krawatte und setzte eine wichtige Miene auf. »Ein Wallet ist eine digitale Geldbörse, und Blockchains sind virtuell verkettete

Datensätze. Ein Beispiel. Person A sendet Geld an Person B. Diese Transaktion wird in einem Datenblock gespeichert.« Er sah wie ein Lehrer, der sich davon überzeugen wollte, dass ihm alle zuhörten, in die Runde. »Anschließend wird eine Kopie des Blocks an jeden Computer im Blockchain-Netz geschickt. Im nächsten Schritt validiert das Netzwerk den Block mithilfe von Verschlüsselungstechniken und bestätigt die Transaktion als gültig. Der Datenblock wird an die Blockkette angehängt und gespeichert, um alles transparent aufzuzeichnen, und das Geld wird von A an B überwiesen.«

»Klingt kompliziert«, sagte Vibeke. »Wenn ich es richtig verstanden habe und das Ganze transparent ist, dann lässt sich also nachvollziehen, ob Saskia Niekamp derartige Transaktionen durchgeführt hat.«

»Nicht ganz«, erwiderte Jens. »Die Transaktionen selbst sind öffentlich einsehbar, allerdings nicht, wem das jeweilige Wallet gehört. Dafür wird ein verborgener Schlüssel generiert. Ein Code, der nur dem Besitzer zugänglich ist.«

»Aber es gibt Mittel und Wege, um dahinterzukommen?«

»Die Frage gebe ich mal an Luís weiter«, sagte Jens. »Ich bin nur Nutzer, kein Programmierer.«

Luís nahm den Faden umgehend auf. »Es ist extrem schwierig bis hin zu unmöglich. Je nachdem, wie lang das Passwort ist oder ob es zusätzlich mit einem Doppel-Algorithmus geschützt wird. Jedenfalls braucht es dafür Spezialisten.

»Du meinst Hacker?«, fragte Vibeke.

»Jep. Und zwar die besten. Es sei denn, die Person hat den Code irgendwo aufgeschrieben.« Luís rieb die

Haut zwischen seinen Augenbrauen. »Vielleicht sollten wir erst mal herausfinden, ob es überhaupt eine Verbindung zwischen Saskia Niekamp und diesem FinTech gibt. Alles andere führt sonst schnell ins Uferlose. Wenn ihr wollt, klemme ich mich dahinter.«

»Das wäre prima. Danke, Luís.« Vibeke wandte sich wieder an Jens. »Hat sich der FSC zurückgemeldet?«

Er nickte. »Ja, jemand aus der Geschäftsstelle hat angerufen. Mogen Bjornlund ist dort nicht bekannt. Weder als Teilnehmer einer der Regatten noch sonst wie. Allerdings können am Hallenfest auch Nicht-Segler teilnehmen.«

»Wir werden ihn fragen, was er dort zu suchen hatte«, sagte Vibeke. »Hat sonst noch jemand was?«

Alle schüttelten den Kopf.

»Gut, dann würde ich sagen, wir fühlen Malthe Sødergren auf den Zahn und konfrontieren ihn damit, dass sein Vater eine Affäre mit Saskia hatte.«

Das Telefon auf Pernilles Schreibtisch klingelte, und die Ermittlerin nahm ab. Gleich darauf gab sie ein Zeichen, dass es wichtig war. »Einen Moment bitte«, sagte Pernille zu der Person am anderen Ende der Leitung und ans Team gewandt: »Ellen Niekamp ist dran. Sie sagt, ihre Tochter ist gerade mit dem Flugzeug in Hamburg gelandet und fährt direkt weiter nach Flensburg. Wir können sie in etwa zweieinhalb Stunden bei Ellen Niekamp in der Wohnung treffen.«

»Sag ihr, dass wir später vorbeikommen.«

Pernille wandte sich wieder ihrem Telefonat zu.

Vibeke sah Rasmus an. »Dann lass uns jetzt mit Malthe Sødergren sprechen. Anschließend statten wir Michael Henschel einen Besuch im Krankenhaus ab und lassen uns die Geschichte mit der Schlägerei noch einmal persönlich erzählen, ehe wir zur Mutter fahren. Was hältst du davon?«

»Viel.« Rasmus langte nach seiner Jacke. »Auf die Story bin ich echt gespannt.«

Vibeke spürte ein leichtes Kribbeln in ihrem Bauch. Endlich ging es voran.

Stolbro, Dänemark

Malthe Sødergrens Augen weiteten sich. »Saskia und mein Vater?« Er klang fassungslos. »Und da liegt kein Irrtum vor?«

Vibeke beobachtete seine Reaktion, während Rasmus neben ihr den Kopf schüttelte. »Leider nein. Laut DNA-Abgleich ist der Erzeuger von Saskias Kind ein naher männlicher Verwandter von dir.« Er machte eine bedeutungsvolle Pause, ehe er hinzufügte: »Außerdem hat dein Vater die Affäre bereits zugegeben.«

Stille machte sich im Raum breit. Sie standen in Malthe Sødergrens Wohnzimmer, das sich in einem der Nebengebäude der alten Molkerei befand. Die Einrichtung war kühl und modern, farblich komplett in Weiß und Schwarz gehalten. Den einzigen Wandschmuck bildete ein überdimensionaler Flatscreen.

Bei Nordic Sails hatten Vibeke und Rasmus erfahren, dass der Unternehmersohn diesen Tag im Homeoffice verbrachte. Jetzt strich sich Malthe Sødergren mit den Handflächen über die Augen. Er war aschfahl im Gesicht.

»Damit habt ihr mich eiskalt erwischt. Ich hatte zwar bereits vermutet, dass Saskia jemand anderen hatte, aber ausgerechnet meinen Vater? Er wusste doch, dass ich …« Der Rest des Satzes blieb unausgesprochen in der Luft hängen. Ein Gefühl, das Vibeke nur schwer deuten konnte, lag in seinem Blick. Wut? Schmerz? Demütigung?

»Wollen Sie Ihre bisherige Aussage vielleicht noch einmal überdenken?«, fragte sie.

»Sie meinen, ob ich das Alibi für meinen Vater zurückziehe?«

Vibeke nickte.

Ein harter Zug bildete sich um Malthe Sødergrens Mund, und es vergingen einige Sekunden, ehe er schließlich antwortete. »Nein.« Seine Stimme gewann an Schärfe. »Meine Aussage bleibt wie gehabt.« Er wandte seinen Blick Rasmus zu. »Wenn es das jetzt war, möchte ich euch bitten zu gehen.« Er presste die Lippen zusammen, dabei malmten seine Kiefermuskeln unerlässlich.

»Wir finden alleine raus«, sagte Rasmus und wandte sich zum Gehen.

Vibeke folgte ihrem Kollegen ins Freie. »Das war dann wohl ein Schuss ins Blaue.« Sie steuerten auf ihren Dienstwagen zu. »Dabei hatte ich gehofft, er zieht das Alibi für seinen Vater zurück.«

»Ich auch.« Rasmus langte nach dem Griff der Beifahrertür. »Aber damit hätte er selbst kein Alibi mehr. Hast du gesehen? Der Typ war stinksauer.«

»Und verletzt«, stellte Vibeke fest. »Also bleibt Malthe weiterhin im Spiel.« Sie rutschte auf den Fahrersitz. »Dann fahren wir jetzt zu Henschel ins Krankenhaus.«

Flensburg, Deutschland

Michael Henschel lag blass und mitgenommen unter der weißen Decke des Krankenhausbettes. Er trug einen Nasenverband, der angrenzende Gesichtsbereich war geschwollen, und unter seinen Augen hatten sich Hämatome gebildet.

»Der Arzt meint, ich hab Glück gehabt«, sagte er mit nasaler Stimme. »Ein nicht verschiebbarer Bruch. Er weiß wohl nicht, wie beschissen sich das anfühlt.«

»Sehen Sie sich dazu in der Lage, uns ein paar Fragen zu beantworten?«, fragte Vibeke.

Michael Henschel nuschelte etwas Zustimmendes.

Sie zog sich einen Stuhl heran und kam ohne Umschweife zur Sache. »Weshalb wurden Sie zusammengeschlagen?«

»Darüber zerbreche ich mir schon seit gestern den Kopf.«

»Kannten Sie diese Typen?«

»Nein. Das habe ich auch schon den Polizisten gestern erzählt.« Seine Hand wanderte zum Nasenverband.

Rasmus, der sich bislang im Hintergrund gehalten hatte, löste sich von seinem Platz an der Wand. »Aber die werden wohl kaum zufällig in der Kajüte auf dich gewartet haben. Also, was wollten die von dir?«

»Verdammt, ich weiß es nicht.«

»Bullshit.«

Michael Henschels Blick irrte hilfesuchend zu Vibeke. »Vielleicht …« Er zögerte. »Die Tätowierung auf dem Foto, das Sie mir gezeigt haben. Ich glaube, ich habe sie doch schon einmal gesehen.«

»Wo?«

Seine Schultern sackten hinunter. »Das ist es ja. Ich kann mich nicht erinnern.«

Vibeke unterdrückte ein Seufzen. »Wissen Sie vielleicht, wann das gewesen ist?«

»Nein. Aber es muss länger her sein.«

»Weshalb haben Sie nicht gleich etwas gesagt, als ich Ihnen das Foto gezeigt habe?«

»Weil ich mir unsicher war. Aber die Sache gestern Abend …« Michael Henschel brach ab.

»Sie denken, es gibt einen Zusammenhang?« Sie tauschte einen kurzen Blick mit Rasmus, der jetzt neben ihrem Stuhl stand.

»Ich weiß nicht mehr, was ich denken soll.« Sein Blick wanderte auf der Bettdecke hin und her. »Alles bricht auseinander.«

»Wovon reden Sie? Was bricht auseinander?«

»Die Buchungen werden storniert, die Rechnungen stapeln sich, dabei müssten dringend ein paar Reparaturen durchgeführt werden«, brach es aus Michael Henschel heraus. Dabei verzog er schmerzerfüllt das Gesicht. Das Sprechen schien ihn sichtlich anzustrengen. »Und ausgerechnet jetzt will Hermann aus der Eigner-Gemeinschaft aussteigen. Wir werden wohl oder übel verkaufen müssen. Und das zum denkbar schlechtesten Zeitpunkt. Vorausgesetzt, wir finden überhaupt einen Käufer nach allem, was auf dem Schiff passiert ist. Gunnar und ich können es uns zumindest nicht leisten, Hermanns Anteile zu übernehmen.«

»Das klingt tatsächlich nicht ganz einfach.« Vibeke musterte ihn. »Wie lange kennen Sie drei sich eigentlich?«

»An die fünfundzwanzig Jahre.« Michael Henschel griff nach dem Trinkbecher auf dem Rollcontainer und trank einen Schluck. »Wir haben uns damals bei der Restaurierung eines alten Fischkutters im Museumshafen kennengelernt. Und vor etwa zehn Jahren haben wir dann gemeinsam die *Valeria* gekauft.«

»Was ist mit den anderen?«

»JJ und Mogen?«

Sie nickte.

»Die sind erst ein paar Jahre später dazugekommen.« Für einen kurzen Moment gingen seine Mundwinkel nach oben. »JJ war zu einer gemeinnützigen Arbeit verdonnert worden, die durfte er im Museumshafen ableisten. Dort hat er dann irgendwann auch Mogen angeschleppt.« Er starrte auf einen imaginären Punkt an der Wand. »Sie kannten sich aus irgendeinem Segelcamp, in dem sie als Kinder waren.« Sein Blick glitt zu Vibeke. »Kann ich das Foto mit dem Tattoo noch einmal sehen?«

»Natürlich.« Sie zog ihr Handy hervor und rief das Bild aufs Display, ehe sie es ihm hinhielt.

Michael Henschel betrachtete es eingehend. »Ich kann mich einfach nicht erinnern.«

»Vielleicht ist es auch gerade ein wenig viel.« Sie deutete auf seinen Nasenverband. »Eine Frage hätte ich allerdings noch.« Neben ihr wippte Rasmus ungeduldig mit dem Fuß. »Ihr Freund Hermann wohnt doch in den Wasserhäusern. Ganz in der Nähe von dem Apartment, das er Frau Niekamp vermietet hat. Wissen Sie, ob die beiden mal etwas miteinander hatten?«

»Hermann war Saskias Vermieter?« Michael Henschel klang überrascht. »Das wusste ich nicht. Keine Ahnung, ob zwischen den beiden etwas gelaufen ist. Saskia passt eigentlich nicht in sein Beuteschema. Er steht mehr auf den naiven Typ.«

Ganz ähnlich hatte Vibeke Hermann Wilhelmsen bereits eingeschätzt. Er sah sich in der Rolle des Beschützers und Erklärers, der den Frauen gerne das Blaue vom Himmel versprach. Mit intelligenten Frauen tat er sich vermutlich eher schwer. Vor allem, wenn sie ihm Kontra gaben. »Was bedeutet es für Sie, wenn die *Valeria* verkauft wird?«

»Dass ich keinen Job mehr habe. Und mein Anteil aus dem Verkaufserlös wird vermutlich gerade mal die Kreditraten decken, die noch offen sind.« Er verzog das Gesicht. »Nur Hermann, der ist wie immer fein raus.«

Vibeke erhob sich von ihrem Stuhl. »Wir lassen Sie jetzt in Ruhe. Melden Sie sich, wenn Ihnen noch etwas zu dem Tattoo oder zu den Männern einfällt, die Sie überfallen haben.«

Michael Henschel deutete geistesabwesend ein Nicken an. »Wissen Sie, was mir gerade durch den Kopf geht?« Es war eine rhetorische Frage, denn er sprach bereits weiter. »In der Kajüte war es doch dunkel. Was, wenn die gar nicht auf mich gewartet haben?«

Stolbro, Dänemark

Jonas drückte die Flügeltür der alten Molkerei auf. Wie ein brauner Blitz schoss Viggo heran, sprang vor Freude winselnd an ihm hoch und schleckte ihm mit seiner feuchten Zunge einmal quer übers Gesicht.

»Ist ja gut, alter Junge.« Er strich dem Labrador über das seidige Fell.

»Jonas?!« Sein Vater stand neben dem Esstisch unter einer der Verglasungen in der Betondecke und drehte sich zu ihm um. Offenbar hatte er gerade mit Kristina gesprochen, die mit einem großen Küchenmesser und versteinertem Gesicht an der Kochinsel Obst in Stücke schnitt, während Malthe mit verschränkten Armen an der Treppe zum Obergeschoss lehnte. In der Luft lag eine angespannte Stimmung.

»Was ist denn hier los?« Jonas schloss die Tür hinter sich. »Hängt etwa der heilige Haussegen schief?« Er gab sich keine Mühe, sich den Sarkasmus zu verkneifen.

Sein Vater betrachtete ihn aus schmalen Augen. »Das ist kein guter Zeitpunkt, Jonas.« Er wandte sich wieder seiner Frau zu. »Rede mit mir, Kristina.«

Doch sie sagte keinen Ton, langte stattdessen nach einem Apfel aus der Obstschale und zerteilte ihn auf dem Schneidebrett mit einem kräftigen Messerhieb in zwei Teile.

Ups, dachte Jonas. Hier hing etwas ganz gewaltig schief. Die Luft war förmlich zum Schneiden dick. Er schaute zu Malthe, doch der hatte seinen grimmigen Blick auf ihren Vater gerichtet. »Die Polizei war vorhin hier. Papa hatte eine Affäre mit Saskia.«

Aha, daher weht also der Wind. Jonas versenkte die Hände in den Hosentaschen, schlenderte mit Viggo im Schlepptau zu dem hässlichen Plüschsessel, der ihn stets an ein Wollschaf erinnerte, was hinsichtlich des fellartigen Bezugs vielleicht sogar stimmen mochte, und lehnte sich lässig dagegen. Der Labrador legte sich neben seinen Füßen auf den Boden. »Dann ist die Katze also endlich aus dem Sack.« Er zog die Hände aus den Hosentaschen und applaudierte. Alle Blicke wandten sich ihm zu. »Hat Papa auch erzählt, wo er es überall mit Saskia getrieben hat?« Er sah bedeutsam zu dem langen Esstisch, neben dem sein Vater stand.

Kristina hielt mitten in der Bewegung inne, das große Küchenmesser in der Hand. Kurz schien es, als wollte sie damit auf ihren Mann losgehen, doch dann besann sie sich und legte es beiseite.

Jonas sah den Schmerz und die Erniedrigung im Gesicht seiner Mutter, und einen Moment lang bereute er, etwas gesagt zu haben. Doch es war an der Zeit, die Scheinheiligkeit, die in seiner Familie herrschte, zu beenden, ehe noch alle daran erstickten. Er hatte seiner Mutter schon vor Monaten von Saskia und seinem Vater erzählt. Doch sie hatte es nicht hören wollen. *Was haben wir mit dieser Frau zu tun?*

Kristina kam hinter der Kücheninsel hervor, blieb vor ihrem Mann stehen und musterte ihn. Tiefe Abfälligkeit lag in ihrem Blick. Im nächsten Moment holte sie aus und verpasste ihm eine schallende Ohrfeige. Anschließend verließ sie ohne ein Wort das Haus.

»Bravo, Jonas.« Die Stimme seines Vaters klang vollkommen tonlos. Auf seiner Wange zeichnete sich Kristinas Handabdruck ab. »Darauf hast du wohl lange gewartet. Ich hoffe, du bist zufrieden.«

»Das hast du dir alles selbst zuzuschreiben«, erwiderte Jonas kalt. Die Erinnerung an ihre letzte Auseinandersetzung spielte sich wie ein Sekundenfilm vor seinem inneren Auge ab. Wie er sich geweigert hatte, sein Kunststudium an den Nagel zu hängen, um in die Firma einzusteigen; der Vorwurf seines Vaters, dass er sein Leben und sein Talent vergeudete und als Sozialfall auf der Straße landen würde, weil er nichts auf die Reihe kriegte. Ein lautstarker Streit, der darin gegipfelt hatte, dass Jonas sein Elternhaus türenknallend und tief gedemütigt verlassen hatte. *Sieh doch zu, wie du alleine klarkommst* waren die letzten Worte seines Vaters gewesen.

»Jonas hat recht.« Malthe löste sich von seinem Platz am Treppengeländer. Unbändige Wut spiegelte sich in seiner Miene. »Wie konntest du nur?« Er spie die Worte förmlich aus. »Du wusstest doch, was ich für Saskia empfinde. Ich wollte ihr sogar einen Antrag machen.« Sein Tonfall schraubte sich in die Höhe. »Aber der große Dan Sødergren konnte es gar nicht erwarten, ihr an die Wäsche zu gehen.« Er baute sich dicht vor seinem Vater auf. Viggo winselte.

»Vergiss das Baby nicht«, goss Jonas noch mehr Öl ins Feuer. »Unser kleiner Bruder oder unsere kleine Schwester.«

»Schluss jetzt, Jonas!« Die Stimme seines Vaters peitschte durch den Raum. »Ich will dich hier nicht mehr sehen.«

»Du schmeißt mich raus? Schon wieder?« Jonas lachte bitter. »Was bist du nur für ein feiges Schwein. Es war ein Fehler zurückzukommen. Aber das passiert mir kein weiteres Mal. Komm, Viggo!«

Der braune Labrador sah zögernd von einem Familienmitglied zum anderen, dann erhob er sich und trottete neben Jonas zum Ausgang.

Sobald die Haustür hinter ihm und dem Hund ins Schloss fiel, hörte Jonas die beiden Männer lautstark weiterstreiten. Er hatte seinen Bruder noch nie dermaßen wütend erlebt. Malthe schien völlig außer sich.

Daran ist nur Saskia schuld, dachte Jonas. Der Gedanke kam schlagartig. Und wenn er es doch gewesen ist? Wenn Malthe Saskia getötet hat? Vielleicht hatte er es einfach sattgehabt, ewig der Zweite zu sein.

Unschlüssig blieb Jonas stehen. Doch das alles ging ihn nichts mehr an. Er war fertig mit seiner Familie. Trotzdem hatte seine Abrechnung einen bitteren Beigeschmack. Seine Familie war nur noch ein Trümmerhaufen, die Ehe seiner Eltern ruiniert und Saskia tot. Auf allen Ebenen nichts als Verlierer.

Er drehte der alten Molkerei den Rücken zu und ging mit Viggo an seiner Seite zu Frankas Auto. Aus den Augenwinkeln nahm er wahr, wie seine Mutter in ihrer Werkstatt einen Klumpen Ton knetete. Gerade hob sie den Blick, sah zu ihm herüber, doch im nächsten Moment konzentrierte sie sich wieder auf ihre Arbeit.

Jonas öffnete die hintere Tür des Autos und ließ den Labrador auf den Rücksitz. »Platz, Viggo.« Ehe er zurück nach Augustenborg fuhr, würde er nach einem Geschäft für Tierbedarf Ausschau halten, um das Wichtigste für seinen Vierbeiner zu besorgen.

Gerade als er sich hinters Lenkrad setzen wollte, ertönten hinter ihm Schritte im Kies.

»Jonas! Warte!« Malthe eilte heran, die Augen gerötet.

Hatte er etwa geweint? Das Tempo, mit dem sich sein normalerweise stets beherrschter Bruder veränderte, machte Jonas langsam Angst. »Was denn noch? Hat dir der ganze Stress mit unserem Alten etwa noch nicht gereicht?«

»Du bist doch auch nicht besser«, schnauzte ihn Malthe an. »Du hast es gewusst und mir nichts gesagt. Weshalb zum Teufel hast du nichts gesagt?«

Jonas spürte, wie ihm augenblicklich die Röte ins Gesicht schoss. Sein Vater hatte recht. Er kriegte nichts auf die Reihe. »Ich konnte nicht.«

»Ah, du konntest nicht«, erwiderte sein Bruder süffisant. »Aber deine kryptischen Sprüche, von wegen, ich hätte mir ein Traumbild von einer Frau erschaffen, die es gar nicht gibt. Das konntest du, oder?« Er redete sich erneut in Rage. »Vielleicht hat es dir sogar Spaß gemacht, dass ich nach Strich und Faden verarscht werde. Oder weshalb sonst hast du mich nicht eingeweiht, dass Saskia mit unserem Vater in die Kiste steigt?« Malthe stand jetzt so dicht vor ihm, dass er seinen Atem spüren konnte.

Jonas sah seinem Bruder in die Augen. »Weil das noch längst nicht alles war.«

Flensburg, Deutschland

Nadine Niekamp wirkte wie ein feenartiges Wesen aus einem anderen Universum. Sie trug ein flattriges helles Gewand, die dunkelblonden Haare waren lang und gelockt, zwei schmale Zöpfe wie ein hauchzarter Kranz um den Kopf gelegt.

Ihre nackten Füße hatte sie fachkundig im Schneidersitz verknotet, um ihren Hals baumelte ein langes braunes Lederband mit einer einzelnen Feder daran.

Sie erschien Rasmus zudem ein wenig entrückt und unangepasst, doch etwas anderes war von einer Frau, die ihr Leben in einem Baumhaus mitten im thailändischen Dschungel verbrachte, auch nicht zu erwarten gewesen.

»Mein Beileid zum Tod Ihrer Tochter«, eröffnete Vibeke das Gespräch. Sie saßen zwischen Landschaftsbildern und Raufasertapete auf der geblümten Wohnzimmergarnitur von Ellen Niekamp, die währenddessen in der Küche herumhantierte. Angesichts der vielen Häkeldeckchen, die zusammen mit zahlreichem Nippes überall im Raum verteilt waren, drehte es Rasmus leicht den Magen um.

»Danke. Es schmerzt natürlich, aber Saskia ist noch immer bei mir.« Nadine Niekamp legte sich die Hand auf die Brust. »Ich kann sie spüren. Nur ihr Körper ist gegangen, nicht ihre Seele.«

Rasmus musste sich zusammenreißen, um sie nicht mit offenem Mund anzustarren. Als Anton gestorben war, hatte es sich angefühlt, als hätte man ihm bei lebendigem Leib das Herz rausgerissen. Eine Lücke, die bis heute geblieben war, egal, wie sehr er versuchte, sie mit glücklichen Erinnerungen zu füllen.

»Wann hatten Sie zuletzt Kontakt zu Saskia?« Im Gegensatz zu ihm wirkte Vibeke nicht im Geringsten befremdet.

»Es ist schon eine Weile her.« Nadine Niekamp löste ihre Beine aus dem Schneidersitz. »Ich glaube, es war Anfang Mai. Saskia hatte mir ein wenig Geld geschickt.«

»Ihre Tochter hat Sie finanziell unterstützt?«, fragte Vibeke.

Rasmus erinnerte sich an die Überweisung, von der Pernille erzählt hatte.

»Hin und wieder.« Nadine Niekamps Hand wanderte zu ihrer Lederkette und umklammerte die Feder. »Ich weiß, was Sie jetzt denken. Erst verlässt die Frau ihr Kind, und dann nimmt sie auch noch das Geld ihrer Tochter. Und Sie haben recht. Ich war keine gute Mutter. Aber hier …«, sie ließ den Blick durch den Raum schweifen, »fehlte mir einfach die Luft zum Atmen. Saskia hat das verstanden. Auch sie wollte mehr vom Leben.«

»Was genau wollte sie?«

»Saskia waren andere Sachen wichtig als mir. Mir geht es um eine freie Lebensform. Ich brauche keine Eigentumswohnung, teure Kleidung oder ein Auto. Ich will einfach nur leben, ohne gesellschaftliche Zwänge und dieses ständige Höher, Schneller, Weiter. Mir reicht es, unter freiem Himmel zu schlafen.« Sie schüttelte leicht den Kopf. »Bei Saskia drehte sich alles um materielle Dinge. Sie wollte finanzielle Unabhängigkeit. Ansehen. Vielleicht sehnte sie sich auch nach Sicherheit. Eine Sicherheit, die ich ihr nie geben konnte.«

»Hat sie Ihnen von ihrem Job erzählt? Gab es da vielleicht Probleme?«

»Nein. Saskia wusste, dass es mir dafür an Verständnis fehlt. Außerdem war sie nie jemand, der gejammert hat, wenn es mal Schwierigkeiten gab. Sie hat die Dinge immer direkt angepackt.«

»Was ist mit Männern?«

»Die kamen und gingen.« Nadine Niekamp machte eine wegwerfende Handbewegung. »Saskia hat jeden gekriegt, den sie wollte.«

»Kennen Sie die Familie Sødergren?«

»Der Name sagt mir nichts.«

Rasmus beugte sich vor. »Ihre Tochter hatte eine Affäre mit Dan Sødergren. Einem bekannten dänischen Segler. Verheiratet, doppelt so alt.«

Nadine Niekamp lächelte entrückt, und er war sich nicht sicher, ob seine Worte überhaupt zu ihr durchgedrungen waren.

»Saskia war schwanger von ihm«, setzte er nach.

»Schwanger?« Für einen kurzem Moment leuchteten ihre Augen, ehe ihr Blick gedankenverloren zum Fenster ging. Das Tageslicht hinter den Scheiben hatte bereits abgenommen.

So kommen wir nicht weiter, dachte Rasmus.

»Was ist mit dem Namen Ove Möbius?«, unternahm Vibeke einen weiteren Versuch, um eine brauchbare Information aus der Mutter des Opfers herauszulocken.

Eine Veränderung ging mit Nadine Niekamp vor.

»Ove?« Sie lächelte strahlend, und erstmals wurde die Ähnlichkeit mit ihrer Tochter sichtbar. »Wie geht es ihm?«

Rasmus und Vibeke tauschten einen überraschten Blick.

»Sie kennen Herrn Möbius?«

»Ja.« Nadine Niekamps Gesichtsausdruck bekam etwas Verträumtes. »Wir waren früher kurz zusammen. Vor achtundzwanzig Jahren. Ove ist Saskias Vater.«

Flensburg, Deutschland

Auf der Baustelle herrschte reges Treiben. Überall liefen behelmte Menschen in orangefarbenen Warnwesten herum, ein Lkw lieferte Kupferrohre an, während an anderer Stelle ein Betonmischer im Einsatz war. Irgendwo aus dem vierstöckigen Bürokomplex, der sich noch im Rohbau befand, ertönte das Dröhnen schwerer Geräte.

Marie presste sich die Finger auf die Ohren und wich einer schlammigen Pfütze aus. Es ärgerte sie, dass sie erst auf eine Baustelle kommen musste, um mit Kaminski zu sprechen. Er war am Vortag nicht in seinem Büro gewesen und hatte auch nicht auf ihre Anrufe reagiert.

Marie war sich sicher, dass ihr der Bauunternehmer aus dem Weg ging, und es bestärkte sie in ihrem Verdacht, dass bei ihm etwas nicht ganz koscher war. Vermutlich hatte Kaminski ihr bei dem Termin in der Bank das Entsetzen sofort angesehen, als er ihr durch die Blume seinen zwielichtigen Vorschlag unterbreitet hatte. Er hatte sich zurückgezogen, ehe sie ihm und seinen Machenschaften auf die Schliche kam.

Doch sie würde nicht so leicht aufgeben, den Mann zu überführen. Dieses Mal hatte sie sich zumindest nicht so einfach von seiner Assistentin abwimmeln lassen und der Frau so lange zugesetzt, bis diese ihr verraten hatte, zu welcher Baustelle ihr Chef gefahren war.

Eine Gruppe von fünf Blaumannträgern stand vor dem Baugerüst und blickte zu den oberen Stockwerken des Gebäudes. Wie den Wortfetzen zu entnehmen war, ging es um die noch fehlenden Fenster. Offenbar gab es Lieferverzögerungen.

»Entschuldigung!«, rief Marie laut.

Köpfe drehten sich zu ihr um, und fünf Augenpaare musterten sie in ihrem dunkelblauen Blazermantel, dem Kostüm und ihren Pumps.

»Sie haben sich wohl verlaufen«, tönte einer der Männer, ein korpulenter Vollbartträger.

»Ich suche Herrn Kaminski«, erwiderte Marie mit einem höflichen Lächeln. »Im Büro sagte man mir, er wäre hier.«

»Der Chef ist irgendwo bei den Tiefgaragen.«

»Danke, dann gehe ich dorthin.«

»Hey, Moment mal«, hielt sie der Bauarbeiter zurück. »Sie können hier nicht einfach so herumspazieren.« Er wandte sich an seine Kollegen. »Ahmed. Youssuf. Ihr begleitet die Dame. Und besorgt ihr einen Helm.«

Zwei Blaumannträger lösten sich aus der Gruppe und eskortierten Marie zunächst zu einem Bauwagen und dann frisch behelmt zum hinteren Gebäude.

»Jetzt sehe ich bestimmt aus wie Calimero«, scherzte Marie, und als sie die befremdlichen Blicke ihrer Begleiter bemerkte, fügte sie hinzu: »Das ist diese italienische Zeichentrickfigur. Sie wissen schon ... schwarzes Küken mit Eierschale auf dem Kopf.«

Die Arbeiter reagierten nicht, führten sie stattdessen wortlos die Einfahrt zur Tiefgarage hinunter.

»War ja auch nur ein Scherz«, murmelte Marie.

Die Tiefgarage war dunkel und verwinkelt, nur im hinteren Bereich warf ein vereinzelt aufgestellter Scheinwerfer gleißendes Licht gegen die Betonwände. Dort stand Kaminski mit einem Arbeiter.

»Das ist Pfusch! Elender Pfusch!« Der Bauunternehmer deutete mit der Hand auf eine Öffnung in der Betondecke, offenbar ein Kabelschacht, aus dem Wasser herauslief. »Welcher Idiot hat hier die Rohre verlegt?«

Der Arbeiter hob hilflos die Achseln, presste ein »Ich suche den Bauleiter!« hervor und eilte davon.

»Chef!«, rief Youssuf neben Marie.

»Was?!« Kaminski drehte sich zu ihnen um. Er war hochrot im Gesicht.

»Besuch.« Youssuf deutete auf Marie.

»Herr Kaminski.« Sie setzte ein höfliches Lächeln auf. »Sie hatten doch gesagt, ich solle mich bei Ihnen melden.«

Der Bauunternehmer blickte finster. »Hätten Sie nicht anrufen können? Sie sehen doch, dass ich zu tun habe.« Er deutete auf die offene Stelle im Mauerwerk, aus der noch immer Wasser lief.

Marie ließ sich nicht einschüchtern, obwohl ihr das Herz bis zum Hals klopfte. »Ich habe angerufen«, entgegnete sie mit fester Stimme. »Mehrfach sogar. Aber Sie waren leider zu beschäftigt, um das Gespräch entgegenzunehmen. Dabei würde ich mich gerne mit Ihnen unter vier Augen unterhalten.«

Bertram Kaminski musterte sie eindringlich, und einen kurzen Moment fragte sie sich, was sie eigentlich hier machte. Vielleicht sollte sie Kaminski lieber um einen Termin bitten, anstatt mit ihm in einer dunklen Tiefgarage zu stehen. Doch im nächsten Augenblick gab er ihren Begleitern mit einer Handbewegung zu verstehen, sie allein zu lassen.

Marie wartete, bis sich die Männer außer Hörweite bewegt hatten, ehe sie sich wieder dem Bauunternehmer zuwandte. »Sie hatten sich bei mir nach einem Tipp erkundigt, wie Sie nicht jeden Euro zur Hälfte in die Staatskasse befördern müssen. Vermutlich meinten Sie damit keine Steuerschlupflöcher.«

Kaminski sah sie aufmerksam an, sagte jedoch nichts. Offenbar wartete er darauf, dass sie weiterredete.

Marie straffte sich innerlich und versuchte, ihre Nervosität abzuschütteln. Sie durfte jetzt keinesfalls einen Rückzieher machen. »Ich habe mir Ihre Konten angesehen«, sprach sie die Worte aus, die sie sich vorher sorgfältig zurechtgelegt hatte, »und dabei sind mir ein paar ungewöhnliche Geldeingänge im fünf- und sechsstelligen Bereich aufgefallen, die Sie mir aber sicher erklären können.«

Kaminski reagierte noch immer nicht, taxierte sie nur mit seinen dunklen Marderaugen.

»Sie wissen sicherlich, wovon ich spreche.« Marie wurde deutlicher. »Die Oldtimer. Das Hamburger Auktionshaus.«

Etwas im Gesicht des Bauunternehmers veränderte sich.

»Auf diese Weise werden Sie niemals Karriere machen, Frau Jansen.« Kaminski lächelte jovial. »Und das wollen Sie doch, oder?« Er kam einen Schritt näher.

Seine Direktheit brachte Marie aus dem Konzept.

»Was spricht dagegen, ein wenig Geld zu verdienen? Wir könnten das gemeinsam tun. Sie und ich«, sagte Kaminski und trat jetzt so dicht an sie heran, dass sie sein aufdringliches Aftershave riechen konnte.

Geld, schoss es ihr durch den Kopf. *Geld bedeutet Unabhängigkeit. Unabhängigkeit von Elmar*. Keine fiesen Sprüche mehr. Keine Kontrollen, ob das neue Paar Schuhe oder der Friseurbesuch zu teuer gewesen war. Sie könnte endlich von ihm loskommen.

Marie blinzelte. »Ihre Masche ist veraltet, Herr Kaminski. Ineffizient. Sie müssen es anders aufziehen.« Sie stockte, schockiert von ihren eigenen Worten. War sie tatsächlich gerade dabei, ihm eine Möglichkeit aufzuzeigen, wie er sein Schwarzgeld am Fiskus vorbeischleusen konnte? Doch weshalb sollten immer nur die anderen gewinnen? Warum nicht einfach mal mitspielen?

»Sprechen Sie weiter«, forderte Kaminski sie auf.

»Sie müssen mit der Zeit gehen und digital arbeiten«, sagte Marie. »Mit Kryptowährung. Wenn Sie es richtig anstellen, lässt es sich nicht zurückverfolgen.«

Kaminski hob die Brauen. »Bitcoin?«

Marie lachte. »Bitcoin ist viel zu sehr unter dem Brennglas. Es gibt geeignetere Kryptowährungen. Monero zum Beispiel.«

»Wie genau läuft so etwas ab?«

»Im Grunde ist es ganz einfach«, erwiderte Marie. »Sie lassen sich die Zahlungen künftig in Kryptowährung überweisen. Dafür eröffnen Sie ein Wallet, oder am besten gleich mehrere, verschlüsseln Ihre Empfangsadressen über Blockchain und spalten den Betrag, den Sie waschen wollen, in lauter Päckchen auf, die Sie zwischen den Konten durchschicken, sodass der Weg des ursprünglichen Betrages immer weiter verschwimmt.« Sie holte tief Luft. »Ich kann das für Sie in die Wege leiten, wenn Sie möchten, und zwar so, dass sich der Zahlungsstrom am Ende nicht mehr zurückverfolgen lässt. Und ich kann Ihnen dabei helfen, die Beträge in staatliche Währung zurückzutauschen, und dafür sorgen, dass sie auf sauberen Konten landen. Wobei auch Krypto immer häufiger als Zahlungsmittel akzeptiert wird.«

»Das hätte ich Ihnen gar nicht zugetraut, Marie«, sagte Kaminski. Erstmals erschien ein wohlwollendes Lächeln auf seinem Gesicht.

»Ich werde häufig unterschätzt«, entgegnete Marie und verspürte einen Stich bei dem Gedanken, wie oft sie in der Vergangenheit von anderen kleingemacht worden war. Auch Saskia hatte dazugehört. Im nächsten Moment rutschte ihr die Frage über die Lippen, die ihr seit Tagen auf der Zunge brannte.

»Hat Frau Niekamp eigentlich von Ihren Aktivitäten gewusst?« Es klang schärfer als von ihr beabsichtigt.

Kaminskis Blick wurde augenblicklich hart.

Marie ruderte zurück. »Damit wollte ich nicht andeuten, dass …«

Der Bauunternehmer schnitt ihr mit einer harschen Handbewegung das Wort ab. »Unser Gespräch ist beendet«, er machte eine bedeutsame Pause. »Sie sollten sich lieber nicht in Dinge einmischen, die Sie nichts angehen, Frau Jansen. Youssuf!« Er winkte den Arbeiter heran, der noch immer in der Höhe der Garagenausfahrt stand.

»Begleite Frau Jansen hinaus«, sagte der Unternehmer. Er gab dem Mann ein Handzeichen, das Marie nicht deuten konnte. Ein mulmiges Gefühl machte sich in ihr breit.

»Herr Kaminski, ich …«

Youssuf packte sie am Arm.

Esbjerg, Dänemark

Der Lichtkegel seiner Stirnlampe flackerte über den unebenen Boden und wies ihm den Weg durch die Dunkelheit. Es war bereits nach dreiundzwanzig Uhr, und Rasmus befand sich auf seiner üblichen Laufstrecke am Ufer von Sædding entlang. Dicke Wolken waren aufgezogen und bedeckten einen Großteil des nächtlichen

Himmels. Wenige Meter von der Anhöhe entfernt schlugen die Wellen krachend an den Strand.

Seine innere Unruhe hatte ihn aus dem Apartment getrieben. Das unerwartete Treffen mit Theo, das Wiedersehen mit Maja, die Ermittlungen, die sich gefühlt schier unendlich in die Länge zogen. Der Fall, der ihm anfangs so einfach erschienen war, wurde von Tag zu Tag komplexer. Noch immer war völlig unklar, was an Bord der *Valeria* geschehen war.

Im weiteren Gespräch mit der Mutter des Opfers hatten sie erfahren, dass Nadine Niekamp weder Saskia noch Ove Möbius davon erzählt hatte, dass sie Vater und Tochter waren.

Vibeke und er hatten den Fregattenkapitän im Anschluss aufgesucht, und anders als von Rasmus angenommen, war er nicht aus allen Wolken gefallen, als sie ihm seine Vaterschaft offenbart hatten. Stattdessen hatte ihnen Ove Möbius erzählt, dass er bereits etwas geahnt hatte, als Saskia sich ihnen als neue Private-Banking-Beraterin vorgestellt hatte. Nicht nur aufgrund ihres Nachnamens, sondern vor allem wegen ihrer Ähnlichkeit mit der jungen Nadine Niekamp, mit der er achtundzwanzig Jahre zuvor zusammen gewesen war. Er hatte eine Weile gehadert, aber dann mehrfach versucht, den Kontakt zu seiner früheren Freundin wieder herzustellen. Erfolglos. Und als er Saskia in Sonwik zufällig auf der Außenterrasse des italienischen Restaurants allein hatte sitzen sehen, hatte er die Gelegenheit genutzt und nach anfänglichem Small Talk seine Vermutung geäußert, ihr Vater zu sein. Doch Saskia war zu überrumpelt gewesen und hatte ihm nicht zuhören wollen, weshalb er auf der *Valeria* einen weiteren Versuch unternommen hatte, mit ihr zu sprechen. Ehe er die richtigen Worte gefunden hatte, waren sie dazu aufgefordert worden, unter Deck zu gehen. Aus Rücksicht auf seine Frau und um nicht unnötig unter Verdacht zu geraten, hatte Ove Möbius all das vor ihnen zurückgehalten. Er war mit der gesamten Situation schlichtweg überfordert gewesen, was sie ihm glaubten.

Was ist das bloß für eine Welt?, dachte Rasmus. Mütter, die ihre Kinder im Stich ließen, und Väter, die nicht wussten, dass sie Väter waren. Wo blieb da die Verantwortung?

Eltern hatten nicht nur eine Fürsorgepflicht, sie sollten ihre Kinder auch beschützen. *Du hast es doch auch nicht geschafft*, ertönte eine Stimme in seinem Hinterkopf. *Scheiße.*

Rasmus zog das Tempo an. Schritt für Schritt. Meter für Meter. Schneller laufen, weniger denken. Er konzentrierte sich auf seine Atmung und seinen Pulsschlag, fand in seinen neuen Rhythmus.

Am Badehotel Hjerting drehte er schließlich um. Seine Gedanken wanderten zu den Sødergrens. Zu Malthe. Jonas. Kristina und Dan. Letzteren hatten sie am Abend im Beisein seines Rechtsbeistands im GZ vernommen. Doch genau wie Malthe war er bei seiner Aussage und dem damit verbundenen Alibi geblieben.

Möglicherweise schützten sich Vater und Sohn gegenseitig. Am Ende war Blut noch immer dicker als Wasser. Trotzdem waren zwischen den Familienmitgliedern deutliche Risse zu spüren. Saskia Niekamp hatte es nicht nur geschafft, eine Familie zu zerstören, sondern möglicherweise sogar einen Mörder daraus hervorgebracht.

Rasmus fragte sich, was die junge Bankerin noch hinter ihrer makellosen Fassade verborgen hatte. Sie war wie eine Matroschka. Immer wenn man eine Puppe öffnete, kam eine weitere zum Vorschein. Was folgte als Nächstes?

Das Bild, das Jonas Sødergren von Saskia gemalt hatte, stand ihm wieder vor Augen. Der dunkle Hintergrund. Vielleicht war er sinnbildlich gemeint. Schwärze und unendliche Tiefe. Er beschloss, Jonas am nächsten Tag danach zu fragen.

Mittlerweile hatte Rasmus seinen Körper an die Grenzen seiner Leistungsfähigkeit gebracht. Seine Lunge brannte, und die Oberschenkel schmerzten, dabei strömte ihm unentwegt der Schweiß über die Stirn.

Am Ende des Deichs lief er auf die Anhöhe zu den vier Betonfiguren hinauf, um sich dort eine kurze Verschnaufpause zu gönnen. Er blieb keuchend stehen, überprüfte seine Pulsuhr und stellte fest, dass er zwei Minuten vor seiner üblichen Zeit lag. In der Ferne leuchteten die Lichter der Industrie- und Hafenanlage.

Er atmete mehrere Male tief durch, dann lief er schweißgebadet weiter, spürte mit jedem Schritt, wie ihn die Kräfte langsam verließen.

Der regenschwere Himmel über der Bucht öffnete seine Schleusen, und es begann wie aus Kübeln zu schütten.

Rasmus biss die Zähne zusammen und zog ein weiteres Mal das Tempo an.

10. Kapitel

Flensburg, Deutschland

Der Anruf war um sechs Uhr dreißig gekommen. Elmar Jansen hatte seine Frau Marie als vermisst gemeldet. Eine Stunde später hatte ein aufmerksamer Beamter die Parallele zu der Toten in der Förde gezogen und die Mordkommission verständigt.

Jetzt saß Vibeke in einer Doppelhaushälfte in Jürgensgaard am Küchentisch und sprach mit Marie Jansens Mann, einem aschblonden Mittfünfziger in Anzug und Krawatte, der den Eindruck erweckte, gerade auf dem Sprung ins Büro zu sein.

Um sie herum herrschte Chaos. Das Frühstücksgeschirr stand noch auf dem Tisch, zwei Gläser mit Fruchtsaft waren nur zur Hälfte leer getrunken, in einer Müslischale schwammen durchweichte Cornflakes in Milch. Daneben lagen eine zusammengeknüllte Serviette und ein aufgeschlagenes Mathebuch mit Bruchrechenaufgaben, das vermutlich in der morgendlichen Hetze vergessen worden war. Auf der Küchenarbeitsplatte stapelten sich dreckige Tassen und Teller zwischen Pizzakartons und verstreutem Kaffeepulver.

»Wann haben Sie Ihre Frau zuletzt gesehen?«, fragte Vibeke und versuchte dabei, die Kopfschmerzen zu ignorieren, die hinter ihrer Stirn pochten. Sie hatte schlecht geschlafen. Ein zäher Brei aus Albträumen. Claas war dabei gewesen, ihre gesichtslosen Großeltern und sogar Solveigh. Direkt beim Aufwachen hatte sie eine Panikattacke erlitten. Die erste seit Langem. Jetzt fühlte sie sich müde und erschöpft.

»Das habe ich doch heute früh schon den Beamten erzählt«, erwiderte Elmar Jansen unbeherrscht.

»Ich verschaffe mir gerne selbst einen Eindruck.«

Ihr Gegenüber seufzte. »Gestern Morgen beim Frühstück. Ich bin Einkaufsleiter einer großen Handelskette und dementsprechend beruflich sehr eingespannt. Am Abend hatte ich noch ein Geschäftsessen und war erst gegen zweiundzwanzig Uhr zu Hause. Marie war nicht da. Nur die Kinder.« Er strich sich über seinen akkurat gezogenen Seitenscheitel. »Meine Frau ist sonst immer da.«

»Und weshalb haben Sie sich erst heute früh gemeldet?«

Er verzog den Mund. Ihre Frage schien ihm sichtlich unangenehm. »Marie und ich hatten am Morgen einen Streit. Deshalb dachte ich, sie hätte vielleicht bei einer Freundin übernachtet.«

Vibeke überlegte. Es geschah immer wieder, dass Menschen verschwanden. Laut letzter Statistik vom Bundeskriminalamt waren es zwei- bis dreihundert Vermisstenmeldungen täglich. Der Großteil der Fälle löste sich innerhalb der ersten drei Tage auf. Oftmals gab es ganz banale Gründe dafür, dass Erwachsene ihren normalen Lebensraum verließen, und anders als vermisste Kinder und Jugendliche hatten sie das freie Aufenthaltsbestimmungsrecht. Nur äußerst selten bestand Lebensgefahr für die vermisste Person. Doch Marie Jansen war an Bord der *Valeria* gewesen, als Saskia Niekamp ermordet worden war, und arbeitete zudem bei derselben Bank wie das Opfer. Dementsprechend ernst zu nehmen war auch ihr Verschwinden.

»Hat Ihre Frau das öfter gemacht?«, hakte Vibeke nach. »Bei einer Freundin übernachtet?«

»Eigentlich nie«, gab Elmar Jansen zu. »Deshalb habe ich heute früh auch alle angerufen. Niemand hat von Marie gehört. Und sie geht auch nicht an ihr Handy. Sonst ist sie immer erreichbar. Allein wegen der Jungs.«

»Wie alt sind Ihre Kinder?«

»Kilian ist zehn und Leon dreizehn.«

»Und wann haben die ihre Mutter zuletzt gesehen?«

»Auch gestern beim Frühstück.« Er rückte seine Krawatte zurecht. »Marie hat ihnen gesagt, sie wäre am späten Nachmittag von der Arbeit zurück, aber das war sie nicht. Ich habe den Jungs dann erlaubt, sich eine Pizza zu machen.«

»Und haben Sie da mal angerufen, bei der Arbeit Ihrer Frau?«

Elmar Jansen schüttelte den Kopf. »Ich habe in meinem Job genug zu tun, da kann ich mich nicht ständig um die Befindlichkeiten meiner Frau kümmern.«

In Vibekes Gedanken begann sich ein Bild zu formen, wie es um die Ehe der Jansens stand. »Worum ging es bei Ihrem Streit?«

Er winkte ab. »Ach, das Übliche.«

»Definieren Sie ›das Übliche‹«, forderte sie ihn auf.

Elmar Jansen entfuhr ein Seufzen. »Meine Frau hat ständig diese Flausen im Kopf.« Er warf einen hastigen Blick auf seine Armbanduhr. »Denkt, sie könne in ihrem Alter noch Karriere machen. Nur weil sie ab und zu ein paar Zahlen zusammenaddiert.«

Vibeke hatte Mühe, an sich zu halten. Am liebsten hätte sie dem Mann ordentlich den Marsch geblasen, doch das wäre angesichts ihrer Funktion als Mordermittlerin nicht nur unprofessionell, sondern auch wenig zielführend. Ganz abgesehen davon, dass es sie nichts anging, wie andere Leute ihre Ehe führten. Sie bemühte sich um einen neutralen Tonfall.

»Ging es Ihrer Frau um einen konkreten Job?«

»Sie hat sich wohl auf die frei gewordene Stelle im Private Banking beworben.«

Vibeke horchte auf. »Auf die von Saskia Niekamp?«

Er nickte.

Ihre Gedanken liefen auf Hochtouren. Eine zweite verschwundene Frau. Beide tätig bei der Sønderjylland Bank. Das konnte kaum ein Zufall sein. Hatte am Ende Marie Jansen mit dem Mord zu tun und war untergetaucht? Schon bei ihrer Befragung hatte Vibeke gespürt, dass die Frau nicht besonders gut auf ihre junge Kollegin zu sprechen gewesen war. Drehte es sich bei dem Tatmotiv ganz profan um Neid und Missgunst? Oder war sie einfach nur wegen diesem Kotzbrocken von Mann abgehauen?

Doch vielleicht hatte Marie Jansen auch in der Bank etwas aufgedeckt, das ihnen bislang entgangen war. Möglicherweise war sie dabei sogar auf Saskia Niekamps Mörder gestoßen.

Ruckartig erhob sie sich. »Wir werden dem Verschwinden Ihrer Frau nachgehen.« Sie legte ihre Visitenkarte auf den Küchentisch. »Bitte stellen Sie eine Liste mit den Kontaktdaten von Freunden und Verwandten zusammen und schicken Sie uns diese per E-Mail. Je schneller, desto besser. Und melden Sie sich, sollten Sie in der Zwischenzeit etwas von Ihrer Frau hören.«

»Und was mache ich so lange mit den Kindern? Die kommen doch heute Mittag aus der Schule.«

Der gleiche erboste Tonfall wie zu Anfang, dachte Vibeke. Kein einziges Wort der Sorge. Vielleicht steckte er selbst hinter dem Verschwinden seiner Frau. Ein Szenario, das nicht selten vorkam.

»Da wird Ihnen sicher etwas einfallen«, entgegnete sie kühl. Sie verließ das Haus.

Sobald sie wieder im Freien stand, zog sie ihr Handy heraus und wählte die Nummer von Luís. Er hob nach dem zweiten Klingeln ab.

»Marie Jansen ist verschwunden«, sagte Vibeke. »Ich brauche das Team hier vor Ort. Außerdem muss umgehend eine Handyortung eingeleitet werden. Möglicherweise ist Gefahr im Verzug.«

Augustenborg, Dänemark

Im Gang zu den Ausstellungsräumen standen Stehtische mit kleinen Blumenarrangements, zwei junge blonde Frauen schenkten Sekt an die Besucher aus.

Rasmus winkte ab, als ihm ein Glas angeboten wurde. Selbst ihm war Alkohol am Vormittag zu früh. Davon abgesehen, dass er sich im Dienst befand, musste er auch noch fahren.

Er sah sich in den angrenzenden Räumen um, konnte jedoch Jonas Sødergrens kurz geschorenen Schopf unter den Anwesenden nirgends entdecken. Stattdessen sichtete er ein paar Journalisten mit Kameras. Er fragte sich, ob sie sich tatsächlich für die Ausstellung interessierten oder vielmehr dafür, dass der Künstler ein Sødergren war.

Rasmus verstand nicht viel von Kunst, doch Jonas Sødergrens Werke gefielen ihm. Ungewöhnlich und ausdrucksstark. Das Bild vor ihm zeigte einen Schwimmer auf dem Sprungbrett, kurz vor dem Absprung. Fasziniert betrachtete er die scheinbar flüchtig hingeworfenen Striche, die in unterschiedlichen Blautönen den Pool skizzierten. Dann besann er sich auf den Grund seines Kommens und ging zu dem Ausstellungsraum, in dem das Bild von Saskia Niekamp hing. Wie schon beim ersten Mal zogen ihn ihre katzenartig umrahmten Augen in den Bann. Sie sieht aus wie ein Raubtier, schoss es ihm durch den Kopf. Unwillkürlich stellten sich ihm die Nackenhaare auf. Sein Blick heftete sich auf den Hintergrund aus verwaschenen Grau- und Schwarztönen.

»Du fragst dich sicher, was es darstellen soll.« Jonas Sødergren war neben ihn getreten.

Rasmus nickte.

»Es ist der Abgrund.« Der Künstler hatte seinen Blick ebenfalls auf das Bild gerichtet. Er trug verwaschene Jeans und ein olivfarbenes T-Shirt, auf seinem Handrücken klebte ein Rest blauer Farbe. »Der, an den Saskia die Menschen gebracht hat.«

»Du meinst deinen Vater und deinen Bruder?«

»Auch.«

Rasmus spürte instinktiv, dass sie nicht länger über die Affäre zwischen Jonas' Vater und Saskia sprachen, sondern dass sich hinter alldem noch viel mehr verbarg. *Matroschka*, dachte er. »Was hat sie getan?«

Hinter ihnen ertönte das Klicken von Kameras.

Jonas presste die Lippen zusammen, schien mit sich zu kämpfen.

»Nicht hier«, raunte er schließlich. »Draußen im Skulpturengarten. In zehn Minuten.« Er drehte sich zu den Journalisten um.

Rasmus verließ den Ausstellungsraum, lehnte ein weiteres Glas Sekt ab und bestellte stattdessen im Café einen Coffee to go. Nachdem er bezahlt hatte, ließ er sich von der Barista den Weg zum Skulpturengarten erklären.

Draußen war der Himmel grau in grau. Es nieselte leicht, auch die Luft hatte in den letzten Tagen deutlich abgekühlt. Es roch nach Herbst.

Der Skulpturengarten befand sich auf der Rückseite des Gebäudes im Schlosspark. Gepflegte Grünflächen, prächtige Bäume und halb verborgene Pfade, dazwischen vereinzelte Skulpturen, die nicht gleich als solche erkennbar waren. Eine Kunstinstallation aus drei Meter hohen, zylinderförmigen kupferfarbenen Elementen, blumenartige Skulpturen aus Eisen und Beton, ein riesiger und mächtig wütend aussehender grüner Hulk.

Irritiert blieb Rasmus vor der Superheldenfigur stehen, unschlüssig, was er davon halten sollte. Doch Kunst lag ja immer im Auge des Betrachters. Er nippte an seinem Kaffee und folgte dem weiteren Pfad, fragte sich, wo genau er Jonas Sødergren eigentlich treffen sollte. Hinter der nächsten Biegung gelangte er zu einer Rasenfläche mit einem Steinkreis. Beim Näherkommen erkannte er, dass es sich um sieben Sitzplätze handelte, bestehend aus einem unteren Sockel und Sitzflächen aus poliertem Granit, die Bücher darstellten. Detailliert mit Seiten, Vorder- und Rückseite. An einem der Sockel steckte eine kleine blaue Tafel im Gras. *Tingstedet.* Das Gerichtsgebäude.

Er trank einen weiteren Schluck Kaffee, warf einen Blick auf die Uhr. Eine Viertelstunde war vergangen, seit er die Ausstellung verlassen hatte. Vielleicht hatte Jonas es sich anders überlegt.

Im nächsten Moment bog der jüngere Sødergren-Spross um die Ecke, dicht an seiner Seite der braune Labrador, den Rasmus bereits vom Zusammentreffen mit Malthe am Strand in Stevning Nor kannte.

Jonas wirkte ernst und angespannt, als er vor Rasmus stehen blieb. »Das ist jetzt nicht ganz einfach für mich.«

Rasmus wartete, bis Jonas zu reden begann.

»Ich wollte allen beweisen, dass ich mehr bin als nur der Sohn vom großen Dan Sødergren«, sagte Jonas, während er seinem Hund gedankenverloren über den Kopf strich. »Allen voran meinem Vater. Er hatte Pläne mit mir, was meine Zukunft betraf. Große Pläne. Aber ich hatte andere.« Er verstummte.

Rasmus schwieg, um ihn nicht zu drängen.

Jonas straffte sich. Dann erzählte er weiter.

Padborg, Dänemark

Es war bereits Mittag, als die Ermittler im Büro der Sondereinheit zusammentrafen. Über drei Stunden lang hatten sie Marie Jansens Nachbarn und ihre Kollegen in der Bank befragt. Niemand hatte die Vermisste seit dem gestrigen Nachmittag gesehen oder gehört.

»Henrik Bo Christensen ist aus allen Wolken gefallen«, berichtete Vibeke von ihrem Zusammentreffen mit dem Bankdirektor, sobald alle an ihren Plätzen saßen. »Er hat Marie Jansen zuletzt gestern Mittag gesehen. Jetzt befürchtet er, dass die SJB erneut in die Schlagzeilen gerät, und bittet uns um größtmögliche Diskretion.«

»Klar.« Søren verschränkte die muskelbepackten Arme vor der Brust. »Die Belange der Bank sind ihm natürlich wichtiger als das Leben seiner Mitarbeiterin. ›Business as usual.‹«

»Bislang wissen wir ja nicht, was passiert ist«, meldete sich Pernille zu Wort. »Nach allem, was Vibeke über Marie Jansens Mann erzählt hat, könnte es genauso gut sein, dass die Frau einfach nur ein paar Tage ihre Ruhe will.«

Søren protestierte augenblicklich. »Und was ist mit den Kindern?«

»Die haben noch immer einen Vater«, stellte Pernille nüchtern fest.

»Wenn sie sich nur eine Auszeit nimmt«, gab Vibeke zu bedenken, »dann hätte sie doch sicher ihre Vorgesetzten informiert, Urlaub eingereicht oder sich krankgemeldet.«

Jens tippte mit dem Kugelschreiber auf die Tischplatte. »Martin Möller, ihr Abteilungsleiter, hat gesagt, sie hätte gestern Nachmittag noch ein Kundentreffen gehabt. Ich habe mir ihren Terminkalender zeigen lassen. Da steht nichts davon.«

»Vielleicht war es eine Ausrede, um früher Feierabend zu machen.« Vibekes Blick fiel auf Rasmus' freien Schreibtisch. »Was hat Rasmus gesagt, wann er hier ist?«

»Gegen Mittag«, sagte Luís.

Sie massierte sich die Schläfen. Noch immer pulsierten die Schmerzen hinter ihrer Stirn. »Ich habe überlegt, ob Marie Jansen die Täterin sein könnte.«

Für einen kurzen Moment trat Stille ein.

»Und du denkst wirklich, das hätte kräftetechnisch funktioniert?«, fragte Jens.

»Ich würde es zumindest nicht komplett ausschließen. Aber lasst uns die anderen Szenarien durchgehen. Möglicherweise hatte sie einen Unfall oder Ähnliches.«

»Das habe ich bereits überprüft«, warf Luís ein. »Marie Jansen wurde weder in ein Krankenhaus eingeliefert, noch war sie in einen Unfall verwickelt. Sie ist auch bei keinem ihrer Verwandten oder Freunde untergekommen, ich habe sie alle abtelefoniert.«

»Vielleicht hat sie etwas gesehen oder mitbekommen, das nicht für ihre Augen bestimmt war, und ist für den Täter gefährlich geworden«, sagte Vibeke. »Dann schwebt sie jetzt womöglich in Lebensgefahr.«

»Oder ihr Mann steckt hinter ihrem Verschwinden«, warf Pernille ein. »Wir sollten sicherheitshalber sein Alibi überprüfen. Wenn du willst, kümmere ich mich drum.«

Vibeke nickte und wandte sich Luís zu. »Was hat die Handyortung ergeben?«

»Das Handy ist ausgeschaltet. Schon seit gestern. Zuletzt hat es sich in einen Sendemast in Weiche eingeloggt. Husumer Straße.«

»Wann genau?«

Luís sah auf seinen Bildschirm. »Um sechzehn Uhr zweiundfünfzig.«

Sie überlegte. »Was ist da in der Nähe?«

»Dafür müsste ich wissen, wonach ich suchen soll.«

»Probier es mal hiermit.« Jens griff nach einem DIN-A4-Ausdruck auf seinem Schreibtisch und ging damit zu Luís. »Das ist eine Liste von Marie Jansens Kunden, die auch auf der *Valeria* waren. Vielleicht hatte sie mit einem von denen einen Termin.«

»Gute Idee.« Der Portugiese nahm den Zettel entgegen, und kurz darauf klackerte seine Computertastatur. Den Blick auf den Bildschirm gerichtet, schüttelte er ein ums andere Mal den Kopf. »Keine der Adressen ist in Standortnähe.«

Vibeke sah auf die Uhr. Es waren rund neunzehn Stunden vergangen, seit Marie Jansen zuletzt gesehen worden war. »Mir ist das alles zu ungewiss. Ich lasse sie jetzt zur internen Fahndung ausschreiben. Wissen wir, was für ein Fahrzeug sie fährt?«

»Einen dunkelblauen Opel Astra.« Luís nannte ihr das Kennzeichen, und Vibeke notierte es auf einem Zettel.

Sie griff nach dem Telefon, wählte die Nummer der Fahndungsdienststelle und gab dem diensthabenden Beamten die Personendaten von Marie Jansen sowie die Fahrzeugdaten durch, parallel schickte sie ein Bild der Vermissten per Mail. »Ich will, dass jeder Polizist in der Stadt ein Foto der Frau bekommt, auch die Kollegen am Bahnhof und an den Grenzübergängen.« Sie beendete das Gespräch. »Mehr können wir im Moment nicht tun. Am Ende hat Marie Jansen nur ihren Mann verlassen.« Sie sah Luís an. »Wie weit bist du mit dem Start-up gekommen?«

»Ich habe mir deren App heruntergeladen, und dabei haben sich ein paar interessante Dinge ergeben. TradeHavn bietet neben den üblichen Investments wie Aktien,

ETFs und Indexfonds auch Hochrisiko-Investments im Portfolio an.«

»Hedgefonds und Derivate?«, fragte Jens.

»Auch. Aber vor allem Krypto. Nicht nur Bitcoin und Ethereum, sondern auch die ganzen Exoten bis hin zu NFTs.«

»Was sind NFTs?«, erkundigte sich Vibeke.

»Non-Fungible Tokens. Token steht in diesem Zusammenhang für Vermögenswert oder Vermögensgegenstand, Non-Fungible für einzigartig. Virtuelle Güter werden dabei über die Ethereum-Blockchain in einzigartige und fälschungssichere Sammlerstücke verwandelt.« Luís bemerkte ihren fragenden Blick und fügte hinzu: »Kunstaktivisten haben zum Beispiel ein Bild von Banksy gekauft, digitalisiert und dann verbrannt. Es gibt das Bild jetzt nur noch in digitaler Form als NFT. Kryptokunst.« Ein Lächeln streifte seine Lippen. »Ein Hype, von dem niemand weiß, wann er endet. Ein Schwimmbecken für Zocker und Superreiche oder die, die es werden wollen. Alles läuft ganz easy über die App. Du kannst innerhalb von einigen Stunden schnelles Geld machen oder auch alles verlieren.«

»Klingt irgendwie unseriös«, sagte Søren.

»Auf den ersten Blick wirkt das Unternehmen sauber.« Luís gab etwas in seine Computertastatur ein, und auf dem digitalen Whiteboard erschien der Instagram-Account des FinTechs. Übersichtliche Templates, größtenteils in Schwarz-Weiß gehalten und mit kurzen Slogans wie »more coin«, »Was sind ETFs?«, »Lade Freunde ein« oder »Eure Top 10 Investments«, erzeugten ein stimmiges Bild. Dazwischen fanden sich Reels mit Influencern, die bei ihren Investments auf TradeHavn setzten.

»Sie haben einen Handelsregistereintrag und liefern ihre Bilanzen ab. Alles ist einsehbar.«

»Wie machen sie ihr Geld?«, erkundigte sich Vibeke.

»Der Kunde zahlt eine Ordergebühr. Bei TradeHavn ist das ein Euro pro Transaktion.«

Søren pfiff durch die Zähne. »Das ist ja fast umsonst.«

Luís nickte. »Damit werden die Kunden angelockt. Bei herkömmlichen Online-Banken zahlt man im Vergleich fünf Euro pro Order plus 0,25 Prozent vom Kurswert.« Ein flüchtiges Lächeln streifte seine Lippen. »Aber ganz so einfach ist die Rechnung natürlich nicht. TradeHavn verdient sein eigentliches Geld mit PFOF, Payment for Order Flow. Dabei handelt es sich um eine Rückvergütung, die Broker von den Handelsplätzen erhalten, an die sie ihre Order weitergeben. Je nachdem, was gehandelt wird, fällt die Höhe der Provision aus. Es ist der wesentliche Teil ihres Geschäftsmodells.«

»Und höchst umstritten«, warf Jens ein. »Denn der Kunde weiß nicht, welche Plattform welche Provision zahlt. Es besteht die Gefahr, dass seine Order dort ausgeführt wird, wo der Broker die höchste Provision kassiert, und nicht an dem für ihn günstigsten Handelsplatz. Das schmälert unter Umständen den Gewinn. Die EU-Kommission versucht deshalb schon seit Jahren, diese Praxis zu stoppen, da sie befürchtet, Anleger könnten zum Handeln verleitet werden.«

»Die Frage ist ja, tut TradeHavn so etwas und hatte Saskia Niekamp damit zu tun«, sagte Luís.

Vibeke schoss ein Gedanke durch den Kopf. »Oder sie ist Teil des Ganzen. Hast du irgendeinen Hinweis darauf gefunden, Luís?«

»Ich habe den Eintrag von TradeHavn im Handelsregister überprüft. Als Gesellschafter sind dort Marcel Limbach, Nick Pohlmann und Sunhi Kim eingetragen. Sie halten zusammen vierundfünfzig Prozent der Unternehmensanteile, die restlichen sind auf eine Reihe Investoren verteilt. Ich war gerade dabei, sie zu überprüfen. Saskia Niekamps Name taucht allerdings bislang nirgends auf.«

»Dann grab weiter.«

»Angenommen, du hast recht mit deiner Theorie«, mischte sich jetzt Jens ins Gespräch, »und Saskia Niekamp hält Anteile an TradeHavn, dann muss sie auch Kapital ins Unternehmen eingebracht haben. Wir sollten ihrem Geld folgen. Wann wurde das Start-up gegründet?«

»2020«, sagte Luís.

»Dann sollten wir die Kontobewegungen von Saskia Niekamps Konto für diesen Zeitraum anfordern und vielleicht auch ein bis zwei Jahre davor.«

Vibeke nickte. »Gute Idee.«

»Es gibt noch etwas anderes, das Saskia Niekamp als Kapital eingebracht haben könnte«, warf Søren ein. Aufregung schwang in seiner Baritonstimme mit.

Sämtliche Blicke wandten sich ihm fragend zu.

»Denkt doch mal nach!« Er rollte mit den Augen. »Wo hat Saskia Niekamp gearbeitet?«

»Bei der Bank«, erwiderte Vibeke perplex. »In der Private-Banking-Abteilung.« Dann fiel auch bei ihr der Groschen. »Sie hat Kunden als Kapital eingebracht.«

Søren nickte zufrieden. »Mit jeder Menge Kohle.«

»Das ist ja alles gut und schön«, holte Luís sie auf den Boden der Tatsachen zurück. »Aber TradeHavn verdient pro Handelsinteraktion, die Höhe des Investments spielt dabei keine Rolle. Es geht darum, so viele User wie möglich zu generieren und nicht ein paar wenige Kunden mit hoher Kapitalanlage. Das …«

Die Tür wurde aufgestoßen, und Rasmus erschien. »Hej!« Sein Gesicht war gerötet, und in seinen Augen blitzte Entschlossenheit. Vibeke wusste sofort, dass er auf etwas gestoßen war. »Entschuldigt, dass ich zu spät bin. Es gab da eine Sache, der ich nachgehen musste.«

»Dann können wir ja jetzt noch einmal alles von vorne durchgehen«, entgegnete Jens säuerlich.

Rasmus zog unbeeindruckt seine feuchte Jacke aus. »Jonas Sødergren wurde abgezockt.« Er ging zum Sideboard und schenkte sich einen Kaffee ein. »Und ratet mal, wer ihm den Deal vermittelt hat.«

»Saskia Niekamp.«

Ihr Kollege hob die Brauen. »Du klingst nicht gerade überrascht.«

Vibeke berichtete ihm, was sie über TradeHavn herausgefunden hatten, und äußerte ihre Vermutung, dass die Bankerin in das FinTech involviert war.

Rasmus lehnte sich mit dem Kaffeebecher in der Hand gegen seinen Schreibtisch. »Jonas hat seine gesamte Kohle bei denen nach und nach in Krypto investiert. Und dann auf einen Schlag … Bäm! Von heute auf morgen war alles nichts mehr wert.«

Jens nickte. »Die Blase ist geplatzt.« Er rückte mit dem Zeigefinger seine Brille zurecht. »Es ist wie mit einem Luftballon. Erst wird er immer weiter aufgepumpt, bis er irgendwann platzt. Weil die Anleger nervös werden. Der Kryptomarkt ist nichts für schwache Nerven. Wie viel hat er verloren?«

»Einen sechsstelligen Betrag.«

»Autsch.«

»Hat er Saskia zur Rede gestellt?«, erkundigte sich Vibeke.

Rasmus nickte. »Sie hat ihn ausgelacht und gesagt, er wäre FOMO. ›Fear of missing out‹ heißt das wohl. Was im Krypto-Jargon dafür steht, Angst zu haben, eine lukrative Investition zu verpassen. Zum Beispiel den rapiden Kursanstieg einer Kryptowährung, die dich reich machen könnte.«

»Weshalb hat Jonas nichts davon erzählt, als wir ihn wegen Saskia befragt haben?«

»Weil er sich geschämt hat.« Rasmus nippte an seinem Kaffee. »Und weil er sich nicht vorstellen konnte, dass die Sache etwas mit dem Mord zu tun hat.«

»Vielleicht hat sie nachgeholfen«, sagte Luís unvermittelt.

Vibeke sah ihn verständnislos an. »Was meinst du?«

»Saskia Niekamp könnte die Blase zum Platzen gebracht haben.«

»Du meinst Pump and Dump?«, fragte Jens.

Der Portugiese nickte. »Sie hat durch falsche oder irreführende Informationen dafür gesorgt, dass die Anleger in einen bestimmten Coin investieren, was nicht nur zu einem Kursanstieg führt, sondern auch zu einer erhöhten Nachfrage. Immer mehr User werden zum Kauf des Coins animiert. Ein typischer Schneeballeffekt. Dadurch wird der Wert immer weiter künstlich aufgeblasen. Und sobald der Kurs hoch genug war, hat sie ihre eigenen Anteile, die sie anfangs für wenige Cents gekauft hat, abgestoßen, und der Kurs ist gefallen. Und wer dann nicht schnell genug war, seine Coins abzustoßen, hat all sein Geld verloren.«

»So wie Jonas Sødergren«, sagte Rasmus.

»Und das wirklich Schlimme daran ist«, fuhr Luís fort, »dass Pump and Dump zwar in den regulierten Märkten illegal ist, doch das gilt nicht für den Krypto-Sektor. Dort sind die Börsen bislang nicht ausreichend reguliert. Mal ganz davon abgesehen, dass man Saskia Niekamp den Betrug auch erst einmal nachweisen müsste.«

»Das bedeutet also im Klartext, man kann Leute mit der Masche nach Strich und Faden abziehen und wird dafür noch nicht einmal belangt?«, fragte Søren erbost.

»Es ist zwar höchst unethisch, aber ja, Pump and Dump an den Kryptomärkten wurde bislang nicht als illegal erklärt«, bestätigte Luís. »Das kann sich natürlich jederzeit ändern, schließlich reden wir hier über eine schnelllebige Branche. Doch aktuell gibt es Pump-and-Dump-Gruppen, die solche Aktionen regelmäßig durchführen, um sich zu bereichern. Sie verabreden sich online in Messaging-Diensten wie Telegram und organisieren, wann die nächste Aktion steigt.«

Vibeke strich sich nachdenklich eine Haarsträhne aus dem Gesicht. »Wenn jemand durch eine andere Person viel Geld verliert, ist das ein starkes Mordmotiv.«

»Die Sache hat nur einen Haken«, warf Rasmus ein. »Jonas Sødergren war nicht auf der *Valeria.*«

»Vielleicht hat Saskia das Ganze auch noch mit anderen abgezogen.«

Es wurde so still im Raum, dass man eine Stecknadel hätte fallen hören können.

Vibeke wandte sich an Rasmus. »Ist Jonas Sødergren bereit, eine schriftliche Aussage zu machen? Vielleicht verschafft uns das einen Beschluss für TradeHavn.«

Der Ermittler nickte. »Er sitzt gerade unten bei einem Kollegen und gibt alles zu Protokoll.«

»Gut gemacht.« Vibeke schenkte ihm ein flüchtiges Lächeln. Auch wenn Rasmus wieder einmal aus der Reihe getanzt und eigenen Ermittlungen nachgegangen war, hatten die Räder ineinandergegriffen. Vielleicht war es tatsächlich, wie er immer sagte, dass es genau diese Unterschiede zwischen ihnen waren, die sie als Team ausmachten und funktionieren ließen. Sie wandte sich an Luís. »Ruf den zuständigen Staatsanwalt an. Schildere ihm die Situation. Vielleicht gibt er uns einen Beschluss. In der Zwischenzeit klopfen wir schon mal den Gründern von TradeHavn auf die Finger.«

»Da bin ich dabei.« Rasmus stellte seinen Kaffeebecher ab und griff nach seiner Jacke, die er gerade erst aufgehängt hatte. Auch Jens und Søren erhoben sich von ihren Plätzen.

Flensburg, Deutschland

»Aufmachen!« Marie bollerte mit der flachen Hand gegen die Brandschutztür. »Hört mich denn niemand?! Aufmachen!«

Tränen standen ihr in den Augen, und sie zitterte vor Angst und Kälte.

Sie fühlte sich wie in einem furchtbaren Albtraum, der nicht enden wollte. Dazu hatte sie jegliches Zeitgefühl verloren. Wie viele Stunden war sie schon hier? Zehn? Oder zwölf? War es Tag oder Nacht oder bereits Morgen? Sie wusste es nicht. Doch man würde sie vermissen.

Elmar hatte mit Sicherheit gleich am Abend die Polizei verständigt, nachdem sie nicht von der Arbeit gekommen und auch nicht auf dem Handy erreichbar gewesen war. Der Akku hatte schon am späten Nachmittag den Geist aufgegeben. Doch vielleicht konnte die Polizei ihr Handy trotzdem orten.

Und wenn sie nicht rechtzeitig kam? Marie biss sich auf die Lippe. Die Haut platzte auf, und Blut quoll heraus. Sie saugte an der Wunde, dabei zitterte sie am ganzen Körper, doch sie durfte jetzt keinesfalls die Nerven verlieren. Wenn man beabsichtigte, sie umzubringen, dann hätte man es doch längst getan, oder?

Sie fasste neuen Mut, sehnte sich nach ihren Kindern und ihrem Zuhause. Sogar ein klein wenig nach Elmar. Er würde sämtliche Hebel in Bewegung setzen, um sie zu finden.

Wenn es nur nicht so dunkel wäre. Und so still. Totenstill. Etwas in ihrer Brust zog sich zusammen. Atme, Marie, atme. Du schaffst das. Du kommst hier wieder raus.

Oder auch nicht, sagte eine leise Stimme in ihrem Hinterkopf. Schließlich warst du dumm genug hierherzukommen. Du hast es selbst herausgefordert, Marie. Weil du dich hast hinreißen lassen, mitspielen zu wollen.

Erneut schossen ihr die Tränen in die Augen, doch sie schluckte sie ein weiteres Mal hinunter.

Dabei hatte sie nur mit Kaminski sprechen wollen, um auszuloten, ob an ihrem Verdacht, dass er Geldwäsche betrieb, etwas dran war. Im Nachhinein konnte sie nicht fassen, wie naiv sie gewesen war. Genau das sagte Elmar immer zu ihr. *Du bist zu naiv für diese Welt, Marie.*

Sie hatte geahnt, dass bei dem Bauunternehmer etwas nicht mit rechten Dingen zuging, doch anstatt ihre Vorgesetzten oder die zuständigen Behörden zu informieren, hatte sie unbedingt die Heldin spielen wollen und versucht, den Mann zu überführen. Sogar als sie von den zwei Arbeitern in die Tiefgarage eskortiert worden war, hatte sie noch Scherze gemacht und sich brav wie ein Lamm zur Schlachtbank führen lassen.

Sie sollten sich lieber nicht in Dinge einmischen, die Sie nichts angehen. Marie lief es noch immer eiskalt den Rücken runter, wenn sie an Kaminskis Worte dachte.

Doch erst als der finster blickende Youssuf sie anstatt zur Tiefgaragenausfahrt zu einer Brandschutztür geführt, sie dort in einen kahlen Raum bugsiert hatte und sie irgendwo zwischen Tiefgarage und Treppenhaus gefangen war, hatte sie das Ausmaß ihrer Situation begriffen. Man hatte sie absichtlich in eine Falle geführt. Sie hatte stundenlang geschrien und gegen die Tür gebollert, da waren die Bauarbeiter vermutlich längst nach Hause gegangen.

Marie schlug mit der flachen Hand gegen die Tür. »Hallo?! Ich bin hier!« Sie trommelte mit beiden Fäusten, bis ihr die Handgelenke wehtaten. Nichts geschah. Schließlich rutschte sie mit dem Rücken an die Tür gelehnt auf den kalten Boden zurück. Ihr Hals kratzte vor Durst.

Verzweiflung kroch in ihr hoch. Und wenn niemand kam, um sie zu befreien? Was, wenn sie hier starb?

Sie konnte die Tränen nicht länger zurückhalten, weinte und schluchzte, bis nichts mehr kam. Völlig erschöpft schloss sie schließlich die Augen, glitt in einen unruhigen Sekundenschlaf. Ihre Nackenhaare stellten sich auf, als sie ein leises Quietschen vernahm.

Im nächsten Moment ging die Brandschutztür auf.

Flensburg, Deutschland

Nieselregen setzte ein, als die beiden Zivilfahrzeuge auf das Gelände der alten Spirituosenfabrik fuhren. Vibeke saß zusammen mit Rasmus im ersten Auto und parkte direkt vor dem Gebäudeeingang. Im Rückspiegel sah sie, wie Jens und Søren hinter ihnen den Dienstwagen verließen.

»Das sieht hier aus wie in Refshaleøen in Kopenhagen.« Rasmus öffnete die Beifahrertür und stieg aus.

Vibeke folgte ihrem Kollegen ins Freie.

Hinter den Industriefenstern im Erdgeschoss brannte Licht. Am Eingang war ein schlichtes und unauffälliges Schild mit dem Firmennamen angebracht. TradeHavn. Sie deutete zum Obergeschoss des Gebäudes. »Dort wohnt Saskias Freundin Sunhi Kim. Zusammen mit Marcel Limbach und Nick Pohlmann.« Sie ärgerte sich, dass sie die Zusammenhänge nicht schon bei ihrem ersten Besuch erkannt hatte. »WG hat sie es genannt. Ich kann es nicht leiden, wenn man mich anlügt.«

Jens trat an ihre Seite. »Genau genommen hat sie nicht gelogen, sondern nur Informationen zurückgehalten.«

Vibeke bedachte ihn mit kühlem Blick. »Das ist für mich das Gleiche.«

Sie öffnete die Eingangstür und fand sich in einem riesigen Büroloft wieder. Unbehandelte Böden aus kühlem Beton, unverputztes Mauerwerk und freiliegende Lüftungsrohre, heruntergelassene Spots. Rund zwei Dutzend Schreibtische aus dunklem Metall und Eichenholzplatten standen sich in Zweierblocks gegenüber. Auf einer Küchenzeile mit schwarzen Fronten befand sich eine chromglänzende Siebträgermaschine, daneben ein Kühlschrank mit Glastür. Hinter der Scheibe reihten sich Erfrischungsgetränke und Smoothies fein säuberlich aneinander.

Im Loft herrschte emsiges Treiben, ein Stimmengemisch aus Deutsch und Englisch, das Klappern von Computertastaturen, fast jeder Schreibtisch war besetzt. Irgendwo klingelte ein Handy. Überall hippe und lässig aussehende junge Menschen, von denen auf den ersten Blick kaum einer älter als dreißig erschien. Ein Typ mit Dreadlocks, die Ohrlöcher mit Tunnels an die fünf Zentimeter ausgedehnt, sah kurz zu ihnen hinüber, stieß ein freundliches »Hi« aus und wandte sich wieder seinem Bildschirm zu.

Der hintere Teil des Lofts war in zwei gläserne Konferenzräume mit Industrie-Schiebetüren abgeteilt. In einem davon standen die drei Firmengründer und diskutierten, die Blicke in Richtung der vier Kriminalbeamten gerichtet. Offenbar war ihre Ankunft nicht unbemerkt geblieben. Der dunkelhaarige Nick Pohlmann hielt ein Handy am Ohr.

»Dann mal los.« Vibeke steuerte schnurstracks auf die Konferenzräume zu und hatte bereits die Hand nach der Tür ausgestreckt, als sie von innen aufgeschoben wurde.

»Frau Boisen.« Sunhi Kims dunkle Augen musterten sie hinter ihrer Brille, ehe ihr Blick über Vibekes Schulter glitt. »Heute mit Kavallerie?«

»Moin, Frau Kim.« Vibeke deutete auf ihre Kollegen. »Rasmus Nyborg, Jens Greve und Søren Molin von der Sondereinheit GZ Padborg.« Unaufgefordert trat sie an der Programmiererin vorbei in den Konferenzraum.

»Und Sie sind dann wohl Marcel Limbach und Nick Pohlmann.«

Die beiden Männer nickten. Sie waren fast identisch gekleidet, trugen hellblaue Button-down-Hemden, die Ärmel aufgekrempelt, zu Jeans und Sneakers. Nick Pohlmann, der sein Telefonat hastig beendet hatte, schob sein Handy in die vordere Hosentasche.

Vibeke kam ohne Umschweife zur Sache. »Dann verraten Sie uns doch mal, welche Rolle Saskia Niekamp hier bei TradeHavn gespielt hat.« Sie hatten zuvor vereinbart, den Verdacht des Pump and Dumps zunächst außen vor zu lassen.

Die drei Gründer tauschten einen raschen Blick, dann setzte Marcel Limbach ein charmantes Lächeln auf. »Wollen Sie und Ihre Kollegen vielleicht einen Espresso oder eine Bio-Limonade?« Er wirkte höflich und einnehmend, doch Vibeke ließ sich nicht einwickeln. »Wir sind nicht zum Small Talk hier.« Aus den Augenwinkeln nahm sie wahr, wie Rasmus und Søren das Loft inspizierten.

Jens trat neben sie. »Lassen Sie uns darüber reden, dass Saskia Niekamp Ihrem Unternehmen Kunden gebracht hat. Wie genau ist das abgelaufen?«

»Saskia und wir kannten uns von der HS«, erwiderte Marcel Limbach mit der Gelassenheit eines Politikers, der es gewohnt war, brisanten Fragen auszuweichen. »Wir waren befreundet, könnte man auch sagen. Sicher hat sie deshalb auch dem einen oder anderen Bekannten von TradeHavn erzählt. Wir sind schließlich ein sehr erfolgreiches FinTech.«

»Hat Frau Niekamp bei Ihnen investiert?« Jens musterte den Gründer eindringlich durch seine runden Brillengläser.

»Sorry. Aber wir geben keine Auskünfte über unsere Kunden.«

»Sie hat also«, stellte ihr Kollege zufrieden fest.

Vibeke übernahm wieder. »Hören Sie, es geht hier um eine Mordermittlung. Und es gibt Hinweise, die auf einen Zusammenhang mit Ihrem Unternehmen deuten.«

»Keiner von uns war an Bord des Segelschiffs«, mischte sich jetzt Nick Pohlmann ins Gespräch. »Oder wollen Sie vielleicht etwas anderes behaupten?«

»Wir möchten lediglich, dass Sie uns ein paar Fragen beantworten«, entgegnete Vibeke scharf. »War Saskia an TradeHavn beteiligt? Hat sie dem Unternehmen regelmäßig Kunden zugeführt? Und wenn Ja, welche?«

Ausdruckslose Gesichter bei den Gründern. Die sind teflonbeschichtet, dachte Vibeke.

Rasmus schlenderte heran. »Wir können das Ganze jetzt hier abkürzen, indem ihr unsere Fragen beantwortet, oder wir mischen den ganzen Laden mal ordentlich auf.« Er ließ den Blick durch das Loft schweifen, ehe er ihn wieder den Gründern zuwandte. »Was meint ihr?«

»Wir müssen gar nichts«, erwiderte Nick Pohlmann unbeeindruckt. »Und im Grunde noch nicht einmal mit Ihnen reden. Und selbstverständlich geben wir auch keine Kundeninformationen heraus. Erst recht nicht ohne richterlichen Beschluss.«

»Den bekommen Sie«, sagte Vibeke. »Sie wissen sicher, dass Sie sich mit Ihrem Verhalten verdächtig machen, oder?«

»Meine Kollegin hat recht«, bekräftigte Rasmus.

»Und sobald die Presse Wind davon bekommt, macht euer hübsches kleines Start-up Schlagzeilen, die ihr ganz sicher nicht wollt.«

Die Gründer wechselten einen raschen Blick und verließen den Raum, um ins angrenzende Konferenzzimmer zu gehen.

Rasmus sah ihnen hinterher. »Und was soll das jetzt?« Sein Handy klingelte. Er zog es aus der Hosentasche, warf einen Blick aufs Display und ging ran. »Hej, Luís.« Im nächsten Moment hellte sich sein Gesichtsausdruck schlagartig auf. »Großartig. Danke dir.« Er legte auf. »Das war Luís. Hinter einem der Investoren steckt eine Consultingfirma mit Sitz in Luxemburg. Und ratet mal, wer dort geschäftsführende Gesellschafterin ist.«

»Saskia Niekamp«, sagte Vibeke.

»Ganz genau.«

Die drei Gründer kehrten zurück. Nick Pohlmann deutete auf die Stühle am Konferenztisch. »Bitte.«

Sie setzten sich, und auch Søren kam dazu.

»Sie haben recht, Saskia war Anteilseignerin von TradeHavn«, bestätigte Nick Pohlmann. »Sie hielt achtzehn Prozent, genau wie wir drei.«

»Weshalb wurde das verschleiert?«, fragte Vibeke.

»Saskia ging es um den Schutz des Geschäftsgeheimnisses. Deshalb hat sie eine Firma im Ausland gegründet. Das ist völlig legitim. Sie wollte nicht, dass ihr Name mit TradeHavn öffentlich in Verbindung steht. Als Mitarbeiterin einer Bank unterlag sie einem Wettbewerbsverbot. Ihr Arbeitgeber hätte auf Unterlassung oder auf Schadensersatz klagen oder ihr im schlimmsten Fall auch kündigen können, wenn bekannt geworden wäre, dass sie an einem FinTech beteiligt ist.«

Rasmus beugte sich vor. »Hat sie TradeHavn Kunden von der SJB zugeführt?«

»Sehen Sie«, Nick Pohlmann verschränkte seine gepflegten Hände ineinander, »jeder von uns Gründern hat seine Aufgaben. Sunhi ist Programmiererin, Marcel kümmert sich um die Akquise, und ich bin für die Finanzen zuständig. Saskia war diejenige, die sich am besten mit unseren Produkten auskannte, und hat deshalb eine Beraterfunktion übernommen. Selbstverständlich hat sie dabei unsere Interessen und die der SJB vollkommen auseinandergehalten«, betonte er. »Saskia hätte niemals gegen Gesetze verstoßen. Wir tun das im Übrigen auch nicht. Aber natürlich ist es vorgekommen, dass Saskia dem einen oder anderen Kunden auf Nachfrage Investitionsmöglichkeiten aufgezeigt hat, die nicht zum üblichen Portfolio eines Bankhauses gehören.«

»Wir brauchen eine Liste mit den Namen der Kunden, die Saskia TradeHavn zugeführt hat«, sagte Vibeke.

Nick Pohlmann hob kaum merklich das Kinn. »Ich muss auf einem Beschluss bestehen.«

»Der ist bereits in Arbeit«, versicherte ihm Rasmus.

Vibeke öffnete ihre Tasche, zog einen DIN-A4-Zettel aus ihrem Notizbuch und legte ihn auf den Tisch. »Hier drauf stehen die Namen sämtlicher Personen und Firmen, die an Bord der *Valeria* waren, als Ihre Freundin und Partnerin ermordet wurde. Im Übrigen wird eine zweite Person vermisst, und wir müssen davon ausgehen, dass sie sich in Gefahr befindet. Es geht also um ein Menschenleben.« Sie schob den DIN-A4-Zettel zu den Gründern über den Tisch. »Es reicht uns, wenn Sie ein Kreuz hinter diejenigen machen, die bei TradeHavn investiert haben, und zwei Kreuze bei denen, die bei ihren

Investments Geld verloren haben. Sollte keiner der Namen auf der Liste zu Ihren Kunden gehören, verschwinden wir.«

»Und natürlich überprüfen wir das«, schob Rasmus hinterher.

Die drei Gründer tauschten erneut Blicke. Schließlich erhob sich Marcel Limbach und ging mit dem Zettel in der Hand zu einem der freien Schreibtische im Loft.

Alle anderen blieben zurück. Niemand sagte etwas, stattdessen herrschte angehaltene Spannung.

Vibekes Handy vibrierte und kündigte den Eingang einer Textnachricht an. Sie warf einen Blick aufs Display. Pernille teilte ihr mit, dass Elmar Jansens Alibi von mehreren Personen bestätigt worden war. Er hatte nichts mit dem Verschwinden seiner Frau zu tun. Auch die interne Fahndung hatte bislang nichts ergeben. Marie Jansen war nach wie vor wie vom Erdboden verschluckt.

Marcel Limbach kehrte zurück und reichte ihr die Liste. Drei Namen waren markiert. Zwei davon hatten Doppelkreuze.

Flensburg, Deutschland

»Kaminski ist auf einer seiner Baustellen!« Vibeke eilte aus dem schiefergrauen Quadergebäude von Kaminski Bau heraus, zwei Uniformierte im Schlepptau.

Rasmus beendete hastig sein Telefonat. »Ich muss auflegen, Camilla.« Seine Ex-Frau hatte ausgerechnet in dem Moment angerufen, als er aus dem Dienstwagen seiner Kollegin gestiegen war, um den Bauunternehmer zur Vernehmung abzuholen. Normalerweise wäre er nicht rangegangen, doch da Camilla ihn quasi nie während der Arbeit anrief, hatte er befürchtet, es wäre etwas mit Ida. Stattdessen ging es um Antons Freund Theo. Seine Eltern hatten sich bei Camilla gemeldet, weil ihr Sohn seit der zufälligen Begegnung mit Rasmus völlig durch den Wind war. Offenbar standen seine Ex-Frau und ihre früheren Freunde bereits seit Längerem wieder in Kontakt, was ihm einen unerwarteten Stich versetzte. Er fühlte sich ausgeschlossen. Auf seine Frage, weshalb sie nichts davon erwähnt habe, hatte Camilla es darauf geschoben, ihn nicht unnötig belasten zu wollen.

Rasmus hatte augenblicklich gewusst, dass dies nur die halbe Wahrheit war, doch gerade als er hatte nachhaken wollen, war Vibeke zurück auf der Bildfläche erschienen. Was verschwieg ihm seine Ex-Frau? Und weshalb war Theo derartig neben der Spur, dass seine Eltern Camilla anriefen? Es musste mit Anton zusammenhängen. Angespannt fuhr er sich mit der Hand übers Gesicht.

»Alles in Ordnung?« Vibekes forschender Blick scannte ihn.

Er nickte. »Dann fahren wir jetzt zur Baustelle?«

»Ja, und zwar umgehend. Marie Jansen war hier«, informierte Vibeke ihn. »Gestern Nachmittag. Kaminskis Assistentin hat ihr die Adresse von der Baustelle gegeben.« Sie hielt ihm den abgerissenen Zettel eines Notizblocks hin, auf dem eine Flensburger Anschrift stand. »Gut möglich also, dass Marie Jansen dorthin gefahren ist.« Sie wandte sich ab, um zu telefonieren.

Rasmus langte ebenfalls nach dem Handy und schickte Luís eine Textnachricht mit der Adresse der Baustelle und bat ihn, diese mit der Funkzelle abzugleichen, in der Marie Jansens Handy zuletzt eingeloggt war.

»Lass uns los!« Vibeke hatte ihr Telefonat beendet und instruierte die beiden Streifenbeamten, ehe sie hinter das Lenkrad ihres Dienstwagens glitt. Dort ließ sie das Seitenfenster hinunter und zog hinter dem Fahrersitz ein mobiles Blaulicht hervor, das sie routiniert aufs Wagendach setzte, ehe sie den Motor startete.

Rasmus' Handy piepte, als sie rund eine Viertelstunde später ein neu erschlossenes Gewerbegebiet erreichten, und kündigte den Eingang einer Textnachricht an. Sie stammte von Luís und bestand nur aus einem Wort. *Treffer.*

»Marie Jansens Handy war zuletzt in der Funkzelle der Baustelle eingeloggt.«

»Hoffen wir mal, dass ihr nichts passiert ist.« Vibeke deutete auf ein vierstöckiges Gebäude, das sich noch halb im Rohbau befand. Das Fundament und die Außenmauern standen, das Dach war eingedeckt, und die tragenden Wände im Innern waren zu erkennen, doch sowohl Fenster als auch Fassadenverkleidung fehlten. »Das muss es sein.« Sie fuhr in die Einfahrt.

Das Gelände wirkte im Nieselregen trist und trostlos. Nirgends waren Arbeiter oder Fahrzeuge zu sehen.

»Scheint niemand hier zu sein«, sagte Rasmus, sobald sie aus dem Auto stiegen.

»Besser, wir überzeugen uns davon.« Vibeke wies die beiden Uniformierten aus dem Streifenwagen an, sich in der Tiefgarage und den Kellerräumen des Gebäudes umzusehen. »Wenn sich irgendwo etwas rührt, geben Sie umgehend Bescheid.« Sie setzte ihr Headset mit integrierter Lautsprecheinheit auf und überprüfte noch kurz die Funkverbindung an dem kleinen schwarzen Gerät, das an ihrem Gürtel klemmte. Dann nickte sie, und die Uniformierten stoben los.

Rasmus folgte Vibeke zum Gebäudeeingang. Eine provisorische Bautür versperrte ihnen den Weg.

»Keine Fenster, aber eine Tür«, murmelte er.

»Vielleicht gab es Lieferengpässe«, sagte Vibeke und schwang sich kurzerhand durch eine der Fensteröffnungen.

Rasmus tat es ihr nach. Mit gezückten Waffen durchsuchten sie die noch kahlen Räume des Erdgeschosses. Wind und Nieselregen fegten herein, und es zog wie Hechtsuppe. Irgendwo ertönte ein leises, schabendes Geräusch. Rasmus spannte augenblicklich sämtliche Muskeln an, doch es war nur eine Plastikplane, die über den Boden wehte.

Sie sicherten Raum für Raum, schlichen anschließend die bereits vorhandene Treppe hinauf und wiederholten die Prozedur in den oberen Etagen. Nirgends befand sich eine Menschenseele.

Vor dem Gebäude trafen sie wieder mit den Streifenbeamten zusammen.

»Im Untergeschoss ist niemand«, teilte ihnen der Ältere der beiden Uniformierten mit.

Vibekes Handy klingelte, und sie ging ran. Ihren Worten konnte Rasmus entnehmen, dass der Anrufer Jens war.

»Kaminski ist auch nicht bei sich zu Hause«, informierte sie ihn, sobald sie aufgelegt hatte. »Seine Frau weiß nicht, wo er steckt.«

»Vielleicht will er nicht gefunden werden.«

»Wir platzieren vor seinem Haus und seiner Firma

einen Streifenwagen. Sobald er auftaucht, schnappen wir ihn.«

»Das gefällt mir alles nicht.« Rasmus warf einen Blick zurück zu dem fensterlosen Gebäude. Vieles deutete auf Kaminski als Täter hin, trotzdem nagte leichter Zweifel an ihm.

»Vielleicht liegen wir falsch.«

Vibeke öffnete die Tür zu ihrem Dienstwagen. »Wir fahren zur *Valeria*!«

Flensburg, Deutschland

»Danke, ich überlege es mir und melde mich bei Ihnen.« Mike steckte sein Handy ein. Er stand auf dem Deck der *Valeria* und schaute nachdenklich übers Wasser. Gerade kam ein Ausflugsdampfer die Hafenbucht hinein, und die Touristen auf dem Oberdeck hielten ihre Smartphones auf den Museumshafen gerichtet. Es hatte aufgehört zu regnen, doch nur vorübergehend. Am Himmel türmten sich bereits erneut dunkle Wolken und kündigten den nächsten Schauer an.

Eine Schiffsüberführung in die Karibik, dachte Mike. Ein verlockendes Angebot, das gerade zum richtigen Zeitpunkt kam. Noch dazu gut bezahlt und eine Möglichkeit, dem tristen Grau für eine Weile zu entfliehen. Trotzdem wollte er nichts überstürzen und in Ruhe alles überdenken. Zumal er noch immer etwas angeschlagen war. Erst am Morgen hatte man ihn aus dem Krankenhaus entlassen. Sowohl Nase als auch Rippen schmerzten.

»Hi, Mike!« Gunnar war unbemerkt an Bord der *Valeria* gekommen. »Wie geht es dir?« Er deutete auf den Nasenverband.

»Besser. Danke übrigens für eure Hilfe. Wenn ihr nicht gekommen wärt, weiß ich nicht, was noch passiert wäre.« Mikes Gedanken schweiften zu dem Abend vor zwei Tagen zurück, und für einen kurzen Moment meinte er noch einmal die Tritte und Schläge zu spüren. Nie zuvor hatte er sich derart hilflos und ängstlich gefühlt.

»Da nich für.« Gunnar deutete auf die rote Vespa, die vor der *Valeria* auf der Promenade stand. »Ich habe sie mir ausgeliehen. War hoffentlich okay.«

»Klar.« Er musterte seinen Freund. »Sag mal, diese Kerle, die mich zusammengeschlagen haben, kanntest du die?«

Gunnar schüttelte den Kopf.

»Ich meine, was wollten die von mir?«

»Woher soll ich das wissen? Vielleicht hatten sie einfach nur Bock auf Prügel. Kommt bei diesen Rockertypen ja häufiger vor.« Gunnar trat neben ihn an die Reling. »Worum ging es eben bei deinem Telefonat?«

»Peer Landgraf will, dass ich für einen seiner Kunden eine Segelyacht in die Karibik überführe.«

Gunnar pfiff durch die Zähne. »Er kann nicht zufällig noch jemanden gebrauchen? Dann könnte ich den ganzen Mist eine Weile hinter mir lassen.« Sein Blick verdunkelte sich.

»Ist was mit Britta und den Kindern?«

»Nur der übliche Scheiß.«

Mike wusste, dass Gunnar seit Langem auf dem Zahnfleisch ging. Erst die Scheidung, dann das Gezerre um die Kinder und, nicht zu vergessen, der ewige Streit ums Geld. Sein Freund hatte nicht nur seine Familie verloren, sondern auch das gemeinsame Haus, dessen Kreditraten er nach wie vor abbezahlte. Gründe, die ihn häufiger zum Alkohol greifen ließen. Mit dem Verkauf der *Valeria* brach nun auch noch sein Job weg.

»Hat Hermann schon einen Käufer?«, fragte Gunnar, als hätte er seine Gedanken erraten. »Ich brauche die Kohle.«

Mike schüttelte den Kopf. »Ist wohl doch nicht so einfach, wie er sich das vorgestellt hat.«

»Es ist ja auch keine *Blue Sky.*« Gunnar löste sich von der Reling. »Ich mache mir mal etwas zu essen.« Er nahm die Treppe zum Unterdeck.

Mike sah ihm hinterher. Die *Blue Sky*, dachte er und versuchte, den Gedanken zu greifen, der seit Tagen in seinem Kopf herumschwirrte, den er aber nicht zu fassen bekam. Das Tattoo. Wo hatte er es gesehen?

Er rief sich die letzte Party an Bord der Luxusyacht ins Gedächtnis zurück. Das war rund zwanzig Jahre her. 2001 oder 2002. Kurz danach hatte Hermann die *Blue Sky* verkauft. Wie aus heiterem Himmel. War die Frau mit dem Tattoo damals an Bord gewesen? Kam es ihm deshalb so bekannt vor?

Mike beschloss, Gunnar danach zu fragen. Er hatte damals ebenfalls mitgefeiert.

In der Kombüse machte sich Gunnar gerade ein Sandwich und hatte ihm den Rücken zugewandt. Im nächsten Moment fiel bei Mike der Groschen. Die Frau mit dem Tattoo hatte auf der *Blue Sky* das Essen zubereitet. Er konnte sich daran erinnern, dass sie das Haar zu einem Knoten am Hinterkopf zusammengebunden hatte, sodass man das Tattoo in ihrem Nacken hatte sehen können.

Gunnar drehte sich zu ihm um. »Möchtest du auch?« Er deutete auf sein Sandwich.

»Die tote Frau auf dem Foto, die mit dem Tattoo«, sagte Mike. »Sie war damals auf der *Blue Sky*.«

Gunnar starrte ihn an.

»Sie gehörte zum Partyservice und hatte diesen polnischen Akzent«, fuhr er fort. Jetzt, wo er sich an die Frau erinnern konnte, fielen ihm immer mehr Details ein. »Eine hübsche Blonde. Hermann hat sie damals heftig angegraben, weißt du das nicht mehr?«

Gunnar schüttelte stumm den Kopf.

»Unfassbar, dass sie genauso gestorben ist wie Saskia Niekamp, oder?«, setzte Mike nach.

Sein Freund wich seinem Blick aus. Noch immer drang kein einziges Wort über seine Lippen. Stattdessen belegte er sein Sandwich mit einem weiteren Salatblatt.

»Gunnar?« Mikes Gedanken wirbelten durcheinander. Nur drei Personen waren sowohl auf der *Blue Sky* als auch auf der *Valeria* gewesen, als die Morde geschehen waren. Mike war einer davon. Blieben noch zwei. Sein Blick fiel auf Gunnars Hände. Sie zitterten. Kälte kroch seine Wirbelsäule hinauf. »Es war kein Zufall, oder?«

Ein kehliger Laut drang aus Gunnars Mund, und es dauerte einen Moment, bis Mike begriff, dass es ein unterdrücktes Aufschluchzen war.

»Ich kann mich nicht erinnern«, stieß Gunnar jetzt mit erstickter Stimme hervor. »Ich hatte an dem Abend zu viel getrunken und einen kompletten Filmriss. Alles, was ich weiß, ist, dass sie tot war, als ich wieder zu mir kam.«

Mike starrte ihn entsetzt an. »Hast du die Frau etwa umgebracht?«

»Ich glaube schon.« Es war kaum mehr als ein Flüstern.

»Du glaubst?!« Mike fuhr sich mit der Hand fahrig über den Kopf. Er hatte das Gefühl, jeden Moment hysterisch zu werden. »Was ist mit Saskia Niekamp? Hast du die etwa auch umgebracht?«

»Ich«, stammelte Gunnar, »ich wollte das nicht. Aber sie hat …« Er verstummte.

»Sie hat was?« Mike war völlig fassungslos. »Und Hermann weiß von alldem?« Er hielt inne. »Natürlich. Deshalb hat er auch die *Blue Sky* verkauft. Um die Spuren zu verwischen.«

»Er wollte mich schützen.«

»Doch wohl eher sich selbst, oder?« Eine Erinnerung flackerte in Mikes Kopf auf. »Woher weißt du überhaupt, dass du die Frau umgebracht hast, wenn du einen Filmriss hattest?«

»Als ich zu mir kam, hatte ich den Zeising in der Hand, mit dem sie erdrosselt wurde.«

Mikes Gedanken rasten. Er wusste, dass Gunnar stets einen Zeising, einen Segeleinbinder, in der Hosentasche trug, so wie andere ein Taschenmesser oder einen Glücksbringer bei sich hatten.

»Aber das kann nicht sein. Ich habe als Letzter die Party verlassen. Da lagst du sturzbetrunken an Deck und hast wie ein Walross geschnarcht. Du hattest weder einen Zeising in der Hand, noch wärst du in deinem Zustand überhaupt dazu in der Lage gewesen, jemanden zu erdrosseln. Und die Frau mit dem Tattoo hatte ich noch kurz vorher mit Hermann in der Küche gesehen.«

Gunnar starrte ihn wie vom Donner gerührt an. »Mir hat Hermann erzählt, er hätte dich von Bord begleitet, und ich wäre mit der Frau allein auf der *Blue Sky* zurückgeblieben. Aber das stimmt nicht, oder?«

»Nein. Er hat gelogen.«

Bleierne Stille machte sich breit.

»Hermann sagte, sie hätte sich über mich lustig gemacht und mich ausgelacht.« Gunnars Stimme klang jetzt völlig tonlos. Im nächsten Moment setzte das Begreifen ein. »Er hat mir den Mord untergeschoben.« Röte kroch seinen Hals hinauf. »Zwanzig Jahre habe ich geglaubt, die Frau erdrosselt zu haben. Weißt du, was das mit mir gemacht hat?«, er sah Mike an, als erwarte er eine Antwort, doch er sprach direkt weiter. »Nur deshalb habe ich mit der Scheiß-Trinkerei angefangen, meinen Job verloren.« Seine Augen wurden dunkler. »Es hat mich meine Ehe gekostet. Meine Kinder. Mein Haus. Die Geschichte hat mein ganzes Leben vergiftet. Meine Existenz zerstört. Und jetzt habe ich auch noch diese Schlägertypen am Hals.«

»Was hast du mit denen zu schaffen?«, frage Mike alarmiert. Unwillkürlich tastete er nach seinem Nasenverband. Im nächsten Moment fiel es ihm wie Schuppen von den Augen. *Zahltag* hatte der Glatzkopf mit der Rockerkutte zu ihm gesagt, ehe er zugetreten hatte. Natürlich. Sie hatten auf Gunnar gewartet, dem finanziell das Wasser bis zum Hals stand, doch stattdessen hatten sie Mike erwischt. »Hast du dir von denen Geld geliehen?«

»Das ist alles nur Hermanns Schuld.« Gunnars Gesicht war mittlerweile puterrot. »Wenn ich gewusst hätte, was er abgezogen hat, wäre mein Leben ganz anders verlaufen. Dann hätte ich Saskia doch nie …« In der nächsten Sekunde schlug seine Hand krachend auf den Edelstahl der Arbeitsplatte. »Das wird er bereuen.«

»Was hast du vor?« Mike griff beschwichtigend nach seinem Arm, doch Gunnar riss sich augenblicklich los.

»Halte dich da raus, Mike.« In seinen Augen loderte es.

Entsetzt wich Mike zurück.

Gunnar stürmte aus der Kombüse. Kurz darauf ertönten polternde Schritte auf der Treppe zum Oberdeck. *Er dreht durch. Gunnar dreht vollkommen durch.*

Mike durchwühlte seine Hosentaschen nach der Visitenkarte, die ihm die Polizistin vor einigen Tagen gegeben hatte. Irgendwo musste sie noch stecken. Schließlich hielt er sie zwischen den Fingern. Er nahm sein Handy heraus und wählte die angegebene Telefonnummer.

Flensburg, Deutschland

Vibeke drückte aufs Gaspedal. Mit rund achtzig Stundenkilometer und Blaulicht schoss ihr Dienstfahrzeug über die Straßen am Ostufer entlang, dicht gefolgt von einem Streifenwagen.

Michael Henschel hatte auf ihrem Handy angerufen, gerade als sie die Abzweigung zum Museumshafen nehmen wollte. Über die Lautsprecherboxen hatte er mit aufgeregter Stimme erklärt, dass Gunnar Harms der Täter war, nach dem sie suchten. Gefolgt von einer verwirrenden Geschichte über die Frau mit dem Tattoo und eine Party auf der *Blue Sky*, von der sie nur die Hälfte verstand und in die offenbar auch Hermann Wilhelmsen verstrickt war. Zu dem Gunnar Harms jetzt mit der Vespa unterwegs war. »Er ist am Durchdrehen«, hatte Michael Henschel noch gesagt, ehe sie aufgelegt hatten.

Vibeke war in höchster Alarmbereitschaft, und sie hatte Verstärkung angefordert. Zusätzlich waren Jens und Søren mit einem Boot der Wasserschutzpolizei nach Sonwik unterwegs.

Im Wagen herrschte angespanntes Schweigen. Sie warf Rasmus einen kurzen Seitenblick zu. Ihr Kollege starrte mit angestrengter Miene durch die Windschutzscheibe. Seit seinem Telefonat auf der Baustelle schien er mit seinen Gedanken woanders. Im Rückspiegel blinkte das Blaulicht des nachfolgenden Streifenwagens.

Vibeke konzentrierte sich wieder auf die Straße. Gunnar Harms hatte hinter seinem Namen ebenfalls zwei Kreuze von Marcel Limbach bekommen. Demnach war er nicht nur von Saskia Niekamp für TradeHavn akquiriert worden, sondern hatte bei seinem Investment auch Geld verloren. Trotzdem hatten sie zunächst auf Kaminski gesetzt, da der Steuermann der *Valeria* nicht den Eindruck erweckt hatte, besonders viel Kapital für Hochrisiko-Investments zur Verfügung zu haben, und sich sein Verlust demnach in Grenzen hielt. Offensichtlich eine Fehleinschätzung. Sie würden die konkreten Hintergründe noch ermitteln müssen, doch wie es aussah, war Gunnar Harms derselben Betrugsmasche wie Jonas Sødergren zum Opfer gefallen.

Vibeke drosselte das Tempo und bog von der vierspurigen Fahrbahn in die schmale Nebenstraße, die hinunter zur Fördepromenade führte.

Im Yachthafen herrschte an diesem Nachmittag nur wenig Betrieb. Ein paar Segler hantierten auf ihren Booten herum, eine Spaziergängerin mit Hund schlenderte die Promenade entlang und blieb angesichts der Polizeifahrzeuge stehen, um ihnen hinterherzuschauen.

In Höhe des Fünfsternehotels überquerte gerade ein eng umschlungenes Pärchen die Straße, und Vibeke trat auf die Bremse. Sie presste vor Anstrengung die Zähne zusammen. Ein Stück weiter die Straße hinauf öffnete sich das Zufahrtstor zu den Wasserhäusern. Eine Radfahrerin kam heraus und wich den Einsatzfahrzeugen mit weit aufgerissenen Augen aus.

Rasmus deutete auf die rote Vespa vor dem Wasserhaus. »Harms ist schon da.«

»Dann sollten wir uns wohl lieber beeilen.« Vibeke parkte quer vor der Einfahrt. Sie stießen die Türen auf und sprangen aus dem Auto. Hinter ihnen kam der Streifenwagen zum Stehen.

»Sie sichern den Eingang«, instruierte Vibeke die beiden Beamten, während ihre Hand zum Waffenholster ging. Im nächsten Moment spürte sie das kalte Metall zwischen den Fingern. Das Herz schlug ihr bis zum Hals, als sie in leicht gebückter Haltung zum Eingang sprintete und sich rechts neben der Tür gegen die Hauswand presste, während sich Rasmus auf der linken Seite positionierte.

Die Haustür stand einen Spalt weit offen. Sie lauschte. Aus dem Gebäude drang kein einziger Laut.

Vibeke gab Rasmus mit dem Kopf ein Zeichen, dann trat sie mit der Walther im Anschlag über die Schwelle. Mit wenigen Schritten durchquerte sie, gefolgt von Rasmus, den schmalen Vorraum, verharrte kurz neben der

Tür, die in den offenen Küchen- und Essbereich führte, dann lugte sie um die Ecke, scannte in Sekundenschnelle den Raum. Die minimalistische Einrichtung, der über dem Wasser schwebende Balkon, die freischwingende Treppe, die Tapete im grafischen Schwarz-Weiß-Muster. Alles wirkte wie bei ihrem letzten Besuch. Die angrenzenden Türen waren geschlossen.

Rasmus und sie verständigten sich per Handzeichen, verließen ihre Plätze neben der Tür und sicherten hochkonzentriert Schlafzimmer, Ankleideraum und Badezimmer. Auch hier befand sich niemand.

Ein Stöhnen drang von der oberen Etage zu ihnen ins Erdgeschoss herunter. Vibekes Puls beschleunigte sich, als sie mit gezückter Waffe die Treppe hinaufschlich. Am oberen Absatz schnellte sie mit dem Arm zunächst nach links, dann nach rechts herum.

Hermann Wilhelmsen lag vor der Fensterfront in Richtung Außenförde. Im nächsten Moment ging sie neben ihm in die Hocke, während Rasmus ihr Rückendeckung gab. Der Unternehmer hatte die Augen halb geöffnet, und seine Atmung ging flach. An seinem Hals befanden sich diffuse Rötungen und fleckförmige Hautunterblutungen im Kehlkopfbereich. Vibeke steckte die Waffe ins Holster zurück und wählte auf dem Handy den Notruf.

Zeitgleich ertönte irgendwo draußen ein dumpfer Aufprall. In Sekundenschnelle öffnete Rasmus die nur angelehnte Balkontür zur anderen Wasserseite und stürzte ins Freie. »Scheiße, der will abhauen!« Offenbar hatte sich Gunnar Harms von der seitlich angebrachten Leiter, die neben dem Balkon auf die Dachterrasse des Wasserhauses führte, auf den Steg fallen lassen.

Ein Motor wurde angelassen. Rasmus kletterte über das Balkongeländer und war im nächsten Moment aus ihrem Blickfeld verschwunden.

Vibeke orderte hastig einen Rettungswagen, eilte die Treppe hinunter ins Erdgeschoss und zur Tür hinaus. »In der oberen Etage liegt ein Verletzter«, informierte sie die Streifenbeamten. »Kümmern Sie sich um den Mann. Ein RTW ist unterwegs.« Sie preschte die Gangway zur vorgelagerten Schwimmbrücke hinunter, wo die Bewohner der Wasserhäuser ihre Boote festmachen konnten.

Gerade fuhr eine weiße Motoryacht in Richtung Hafenausfahrt davon, am Steuer Gunnar Harms in seinem dunkelblauen Troyer.

Vibeke zückte erneut ihr Handy und wählte die Nummer der Wasserschutzpolizei. Während sie dem diensthabenden Beamten die Lage erklärte, glitt ihr Blick die Schwimmbrücke entlang. Wo zum Teufel steckte Rasmus?

In der nächsten Sekunde entdeckte sie seine große hagere Gestalt auf der Promenade, wo er mit langen Schritten in Richtung Hafenausfahrt lief. Was hatte er vor?

Sie eilte die Schwimmbrücke zurück bis zum ersten Wasserhaus, nahm dort die Gangway und rannte kurz darauf ebenfalls die Promenade entlang. Vor ihr war Rasmus längst außer Sicht, trotzdem lief sie weiter. In Höhe der Hafenmeisterei sah sie ihn schließlich auf einem der Stege, wo er gerade hinter einem Mann mit Segelkappe auf ein schnittiges Motorboot stieg.

Adrenalin schoss in Vibekes Blutbahnen, und sie lief schneller. »Rasmus!«

Er hatte bereits die Leinen gelöst, streckte ihr jedoch

die Hand entgegen, als sie völlig außer Atem das Boot erreichte, und zog sie an Bord. In der Ferne ertönten Polizeisirenen.

»Gib Gas, Kurt!«, forderte Rasmus den Mann an der Steuerkonsole auf, sobald sie die Hafenausfahrt erreichten. Dessen blaue Jacke trug den Schriftzug »Flensburger Yacht-Service«.

Das Motorboot schoss übers Wasser, Gischt schäumte hoch bis über die Reling, benetzte Vibekes Gesicht wie ein Regenschleier. Ihr Magen schlug augenblicklich Purzelbäume, und sie musste sich festhalten, um nicht das Gleichgewicht zu verlieren. Scharfer Fahrtwind trieb ihr Tränen in die Augen und zerrte an ihren Haaren. Sofort wusste sie wieder, weshalb sie Wasserfahrzeuge mied, doch sie wollte sich vor Rasmus keine Blöße geben und biss die Zähne zusammen.

»Da vorne ist das Boot«, schrie Rasmus gegen den Wind an und zeigte auf einen weit entfernten weißen Punkt auf dem Wasser. Mit der anderen Hand hielt er sich an einem seitlichen Griff des Steuerstands fest.

Vibeke atmete tief durch, versuchte, die Übelkeit zu vertreiben, und trat auf die andere Seite des Steuerstands. Der Bootsführer hatte den Blick unter der Segelkappe hoch konzentriert aufs Wasser gerichtet. Sie registrierte sonnengebräunte Haut und markante Gesichtszüge, während sie in Gedanken überlegte, wie sie Kriminalrat Petersen erklären sollte, dass sie einen Zivilisten in eine Verfolgungsjagd hineingezogen hatten.

Ehe sie eine Antwort fand, glitt das Motorboot in eine Kurve, und sie klammerte sich mit aller Kraft an den Haltegriff des Steuerstands. Ihr Magen schlug erneut einen Purzelbaum. Sie spürte Rasmus' Blick auf sich, doch sie starrte stoisch auf die Bugspitze. Das Motorboot schoss wie ein Pfeil übers Wasser. Der Abstand zum vorderen Boot verringerte sich.

Die Ochseninseln kamen in Sicht. Hinter ihnen näherte sich bereits das Streckenboot der Wasserschutzpolizei.

»Was macht der da?«, brüllte Rasmus.

Vor der Kleinen Ochseninsel, Lille Okseø, schaukelte Hermann Wilhelmsens Motoryacht jetzt führungslos auf dem Wasser.

»Vielleicht ist ihm der Sprit ausgegangen.« Kurt drosselte das Tempo.

Vibeke entdeckte einen Steg hinter dem Boot. »Er könnte an Land gegangen sein.« Dichte Baumgruppen verwehrten ihr den Blick auf die Insel. Soweit sie wusste, war die Lille Okseø seit Jahren nicht mehr bewohnt. In der Ferne ertönte Donnergrollen.

»Oder er ist in der Kajüte«, sagte Rasmus. »Fahr uns näher ran, Kurt.«

»Aye, aye.« Kurt manövrierte sie längsseits neben die Motoryacht.

Rasmus stieg über die Reling und machte einen Satz auf das andere Boot. Vibeke tat es ihm nach. Der Boden unter ihren Füßen wankte, als sie an Deck landete. Rasmus steuerte bereits mit der Heckler & Koch im Anschlag auf die Kajüte zu, und auch Vibekes Hand ging direkt zur Waffe. Im nächsten Moment nahm sie aus dem Augenwinkel eine Bewegung im Wasser wahr. Insel und dänisches Festland trennten nur wenige Hundert Meter. Auf halber Höhe schwamm jemand. Gunnar Harms.

»Rasmus! Er ist im Wasser.«

Rasmus stob zurück an Deck, versuchte, die Yacht zu starten, doch es ertönte nur ein kurzes Röhren, und der Motor starb wieder ab.

Das Streckenboot der Wasserschutzpolizei war jetzt fast bei ihnen, und Vibeke erkannte Jens und Søren an Deck. Sie hob die Hand, deutete zum Wasser, wo Gunnar Harms kaum mehr als dreihundert Meter vom Ufer trennten.

»Kommt!«, rief Kurt.

Vibeke machte einen Satz zurück zu ihm an Bord und sah sich nach Rasmus um, der sich jedoch auf Wilhelmsens Motoryacht gerade in Windeseile seiner Schuhe und Jacke entledigte. Gleich darauf hechtete er kopfüber ins Wasser.

»Verdammt, Rasmus«, murmelte Vibeke und drehte sich zum Bootsführer um. »Wir fahren hinterher. Harms darf uns nicht entkommen.«

Kurt ließ den Motor an. »Wir können nicht sehr weit ranfahren. Wenn die beiden ins Fahrwasser gelangen, wird es für sie lebensgefährlich. Außerdem ist mein Boot nicht darauf ausgelegt, zu dicht ans Ufer zu kommen.«

»Dann so nah du kannst«, sagte Vibeke. Vor Anspannung war sie unbemerkt zum Du übergegangen. *Schwimm, Rasmus, schwimm.*

Ihr Blick ging zum Streckenboot der Wasserschutzpolizei, das gerade mit dem bordeigenen Teleskopkran das mitgeführte Schlauchboot zu Wasser ließ.

Über ihnen verdichteten sich die Wolken, und das Tageslicht nahm von Minute zu Minute weiter ab.

Gunnar Harms war nicht mehr weit vom Ufer entfernt, doch Rasmus hatte ihn bis auf ein paar Schwimmlängen eingeholt. Vibeke sah, wie er kurz darauf die

Hand ausstreckte. Ein unübersichtliches Gerangel erfolgte, dann verschwanden beide Männer unter der Wasseroberfläche.

Flensborg Fjord, Dänemark

Das Wasser der Förde umfing Rasmus, und seine durchtränkte Kleidung zog ihn durch diffus wogende Tangbüschel in die Tiefe hinab. Sein Brustkorb wurde eng, und seine Lunge krampfte. Überall nur mattes Grün. Wo steckte Harms?

Er wand sich nach allen Seiten um. Etwas Schlammiges streifte sein Gesicht, Schmutzpartikel schwebten vor seinen Augen. Der Schmerz in seiner Brust wurde stärker, nahezu unerträglich. Ein Schwarm kleiner Fische zog vorbei.

Da sah er Harms, der ein Stück entfernt schwerelos in den Abgrund glitt, und bekam ihn am Kragen seines Pullovers zu fassen. Rasmus' Lunge war kurz davor zu kollabieren. Wasser drang in seinen Mund, und kleine Bläschen schwirrten um ihn herum, dann stieß er mit dem Kopf zurück an die Oberfläche.

Er japste gierig nach Luft, schluckte noch mehr Wasser, hustete. Neben ihm tauchte Harms auf, würgend und prustend versuchte er, sich aus dem Griff zu befreien, doch Rasmus ließ nicht los, krallte die Finger tief in den Troyer und das darunterliegende Shirt, ehe es ihm schließlich gelang, die Arme des anderen Mannes im Fesselschleppgriff zu fixieren.

Das Ufer schien in greifbarer Nähe, doch jetzt spürte

Rasmus die gnadenlose Kälte in seinen Gliedern. Seine Muskeln krampften, und seine Kräfte schwanden. Harms wand sich erneut, schien die plötzliche Schwäche seines Gegners zu spüren. Nicht mehr lange, und er würde loslassen müssen.

Rasmus hörte Motorengeräusch, sah schließlich Hände, die nach dem Steuermann griffen, dabei streifte sein Blick den von Søren und Jens, die Harms zusammen mit einem Dritten an Bord eines Schlauchboots hievten.

Rasmus glitt zurück unter Wasser. Wie durch Watte hörte er, dass jemand seinen Namen rief. Alles um ihn herum war nass und kalt. Seine vollgesogene Kleidung zog ihn weiter in die Tiefe. Kurz kam ihm der Gedanke, einfach loszulassen, nicht länger am Leben festzuhalten. Dann wäre er wieder bei Anton. Für einen Moment spürte er weder Angst noch Kälte, trieb zwischen zwei Welten, als plötzlich Idas Gesicht vor seinen Augen erschien, ihre Ärmchen, die sich ihm entgegenstreckten. Er fühlte, wie das Blut durch seine Adern rauschte, mobilisierte seine letzten Kräfte. Einen kurzen Moment war er völlig orientierungslos, wusste nicht, wo oben und wo unten war, doch dann stießen seine Füße auf steinigen Fördegrund. Mit zittrigen Gliedern schleppte er sich ans Ufer, nahm aus den Augenwinkeln die zuckenden Blaulichter auf der Küstenstraße wahr. Tosendes Grollen ertönte aus der Ferne, gefolgt von einem ohrenbetäubenden Donnerschlag.

Autotüren schlugen, und ihm wurde eine Decke um die Schultern gelegt. Gleichzeitig öffnete der Himmel seine Schleusen, und erste Regentropfen fanden den Weg auf seine Stirn. Er schwor sich, nie wieder tauchen zu gehen.

Padborg, Dänemark

Rund drei Stunden später saß Rasmus in frischer Kleidung und mit einem Becher heißem Kaffee im Büro der Sondereinheit. Man hatte ihn zum Durchchecken ins Krankenhaus bringen wollen, doch er hatte abgelehnt und sich stattdessen ins GZ fahren lassen, wo mittlerweile das komplette Team versammelt war.

Gunnar Harms hatte ein vollumfassendes Geständnis abgelegt, was den Mord an Saskia Niekamp betraf. Dabei hatte er von seinen Geldschwierigkeiten berichtet und wie ihm Hermann Wilhelmsen schon Wochen zuvor eröffnet hatte, dass er überlegte, seinen Anteil an der *Valeria* zu verkaufen. Gunnar hatte versucht, Geld aufzutreiben, um nach dem Verlust von Familie und Eigenheim zumindest sein schwimmendes Zuhause zu behalten. Er hatte sich an Saskia Niekamp gewandt, die sich laut Hermann wohl darauf verstand, aus kleinen Summen größere zu machen. Das Kapital dafür hatte er sich bei einem Bekannten, dem Mitglied eines Rockerklubs, gepumpt. Von da an war alles schiefgelaufen. Das in Kryptowährung investierte Geld war von einem auf den anderen Tag verloren gewesen, die Rocker hatten ihm im Nacken gesessen, und Saskia Niekamp hatte an Bord der *Valeria* bloß die Schultern gezuckt und ihm etwas von Hochrisiko-Investment erzählt, als er sie zur Rede gestellt hatte. Sie waren in Streit geraten, und schließlich hatte sie gelacht und ihn als Versager und Schlappschwanz verhöhnt. So, wie ihn sein liebloser Vater bereits als Kind genannt hatte, Worte, die sich tief in sein Gedächtnis eingebrannt hatten. Ein emotionaler Trigger. Beim Anblick von Saskia, wie sie gelacht hatte, während der Wind ihre Kapuze hinuntergeweht und ihr das Haar zerzaust hatte, hatte Gunnar rotgesehen, den Zeising in seiner Hosentasche zwischen den Fingern gespürt und ihn, als sie sich von ihm abgewandt hatte, ohne nachzudenken um ihren Hals gelegt und zugezogen. Alles hatte sich in Sekundenschnelle abgespielt, und als ihm klar geworden war, was er getan hatte, war er in Panik geraten und hatte die bewusstlose Bankerin kurzerhand über Bord des Segelschiffs befördert, wo sie die Fluten davongetragen hatten.

»Die Frau ist ein ganz schönes Miststück gewesen«, stellte Søren fest. »Aber das rechtfertigt noch lange keinen Mord.«

»Nichts rechtfertigt das«, sagte Rasmus. Sein Blick ruhte für einen Moment auf Vibeke, doch wie so häufig war ihr nicht anzusehen, was sie dachte. Als sie auf dem Parkplatz vor dem GZ zusammengetroffen waren, hatte sie besorgt gewirkt, und die erwartete Standpauke war ausgeblieben. Kurz hatte er sogar gedacht, sie würde ihn umarmen, doch natürlich war das nicht geschehen. Zu viel Nähe war noch nie ihr Ding gewesen.

»Ich finde, Saskia Niekamp war ganz schön schlau«, ließ Jens verlauten. »Die meisten Banker, die korrupt sind, lassen sich auf illegale Transaktionen ein. Sie betreiben Insiderhandel, bewilligen Kredite trotz fehlender Sicherheiten und Rückzahlungsfähigkeiten, zeigen Kunden, wie sie ihr Geld an der Steuer vorbeischleusen oder ihr Schwarzgeld waschen können. Saskia Niekamp tat nichts davon.« Er lächelte grimmig. »Sie hat ihren Kunden lediglich Investitionsmöglichkeiten aufgezeigt. Und auch wenn manches am Rande der Legalität gewesen ist, hat sie die rote Linie nie überschritten. Jeder halbwegs gewiefte Anwalt hätte sie da rausgeholt, wäre ihre Masche jemals aufgeflogen. Im schlimmsten Fall hätte sie vielleicht ihren Job verloren, aber nicht, weil sie gegen irgendwelche Gesetze verstoßen hätte, sondern gegen die Richtlinien ihrer Bank.«

»Trotzdem ist das Ganze absolut unethisch«, warf Pernille ein.

»Da hast du völlig recht«, sagte Jens. »Aber die Frau war clever, das muss man ihr lassen.« Ein Hauch Anerkennung schwang in seiner Stimme mit. »Erzähl doch mal, Luís, was du herausgefunden hast.«

Der Portugiese nickte. »Während ihr euch da draußen auf dem Wasser eine Verfolgungsjagd geliefert habt, war ich nicht untätig. Ich habe Saskia Niekamps Firma in Luxemburg unter die Lupe genommen, über die sie ihre Ausschüttungen und ihre Beraterfunktion abgewickelt hat.« Er kam mit dem Rollstuhl hinter dem Schreibtisch hervor. »Saskia Niekamp hat sämtliche Substanzvorschriften befolgt. Ein Büro angemietet, eine luxemburgische Staatsbürgerin beschäftigt, eine Satzung mit Geschäftszweck festgelegt, einen Boardsitz durch ein in Luxemburg ansässiges Unternehmen besetzen lassen, geschäftliche Aktivitäten abgehalten und auch ihren Gewinn vorschriftsmäßig versteuert. Durch ihre Aufwendungen hat sie unterm Strich sogar noch jede Menge Steuern gespart.«

»Weshalb haben wir in ihrer Wohnung keinerlei Unterlagen dazu gefunden?«, warf Vibeke ein.

»Die werden mit Sicherheit in ihrem Luxemburger Büro liegen«, erwiderte Luís. »Damit sie von den Behörden jederzeit geprüft werden können. Ich werde unsere

Kollegen vor Ort um Amtshilfe bitten. Wie es scheint, hat Saskia Niekamp ihre beiden Leben strikt getrennt gehalten.«

Jens nickte. »Sie hat die Möglichkeiten des Systems voll ausgeschöpft.«

»Ein System, das dafür gemacht ist, die Reichen noch reicher zu machen und die Armen immer ärmer«, stellte Pernille fest. »Das ist so was von ätzend.«

Einen Moment schwiegen alle.

Rasmus spürte, wie trotz des Kaffees die Müdigkeit in seine Glieder kroch. Doch es war auch schon spät und hinter den Scheiben stockdunkel.

»Connie hat mich vorhin angerufen«, sagte Vibeke in die Stille hinein. »Marie Jansen ist wieder aufgetaucht. Sie war tatsächlich auf Kaminskis Baustelle. Man hat sie wohl ›versehentlich‹«, sie malte Gänsefüßchen in die Luft, »in den Keller eingesperrt. Sie hat offiziell Anzeige gegen Kaminski erstattet. Wegen Freiheitsberaubung und Verdacht auf Steuerhinterziehung. Sie wollte ihn wohl deshalb zur Rede stellen.«

»Ziemlich dumm von ihr«, sagte Søren. »Der Mann hätte schließlich ein Mörder sein können.«

»Marie Jansen hat vermutet, dass Kaminski es nicht war. Sie hatte mitbekommen, wie er im Gespräch mit Andre Hoppstädter aufgestanden war, und angenommen, dass er seiner Frau zu den Toilettenräumen gefolgt wäre, nachdem diese offenbar seekrank geworden war. Kurz zuvor hatte sie Saskia Niekamp noch an Deck gesehen.«

Die Tür wurde aufgerissen, und Werner Boisen erschien mit einem Umschlag in der Hand. »Moin zusammen.«

Er klopfte Rasmus auf die Schulter und steuerte auf das Whiteboard mit dem Foto der unbekannten Toten zu, langte dort nach einem schwarzen Edding und schrieb zwei Worte auf die Tafel. *BLUE SKY*. Dann zog er den Zettel, der zwanzig Jahre zuvor in der Hosentasche des Opfers gesteckt hatte, aus dem Umschlag und befestigte ihn unter dem Namen der Luxusyacht UE S. Er deutete auf die übereinstimmenden Buchstaben. »Das ist die Verbindung, nach der ich jahrelang gesucht habe.«

»Und die du jetzt gefunden hast«, ergänzte Rasmus.

Werner nickte zufrieden. »Jetzt müssen wir nur noch Hermann Wilhelmsen zum Reden bringen. Gunnar Harms' Aussage allein reicht nicht aus, um ihm den Mord an unserer Unbekannten nachzuweisen. Außerdem müssen wir endlich die Identität der Frau klären.«

Der Baustoffhändler befand sich nach der Würgeattacke im Krankenhaus. Sein Zustand war stabil, doch bislang hatte er zu den Tatvorwürfen geschwiegen und nach seinem Anwalt verlangt. Die Vernehmung war für den nächsten Tag angesetzt.

Laut Gunnar Harms war die unbekannte Tote Mitarbeiterin eines Partyservice gewesen und vermutlich Polin. Ihren früheren Arbeitgeber mussten sie noch ausfindig machen, doch sie gingen davon aus, dass die Frau ohne Arbeitserlaubnis beschäftigt gewesen und ihr Verschwinden deshalb nie an die große Glocke gehängt worden war.

Hermann Wilhelmsen hatte Gunnar Harms weisgemacht, er habe die Frau erwürgt, nachdem sie ihn verhöhnt hatte. Offenbar hatte ihm sein Freund während einer ihrer bierseligen Abende seine frühere Schmach mit seinem Vater anvertraut, und Wilhelmsen hatte sein Wissen genutzt und Gunnars Gedächtnis manipuliert, indem er richtige Erinnerungen mit falschen verknüpft hatte, um ihm die Tat unterzuschieben.

Rasmus hatte vor Jahren an einem Seminar für »Gedächtnis-Kapriolen« teilgenommen und erinnerte sich bis heute an die Worte des Referenten: »Sag einem Kind: Du bist ein böses Kind, du bist ein böses Kind. Und irgendwann glaubt dieses Kind, es sei ein böses Kind.«

Gunnar Harms hatte über zwanzig Jahre in dem Glauben gelebt, eine junge Frau getötet zu haben.

Was genau damals an Bord der *Blue Sky* geschehen war, würde sich ohne wahrheitsgemäße Angaben von Hermann Wilhelmsen nur schwer rekonstruieren lassen, doch durch Michael Henschels Zeugenaussage, der ebenfalls auf der Luxusyacht anwesend gewesen war, hatten die Ermittler ein ungefähres Bild bekommen. Demnach hatte sich der Baustoffhändler an die junge Frau herangemacht. Möglicherweise war er mit ihr in Streit geraten oder hatte eine Abfuhr kassiert. Und ein »Nein« kam in der Welt von Hermann Wilhelmsen nicht vor. Doch all das waren bislang nur Vermutungen.

Müdigkeit übermannte Rasmus, und ihm entfuhr ein Gähnen.

»Gut«, sagte Vibeke. »Lasst uns für heute Schluss machen. Es war für alle ein langer Tag.« Sie sah zu ihrem Vater. »Ich melde mich, sobald wir mit Hermann Wilhelmsen gesprochen haben.« Es klang leicht unterkühlt. Offenbar hatten sie ihre Unstimmigkeiten noch immer nicht geklärt.

Die Ermittler verabschiedeten sich. Stühle scharrten, und der Raum leerte sich.

Rasmus langte nach seiner Jacke. »Wir haben ihn, Vibeke.«

Seine Kollegin nickte und löschte das Licht. Seite an Seite gingen sie die Treppe hinunter und traten durch die Tür ins Freie. Das Gewitter hatte sich verzogen und der Himmel aufgeklart. Die Luft war angenehm kühl.

»Was, zum Teufel, hast du dir dabei gedacht?«, fragte Vibeke, sobald sie seinen Bulli erreicht hatten.

Rasmus setzte eine Unschuldsmiene auf. »Du meinst, dass ich den Täter geschnappt habe, ehe er uns entwischt ist?«

»Du hättest ertrinken können«, stellte Vibeke fest.

»Dein Glaube an meine Schwimmfähigkeiten ist ja sehr berauschend«, gab Rasmus zurück. »Eigentlich sollte ich beleidigt sein.« Er grinste schief. »Oder hast du dir etwa Sorgen gemacht?«

»Natürlich. Saskia Niekamp ist schließlich auch ertrunken.«

Rasmus rollte die Augen. »Sie war bewusstlos.«

»Als die Kollegen Gunnar Harms ins Schlauchboot gezogen haben, warst du auf einmal weg, Rasmus.« Vibeke klang jetzt aufgebracht. »Und zwar nicht nur ein paar Sekunden. Jens wollte sogar schon hinterherspringen.«

»Das wusste ich nicht.« Rasmus' Gedanken glitten zu dem Moment unter Wasser zurück. Die Kälte. Die Nässe. Das Gefühl, loslassen zu wollen. Er schluckte. »Es ist alles gut gegangen. Du solltest mehr Vertrauen haben.«

Vibeke sah ihn an, und es schien ihm, als könnte sie mit ihren Gletscheraugen bis auf den Grund seiner Seele schauen.

»Das ist so eine Sache mit dem Vertrauen.«

In dem Moment, wo sie es aussprach, wusste er, dass sie an Claas Behring dachte. Oder an ihren Vater, der ihr die Existenz ihrer Großeltern verschwiegen hatte.

Rasmus hätte sie gerne darauf hingewiesen, dass Werner für sein Handeln sicherlich gute Gründe hatte, doch mittlerweile kannte er Vibeke gut genug, um zu wissen, dass sie sich in dem Fall sofort wieder verschließen würde. Also nickte er nur.

Vibeke zückte ihren Autoschlüssel. »Willst du vielleicht bei mir auf der Couch übernachten? Nach allem, was heute passiert ist, solltest du besser nicht mehr fahren.« Sie deutete auf seinen VW-Bus.

»Danke fürs Angebot, aber ich schlafe im Bulli. Ich will morgen früh los.«

Sie runzelte die Stirn. »Am Vormittag ist die Vernehmung von Hermann Wilhelmsen.«

»Könnt ihr das vielleicht ohne mich erledigen?«, bat Rasmus. »Ich muss in Kopenhagen etwas Wichtiges klären.« Er sah, wie sie den Mund öffnete, um Widerspruch zu erheben, und schob schnell hinterher: »Es geht um Anton.«

Einen Moment kreuzten sich ihre Blicke, schließlich nickte Vibeke.

»Ruf mich an, wenn du damit fertig bist.« Sie berührte ihn kurz am Arm, dann drehte sie sich um und ging zu ihrem Dienstwagen.

Rasmus steckte sich eine Zigarette an, lehnte sich an den Kotflügel seines Bullis und sah ihr dabei zu, wie sie in ihrem blauen Kombi den Parkplatz des Gemeinsamen Zentrums verließ.

Schließlich öffnete er die Schiebetür zum hinteren Laderaum, legte sich in voller Montur auf die Matratze und breitete die Decke über sich. Seine Gedanken wanderten zum nächsten Tag. Er fragte sich, was Camilla vor ihm zurückhielt. Oder war es gar nicht seine Ex-Frau, die etwas verschwieg, sondern Theo?

Ein unheilvolles Gefühl machte sich in ihm breit.

Epilog

Flensburg, Deutschland, acht Tage später

Der Himmel spannte sich wie ein grauer Bogen über die Stadt. Der Ostwind trug die Kälte vom Meer heran, rüttelte an den Ästen der Bäume und fegte die Blätter herab. Über Nacht hatte der Herbst Einzug gehalten.

Die Ankunft des RE7 war für sechzehn Uhr vierzig angekündigt. Über zehn Stunden Fahrt von Warschau über Berlin und Hamburg, inklusive dreimal umsteigen.

Vibeke stand fröstelnd neben Werner auf dem Bahnsteig und blickte in Richtung der Gleise.

Noch immer gab es vereinzelte Lücken, was den Tatablauf auf der *Blue Sky* an dem Abend vor rund zwanzig Jahren betraf. Hermann Wilhelmsen befand sich in Untersuchungshaft und schwieg beharrlich zu den Tatvorwürfen, doch zumindest hatte ihre unbekannte Tote jetzt einen Namen. Daria Wozinak.

Sie hatten ihre Herkunft in mühsamer Kleinarbeit und unter Mithilfe einer früheren Kollegin beim Partyservice zurückverfolgen können. Demnach hatte sich die junge Polin wie viele ihrer Landsleute mit der Hoffnung auf ein besseres Leben im Jahr 1999 nach Deutschland begeben. Damals hatte Polen noch nicht zur EU gehört, und anders als in den 1980er-Jahren, als die deutschen Behörden noch großzügig in Hinsicht auf die Anerkennungskriterien für Aussiedler gewesen waren, hatte sich die Migrationspolitik aufgrund der stetig wachsenden Zahlen an Zuwanderern mit Beginn der 1990er-Jahre verschärft.

Eingereist mit einem Touristenvisum, ohne Arbeitserlaubnis oder vorhandenen Arbeitsvertrag, war Darias Asylantrag abgelehnt worden, und sie erhielt den Status einer Geduldeten. Ihre in Polen erworbene Ausbildung als Köchin wurde nicht anerkannt, und so wurde sie zur illegal beschäftigten Küchenhilfe, um sich ihren Lebensunterhalt zu verdienen. Die Nachfrage von Arbeitgebern war groß, denn anders als die Deutschen arbeiteten Daria und ihre illegalen polnischen Landsleute nicht nur für einen niedrigeren Lohn, sondern auch an Wochenenden, Feiertagen und in der Nacht ohne Zulagen.

Daria wurde zu einer Unsichtbaren, lebte in ständiger Angst vor Abschiebung, und statt einer verbesserten Lebensperspektive fand sie in Deutschland den Tod.

Mithilfe ihres Geburtsdatums war es den Ermittlern schließlich gelungen, Darias Angehörige in Polen ausfindig zu machen. Die junge Frau hatte sich mit ihren Eltern überworfen, da diese nicht gewollt hatten, dass ihre Tochter nach Deutschland ging. Mehrere Versöhnungsversuche waren gescheitert, und erst nach dem Tod von Darias Vater hatte ihre Mutter versucht, den Kontakt zu ihrer Tochter wiederherzustellen, als einzigen Anhaltspunkt eine Hamburger Adresse in den Händen. Doch da war Daria längst tot gewesen.

Wie schrecklich mussten sich die Angehörigen jetzt fühlen, dachte Vibeke. Im Streit auseinanderzugehen, ohne die Möglichkeit zu haben, sich zu versöhnen. Verstohlen blickte sie zu ihrem Vater. »Weshalb hast du mir nie etwas von meinen Großeltern erzählt?«

Werner wandte sich ihr zu. »Um dich zu schützen. Du warst damals gerade erst gefestigt, und deine Großeltern sind keine sehr netten Menschen.« Er strich sich mit seiner vor Kälte geröteten Hand über den Mund. »Sie standen irgendwann plötzlich vor der Tür und wollten alles über dich wissen. Erst waren es vergleichsweise harmlose Fragen. Wie gut du in der Schule bist. Welche Interessen du hast. Ob du ein Instrument spielst. Welche Kinderkrankheiten du hattest.« Er verstummte.

»Wo war ich an dem Tag?«

»Nebenan bei Kim«, antwortete Werner. »Schließlich haben sie gefragt, ob wir eine Untersuchung auf dein Erbgut hätten machen lassen oder ob es irgendwelche Anzeichen auf eine psychische Erkrankung gäbe.«

Vibekes Gedanken rasten. Sie hatte erst mit ihrer Volljährigkeit von der chronischen Schizophrenie ihrer leiblichen Mutter erfahren, und eine Zeit lang hatte sie dieses Wissen völlig aus der Bahn geworfen. Unvorstellbar, wie sie als Kind darauf reagiert hätte.

»Es war, als checkten sie einen Warenkatalog«, fuhr Werner fort. Verbitterung hatte sich in seine Stimme geschlichen. »Ohne Elke hätte ich die beiden auf der Stelle rausgeschmissen. Doch zu dem Zeitpunkt waren wir nur deine Pflegefamilie, und deine Mutter hatte große Angst, dich wieder zu verlieren. Wir haben deinen Großeltern also gesagt, dass du ein liebenswertes und absolut großartiges Mädchen bist.« Er runzelte die Stirn. »Tja, und dann wollten sie Fotos von dir sehen.«

»Was ist passiert?«

Werner verzog das Gesicht, und ihm war anzusehen, wie schwer ihm seine nächsten Worte fielen. »Als wir ihnen die Fotos gezeigt haben, sind sie plötzlich aufgestanden und gegangen. Ohne ein Wort der Erklärung. Wir haben nie wieder von ihnen gehört. Ein halbes Jahr später bekamen wir dann die Zustimmung, dich zu adoptieren.« Er schüttelte den Kopf. »Ich wollte nicht, dass du je davon erfährst.«

Solveighs Worte schossen ihr in den Sinn. *Du siehst deinem Vater ähnlich. Ihr habt die gleichen Augen. Er ist ein Ungeheuer.* Hatten das ihre Großeltern in ihr gesehen? Ein Ungeheuer?

Der Regionalzug aus Hamburg fuhr ein, und sie schob die Gedanken weit von sich.

Bremsen quietschten, die Türen öffneten sich, und die Reisenden stiegen aus. Geschäftsleute, die Trolleys hinter sich herzogen, Familien mit vollgestopften Taschen und Rucksack-bepackte Studenten.

Werner hielt das Schild mit dem Namen von Darias Mutter in die Höhe.

Irgendwann stieg eine schmale, verhärmt aussehende Frau mit einer kleinen Reisetasche aus einem der hinteren Waggons. Ihr Blick irrte suchend über den Bahnsteig, entdeckte schließlich das Schild in Werners Hand, und sie kam auf sie zu.

»Ich denke, du machst das besser alleine«, sagte Vibeke. Sie gab ihm rasch einen Kuss auf die raue Wange, nahm den vertrauten Geruch seines Aftershaves wahr, der in diesem Moment etwas Tröstliches hatte, und eilte zum Ausgang.

Vor dem Bahnhofsgebäude stieg sie in ihren Wagen und blieb regungslos hinter dem Lenkrad sitzen. Sie spürte einen Kloß im Hals.

Ihre Großeltern hatten sie einfach aus ihrem Leben gestrichen, ausradiert, so als hätte sie nie existiert. Eigentlich sollte sie keinen einzigen Gedanken an diese Leute verschwenden, doch es hatten sich schon zu viele Menschen in der Vergangenheit von ihr abgewandt. Ihre leibliche Mutter. Ihr Erzeuger. Ihre früheren Pflegeeltern. Jan Bachmann, ihr Ex-Freund, von dem sie irrtümlich geglaubt hatte, er wäre die Liebe ihres Lebens, dabei war er nur der größte Arsch auf Erden. Und natürlich Claas.

Der Kloß in ihrem Hals verstärkte sich. Sie dachte an das, was Pernille zu ihr gesagt hatte. *Du musst loslassen, Vibeke, und dir selbst vergeben. Sonst wird Claas Behring für immer in deinem Leben bleiben.*

Vibeke öffnete das Handschuhfach, wühlte darin herum, bis sie den kleinen Gegenstand zwischen den Fingern hielt, nach dem sie gesucht hatte. Sie steckte ihn in ihre Hosentasche und stellte den Motor an. Kurz darauf lenkte sie den Wagen aus der Parkbucht. Im Rückspiegel sah sie Werner zusammen mit Darias Mutter das Bahnhofsgebäude verlassen.

Rund eine Stunde später stieg sie im neunzig Kilometer entfernten Kiel vor einem Friedhofsgelände wieder aus dem Auto.

Sie erkundigte sich bei der Verwaltung nach dem Weg, trotzdem dauerte es noch eine ganze Weile, ehe sie das Grab gefunden hatte.

Claas' Name befand sich ganz oben auf dem Grabstein, darunter der seiner Frau und die Namen seiner Kinder.

Vibeke stand stocksteif da, widerstand dem ersten Impuls wegzurennen und rief sich stattdessen die Momente in Erinnerung, in denen sie mit ihm glücklich gewesen war. Erst spürte sie nur ein leichtes Kratzen im Hals, doch dann liefen ihr lautlos die Tränen übers Gesicht.

Sie wusste nicht, wie lange sie dagestanden und auf seinen Namen gestarrt hatte, doch das Abendlicht nahm bereits ab, als sie schließlich in die Hosentasche griff und den Bernstein herauszog, den sie zehn Monate zuvor an sich genommen hatte. Warm und glatt lag er in ihrer Hand.

Sie betrachtete ihn ein letztes Mal, dann platzierte sie ihn auf der Mitte des Grabsteins und ging davon, ohne sich umzudrehen.